IHR ZUFLUCHTSORT

IHR ZUFLUCHTSORT

Her Sanctuary

TONI ANDERSON

Übersetzt von
MARTIN WICK

Für John Edward William Mepham.
Großvater – ein wahrer Romantiker.
Ich vermisse dich.

15. November 1920 – 7. Februar 2012

Deutsche Bücher von Toni Anderson

KALTE GERECHTIGKEIT SERIE

Ein kalter, dunkler Ort (A Cold Dark Place)

Kalte Jagd (Cold Pursuit)

Kaltes Morgenlicht (Cold Light of Day)

Kalte Angst (Cold Fear)

Kalte Schatten (Cold in the Shadows)

Kaltes Herz (Cold Hearted)

Kalte Geheimnis (Cold Secrets)

Kalte Bosheit (Cold Malice)

Eiskaltes Versprechen (A Cold Dark Promise)

Kaltblütig (Cold Blooded)

KALTE GERECHTIGKEIT – DIE VERHANDLER SERIE

Kalt und tödlich (Cold & Deadly)

Kälter als die Sünde (Colder Than Sin)

Kalte böse Lügen (Cold Wicked Lies)

Kalter grausamer Kuss (Cold Cruel Kiss)

Eiskalt (Cold as Ice)

KALTE GERECHTIGKEIT – MOST WANTED SERIE

Kalte Stille (Cold Silence)

IHR - ROMANTIC-SUSPENSE-TRILOGIE

Ihr Zufluchtsort (Her Sanctuary)

Ihr letzter Ausweg (Her Last Chance)

Ihr Risiko (Her Risk To Take)

Romantischer Militär-Thriller
Tödliches Spiel (The Killing Game)

Andere deutsche Titel
Im Sog Der Gefahr

Wogen Des Zorns

Anmerkung der Autorin

Ich habe diese Serie im Jahr 2021 überarbeitet, aber die allgemeine Geschichte bleibt die gleiche. Es ist unglaublich schwierig, ein altes Werk wieder aufleben zu lassen, daher hoffe ich, dass diese Version den Lesern genauso gut - wenn nicht sogar noch besser gefällt, als das Original.

Hinweis zum Inhalt: Dieses Buch enthält Sexszenen, Flüche, Selbstmordgedanken und Gewalt (z.B. Mord und sexuelle Übergriffe), wie bei den meisten Romantic Suspense-Romanen entsprechend. Für weitere Informationen: www.toniandersonaut hor.com/content-advisory

Melde dich für meinen deutschsprachigen Newsletter an und erhalte zwei kostenlose, exklusive *„Kalte Gerechtigkeit"*-Kurzgeschichten sowie Informationen darüber, wann meine nächste deutsche Übersetzung verfügbar ist.

Kapitel Eins

Elizabeth Ward schob die Jalousien zur Seite und spähte auf die ruhige Straße vor dem Wohnhaus. Regentropfen rannen die Fensterscheibe hinunter, flossen zusammen und brachen das orange Licht der Straßenlaternen. Ein dunkler Lincoln duckte sich wie ein Schatten neben einem gedrungenen, schwarzsilbernen Hydranten. Ihre ehemaligen Kollegen der Einheit gegen organisierte Kriminalität des FBI saßen in diesem Auto. Beobachteten. Warteten. Ihr sogenannter Personenschutz.

Verrat brannte an den Rändern ihres Verstands wie Batteriesäure.

Die Standuhr im Flur schlug fünfmal und ließ sie zusammenfahren.

Fünf Uhr.

Beinahe Zeit.

Ihre Finger krallten sich in den Fensterrahmen. Der abendliche Trübsinn klebte an den roten Backsteinziegeln des viktorianischen Mietshauses auf der anderen Straßenseite, und seine unscharfen Ecken und der kalte Atem fraßen sich in das, was eigentlich ein Frühlingsabend hätte sein sollen.

Ein Besoffener steuerte seinen Einkaufswagen durch die

Seitengasse, suchte nach einem sicheren Ort, an dem er vor dem schneidenden Wind geschützt war. Sogar die vornehmen Teile von Midtown waren voller Penner, die hinter Müllcontainern hockten oder sich zwischen parkenden Autos zusammengerollt hatten. Eine Gemeinschaft verlorener Seelen, apathisch, ausgemergelt und stinkend wie die Toten.

Sie beneidete sie.

Sie wollte auch so unsichtbar sein.

Elizabeth schluckte den Kloß in ihrem Hals hinunter, dann zählte sie bis zehn und atmete ein, bis ihre Lunge fast platzte. Sie hatte ihren Job erledigt und hatte ihn sehr gut gemacht, aber nun war es verdammt nochmal an der Zeit, so schnell wie möglich von hier zu verschwinden.

Im abgedunkelten Zimmer setzte sie sich an ihren Computer und meldete sich per VPN bei einem anonymen E-Mail-Konto an. Sie schrieb zwei Nachrichten.

Die erste Mail lautete: *Vertragsbedingungen vereinbart. Fortfahren.*

Ihre Zähne klapperten, aber nicht vor Kälte. Ein Zittern, das in ihren Fingerspitzen begann und langsam in ihre Handgelenke kroch – ob vor Wut oder Angst konnte sie nicht sagen. Sie krallte die Finger ineinander, massierte mit gefalteten Händen ihre Gelenke, dankbar für das unnachgiebige Gold ihres Siegelrings, der in ihre Haut schnitt.

Schmerz war eine angenehme Erinnerung.

Sie rollte die Schultern, dann schrieb sie sorgsam: *„Hüte dich vor dem Zorn des geduldigen Mannes."*

Damit lockte sie den Tiger an, oder den Teufel höchstselbst.
Bastard.

Eine Träne rollte über ihre Wange, kalt und nass. Sie ließ sie fallen, verdrängte die brennenden Erinnerungen aus ihren Gedanken.

Dann meldete sie sich ab. Sie formatierte ihre Festplatte neu, löschte jeden Befehl, den sie jemals erhalten hatte, jeden Bericht, den sie jemals gesendet hatte. Sie ließ den Computer laufen und ging in das elegante Badezimmer der Wohnung, die das FBI für ihr Undercover-Alter Ego angemietet hatte, und machte sich für das letzte Kapitel ihres Lebens in New York City bereit. Sie beugte sich vor den Spiegel und setzte sich eine gefärbte Kontaktlinse ein.

Das Auge starrte sie an, ein mattes Eisblau. Das andere Auge sah unheimlich bloßgestellt aus, seine blassgrünen Abgründe schimmernd vor Angst. Mit zitternden Fingern setzte sie auch die zweite Kontaktlinse ein, dann schminkte sie sich. Eine dicke Schicht Grundierung, um die dunklen Ringe unter ihren Augen zu kaschieren, hellen Puder, um die zahlreichen Sommersprossen zu verdecken. Blutroter Lippenstift und dicke, schwarze Lidstriche dominierten ihr Gesicht, ließen sie abgehärteter, verwegener aussehen.

„Hallo, Juliette." Sie kannte diese alte Hochstaplerin besser als sich selbst.

Das Rouge betonte ihre Wangenknochen, ließ sie schneidend scharf aussehen, und Mascara verlängerte ihre dichten Wimpern. Sie band ihre Haare in einen strammen Knoten zusammen, der tief in ihrem Nacken saß. Dann zog sie sich eine Perücke über, die ihrem eigenen, rot gefärbten Haar zwar ähnlich sah, aber kürzer in einen Bob geschnitten war und ihr gerade bis unters Kinn reichte.

Jetzt war sie bereit, zu sterben.

Ihre Lippen bogen sich nach oben. Ihre Wangen bewegten sich, in ihren Augenwinkeln spielten kleine Falten, aber sie verspürte keine Spur von Fröhlichkeit, um das Lächeln zu stützen. Die Fassade hielt, trotz des sich aufbauenden inneren Drucks.

FBI-Agentin Elizabeth Ward hatte regungslos dagesessen, als der stellvertretende Staatsanwalt sie darüber informiert hatte, dass der Mafioso Andrew DeLattio als Kronzeuge für den Staat zugelassen worden war. Dann hatte sie sich entschuldigt und sich auf der Toilette übergeben.

Stressfalten gruben sich in die Haut um ihren Mund und ihre Augen. Ihr Puls flatterte.

Die Wahrheit war, dass es ihr nichts ausmachte zu sterben, aber sie würde nicht mit einer Zielscheibe auf dem Hintern auf dem Bürgersteig herumstehen. Juliette Morgan war das Ziel jeder Mafia-Verbrecherfamilie in den Vereinigten Staaten, und Elizabeth musste sie verschwinden lassen.

Für immer.

Sie ging zum Schlafzimmer und griff sich einen purpurroten Hosenanzug von Versace und eine orangerote Seidenbluse.

Kann ich das wirklich durchziehen?

Ja! Die Antwort dröhnte in ihrem Kopf. Wie sonst sollte sie jemals ihr eigenes Leben zurückgewinnen? Und wenn sie bei dem Versuch starb? Dann sollte es eben so sein.

Sie zog sich an. Das Rot und Orange ihres Outfits lieferten eine krasse Darstellung von Haute Couture – genau das, worauf sie es abgesehen hatte.

Zufrieden ging Elizabeth ins Wohnzimmer und blickte sich ein letztes Mal in der noblen Wohnung in Manhattan um. Sie war fertig damit, ausgebrannt und kaputt zu sein, ohne nennenswerte Zukunft und mit einer Vergangenheit voller Reue. Die Zeit hatte ihren Zorn nicht verklingen lassen. Wenn überhaupt, brannte er mit jedem Tag nur noch heller und stärker. DeLattio war ihr etwas schuldig, und Zeugenschutzprogramm hin oder her, sie würde Rache üben.

Sie zwang sich, sich zu bewegen, hielt aber inne, noch bevor sie zwei Schritte getan hatte. Ihre Augen fielen auf ein altes Schwarz-Weiß-Foto, das sie von einem Beistelltisch im Flur aus anstarrte. Ein junges Paar grinste sie von seinem Sitzplatz aus an, hielt zwei winzige Gestalten zwischen sich in den Armen.

Es verschlug Elizabeth den Atem, dieses Leben voller Trauer, das in diesem geliebten Foto verschlossen war. Sie musste dreimal schlucken, bevor sie wieder richtig atmen konnte.

Ach Gott.

Elizabeth blinzelte, um die Tränen zurückzutreiben, und steckte das Foto in ihre Handtasche, direkt neben ihre Glock. Sie versteckte sich hinter einer dunklen Sonnenbrille, griff nach ihren Schlüsseln und ging davon, ohne sich noch einmal umzuschauen.

TRIPLE H RANCH, Montana, 3. April

IN DER OFFENEN TÜR DES FARMHAUSES STEHEND, seinen alten Hund dicht an seinem Bein, starrte Nat Sullivan in die unendliche Schwärze des Nachthimmels hinauf. Der Mond schien nicht, aber die Sterne funkelten wie winzige Diamanten in der schwärzesten Kohle.

Es war zwei Uhr nachts und seine Augen brannten.

Eine dünne, frische Schneeschicht bedeckte den Boden, schimmerte weiß wie Knochen. Der Sturm war schnell und wütend aufgezogen, völlig überraschend, aber nicht unerwartet, nicht hier, so weit oben in den Bergen. Tief im Herzen des Waldes knackten die Bäume wie Feuerwerkskörper.

Ein dumpfes Pochen setzte seinem Schädel zu wie ein Kater. Nicht, dass er die Zeit oder den Luxus hätte, sich betrinken zu können. Die Kopfschmerzen waren ein anhaltender Effekt einer Meinungsverschiedenheit, die er heute Nachmittag mit zwei Schuldeneintreibern gehabt hatte. Sie hatten geglaubt, sie hätten das Recht, auf seine Ranch zu kommen und sein Eigentum zu stehlen. Nie im Leben würde er so etwas kampflos zulassen.

Er strich über das weiche Fell am Kopf seines alten Hundes, und das Ziehen in seinem steifen Nacken schien sich etwas zu lösen, als sich seine Muskeln nach und nach entspannten. Er stieß den Atem aus, und seine Haltung wurde lockerer. Er ließ die Schultern sinken, und die Verspannung ließ langsam nach.

Frieden, endlich, nach einem Tag der allmächtigen Hölle.

Nat und seiner Familie war eine zeitweilige Gnadenfrist einge-
räumt worden, nachdem seine Mutter einen Herzinfarkt erlitten
hatte. Die Männer des Inkassounternehmens waren prompt
wieder abgefahren, hatten offensichtlich Angst vor einem
Gerichtsverfahren gehabt. Eine Version des berüchtigten Silber-
streifens, bei dem es allerdings um Leben und Tod ging.

Nat versuchte, sich ein Lächeln abzuringen, aber es war zu
anstrengend, und sein Kiefer war zu verkrampft, um dieses
Vorhaben umzusetzen. Das letzte Mal, als er seine Mutter
gesehen hatte, hatte sie mit käsig-grauem Gesicht und zerzausten
Haaren in einem Krankenhausbett gelegen.

Und erteilte noch immer Befehle.

Alt. Schwach. *Streitsüchtig.* Seine Mutter würde bis ins Grab
um dieses Land kämpfen. Und er musste dasselbe tun.

Gedankenverloren spielte er mit dem silbernen Fell von Blues
Ohren. Die Triple H Ranch lag an den Ausläufern der Rocky
Mountains in einem weitläufigen Tal, das sich bis zur Bob
Marshall Wilderness erstreckte. Es war von seinen Ururgroßeltern
besiedelt worden und so sehr Teil seines Erbes wie seine DNA.
Ein paar hundert Morgen erstklassigen Weidelands, das über Jahr-
tausende hinweg durch die Reibung von Eis auf Stein ausgehöhlt
worden war.

Nat hatte seine Abenteuer fernab erlebt, war durch die Welt
gereist, hatte mehr als genug schöne Landschaften gesehen, aber
nun war er hier, um zu bleiben. Montana steckte in seinen
Knochen, war die Kulisse für jeden seiner Gedanken und der
Sauerstoff in jedem seiner Atemzüge. Er lehnte sich an den
Türrahmen, blickte hinaus auf die Berge und begrüßte die frische
Luft, die über sein Gesicht strich.

Es war ein Sakrileg, überhaupt daran zu denken, dass die
Ranch ihnen weggenommen werden könnte.

Eine Sternschnuppe fiel durch den dunklen Nachthimmel,
raste in einem strahlenden Bogen ihrem Tod entgegen. Bei
diesem Aufblitzen der Schönheit schnappte Nat nach Luft. Der

Hund spannte sich unter seiner Hand an, und ein leises Knurren vibrierte aus seinem Bauch bis zu seinen Zähnen. Nat legte den Kopf zur Seite, spitzte die Ohren, richtete seine Aufmerksamkeit auf jedes Geräusch. Ein leises Brummen wurde immer lauter, wie das Surren einer Biene, die näher kam.

Ein Auto.

Das hierher unterwegs war.

„Still, Blue. Geh, leg dich hin." Er wollte nicht, dass der Hund Alarm schlug und seine Nichte aufweckte. Er zog das Babyfon aus seiner Tasche und hielt es sich ans Ohr, um sicherzustellen, dass es noch funktionierte, dann drehte er sich wieder zur offenen Tür um.

Könnte auch gar nichts sein.

Es könnte Ryan sein, der betrunken nach Hause fuhr, auch wenn er es eigentlich besser wissen sollte. Ryan traf nach schweren Tagen nicht immer die klügsten Entscheidungen. Allerdings klang das nicht nach Ryans Truck. Nat schaltete das Babyfon aus.

Die Hidden Hollow Hideaway-Ranch lag abgelegen und abgeschieden und war auf allen vier Seiten von Bergen umgeben. Sie war meilenweit von allen befahrenen Straßen entfernt und selbst tagsüber schwer zu finden. In der Nacht war es so gut wie unmöglich. Niemand kam zufällig hier vorbei, und sie erwarteten auch noch mindestens eine Woche lang keine zahlenden Gäste. Troy Strange war ihr einziger Nachbar im Umkreis von vielen Meilen, und der würde eher Pockenkranken einen Besuch abstatten als ihnen.

Ärger war im Anmarsch – Nat konnte es riechen, konnte es förmlich schmecken.

Er fluchte, griff sich sein Gewehr und Munition vom Gewehrständer über der Küchentür und lud die Waffe. Zügig ging er nach draußen und stellte sich abwartend in die dunklen Schatten neben der offenen Scheune. Hinter ihm muhte das Vieh, und in den Hügeln im Osten hallte ein Wolfsheulen wider.

Ein Kribbeln kroch Nats Rückgrat hoch. Kamen die Schuldeneintreiber für einen zweiten Versuch zurück, um seine Pferde mitzunehmen? Trotz der ganzen gewichtigen Worte seines Anwalts?

Das Auto tauchte über der Kuppe etwa hundert Meter vom Haupthaus auf. Das war eindeutig nicht Ryans Truck. Nats Herz hämmerte laut gegen seinen Brustkorb, und das Adrenalin vertrieb alle Müdigkeit. Er presste sich an die Seitenwand der Scheune, als die Scheinwerfer weit in die Dunkelheit vordrangen. Der Wagen, ein Jeep Cherokee, bog in den Hof vor dem Haus ein, löschte das Licht und stellte den Motor ab.

Die Stille hallte von den Granitgipfeln wider und dröhnte in seinen Ohren. Nat atmete ein und aus. Er konnte Abgase riechen, die die saubere Gebirgsluft verpesteten, und lauschte aufmerksam, während die Stille durch die Dunkelheit drang, als ob nichts in der Welt existierte außer der farblosen Ödnis der Nacht. Nur Zeit und Universum, Kälte und Fels.

Eine dunkle Vorahnung schärfte jeden seiner Sinne, während er wartend auf den Fußballen balancierte. Niemand rührte sich. Niemand stieg aus dem Jeep aus. Niemand schlich sich in den Stall, um seinen preisgekrönten Araberhengst zu stehlen.

Nats Atem beruhigte sich, und sein Puls wurde wieder langsamer. Er stellte sich etwas entspannter hin, änderte den Griff um seine Waffe. Wartete.

Die Männer vom Inkassounternehmen heute früh hatten einen Transporter dabeigehabt.

Nat wartete eine weitere Minute ab, dann noch eine. Seine Augen brannten vor Müdigkeit, und er kämpfte gegen ein Gähnen an. Das waren keine Schuldeneintreiber. Er wusste nicht, wer das war, aber sie waren es ganz sicher nicht. Die metallene Kälte des Gewehrs drang in seine Hände – sein Finger auf dem Abzug war schon ganz steif.

„Verdammt noch mal."

Er würde nicht zulassen, dass irgendein Fremder mitten in der Nacht auf seinem Anwesen herumlungerte.

Obwohl es pechschwarze Nacht war, waren Nats Augen scharf und gut an die Dunkelheit gewöhnt. Er kannte jeden Zentimeter des Bodens, jeden Stein, jeden Zaun, jede zurückgelassene Landwirtschaftsmaschine auf seinem Anwesen. Er betrachtete die Grauschattierungen, dann bewegte er sich auf das Auto zu. Er löste die Sicherung des Gewehrs und spähte durch die reifbedeckten Fenster. Es war so, als ob er versuchen würde, mitten im Winter auf den Grund eines Flusses zu blicken. Er konnte verflucht noch mal nicht das Geringste erkennen.

Mit einem Finger hob er den Griff an der Fahrertür an. Das Schloss klickte auf, aber im Innern des Wagens ging kein Licht an. Nat trat einen Schritt zurück und spähte ins Auto, konnte eine eingemummelte Person auf der Rückbank erkennen, die regungslos dasaß.

Seine Finger krallten sich um das Gewehr, und er spürte die Anspannung knistern wie Elektrostatik an einem trockenen Tag. Die Härchen in seinem Nacken stellten sich auf.

„Nehmen Sie das Gewehr runter, Mister." Die Stimme war sanft und feminin.

„Und warum sollte ich das tun?", fragte er.

Sie erwiderte nichts. Er konnte ihre Besorgnis erahnen, konnte beinahe spüren, wie sie in der Sicherheit ihres Jeeps ihre Optionen abwägte.

Er biss die Zähne zusammen. „Ich denke nicht daran, Ma'am." Er mochte vielleicht dazu erzogen worden sein, Frauen gegenüber höflich zu sein, aber er war nicht dumm. „Nicht, bis Sie mir gesagt haben, warum Sie sich mitten in der Nacht auf mein Grundstück geschlichen haben."

Sie rutschte ein wenig hin und her. Er konnte ein Rascheln hören, als sie die Decken zur Seite schob.

„Wie heißen Sie?", fragte sie. Etwas schwang in ihrer Stimme mit, eine Art Akzent, der ihre Stimme gleichzeitig warm und aggressiv klingen ließ. Das löste etwas seines Ärgers und entfachte einen Funken Neugierde in ihm.

„Tja, Ma'am." Nat sprach leise und seine Stimme war stählern vor Höflichkeit. „Eine bessere Frage wäre, wie zur Hölle Sie heißen?"

❦

Das war eine gute Frage. Eine fantastische Frage. Aber Elizabeth hatte schon so lange verdeckt gearbeitet, dass sie sich das mittlerweile selbst zu fragen begann.

Sie war der Wegbeschreibung gefolgt, die ihr die Frau am Telefon gegeben hatte, hatte sich ein Dutzend Mal verfahren, bevor die göttliche Vorsehung ihr eine noch größere Herausforderung in Form eines Platten serviert hatte. Alles in allem war sie drei Tage mehr oder weniger durchgefahren und hatte seit achtzehn Stunden nichts mehr gegessen. Angst und Erschöpfung hatten sie in eine Dilettantin verwandelt.

Dumm.

Anstatt im Hintergrund zu verschwinden, streckte sie einem unschuldigen Mann eine Waffe ins Gesicht.

Doppelt dumm.

Sie ließ die Glock zurück in ihre Handtasche gleiten. Langsam, lautlos. Sie wollte ihn nicht alarmieren, wollte nicht von irgendeinem schießfreudigen Irren angeschossen werden, der sich auf sein Recht, Waffen zu tragen, berief. Es gab in ihrem Leben schon genug solcher Verrückte, um die sie sich sorgen musste.

Ihre Sicht verschwamm, und ihre Reflexe waren so zäh wie Leim.

Der Rancher klang auch nicht gerade munter. Aber was hatte sie sich auch dabei gedacht, mitten in der Nacht hier aufzutauchen? Sie presste die Lippen in eine schmale Linie des Selbstvorwurfs zusammen.

Verärgerung drang in einer spürbaren Woge der Feindseligkeit durch die Dunkelheit. Der Cowboy war richtig sauer.

Sie hatte Mist gebaut.

„Ich heiße Eliza Reed. Ich habe eine Ihrer Ferienhütten für nächsten Monat gebucht." Ihre Stimme klang erstaunlich hell und leicht. „Ich bin früher losgefahren als erwartet. Ich wollte heute Nacht im Jeep schlafen und morgen früh um ein Zimmer betteln."

Sich als Idiotin hinzustellen, war zu diesem Zeitpunkt in ihrem Leben keine Kunst mehr. Sie räusperte sich, beobachtete ihn vorsichtig. Sie bemerkte die Art und Weise, wie er sein Kinn senkte, auch wenn der Rest von ihm regungslos wie ein Berg dastand. Schweigen breitete sich aus, während sie die Luft anhielt und auf seine Antwort wartete. Seine Silhouette wirkte düster und bedrohlich – unnachgiebig.

Scheiße.

Er würde sie fortschicken.

Sie versuchte, ihre Kehle zu befeuchten, schluckte wiederholt, aber es half nichts. Sie würde heute nicht weiterfahren können. Ihr Magen knurrte, aber sie hatte keinen Appetit. Sie wollte nur eine Million Jahre lang schlafen. Die Augen fielen ihr zu, und sie schwankte. Sie hielt sich an der Kopfstütze vor ihr fest, straffte ihre Schultern und hob das Kinn.

„Ich bin mir sicher, wir finden etwas Besseres als ihren Jeep, Ma'am", sagte er schließlich.

Seine Stimme war tief, die Aussprache gedehnt, träge, und erinnerte sie an eine Kindheit voller Western-Serien am Samstagmorgen. Diese Kindheit war mit ihren Eltern zusammen gestorben.

„Danke. Vielen Dank, Danke."

Brabbeln war kein gutes Zeichen.

Sie blickte auf und Erleichterung rauschte durch sie hindurch. Sie atmete tief durch und versuchte, sich zu entspannen.

„Ich werde jetzt aussteigen, okay?" Sie deutete mit dem Kinn auf das Gewehr, wartete auf seine knappe Bestätigung, konnte die schwache Lockerung in seiner ganzen Haltung spüren wie das Aufrollen einer wütenden Schlange, als er den Gewehrlauf auf den Boden richtete und die Waffe sicherte.

Sie hob ihre Augen zu seinem Gesicht und vergewisserte sich, dass ihre Hände uneingeschränkt sichtbar waren, bevor sie sich bewegte. Sie zitterten furchtbar, aber das war okay. Bei der eisigen Kälte und dem Adrenalinschub würde er überhaupt nicht wissen, wovor sie eigentlich solche Angst hatte.

„Sie haben mich zu Tode erschreckt, als Sie die Tür aufgezogen haben." Sie zwang ein nervöses, kleines Lachen hervor, bemerkte, dass es natürlich klang. Sie presste eine zitternde Hand auf ihre Brust und fügte hinzu, „Ich habe diese ganzen Gruselgeschichten über Grizzlys und Wölfe gehört."

Als ob irgendjemand jemals davon gehört hätte, dass ein Wolf eine Autotür aufgezogen hatte.

Der Mann rührte sich nicht. Sprach nicht. Das war unglaublich beunruhigend. Ihr Blick heftete sich an den Schatten, der sein Kinn durchkreuzte, alles, was sie in der Dunkelheit ausmachen konnte. Ihr Gleichgewichtssinn gab vor nervöser Erschöpfung nach, und plötzlich bekam sie keine Luft mehr.

Luft. Sie brauchte Luft.

Die Decke verhedderte sich um ihre Beine, und sie geriet in Panik. Sie zerrte an der Decke und stolperte unbeholfen aus dem Jeep. Der Mann hatte sich nicht einen Zentimeter von der Stelle bewegt, und sie fand sich auf Augenhöhe mit dieser Kerbe in seinem Kinn wieder.

Er hatte einen starken, festen Mund, und das gefiel ihr nicht.

Ein Atemzug der kalten Gebirgsluft vereiste ihre Lunge, und sie zitterte vor Kälte, stieß einen tiefen Seufzer aus und beobachtete wie verzaubert, wie die Atemwolke an der Wange des Cowboys vorbeiwirbelte. Er bewegte sich ein winziges Stück zur Seite, als ob er diesen flüchtigen Kontakt vermeiden wollte.

Gereiztheit strömte in Wellen von ihm aus, von seinen

kantigen Schultern bis zu der steifen Art und Weise, wie er sein Gewehr hielt.

Gegen diesen kühlen Empfang ankämpfend, versuchte sie es erneut. „Es tut mir wirklich sehr leid, ich hätte angerufen, aber ich hatte keinen Empfang ..." Sie wusste, dass er sie stirnrunzelnd anschaute.

Furcht jagte ihre Nervenbahnen entlang. Angst verschlug ihr die Sprache und lähmte ihre Muskeln. Plötzlich konnte sie nicht mehr sprechen. Niemand wusste, dass sie hier war. Niemand wusste, dass sie auf einer abgeschiedenen Ranch in den Bergen war, nur ein paar Zentimeter von einem großen, bösen Cowboy entfernt.

Und wäre das nicht eine der kleinen, gemeinen Ironien des Lebens? Auf der Flucht ermordet.

Frierend zog sie ihre Jacke enger um ihren Körper zusammen, wickelte sich in ihren Schutz ein. Sie fingerte an den großen, runden Knöpfen herum und konzentrierte sich auf ihre glatte Oberfläche. Wünschte, sie hätte die Glock in ihre Jackentasche gesteckt anstatt in die Handtasche, oder daran gedacht, eine Ersatzwaffe einzupacken. *Dumm, dumm, dumm.*

Entspann dich. Atmen. Entspann dich.

Elizabeth war eine gute Agentin gewesen – besser als gut. Aber jetzt donnerte ihr Herz wie ein tosender Fluss, und kalter Angstschweiß lief ihr den Rücken hinunter. Sie wollte fliehen. Davonrennen und nicht zurückschauen. Aber es gab keinen Ort mehr, an den sie noch hätte fliehen können.

Jeder ihrer Sinne war angespannt, während sie versuchte, die Absichten des Fremden einzuschätzen. Ihre Augen hatten sich an das Sternenlicht gewöhnt, und ihre rechte Hand zuckte nach ihrer Waffe. Er musterte sie aufmerksam, als ob er versuchte, eine Entscheidung zu treffen.

Ob er sie erschießen oder davonjagen sollte?

Ein nervöses Lachen stieg in ihr auf – die Erschöpfung machte sie unbesonnen. Sein Kiefer war so angespannt, dass sie trotz des düsteren Lichts sehen konnte, wie die Muskeln zuckten. Unwillkürlich trat sie einen Schritt zurück, spürte, wie ihr Rücken gegen das eisige Metall des Autos stieß.

„Schätze, ich sollte Sie auf der Triple H Ranch willkommen heißen, Ma'am." Seine Stimme war tief und leise, so leise, dass sie sich anstrengen musste, ihn zu verstehen. Er streckte eine Hand aus, während er mit der anderen weiterhin das Gewehr festhielt. „Nat Sullivan."

Das Zögern in seiner Stimme ließ sie ihre Lippen in eine schiefe Grimasse verziehen. Die Hintergrundprüfung von Nat Sullivan hatte ergeben, dass er ein korrekter Kerl war. Single, Anfang dreißig, hatte eine erfolgreiche Karriere als Tierfotograf für National Geographic aufgegeben, um nach Hause zu kommen und die Ranch zu übernehmen, nachdem sein Vater gestorben war.

Aber Hintergrundprüfungen erzählten nicht immer die ganze Geschichte ...

„Danke", erwiderte sie und streckte die Hand aus, um seine zu schütteln, entschlossen, mutig zu sein.

Die Berührung seiner rauen Haut an ihren Fingern schickte eine zischende Schockwelle wie eine Feuersbrunst durch ihre Nervenbahnen. Sie riss ihre Hand zurück, schlang ihre Arme fest um ihre Taille und zwang sich mit den letzten Resten ihrer Energie ein Lächeln ins Gesicht.

Darauf war sie nicht vorbereitet gewesen. *Auf keinen Fall, Sir.*

Sie hatte nicht mit irgendeiner seltsamen Energie gerechnet, die hervorspringen und ihr in den Arsch treten würde. *Nein, Sir.*

Vielleicht hatte der Adrenalinschub vorhin sie hypersensibel gemacht. Vielleicht machte die Erschöpfung sie übermäßig schreckhaft. Oder vielleicht lag das auch an dem millionenschweren Kopfgeld, das auf sie ausgesetzt war. Ihr Lächeln entglitt ihr, und sie schaffte es nicht mehr, es bis in ihre Augen wandern zu lassen.

Seine Hitze, sogar ohne körperliche Berührung, war wie eine

feste Wand voller Energie, die von seinem Körper ausströmte. Sie wollte etwas von dieser Hitze abbekommen. Die Kälte schob sich mittlerweile durch sie hindurch wie ein Gletscher.

Er änderte den Griff an seiner Waffe, und sie zuckte zusammen, nur das winzige Flackern einer Bewegung, aber genug, um sie daran zu erinnern, dass sie das Opfer war. Die Angst machte sie schwach, und das war das Einzige, was sie partout nicht sein wollte. Sie schluckte den harten Kloß in ihrem Hals hinunter, kämpfte gegen den Dunst der Emotionen an, die sie zu ersticken drohten. Es war ein Fehler gewesen, heute Abend hierherzukommen – sie hätte noch weiter wegfahren sollen. Nur dass nicht einmal der Mond weit genug entfernt war, wenn man vor seinen Erinnerungen davonrannte.

Was für ein verfluchtes Chaos.

„Schlüssel?", verlangte er.

„Wie bitte?"

„Wo sind Ihre Schlüssel?" Er zog jedes seiner Worte in die Länge, als ob seine Geduld nur noch an einem hauchdünnen Faden hing.

Sie warf einen Blick in Richtung des Zündschlosses, zuckte zurück, als er einen Schritt vortrat, um die Autoschlüssel herauszuziehen.

Oh, Mist.

Der Cowboy machte auf den Absätzen kehrt und ging um das Auto herum.

Elizabeth schwankte, ratlos und verwirrt. Der Wind zupfte an ihrer Jacke und wehte durch ihre Haare, als sie ihm hinterherblickte. Ihre Gedanken ratterten in Zeitlupe, eine Synapse nach der anderen.

Was hatte er vor? Zu müde, um auch nur einen Fuß vor den anderen zu setzen, schaute sie ihm zu, einfach dankbar dafür, nicht tot zu sein.

NAT FLUCHTE, weil er aus dem Gleichgewicht gebracht worden war. Er öffnete den Kofferraum des Jeeps, starrte blind in den Wagen hinein, während eine mickrige Glühbirne ein schummriges Licht verbreitete. Nach diesem höllischen Tag war er verärgert darüber, dass sie zu früh aufgetaucht war, und dann auch noch unangekündigt. Aber er war verdammt noch mal völlig wie vom Blitz getroffen gewesen, als er einen Blick in ihr Gesicht geworfen hatte.

Es lag nicht daran, dass sie hübsch war. *Das* hatte ihn nicht aus dem Konzept gebracht. Aber für einen kurzen Augenblick, als sie aus dem Auto gestiegen war und ihn angeschaut hatte ... hatte sie ausgesehen wie Nina. Und sein Herz hätte sich beinahe zu Tode gehämmert.

Mit dem Handballen rieb er sich die Augen und zuckte zusammen, als er den empfindlichen Bluterguss berührte, den ihm einer der Schuldeneintreiber vorhin verpasst hatte. Die Dunkelheit hatte die Farbe aus ihren Augen radiert, aber nicht ihre Form. Groß und weit aufgerissen, leicht schräg wie die Augen einer Katze, und abgerundet von Filmstar-Augenbrauen – genau wie Ninas Augen ausgesehen hatten.

Aber sie war nicht Nina.

Und auch wenn ihre Augen hübsch waren, waren sie auch bleiern vor Müdigkeit, die Lider wurden schwer, fielen ihr immer wieder zu, als ob schon die Schwerkraft allein sie zum Einschlafen bringen würde.

Er stieß einen langen, tiefen Seufzer aus, der die Anspannung in seiner Brust etwas linderte, und schlang sich den Gurt des Gewehrs über die Schulter.

Diese Frau war nicht Nina. Aber sie bedeutete Ärger. Das taten schöne Frauen immer. Nicht genau das, was er in seinem Leben brauchte, das jetzt ohnehin schon höllisch kompliziert war. Wenn er das Geld nicht so verzweifelt brauchen würde, hätte er sie davongeschickt, scheißegal, wie müde oder hübsch sie war.

Verdammt.

Er schnappte sich die beiden Reisetaschen, von denen er nicht sagen konnte, ob sich darin Kleidung oder Goldbarren befanden. Als er sie hochwuchtete, spürte er, wie die frisch geheilte Haut an seinen Knöcheln wieder aufplatze, während das Gewicht an seinen Fingern zerrte.

Vielleicht würde er sich das nächste Mal daran erinnern, dass er zu alt für einen Faustkampf war.

Und vielleicht würde er sich das nächste Mal einen anderen Kopf wachsen lassen.

„Sie müssen heute Nacht im Haupthaus schlafen." Er warf einen Blick über seine Schulter auf die regungslose Frau. „Es dauert gute zwei Stunden, bis die Hütte aufgeheizt ist."

Wenigstens hatten sie Platz im Haupthaus, jetzt, wo seine Mutter im Krankenhaus lag. Wieder dieser Silberstreifen.

Seine Lippen zuckten.

Die Frau stand einfach nur da und blickte ihn an. Unter ihrer formlosen Wollmütze schauten ein paar dunkle Haarsträhnen hervor, und die Augen fielen ihr immer wieder zu. Nicht, dass sie müde geklungen hatte, als sie ihm gesagt hatte, er solle das Gewehr herunternehmen. *Nein, verdammt.* Sie hatte geklungen wie ein gottverdammter Army-General. Nat stierte finster vor sich hin, warf sich eine der Taschen über die Schulter und drehte sich in Richtung Haupteingang des Hauses um.

Sie hatte sich noch immer nicht von der Stelle bewegt.

Er drehte sich zu ihr um. „Kommen Sie?"

Sie streckte die Hand aus, die Handfläche nach oben. Dann rollten ihre Augen in den Kopf und sie sank auf die gefrorene Erde.

Nat fiel der Mund auf. Seine Beine schienen nicht zu funktionieren, allerdings war er auch viel zu weit entfernt, als dass er sie hätte auffangen können, selbst wenn sie sich bewegt hätten.

Er ließ die Taschen fallen und rannte zu ihr, fühlte nach ihrem Puls. Ihr Gesicht war blasser als der Schnee, aber ihre Haut war weich und warm unter seinen Fingerspitzen. Der Puls an ihrem

Hals schlug kräftig und gleichmäßig, trommelte rhythmisch vor sich hin.

Er hörte ein leises Geräusch und starrte sie unsicher an. Er hatte heute bereits einen Notfall hinter sich und brauchte keinen zweiten. Wieder dieses schwache, gleichmäßige Geräusch. Leise, aber nachhallend.

Grinsend stellte er fest, dass Miss Umwerfend tief und fest schlief und leise schnarchte. Er hockte sich auf die Fersen seiner Cowboystiefel und überlegte hin und her, was er jetzt tun sollte. Das hier war kein Notfall. Der Frau schien es gut zu gehen, bis auf die Tatsache, dass sie vor Müdigkeit umgefallen war, aber er konnte sie schließlich nicht hier im Schnee liegen lassen. Sie sah so friedlich aus, das sanfte Heben und Senken ihrer Brust ruhig und entspannt. Nat brachte es nicht übers Herz, sie aufzuwecken. Er beugte sich vor und hob sie in die Arme.

Trotz ihrer Größe war sie ein Leichtgewicht. Ihre langen Beine baumelten über seine Ellenbogen, ihr Kopf ruhte an seiner Schulter, sicher unter seinem Kinn eingeklemmt. Er ignorierte ihre weichen Brüste und die Kurven ihres Hinterns an seinen Armen und ging auf das Haus zu. Er musste weder daran erinnert werden, dass sie eine wunderschöne Frau war, noch dass es schon eine Weile her war, seit er das letzte Mal eine im Arm gehalten hatte.

Er hob sie etwas höher, atmete ihren Duft ein, natürlich und frisch. Der Duft rief tief in ihm eine Reaktion hervor, die er gleichzeitig ignorieren und erforschen wollte. Er schob diese Gedanken zur Seite.

Ihre Lippen waren einen Spaltbreit geöffnet, und ihr Atem strich über seine Wange wie das Wispern einer Geliebten. Er blickte geradeaus, wollte nicht an ihre Lippen denken.

Vorsichtig bewegte er sich durch das dunkle Haus und trug sie die Treppe hinauf. Er zögerte, als er auf dem Treppenansatz angekommen war, dann betrat er sein eigenes Zimmer und legte sie auf dem Bett ab. Danach zog er ihr die Stiefel und Mütze aus.

Sie rührte sich nicht.

Er strich ihr die dunklen Haare aus der Stirn, spürte, wie die Strähnen durch seine Fingerspitzen glitten wie Seide.

Dann zog er die Decke über Miss Eliza Reeds schlafenden Körper, trat einen Schritt zurück und betrachtete sie. Er redete sich dabei ein, dass es Sorge war, die ihn starren ließ. Ihr Atem ging tief und gleichmäßig, ihr Gesicht war entspannt und verlor langsam seine Leichenblässe. Sie zuckte im Schlaf, und eine ihrer Hände schob sich unter das Kissen.

Ein Lachen regte sich in seiner Brust und überrumpelte ihn. Der Tag war ein völliges Desaster gewesen, und sein Leben schien immer seltsamer zu werden. Aber wenigstens bedeutete seltsam in diesem Fall, eine wunderschöne Frau in seinem Bett liegen zu haben.

Kapitel Zwei

Um sechs Uhr morgens warf sich irgendetwas auf sie.

Er hatte sie gefunden. Hektisch tastete sie nach ihrer Waffe – und fand nichts. Verzweifelt fuhr sie suchend mit den Fingern unter dem Kissen hin und her und riss an den Laken. Schweiß lief ihr über das Gesicht, als sie sich auf sein Lachen gefasst machte, dieses bittere, abartige Geräusch, das ihr Herz erstarren ließ und durch ihre Albträume hallte. Ihr Atem stotterte und stockte, als sie zu schreien versuchte, ließ den Schrei durch ihre Gedanken hallen, aber aus ihrem Mund kam kein einziger Ton.

Sie würde nicht schreien. Diesmal nicht.

Eingehüllt in die Finsternis bekam sie keine Luft mehr, konnte nichts sehen, konnte sich nicht aus den Laken und Decken befreien, die sie fesselten. Heiße, abgestandene Luft erstickte sie, Schweiß rann in ihre Ohren, und ihre Finger waren nutzlose, schwammige Fortsätze.

Ein Tritt in ihre Niere ließ sie nach Luft schnappen, dicht gefolgt von einem brennenden Schlag gegen ihr Ohr. Sie keuchte und würgte, kämpfte gegen die schwere Decke an, um sich zu wehren.

Wo bin ich?

Ein Schlag streifte ihre Nase und ließ den Schmerz hinter ihren Augen explodieren.

Irgendwo im weit entfernten Flur ging ein Licht an und ein leises Kichern durchdrang ihren Terror. Elizabeth fiel in die Kissen zurück, als ein lachender Cherub vom Deckenberg auf sie hinunterblickte.

Sie war endgültig verrückt geworden.

Halleluja.

Wenigstens war *er* es nicht.

Das Kind war wunderschön. Zarte Locken und tiefblaue Augen. Elizabeth streckte die Hand aus, um eine der losen Haarsträhnen zu berühren, zog dann aber erschrocken die Hand zurück, als sie feststellte, dass das kleine Mädchen aus Fleisch und Blut war und nicht etwa ein Hirngespinst.

Im selben Augenblick entdeckte das Kind sie ebenfalls, und sein Mund verwandelte sich in seiner Verwirrung in ein rundes O.

„Wer bist du?", fragte das Kind in einem schrillen Flüsterton. „Wo is' Onkel Nat?"

Elizabeth stöhnte auf, rieb sich mit den Händen über das Gesicht, als sie sich daran erinnerte, was gestern Nacht passiert war. Onkel Nat musste sie für eine Verrückte halten.

Das kleine Mädchen zerrte an der Decke, suchte nach ihrem verschwundenen Onkel.

„Ich kann dir sagen, dass dein Onkel nicht da unten ist, Süße." Elizabeth gab sich im Tauziehen um die Decke geschlagen. Das Knarzen der Dielen warnte sie, dass jemand in Richtung Zimmer kam. Ihre Muskeln spannten sich an, und der Atem steckte in ihrer Brust fest.

Eine große Silhouette erschien in der Tür, und ihr wurde klar, dass es Nat Sullivan sein musste. Der verschollene Onkel. Sie entspannte sich etwas. Er hatte ihr gestern Nacht nichts getan, als sie so hilflos wie ein Neugeborenes gewesen war – *dumme, dumme Frau.*

Nat lehnte sich gegen den Türrahmen, trug eine alte Jeans und ein offenes Hemd, das lose über seinen breiten Schultern hing. Das Hemd ließ einen Blick auf einen schlanken Torso frei, der mit kräftigen Muskeln bedeckt war, bevor er anfing, das Hemd zuzuknöpfen. Elizabeth wandte die Augen ab, war überfordert vom Aufblitzen der Energie, die durch sie hindurchströmte und sie atemlos zurückließ.

„Morgen, Ma'am. Entschuldigen Sie, dass unser kleiner Kobold Sie aufgeweckt hat. Sie geht mir immer durch die Lappen."

Der weiche Klang seiner Stimme schickte ein warmes Schaudern ihren Rücken hinunter. Ein gutes Schaudern – ein angenehmes Schaudern – ein normales Schaudern. Es war lange her, seit sie so etwas empfunden hatte.

„Kein Problem. Tut mir leid, dass ich gestern Nacht einfach so umgekippt bin." Sie blickte auf und erwiderte seinen Blick. Er sah noch ganz zerknittert und müde aus, und sie erkannte, dass er vor Kurzem in eine Schlägerei verwickelt worden sein musste. Eins seiner Augen hatte ein schwarzes Veilchen, eine Reihe von gelb-violetten Blutergüssen erstreckte sich über seinen Kiefer, und eine übel aussehende Platzwunde verdunkelte seine Unterlippe. Dunkle, saphirblaue Augen funkelten sie amüsiert an. Eine breite Stirn, dichte, blonde Augenbrauen und eine schmale Nase führten zu einem Mund, der gleichermaßen sinnlich und reserviert aussah.

Er fuhr sich mit einer Hand durch die Haare, sodass sie in blonden Spitzen zu Berge standen.

„Geht's Ihnen besser?" Seine Stimme wand sich mit diesem langsamen, sexy Tonfall durch sie hindurch. Er trat ins Zimmer, lächelte das kleine Mädchen liebevoll an, das mittlerweile ein Kuckuck-Spiel mit der Bettdecke spielte, dann fiel sein Blick wieder auf Elizabeth.

Trotz allem schoss die Angst schneller durch ihre Nervenbahnen als ein Blitz. Wo war ihre Waffe ...?

Ihr Magen überschlug sich, als sie auf das Kind hinunterblickte, das auf dem Fußboden spielte. Gott sei Dank hatte sie ihre Waffe nicht gefunden.

Nat Sullivan tat noch einen Schritt ins Zimmer hinein, blockierte das Licht, als er näher kam. Er war groß genug, um den ganzen Raum auszufüllen.

Panik jagte über ihre Haut wie tausend tanzende Ameisen. Elizabeth rutschte das Bett hoch, zog die Knie bis unters Kinn. Sie schlang eine Hand um jeden Knöchel, während sie ihn abschätzte.

Würde sie es mit ihm aufnehmen können?

Zu groß, zu stark. Nichts als Sehnen und kräftige Muskeln. Sie vergaß zu atmen, war von dieser unaufhörlichen Bedrohung überfordert, als er am Bett ankam und stehenblieb, die Hände in die Gesäßtaschen seiner Jeans gehakt.

Hektisch suchten ihre Augen sein Gesicht ab, aber sie konnte keine Boshaftigkeit entdecken. Keine düsteren Absichten. Die blauen Augen funkelten lachend, und trotz des harten, kantigen Kiefers bog sich sein Mund in ein Lächeln, das ... lädiert aussah.

„Woher haben Sie das Veilchen?" Ihre Stimme war heiser, weil sie in letzter Zeit so selten gesprochen hatte, oder vielleicht lag es auch an ihrer Nervosität.

Sein Mundwinkel zuckte in ein schiefes Grinsen, als ob er die Blutergüsse ganz vergessen hätte oder vielleicht gehofft hatte, sie würde es nicht bemerken. Das musste höllisch wehgetan haben.

„Ich hatte eine Meinungsverschiedenheit mit ein paar Typen, die mir etwas wegnehmen wollten, was mir gehört." Er rieb sich mit Daumen und Zeigefinger das raue Kinn, und sie musterte ihn eingehend.

Sie nickte, fuhr sich mit der Zunge über die trockenen Lippen, schreckte aber vor dem Interesse in seinen Augen zurück, die jede ihrer Bewegungen genau beobachteten.

„Ich glaube, Ihre Mutter hatte mir die Wegbeschreibung durchgegeben. Wohnt sie auch hier ...?" Sie versuchte, beiläufig zu klingen, wusste aber, dass sie es nicht hinbekommen hatte, als

Nat Sullivan sich aufrichtete und wie angegriffen einen Schritt zurücktrat. Verärgert und auf dem Rückzug.

Gott sei Dank.

„Sie ist zurzeit im Krankenhaus, aber ja, sie wohnt auch hier." Seine Augenbrauen zogen sich über seinen Bilde-dir-bloß-nichts-ein-Augen zusammen, die nicht länger amüsiert wirkten. „Meine Schwester Sas ist gestern Abend bei ihr geblieben, nachdem ihre Schicht vorbei war – sie ist Ärztin in der Notaufnahme. Und Ryan, mein Bruder ... na ja, er ist noch nicht wieder zurück."

Elizabeth versuchte, ihre Beunruhigung zu verbergen und kaute an ihrer Unterlippe herum. „Also sind im Augenblick nur Sie und ich hier."

Als er den Kopf in den Nacken warf und lachte, versteifte sie sich.

„Sie, ich", er zeigte auf das kleine Mädchen, das neben dem Bett Bücher aus einem Regal zog. „Tabitha. Ein paar hundert Rinder, sechsundsiebzig Pferde, drei Hunde, zwei Stallkatzen, ein Esel und ein paar Hamster." Wieder lachte er, und der tiefe Laut erfüllte das Zimmer mit Wärme. „Auf der Triple H Ranch ist man nie allein. Es gibt auch noch zwei Rancharbeiter, die drüben in den Baracken schlafen, und Sas und Ryan sollten rechtzeitig zum Frühstück wieder hier sein. Genießen Sie also die Ruhe, solange sie können." Er machte kein Geheimnis daraus, dass er sie nun von Kopf bis Fuß musterte. „Die wird nicht lange anhalten."

Tabitha meldete sich wie aufs Stichwort, und ihre kindliche Stimme tönte laut durch die Stille des Morgengrauens. „Onkel Nat?"

Elizabeth erinnerte sich daran, zu atmen, als Nats Aufmerksamkeit zu seiner Nichte wanderte. Er kauerte sich neben sie und nahm ihre kleine Hand in seine. „Ja, Tabby?"

„Ist das deine Freundin?"

In seinem leisen Lachen schwang ein harter Tonfall mit, der Elizabeth schaudern ließ, und sein Blick flackerte zu ihr, als ob er ihre Reaktion sehen wollte.

„Nein, Tabitha Rebecca Sullivan, diese Dame ist nicht meine Freundin und du“, er zeigte mit dem Finger auf ihren Bauch und wackelte damit, „solltest nicht hier im Zimmer sein und unsere Gäste stören.“

Er kitzelte sie kurz, bevor er sie auf den Arm nahm.

„Was machst *du* dann hier, Onkel Nat?“, fragte Tabitha zwischen Kichern und Kreischen.

„Nach dir suchen, du Zwerg.“ Wieder kitzelte er seine Nichte. „Und nach unserem Gast schauen.“ Seine Stimme war tief und warm, und er lächelte. „Schauen, ob sie noch lebt.“

Wenn Sie wüssten.

Ihre Anspannung löste sich, als Nat Sullivan sich umdrehte, um das Zimmer zu verlassen. Elizabeth stieß einen erleichterten Seufzer aus, der sich in ein Stöhnen verwandelte, während das massive Holz des Kopfteils gegen ihr Rückgrat drückte.

„Komm, Tabby. Miss Reed hier sieht so aus, als ob sie noch ein bisschen schlafen müsste. Mal schauen, ob sie sich heute den ganzen Tag auf den Beinen halten kann, hm?“

Elizabeth ignorierte die Hitze, die sich über ihre Wangen ausbreitete, und zog die Decke wieder auf das Bett, starrte Nat Sullivan grimmig an, aus keinem anderen Grund, als dass sie sich dadurch besser fühlte. Unerwartet drehte er sich herum, sah ihren missmutigen Blick und zwinkerte ihr zu. Sie spürte, wie sich die Röte bis zu ihrem Hals hinunter ausbreitete. Er warf sich seine Nichte über die Schulter und spazierte aus dem Zimmer, als ob er keine Sorgen auf der Welt hätte, und zog die Tür hinter sich zu.

So glücklich wäre sie auch gern.

Elizabeth fiel zurück in die Kissen, war gleichermaßen amüsiert und irritiert von Nat Sullivan. „Was zur Hölle mache ich hier?“

Ihre Hand presste sich auf ihre Stirn und sie schloss die Augen. Drehte ihr Gesicht in das kühle Kissen und musste bei dem Gedanken, aufzustehen, beinahe weinen.

Es war zehn nach sechs.

Zum ersten Mal seit Monaten ließ sie zu, dass sie wieder in den Schlaf sank, er ihr Bewusstsein übermannte und sie in ein leichtes Dösen lullte. Die Wärme und die Sicherheit von Nat Sullivans Bett boten ihr einen Zufluchtsort, den sie mehr brauchte als ihr Lebensblut.

❦

FEDERAL PLAZA, New York City, 3. April

MARSHALL HAYES, der leitende Special Agent der geheimen FBI-Einheit für Fälschungen und Kunstwissenschaften, hielt den leitenden Special Agent der Einheit gegen organisiertes Verbrechen in einem eisernen Griff, wobei er ihn an einer Wand im noblen Büro seines Kollegen hochstemmte. Nikotin durchdrang Rons Atem, und Marsh stand so dicht vor ihm, dass er die gelben Flecken auf seinen Zähnen erkennen konnte. Rons Gesicht pulsierte dunkelviolett, die Art von Gesichtsfarbe, die auf Sauerstoffmangel und einen in die Höhe schnellenden Blutdruck schließen ließ. Seine kurzen Beine strampelten hilflos über dem Boden.

Marshs Unterarme schmerzten schon davon, das schwere Gewicht zu heben, und sein Bizeps zitterte, als seine Muskeln anfingen, nachzugeben. Er schnappte tief und bewusst nach Luft, entspannte seinen Griff einen Bruchteil, und ließ den Zorn verebben.

Das Weiß in Rons Augen war blutunterlaufen und unterstrich das durchsetzte Blau seiner Iris. Pummelige Finger krallten sich um Marshs Handgelenke wie Handschellen, eine intime Umarmung zwischen zwei Männern, die sich nicht einmal mochten.

Marsh trat einen Schritt zurück, riss die Hände von Ron, seine Finger steif von der langen Anspannung. Ron klammerte sich weiterhin an ihn, als er die Wand hinunterrutschte und mit einem

Plumps auf dem Boden landete. Marsh schüttelte ihn ab, wich zurück und lauschte dem Herzschlag, der mit einem dumpfen *Ba-dumm, Ba-dumm, Ba-dumm* durch seine Ohren dröhnte.

Ron Moody war eine Anklage wegen Mordes nicht wert, ebenso wenig, seinetwegen die Karriere an die Wand zu fahren. Er war nicht einmal einen neuen Anzug wert. Marsh streckte den Arm aus, hob die Waffe vom beigen Teppich auf. Seit Jahren hatte ihn niemand mehr mit einer Waffe bedroht. Die Sorte Krimineller, mit denen er sich normalerweise abgab, benutzten dafür Täuschung und belastende Dokumente, nicht Feuerwaffen. Ron hatte in dem Augenblick an seinem Holster herumgefingert, als Marsh die Tür aufgemacht hatte.

Die Dinge mussten schlimmer stehen, als ihm klar gewesen war.

Marsh steckte die Waffe in seine Jackentasche. Fiel in den Stuhl gegenüber Rons chaotischem Schreibtisch, als das Adrenalin plötzlich abfiel. Ron war ein Arsch, ein karrieregeiler Typ, dem es egal war, wen er auf dem Weg nach oben opferte.

„Wenn sie tot ist, bringe ich Sie unter die Erde." Marsh sprach leise und starrte aus dem Fenster auf den Ausblick, der von der Brooklyn Bridge dominiert wurde. Dann wandte er den Kopf, blickte den Mann auf dem Fußboden ausdruckslos an. „Möglicherweise bringe ich Sie sogar noch vorher um."

Ron verzog sein hässliches Gesicht und starrte ihn grimmig an. Er atmete heftig und seine Hände kratzen über den Teppichboden.

Marsh streckte die Hand über den Schreibtisch und drückte die altmodische Gegensprechanlage. Er brauchte Informationen, aber zuallererst brauchte er Koffein.

„Könnte ich einen Kaffee bekommen, Alice? Und bringen Sie Ihrem Boss am besten auch einen mit."

Schweigend musterte er Ron. Der Hals des anderen Mannes wirkte zu dick für den gestärkten Kragen, und seine Haut trat über den Baumwollrand. Ron steckte sich einen dicken Finger in den Kragen und legte den Kopf in den Nacken, um mehr Luft zu bekommen. Nach einem Moment erhob er sich schwankend, hielt sich an der Wand fest, um nicht das Gleichgewicht zu verlieren. Er taumelte, gerade so viel, um überzeugend zu wirken, dann sank er in den schwarzen Lederthron hinter seinem Schreibtisch.

Das Gesicht rot wie eine Rübe, die Augen mitleiderregend verzweifelt, rieb sich Ron den Hals, während er darauf wartete, dass Alice den Kaffee brachte. Alles an dem Mann bestätigte Marshs tief sitzenden Glauben, dass man niemals aufgrund von Äußerlichkeiten urteilen sollte.

Nachdem Alice gegangen war, räusperte sich Ron. „Elizabeth ist nicht tot." Seine Stimme krächzte rau.

Marsh wartete ab und nippte an seinem Kaffee.

Ron lockerte seine Krawatte, machte den obersten Knopf des einengenden Hemds auf.

„DeLattio wäre für mindestens zwanzig Jahre in den Bau gewandert, für das, was wir gegen ihn in der Hand haben. Er hatte keine Chance." Ron gluckste, lehnte sich mit einem selbstgefälligen Wippen in seinen Sessel zurück.

Kaltschnäuziger Bastard.

Marsh ballte die Fäuste, hielt die Emotionen in sich gefangen und schärfte seinen Zorn. Für Ron war Elizabeth nichts weiter als ein Instrument für eine Verhaftung gewesen, die seine Karriere besiegeln würde.

„Sobald wir seinen Computer ausgewertet hatten, haben wir mehr Beweise für Geldwäsche und Veruntreuung gefunden, als wir uns jemals erhofft hatten. Hunderte Millionen von Dollar." Ron zog ein Taschentuch aus seinem Jackett und tupfte sich damit die Schweißperlen von der Stirn. Er warf Marsh einen hastigen Blick zu, aber seine Augen flackerten wieder davon, bevor sie eine Verbindung aufbauen konnten. „Aber sämtliche Akteure wurden mit Codenamen eingetragen. Ohne DeLattios Hilfe hätten wir die Beweise für die weiteren Verhaftungen nicht aufstellen können."

Schweigen hing zwischen ihnen. Marsh wollte keine Ausreden hören. Er wollte einen Hinweis, irgendwas, das ihm verriet, wohin seine Agentin verschwunden war.

„Er ist clever." Ron rutschte in seinem Sessel hin und her, hielt Marshs Blick für etwa eine halbe Sekunde stand. Wurde mutiger. „Wir haben einfach nichts anderes finden können, um diesen Fall durchzukriegen, okay?"

Nein, es war nicht okay. Es war verdammt noch mal nicht okay.

Ron knüllte das schmuddelige Leinentaschentuch in seiner rechten Faust zusammen. „Mit der Aussicht auf ein Bundesgefängnis war es völlig ausgeschlossen, dass DeLattio ohne Gegenleistung auspacken würde. Der Staatsanwalt schaffte es, einen Deal auszuhandeln, und jetzt können wir eine ganze Generation von Kriminellen im Geldgeschäft auslöschen. Ist Ihnen eigentlich klar, was das bedeutet?"

Marsh wusste ganz genau, was das bedeutete. *Elizabeth war im Stich gelassen worden. Von vorne bis hinten aufs Übelste verarscht worden.* Er ließ Ron reden, ließ ihm genug Leine, um sich selbst zu hängen.

„Diese Akten enthielten nicht nur Informationen über die Bilottis, sondern auch über südamerikanische Drogenbarone, Terroristen, Regierungsbeamte, sogar über dreckige Polizisten." Er sah mittlerweile ruhiger aus, und seine Gesichtsfarbe näherte sich langsam einem rötlichen Ziegelsteinbraun an. Ron sprach weiter. „Es ist alles nach Plan verlaufen. Er hatte keinen Moment vermutet, dass eine Frau die Eier haben würde, die Organisation seiner Familie zu infiltrieren. Die Wanzen, die sie installiert hat, haben wunderbar funktioniert."

Marsh wusste, dass Moody ebenso überrascht darüber gewesen war wie die Mafia, dass eine Frau den Einsatz gegen die Bilottis geleitet hatte. Sogar in der heutigen Welt fiel es Ron immer noch schwer, Frauen als ebenbürtig anzuerkennen.

Marsh krallte die Finger in die Armlehnen, damit er dem Kerl keinen Kinnhaken verpasste. Er kontrollierte seine Stimme. „Sie haben Mist gebaut, Ron." Die Mafia oder Rons Glaubwürdigkeit innerhalb des FBI waren ihm scheißegal. „Sie haben eine Agentin geopfert, *meine* Agentin, die wiederholt ihr Leben für *Ihre* Sache riskiert hat."

Seine Agentin. Seine gute Freundin. Eine Frau, die er ins FBI gezerrt hatte, als sie noch zu jung gewesen war, um es besser zu wissen. Marsh drängte die Selbstvorwürfe zurück, die ihn quälten. Er hätte auf sie aufpassen sollen. Und sie hätte es verdammt noch mal besser wissen sollen.

Ron starrte ihn aus kleinen, schmalen Rattenaugen an – spannungsvoll, ohne es verstecken zu wollen. Die Einheit gegen organisiertes Verbrechen hatte Elizabeth benutzt wie ein Taschentuch und sie dann wie Müll weggeschmissen. Marsh knirschte mit den Zähnen, dass sein Kiefer schmerzte. Er legte seine Hände auf die Oberschenkel und presste sie mit aller Kraft seiner Schultern in seine Beine. Alles, um Ron nicht ins Gesicht zu schlagen.

Danach würde er sich definitiv besser fühlen.

Aber es würde ihm womöglich nicht das bescheren, was er wollte.

„Schauen Sie, Hayes. Ich weiß, DeLattio ist im Moment sauer auf Eliza, aber es gibt wichtigere Dinge, um die er sich sorgen muss, als um Rache. Er weiß noch immer nicht, dass sie eine Agentin ist. Eine Agentin *war*", verbesserte er sich eilig. „Er glaubt, dass sie nur eine nachtragende Schlampe mit mehr Geld als Verstand ist."

„Wer weiß sonst noch, dass sie verdeckt ermittelt hat?", fragte Marsh. Er hatte darauf bestanden, dass diese Information streng vertraulich behandelt wurde und nur bei ausdrücklicher Notwendigkeit weitergegeben werden durfte. Seine Abteilung war auf langfristige Undercover-Einsätze angewiesen, die Unwissende mit einer einzigen, unachtsamen Handlung zunichtemachen konnten.

„McCarthy. Ein paar Leute aus dem Büro des Staatsanwalts." Ron griff nach einem Stift und tippte damit auf den Schreibtisch, auf seine Kaffeetasse, auf sein Knie. „Johnston vermutet es wahrscheinlich. Er ist clever. Und sein Partner, Valdez. Die anderen im Büro denken, sie ist eine Zeugin für die Staatsanwaltschaft."

„Sie glaubt, es gibt eine undichte Stelle in Ihrer Einheit, Moody."

„Das ist Quatsch, Hayes, und das wissen Sie. Wir haben die Mafia ohne die geringsten Zwischenfälle hochgenommen. Wenn wir eine undichte Stelle hätten, hätten sie Wind von unserem Vorhaben bekommen." Ron lehnte sich zurück, und wieder traten Schweißperlen auf seine Stirn.

Marsh sah das anders. Er trank noch einen Schluck Kaffee, dann stellte er die Tasse auf dem Boden neben seinem Stuhl ab. Undichte Stellen konnten auch ganz unten in der Hierarchie auftreten, eine Rezeptionistin oder ein Wartungsarbeiter, sogar der Hausmeister, wenn die Agenten unvorsichtig wurden. Oder es konnte ein sehr kluger Agent sein, der wusste, wann er Grenzen ausloten konnte und wann er sich zurückhalten musste.

„Schauen Sie, ich weiß, Sie sind sauer, aber es ist nicht meine Schuld, dass sie durchgebrannt ist." Ron rieb sich die kahle Stelle am Hinterkopf, und seine Verärgerung zeigte sich in jeder Bewegung seiner Hand. Ron Moody war es nicht gewohnt, irgendjemanden beschwichtigen zu müssen. Seine Stimme war ein leises Rumpeln, als er sich vorbeugte und Marsh aus schmalen, genervten Augen anstarrte.

„Unterm Strich will halb Manhattan DeLattio tot sehen. Wenn die Mafia ihn in die Finger bekommt, schläft er bald bei den Fischen im East River. Also sagt er aus, bekommt auf Kosten der U.S.-Regierung eine Gesichtstransplantation und verlebt den Rest seines erbärmlichen Lebens im Zeugenschutzprogramm." Moody ließ die Schultern sinken, als er sich in seinen edlen Sessel zurücklehnte und an seinem Kaffee schlürfte. „Er hat weder die Zeit noch die Mittel, um auf einen Rachefeldzug zu gehen."

Marsh trommelte mit seinen Fingernägeln auf der Armlehne herum. DeLattios einziger Auftrag war Gewalt. Trotz seiner Ausbildung an einer Elite-Uni, lebte und atmete er Gewalt, jeden einzelnen Tag seines Lebens. Ab einem gewissen Zeitpunkt musste er Millionen gebunkert haben – er wäre ein Narr gewesen, das nicht zu tun. Und DeLattio kam ihm nicht vor wie ein Narr.

Marshs Augen wurden schmal.

Ron hatte ihn in der Hand.

Die Presse hatte zwei Jahre hervorragende Undercover-Arbeit zunichtegemacht. Elizabeths Leben, sowohl das verdeckte als auch das echte, waren zerstört. Er starrte Moody an, ohne zu blinzeln. Ein billiger Trick, aber er wollte Ron aus dem Konzept bringen.

Ron fuhr sich mit einem Finger am Hemdkragen entlang. Marsh verzog keine Miene.

„Hören Sie. Ich weiß, die Presse und die Mafia wollen alle ein Stück von ihr abhaben, aber unsere Quellen legen nahe, dass sie nicht mehr wissen als wir." Ron zögerte und Marsh wusste, dass er etwas verheimlichte.

„Raus mit der Sprache", befahl Marsh.

Ron starrte auf seine Hände, die auf dem Schreibtisch lagen und einen Kugelschreiber strangulierten.

„Gerüchten zufolge ist Peter Uri am selben Tag in La Guardia gelandet, an dem Agent Ward verschwunden ist. Wir wissen nicht mit Sicherheit, ob sie seine Zielperson war, aber wir sind uns ziemlich sicher, dass er nach Mexiko weitergeflogen ist."

„Und Sie haben ihn einfach gehen lassen?" Marsh setzte sich auf. Er war zu lange dabei, um sich noch von den Spielchen des FBI überraschen zu lassen, war aber nichtsdestotrotz schockiert. Was das alles bedeuten konnte ...

Uri war der meistgesuchte Auftragsmörder der Welt, eine geheimnisvolle Gestalt mit einem Ruf, der ihn als klinisch, skrupellos und tödlich darstellte.

„Es war nur ein Gerücht."

Marsh beugte sich vor. Er griff nach Rons dickem, blauem Schlips und zog ihn halb über den Schreibtisch, sodass die Zettel zu Boden flatterten. Ron kippte seine Kaffeetasse um, beäugte den Schaden und rief: „So lauteten meine Befehle, okay? Sie wollen wissen, warum? Fragen Sie Ihren Kumpel Lovine!"

Brett Lovine war der jüngste FBI-Direktor aller Zeiten. Er war Marshs Boss, aber er war außerdem ein enger Freund der Hayes-Familie. Und ohne die persönliche Unterstützung von Marshs Vater, General Jacob Hayes, wäre Brett niemals ernannt worden.

Ganz bestimmt würde Marsh ihn danach fragen – unter vier Augen.

Marsh ließ Ron los. Seine Oberlippe verzog sich angeekelt, als er den Mann vor sich anstarrte. Bei Rons Anblick hätte er am liebsten eine Faust durch die Wand geschlagen.

„Was haben Sie nun vor, Ron? Auf Ihrem Hintern sitzen und von Ihrer Beförderung träumen?"

„Was soll ich denn Ihrer Meinung nach tun, Hayes? Mich selbst auf die Suche nach ihr machen?" Rons rote Wangen bebten vor Empörung. Vielleicht würde er ihnen allen einen Gefallen tun und mit einem Herzinfarkt zusammenbrechen – das war kein besonders freundlicher Gedanke, aber nach dem, was Moody Elizabeth angetan hatte, war ihm das ziemlich egal. „Man hat Special Agent Ward Personenschutz angeboten, aber sie hat abgelehnt. Sie hat den Dienst quittiert. Ich konnte sie doch schlecht festnehmen, um Himmels willen. Wir haben ihr sogar Zeugenschutz angeboten. Ihre geschätzte Agentin hat mir mitgeteilt, den könne ich mir sonst wo hinstecken."

„Sie haben ihr denselben Schutz angeboten wie DeLattio?" Marsh beugte sich vor, roch Rons beißende, ätzende Angst. „Sie erbärmlicher kleiner Arsch."

„Jetzt passen Sie mal auf ...", stotterte Ron und verstummte wieder, erinnerte sich wohl an die Leichtigkeit, mit der er vorhin überwältigt worden war.

Marsh saß vollkommen regungslos da. Wartete ab, bis die Wut unter seiner Haut blubberte und knisterte, dann zog er die Augenbrauen hoch, um sicherzugehen, dass er Rons volle Aufmerksamkeit hatte. „Nein, *Sie* passen jetzt mal auf. Ich will jedes Detail, das Sie über Special Agent Wards Verschwinden haben. Jedes Foto, jeden Bericht, jede Audioaufnahme. Und ich will das alles noch heute haben, bevor ich dieses Gebäude verlasse. Bevor ich mit Direktor Lovine spreche."

Rons Adamsapfel hüpfte krampfhaft auf und ab, als ob er einen Faden verschlucken würde.

Marsh verspürte kein Mitleid. Dieser Mann hatte seine Agentin einem Monster ausgeliefert. Elizabeth hätte bei dem Schutz, den Ron ihr angeboten hatte, ohne Weiteres auf einem Seziertisch in der Gerichtsmedizin landen können – vielleicht wäre ihr das sogar lieber gewesen.

Ron mühte sich ein kränkliches Lächeln ab. „Kein Problem."

Marsh wusste es besser.

Ron stand auf und zog sein zerknittertes Jackett an. Dann folgte Marsh ihm ins Allerheiligste der größten Außenstelle des FBI in ganz Nordamerika.

Kapitel Drei

QUANTICO, VIRGINIA, 3. APRIL

„Ich will wissen, wo diese Schlampe steckt, und zwar jetzt sofort." Er schlug mit der Faust auf den Metalltisch, wollte ihn am liebsten in den Boden rammen. Wollte ihn so dringend zerquetschen und verdrehen und zerstören, dass er kaum noch klar denken konnte.

Hüte dich vor dem Zorn des geduldigen Mannes.

Zehn Minuten allein mit ihr, und er hätte ihr diese Worte in die Haut geritzt.

Die E-Mail, die Charlie ihm weitergeleitet hatte, musste von ihr sein.

Wer zur Hölle glaubte sie eigentlich, wer sie war?

Sein italienischer Anzug war zerknittert und speckig, seine Krawatte und sein Gürtel waren ihm aus Gründen der persönlichen Sicherheit entfernt worden. Seine Kopfhaut juckte. Seine ungewaschenen Haare waren fettig und ein Dreitagebart bedeckte sein Kinn. Andrew rieb sich den unebenen Nasenrücken und erinnerte sich. Seine Nase hatte höllisch wehgetan, als es vorüber gewesen war, aber nicht alles Blut war seins gewesen.

Und mit ihr war er noch lange nicht fertig.

Er verzog seine Lippen zu einem Grinsen. Die Haut um seine

Augen schlug kleine Falten, obwohl er in der Stimmung zum Morden war.

Das erste Mal hatte er Juliette Morgan bei der Galerieeröffnung irgendeines aufstrebenden Niemands von der Lower East Side erblickt. Für ihn hatten die Bilder nicht besser ausgesehen als Blutspritzer an einer Wand. Er hatte seine Meinung für sich behalten, war clever genug gewesen, zu wissen, dass das FBI nun erbarmungsloser denn je Jagd auf ihn machte, seit er an der Wall Street war.

Er lehnte sich zurück. Betrachtete seine Fingernägel, säuberte sie mit seinem Eckzahn.

Sie hatte irgendeinen fetten Kunstkritiker angelächelt, aber nicht lange. Der Kritiker war davongehastet, als Charlie ihm gesagt hatte, er solle sich verziehen. Der Kritiker hatte gewusst, wer Andrew DeLattio war. Juliette hatte keinen Schimmer gehabt.

Er schob die vertrocknete Nagelhaut an seinem Daumen hoch. Biss die tote Haut ab. Diese Aufreißerin hatte ihre perfekte Nase gerümpft und ihre eleganten Augenbrauen fragend hochgezogen, hatte ausgesehen wie ein verfluchter Filmstar.

Und er hatte sie gewollt. Ganz und gar, ohne nachzudenken. In jeder Hinsicht. Seine Faust knallte wieder auf den Tisch, und er senkte die Augen, um seinen Hass zu verbergen. Sie hatte sich in sein Blut gekrallt wie Opium, und je mehr sie ihn verschmähte, desto versessener war er darauf gewesen, sie zu besitzen.

Andrew kippelte in dem orangen Plastikstuhl zurück, stützte einen Fuß auf dem Metalltisch auf. Der hässliche Tisch und die Stühle waren die einzigen Möbel im Mehrzweckraum. Er wurde in Quantico, im Herzen des amerikanischen Justizsystems, festgehalten, wurde von US-Marines vor seiner Familie und seinen Freunden beschützt.

Er zog eine Zigarette aus seiner Tasche und zündete sie an.

Sein Leben war ruiniert, weil Juliette ihre große Klappe aufgemacht hatte. Und daran zu denken, dass er diese Frau hatte heiraten wollen. Er blies eine Rauchwolke aus, blickte seinen Anwalt aus schmalen Augen an. Der Mann behandelte ihn wie einen aufsässigen Schuljungen, anstatt wie einen millionenschweren Geschäftsmann mit Verbindungen zur Mafia.

„Ich habe es Ihnen bereits gesagt, Andrew", wiederholte Larry Frazier langsam, als ob er mit einem begriffsstutzigen Kind sprechen würde. „Juliette Morgan ist spurlos verschwunden. Das FBI hat das bestätigt, ebenso wie Ihre eigenen Quellen." Noch immer dieser ruhige Tonfall. „Machen wir hier weiter, wir haben einiges zu erledigen."

„Sie scheinen zu vergessen, dass Sie für *mich* arbeiten, Larry." Andrews launisches Gemüt blitze auf, und er tippte dabei mit dem Finger auf sein Brustbein. „Ich sage Ihnen, dass Sie herausfinden sollen, wo sich diese Schlampe versteckt."

Er war mit Auftragsmördern als beste Freunde und einer Familie voller Gangstern aufgewachsen. Die Starken herrschten, und die Schwachen beugten sich und akzeptierten, was ihnen zustieß. Auch sein vogelartiger Anwalt musste das begreifen.

„Mein Job ist weder der eines Lakaien, Mr. DeLattio, noch der eines Komplizen." Steif rutschte Larry auf seinem Plastikstuhl zurück.

Andrew beobachtete seinen Anwalt dabei, wie er mit beleidigter Beflissenheit seine Papiere ordnete. Als ob Larry tatsächlich irgendwelche Macht hätte. Als ob er ihm drohen konnte. Andrew beugte sich vor, war beinahe amüsiert. Im Gerichtssaal war der alte Mann ein Knaller, aber er begriff es noch immer nicht. Andrew würde sich niemals in die Nähe eines Gerichtssaals begeben.

Er legte eine Hand auf die arthritische Hand seines Anwalts und sprach im Plauderton mit ihm wie mit einem alten, vertrauten Freund. „Wie geht es Dorothy, Larry? Was machen die Enkel?"

Die Bewegungen des Mannes wurden still, seine wässrigen, blauen Augen hoben sich langsam zu Andrews Gesicht.

„Meiner Frau und meinen Enkeln geht es gut, danke der Nachfrage, Mr. DeLattio." Unauffällig versuchte er, sich dem Griff zu entziehen, der seine Hand eisern festhielt.

Andrew lächelte mit echter Belustigung.

„Ich habe Bilder von Ihren Mädchen gesehen, Larry", fuhr Andrew fort. „Richtig niedlich. Ihre Frau ist natürlich ein bisschen alt für meinen Geschmack, Sie verstehen schon ... nichts für ungut." Finger zerquetschen Knochen und ließen eine Welle der Befriedigung frei, die Andrews Herz zum Hämmern brachte, die Zigarette in seiner anderen Hand zitterte. „Sie müssen sehr gut auf Ihre Familie aufpassen, Larry, vor allem auf diese süßen kleinen Mädchen. Es könnte ihnen etwas zustoßen, etwas sehr Schlimmes."

Er zog an seiner Zigarette, während die Gelenke des alten Mannes unter seinem Griff krachten. Die Haut seines Anwalts war dünn wie Pergament und fühlte sich an, als ob sie aufplatzen würde, wenn Andrew zu fest zudrückte.

Kontrolle war der Schlüssel.

Larrys Blick schwankte. Worte schienen in seinem Mund steckengeblieben, der sich hektisch öffnete und wieder schloss. Larry hatte sämtliche Beweise überprüft, die das FBI gegen Andrew in der Hand hatte, und wusste, wozu er in der Lage war. *Na gut, zumindest manches davon.*

Andrew hatte seine Versprechen immer gehalten, etwas, was Juliette Morgan noch herausfinden würde. Er hatte versprochen, ihr die Kehle aufzuschlitzen, wenn sie auch nur ein Wort zu den Bullen sagte.

Larry nickte, und seine Angst war spürbar, was Andrew mehr Freude bereitete als alles andere in letzter Zeit.

„Ich tue, was ich kann, um herauszufinden, wo sich Miss Morgan aufhält, Mr. DeLattio. Jetzt müssen Sie mich entschuldigen. Ich habe um eins einen Termin bei Gericht." Die Worte kamen stotternd heraus, und seine Stimme klang schrill.

Andrew ließ die Hand seines Anwalts los, beobachtete ihn,

wie er seine schmerzenden Finger rieb und gegen die Brust presste.

„Wir haben noch ein bisschen Zeit." Andrew lachte, fühlte sich leichter, jetzt, nachdem er seine Muskeln hatte spielen lassen und von seiner Macht Gebrauch gemacht hatte. „Zuerst müssen wir noch ein paar Dinge besprechen." Er drückte seine Zigarette aus und lehnte sich entspannt zurück. Es gab eine Handvoll Geschäftspartner, die er noch nicht verraten hatte, und er würde das niemals tun.

„Ich verlange *absolute* Straffreiheit, bevor ich auch nur ein weiteres Wort mit dem F – B – I spreche." Er zog die Buchstaben höhnisch in die Länge. „Unterschrieben von einem Bundesrichter." Andrew lächelte wie ein Hai, zeigte alle Zähne. „Für alle Verbrechen, die ich *vor* heute begangen habe."

„WIE IST SIE SO?" Ryan hielt lange genug mit Nat Schritt, um seine Frage zu stellen.

Nur eine ausführliche Befragung würde seinen Bruder zufriedenstellen, also machte Nat einfach damit weiter, Winter zu satteln, seinen weißgrauen Morgan-Hengst, und Morven, eine ruhige kastanienbraune Stute, und zuckte einfach mit den Schultern. „Sie ist okay."

Nach einem frühmorgendlichen Besuch im Krankenhaus hatte er erst spät mit der Arbeit begonnen. Seiner Mutter ging es gut, aber nun musste er nach dem Vieh schauen, bevor das Wetter umschlug, und die Zwillinge waren regelrechte Bluthunde, wenn es darum ging, Klatsch und Tratsch herauszuschnüffeln. Er hatte schon die volle Ladung von Sas abbekommen.

„Okay heiß oder okay hässlich?", hakte Ryan nach und streichelte Winters dichte schneeweiße Mähne, während er Nat unter seinem alten Filzhut hervor anstarrte.

Nat zog seinen eigenen Hut tief genug in die Stirn, um seine

Augen zu verbergen, und machte sich bereit, aufzusitzen. „Schlicht. Unscheinbar", log er schamlos. „Nicht dein Typ."

Ryan sah enttäuscht aus und trat gegen einen Stein, der über den vereisten Hof schlitterte.

„Suchst du nach einer schnellen Bettgeschichte, Ry?" Nat versuchte, die Verbitterung nicht in seiner Stimme mitklingen zu lassen. Seit Becky gestorben war, hatte Ryan die Leere mit Bier und Sex aufzufüllen versucht. Auch wenn es nicht an ihm war, zu urteilen, war Nat an manchen Tagen der Meinung, dass sein kleiner Bruder einen ordentlichen Tritt in den Hintern brauchte, wenn auch nur um seiner Tochter willen.

„Naja, verdammt", gab Ryan zu und schob seinen Hut in seinen dunkelhaarigen Nacken. „Könnte nicht schaden."

Nat schwang sich mit einer geübten Bewegung auf Winters Rücken. „Genau", grunzte er. „Als ob du nicht schon genug abbekommen würdest."

Sein Magen zog sich zusammen, als er sich vorstellte, wie Ryan mit Eliza Reed ins Bett ging, und er wusste nicht, warum. Auf keinen Fall war er eifersüchtig.

„Schau dich woanders um, Freundchen", stieß Nat hervor. Er atmete tief durch und versuchte, die Anspannung loszulassen, die er nicht abschütteln konnte. „Sich an die Gäste ranzumachen ist schlecht fürs Geschäft."

Das klang vernünftig. Er verdrängte den Gedanken, während er in den Himmel blickte. Es würde schneien, und er musste sich beeilen.

Eliza Reed trieb ihn um. Er hatte keine Zeit dafür, irgendeinem Mädchen aus der Stadt hinterherzurennen, und auch das ließ ihm keine Ruhe. Er war kein Mönch, wann also war sein Leben so verflucht trostlos geworden?

Vor etwa drei Jahren – als er einem anderen Mädel aus der Stadt hinterhergerannt war.

Verdammt.

„Sie ist launisch", fügte Nat noch hinzu und ließ den Anflug eines Lächelns entwischen. Er tippte sich an die Stirn. „Vielleicht sogar ein bisschen verrückt."

Ryan blinzelte ihn an, als ob ihn der Schnee blendete, hakte seine Daumen in die Taschen seiner Jeans. „Warum ist sie dann noch hier?"

„Wir brauchen das Geld." Nats Seufzer war so laut, dass die Ohren des Pferds zuckten. „Gestern Nacht hat sie behauptet, sie hätte geglaubt, ich wäre ein Bär." Nat hielt für einen Moment inne, richtete die Zügel aus und wischte einen Dreckspritzer von Winters Widerrist.

„Ein Bär?" Jetzt hatte er Ryans ungeteilte Aufmerksamkeit.

„Genau." Nat blickte zum Haus und stöhnte beinahe laut auf, als Sas Miss Eliza Reed auf die Veranda führte. Nat seufzte. „Oder ein Wolf."

Bis auf ihre Wollmütze, ihre Jacke und Stiefel, trug Miss Reed seine Kleidung, was ihn daran erinnerte, dass er gestern Abend vergessen hatte, ihre Taschen auf ihr Zimmer zu bringen. Stattdessen hatte er alles wieder in ihren Kofferraum geschmissen. Nicht, dass es einen Unterschied machen würde, aber ihre Figur füllte seine alte Jeans besser aus, als er es jemals getan hatte. Sein Herzschlag beschleunigte sich, und Nerven, die seit Jahren nicht gezuckt hatten, begannen zu tanzen. Ihr Körper war kurvig, aber schlank, ihre dunklen Haare hatte sie aus dem Gesicht gebunden, was ihre Knochenstruktur unterstrich, und sie hatte so lange, geschmeidige Beine wie eine Katze.

Teufel aber auch, sie sah zum Anbeißen aus.

Sas reichte ihrem Gast ein Paar Reithandschuhe und winkte Nat herüber.

Sah so aus, als ob er keine andere Wahl hätte, als Zeit mit Eliza Reed zu verbringen. Die Rancharbeiter waren unterwegs, um die Zäune in der Nähe des Stauweihers zu reparieren, und Sas musste in ein paar Stunden wieder zu ihrer Schicht ins Krankenhaus. Nach der Unterhaltung, die er gerade mit Ryan geführt hatte, würde er *ihn* ganz sicher nicht mit der Unterhaltung ihres Gastes beauftragen.

Mit dem sanften Druck seiner Wade ließ Nat Winter umdrehen und führte Morven aus der Koppel zum Haus.

„Ein Wolf, hm?" Ryan klang skeptisch. Er stellte sich auf die unterste Sprosse des Koppeltors und schwang darauf mit, als es wieder zufiel. Schließlich lachte er und rief gerade so laut, dass nur Nat ihn hören konnte. „Du bist also ein Wolf, und sie ist schlicht und unscheinbar? Ich weiß echt nicht, wer von euch beiden kurzsichtiger ist."

„KANN *ICH REITEN?*", murmelte Elizabeth, als ihre Augen sich in Nat Sullivans breiten Rücken bohrten.

Er hatte von seinem wunderschönen Grauschimmel auf sie hinuntergestarrt und ihr eine Herausforderung gestellt, die sie einfach hatte annehmen müssen. Sie hatte ihm einen Blick zugeworfen, der alle weiteren dämlichen Fragen hatte unterbinden sollen.

Natürlich kann ich reiten, hatte der Blick gesagt. *Sehe ich aus wie ein Dummkopf?*

Sie schniefte. Kramte ein Taschentuch aus den Tiefen ihrer Tasche und schnäuzte sich die Nase. Sie war ein Idiot. Als Teenager auf gut trainierten Reitpferden in einer beheizten Halle in Irland wöchentlich Reitstunden zu bekommen, war etwas ganz anderes, als in der eisigen Wildnis von Montana im Westernstil zu reiten. Sie stopfte das Taschentuch zurück in ihre Tasche und trieb das Pferd an.

Die Gebirgsluft erinnerte sie an Weihnachten, war frisch und eisig, mit einer Spur von zertretenen Tannenzweigen und einer schweren Note Pferd und Leder. Es schneite leicht. Große Flocken sanken langsam auf die Erde wie Daunen nach einer Kissenschlacht.

Es war wunderschön, aber das änderte nichts an der Tatsache, dass sie sich elend fühlte.

Trotz der Handschuhe, die Sarah Sullivan ihr mitgegeben hatte, waren ihre Hände taub, und sie konnte die Zügel zwischen ihren Fingern nicht mehr spüren. Zum Glück folgte Morven Nats Hengst wie eine gefügsame Mähre, die sie auch war.

Elizabeths Hosen allerdings konnten es mit dem Wetter nicht aufnehmen und waren nass, dort, wo der Schnee auf dem dunklen Fell der Stute geschmolzen war, und Elizabeths Beine waren schon ganz rot gescheuert. Ihre Nasenspitze war erfroren, ihre Lippen aufgeplatzt und rau. Und ihr Hintern schmerzte, kein leichtes Unwohlsein, sondern tiefsitzende Krämpfe in Muskeln, die nach mehr als einem Jahrzehnt des Schlafes wieder aufgeweckt worden waren.

„Ob ich reiten kann, pah.“

„Haben Sie was gesagt?“ Nat führte sein Pferd neben ihres und warf ihr einen Blick zu. Das heiße, lebhafte Feuer in seinen Augen durchbohrte sie wie ein Messer.

Elizabeth schaffte es, seinem Blick standzuhalten, und schüttelte den Kopf. Leider hatte Nat Sullivan ein wirklich ansehnliches Gesicht, trotz der Blutergüsse und dem Veilchen. Tatsächlich ließen ihn die gelb-violetten Blutergüsse sogar noch attraktiver aussehen, weniger perfekt, menschlicher, sexy. Sie unterdrückte einen Schauder. Bemerkte, wie das schwache Sonnenlicht durch die dunkelblonden Haare fiel, die unter der Krempe seines Cowboyhuts hervorschauten, und die flachsblonden Strähnen betonte. Sein Kiefer sah aus, als ob er aus Stein gemeißelt wäre. Starke, definierte Wangenknochen. Tiefe Kerben, die seinen breiten Mund einrahmten.

Und aus irgendeinem Grund brachte sie einfach keinen vernünftigen Satz mehr zustande, wenn er sie so stirnrunzelnd anschaute, wie er es in diesem Moment tat. Sie wusste nicht, ob es Angst oder Erschöpfung war, die sie so in Mitleidenschaft zog, also schwieg sie einfach. Sie drängte ihren Mund, sich zu einem

Lächeln zu verziehen, aber ihre Lippen waren an Ort und Stelle festgefroren und würden womöglich aufreißen, wenn sie es zu sehr versuchte. *Erfroren, innen wie außen.*

„Nur noch eine Weide, die wir überprüfen müssen, dann können wir zurück zum Haus. Ich kann bei diesem Wetter keinesfalls kranke Tiere hier draußen lassen", erklärte Nat.

Sie nickte, wünschte sich ganz verzweifelt, sie wäre nicht mitgekommen. Der Mann schien gegenüber der Kälte völlig unempfindlich zu sein, aber er trug natürlich auch Überhosen aus Leder und eine dicke Jacke aus Schafsfell.

Sie versuchte, sich auf die Landschaft zu konzentrieren. Der Flathead-Gebirgszug erstreckte sich, so weit das Auge reichte, über die kontinentale Wasserscheide hinaus bis in die östlichen Rocky Mountains. Natur in ihrer schönsten und unerbittlichsten Form. Schwere Schneedecken lagen auf den hohen Kiefern und Douglastannen, deren untere Äste sich heftig unter der Last bogen. Die ganze Welt war still. Eine unerbittliche Stille, die jedes Geräusch verstärkte, das sie beide machten, so als ob man in einer Kirche Stilettos trug.

Keine Kreatur regte sich, keine Seele bewegte sich.

Nur sie.

Die Hufen der Pferde wirbelten weiße Schneewolken auf, während sie sich vorsichtig ihren Weg durch die Bäume bahnten. Morvens Atem kam in kleinen Stößen aus ihren Nüstern, verwandelte sich in Dampf und wehte in der Brise davon. Elizabeth schniefte erneut und wischte sich die Nase ab, lauschte dem Knarzen ihres Sattels, ein leises, rhythmisches Geräusch, das sie an diese frühen Reitstunden und die verlorenen Kindheitsträume erinnerte.

Die Welt war einfarbig, der Himmel bleiern, die zerklüfteten Berge schiefergrau. Sie hatte keine Vorstellung davon, wo sie sich befanden oder wie weit sie geritten waren. Sie waren seit Stunden unterwegs, und sie war vollkommen orientierungslos, unterwegs mit einem Mann, der letztlich ein absolut Fremder war.

Unter normalen Umständen konnte sie auf sich aufpassen.

Aber sie hatte gelernt, das Unerwartete zu erwarten.

Mit den Zügeln in den tauben Fingern der einen Hand, öffnete und schloss sie wiederholt die Finger der anderen Hand, um sie aufzuwärmen. Dann wechselte sie die Hände, entschlossen, nicht der Strenge ihrer Umwelt zu unterliegen.

Ihre Waffe lag noch immer im Jeep.

Dumm.

Nicht dass Nat Sullivan wie eine Bedrohung wirkte – nicht so wie DeLattio, und zwar vom ersten Augenblick an, als sie seine Augen auf sich gespürt hatte. Wie eine Katze eine Maus beobachtet, bevor sie die Krallen hineinschlug. Ihr Herzschlag wurde schneller. Der Atem schien in ihrem Hals festzustecken, als Bilder in ihrer Erinnerung aufblitzten. Weihnachtslichter. Musik. Champagner. Strudelnde Dunkelheit, bis sie an ihr eigenes Bett gefesselt aufgewacht war.

Als Nat am Rand einer Weide anhielt, zuckte sie unwillkürlich zusammen. Unter einem stabilen Holzunterstand am Ende der Wiese hatte sich eine Rinderherde zusammengerottet. Sie kauten geräuschvoll an Heuballen herum, die für sie ausgelegt worden waren.

„Bleiben Sie hier", befahl Nat und nickte in Richtung einer dichten Reihe von Gelbkiefern. „Hier sind Sie geschützter."

„Ich bin okay", erwiderte Elizabeth und versuchte zu lächeln, um es zu beweisen.

Nat schaute sie an, als würde er sie zum ersten Mal erblicken. Seine Augen durchbohrten sie förmlich, gruben sich durch die Lagen von Gesichtsausdrücken, Haut, Muskeln, Knochen und erbitterter Entschlossenheit.

Sie fuhr sich mit der Zunge über die Lippen, schluckte und wandte den Blick ab, fürchtete sich plötzlich vor dem, was er womöglich entdecken könnte. Einen Augenblick später hörte sie, wie er davonritt. Ohne abzusteigen, öffnete er das Gatter und ritt in leichtem Galopp über die Koppel. Morven schnüffelte im

Dickicht am Rand des Zauns herum, suchte nach irgendetwas Essbarem, das sie kauen konnte. Verlegenheit und Unbehagen drückten Zweifel in Elizabeths Gedanken, aber das war nichts Neues. Das arme, reiche Mädchen, das die Feiertage immer allein verbringen musste, weil ihre Familie tot war.

Wenigstens hatte ihre Arbeit für das FBI ihrem Leben Inhalt gegeben. Einen Sinn.

Entschlossen, das Selbstmitleid zu verdrängen, bevor es sie überwältigte, beobachtete sie Nat Sullivan. Bemerkte, wie anmutig er auf dem Grauen ritt, selbst ein Trotten noch elegant aussehen ließ. Die leichte Berührung der Zügel am Hals des Pferdes, die kaum merklichen Bewegungen seiner langen Beine, die das Pferd um Hindernisse herumführten, und diese breiten Schultern, die stark genug aussahen, um die ganze Welt zu tragen.

Er sah gut aus. Aber Andrew DeLattio hatte auch gut ausgesehen.

Sie hob das Kinn und trotzte dem eisigen Wind, ignorierte die Haare, die über ihre Wangen tanzten. Das hätte die meisten Leute vermutlich gestört, aber sie begrüßte diesen Schleier.

Nat Sullivan dachte vermutlich, sie wäre eine missmutige, widerspenstige Kratzbürste, so mürrisch wie sie bisher gewesen war.

Eine alte Zinnwanne stand vor dem Unterstand der Rinder, und Elizabeth sah Nat dabei zu, wie er das Eis im Trog mit einem langen Stock zerschlug. Dann stieg er von seinem Pferd und ging zu der Herde, verschwand aus ihrer Sicht.

Sie begann zu zittern, ihr ganzer Körper bebte. Sie rollte sich so gut sie konnte über dem Sattelknauf zusammen und steckte ihre Hände unter die Achseln, um etwas Wärme zu bewahren. In ihre Jacke gemummelt, versuchte sie, sich eine einsame Insel vorzustellen, wo die Sonne heiß genug schien, um das Brennen der UV-Strahlen zu spüren.

Die Zeit schien stillzustehen.

Als das Quietschen des Tors sie darauf aufmerksam machte,

dass Nat zurückkam, hob sie den Kopf. Er schaute sie unter der schneebedeckten Krempe seines Huts an.

„Alles okay?" Seine blauen Augen musterten sie und schienen nicht ganz überzeugt zu sein.

Elizabeth machte den Rücken gerade. Spürte, wie jeder Wirbel einrastete.

„Natürlich", log sie.

Nat prustete leise. Einer seiner Mundwinkel verzog sich zu einem schiefen Grinsen, und Elizabeth wurde klar, dass er ganz genau wusste, wie „okay" sie tatsächlich war.

Dieser Bastard wartete nur darauf, dass sie zusammenbrach. Ihre Augen wurden schmal vor Verärgerung.

Nat beugte sich über den Knauf seines kunstvoll verzierten Sattels, seine Stimme weich und warm. „Ich muss nur noch ein Feld kontrollieren–"

„Was?" Das Wort schoss wie eine Kanonenkugel aus ihrem Mund, bevor sie es aufhalten konnte.

Er lachte, und sie starrte ihn mit offenem Mund an, als er versuchte, seinen Ausbruch zu vertuschen und ihn hinter seiner lederbehandschuhten Faust in einen Husten zu verwandeln.

„Sorry. Ich hab nur einen Witz gemacht. Konnte nicht anders." Sein Mund verzog sich reuevoll, und seine blauen Augen wurden weich. „Sie sehen kälter aus als ein Eiswürfel in der Arktis. Sie hätten was sagen sollen – ich hätte Sie nach Hause gebracht."

Heiße Wut schoss durch sie hindurch, und Elizabeth wusste nicht, ob sie ihn schlagen oder ihm danken sollte.

„Wir reiten zurück. Von hier ist es nur noch ein etwa zehnminütiger Ritt bis zum Haus."

„Was?", wiederholte Elizabeth dümmlich.

„Ein zehnminütiger Ritt." Er musterte sie eindringlich, bemerkte alles. „Glauben Sie, Sie schaffen das?"

Elizabeth nickte. Sie traute sich nicht mehr zu, zu sprechen. Manchmal glaubte sie, wenn sie den Mund aufmachte und zu reden anfinge, würde sie nicht mehr aufhören können, bis all die Finsternis und Verbitterung aus ihr herausgeflossen waren wie Teer. Sie trieb das Pferd an und folgte Nat, der voranritt.

Zehn Minuten. Sie musste nur noch zehn Minuten länger überleben. Morven streifte einen Ast, der zurückschnellte und seine Ladung Schnee direkt in ihren Schoß kippte.

Mist.

Hektisch wischte sie den Schnee fort, stellte sich in ihren Steigbügeln auf, hielt sich am Sattelknauf fest. Sie wollte wirklich keinen erfrorenen Schritt riskieren.

Urplötzlich fand sie sich auf dem Rücken im Schnee liegend wieder, blinzelte hinauf in die Schneeflocken, die aus dem grauen Himmel auf sie hinunterschwebten. Dicke, weiße Punkte, die immer größer wurde, immer heller und immer weißer, je näher sie kamen.

Für einen seligen Augenblick konnte sie nichts hören, nichts fühlen, nichts schmecken.

Dann drehte sie den Kopf und gleißende Schmerzen explodierten in ihrem Schädel. Der Geschmack von Eisen flutete ihren Mund. Ihre Augen waren wie geblendet. Sie wollte sich übergeben, aber sie konnte sich nicht bewegen.

Sie war direkt in den dicken Ast einer riesigen Zeder geprallt. Langsam wurde ihre Sicht schärfer, Punkt für Punkt. Als ob sie über der Szene schweben würde, schaute sie Nat dabei zu, wie er sich zu ihr herumdrehte, ein Ausdruck resignierter Panik auf dem Gesicht. Sein Mund bewegte sich, aber sie konnte vor lauter Klingeln in ihren Ohren nicht verstehen, was er sagte.

Er beugte sich hinunter, knetete behutsam ihre Arme und Beine. Seine Lippen bewegten sich tonlos, während sie darauf wartete, dass die Angst sie übermannte, ihre Vernunft erwürgte und sie vor Furcht lähmte. Sie konnte sich nicht erklären, warum sich das Gefühl in ihr ausbreitete, betrogen worden zu sein, während das gar nicht passierte.

„Können Sie mich hören?" Er kniete sich neben sie. Berührte

sie nicht länger, beobachtete sie nur eindringlich.

Vermutlich fragte er sich, warum zur Hölle sie sich nicht bewegte.

Mist.

Sie lag ganz still, während sie ihr inneres Gleichgewicht wiederfand. Ertappte sich dabei, wie sie in derart blaue Augen starrte, die ihr das Gefühl gaben, direkt in sie hineintauchen zu können.

„Ich bin okay", brachte sie heraus. Ihre Stimme krächzte wie die eines steinalten Rauchers. Sie zwang sich, sich auf dem Ellenbogen aufzustützen, und ihr Magen überschlug sich.

Nat hockte sich auf die Fersen und warf ihr einen Blick zu, den sie nicht entschlüsseln konnte.

„Sind Sie jemals etwas anderes als *okay*, Miss Reed?"

Zu aufmerksam. Zu scharfsinnig. Elizabeth schluckte und nickte einmal knapp. Tränen brannten in ihren Augen, aber sie zwang sie zurück. Sie konnte es sich jetzt nicht erlauben, Schwäche zu zeigen, konnte kein Mitgefühl ertragen. Sie hatte Fehler gemacht und ging damit auf die einzige Art und Weise um, die sie kannte.

Allein.

Sie taumelte auf die Füße, stolperte im tiefen Schnee herum. Nat streckte die Hand aus, und sie zögerte nur eine Sekunde, dann griff sie danach und ließ sich von ihm auf die Beine ziehen. Er ließ ihre Hand nicht los, hielt sie sanft, aber bestimmt fest.

Ihn zu berühren, sogar mit Handschuhen, war so, als ob sie Feuer berührte. Hitze und Energie flossen durch sie hindurch bis in ihre Zehen.

Beklommen riss sie ihre Hand fort und kam sich noch törichter vor als zuvor. Beflissen klopfte sie den Schnee von ihrer Kleidung. Aus dem Augenwinkel beobachtete sie den Cowboy. Er stand ein paar Schritte entfernt, hatte den Hut aus der Stirn geschoben und musterte sie kritisch. Als sie den Schnee von ihrem Hintern klopfte, grinste er unverhohlen.

„Sie können hinter mir aufsitzen, wissen Sie", sagte er, „wenn Sie sich nicht wohl fühlen."

Sie rang sich ein Lächeln ab. Alles, was sie durchgemacht hatte, alles, was sie in den letzten Monaten erlitten hatte, drängte in ihre Gedanken und versuchte, die Fassade zu zerstören.

„Ich bin okay." Diese Erwiderung entwischte ihr automatisch, und sie verzog das Gesicht.

„Sicher sind Sie das." Er zog sich den Hut in die Stirn, dann drehte er sich um, um die Pferde einzusammeln.

Und sie kämpfte gegen das Verlangen an, zu weinen.

Tränen halfen hier auch nicht weiter.

Er stand hinter ihr, während sie versuchte, wieder auf Morven aufzusitzen. Berührte sie nicht, aber wartete ab, wie um sie aufzufangen, falls sie herunterfiel. Sie konnte spüren, wie sich seine Augen in ihren Rücken bohrten, und wusste, dass er nur darauf wartete, für sie eine Räuberleiter zu machen. Wenn sie nur etwas sagen würde. Wenn sie ihn nur darum bitten würde.

Sie presste die Lippen aufeinander. Sie wollte niemanden brauchen. Wollte von niemandem Hilfe annehmen müssen. Und vor allem wollte sie nicht Nat Sullivans Hände überall auf ihrem Körper spüren, weil sie sie mit nur einer Berührung an Himmel und Hölle erinnern würden.

Ihr Herz hämmerte, und ihr war schwindelig.

Beim dritten Versuch schaffte sie es, sich in den Sattel zu schwingen, wenn auch mit mehr Glück als Verstand und Anmut. Erleichterung schoss durch sie hindurch, und das Lächeln, das sie ihm zuwarf, war strahlend.

„Geschafft."

Nat hielt Morvens Zügel fest, als ob er ihr Können bewerten würde. Elizabeth hob ein klein wenig das Kinn, kämpfte gegen den Schwindel an, indem sie sich auf die zerklüfteten Felsen der entfernten Berge konzentrierte.

„Aus den Tiefen der Hölle", sagte er schließlich.

Kapitel Vier

Als ob ein Schalter umgelegt worden wäre, wurde Marsh urplötzlich klar, dass Elizabeth sich einen Lockvogel besorgt haben musste.

Aus den Überwachungsaufnahmen, die in den Tagen vor Elizabeths Verschwinden gemacht worden waren, hatte er Standbilder genommen, die er durch das interne Bilderkennungsprogramm gejagt hatte.

Jemand hatte einen ganzen Tag damit verbracht, Elizabeth in ihrer Rolle als Juliette Morgan zu imitieren, bevor auch dieser Lockvogel verschwunden war. Einfach, aber clever. Agent Ward hatte sich vierundzwanzig Stunden Zeit verschafft, bevor jeder Mafioso von hier bis San Francisco bemerkt hatte, dass sie untergetaucht war.

Jetzt hatte Marsh einen Anhaltspunkt. Er musste nur noch den Lockvogel auftreiben, Josephine Maxwell.

Klang doch ganz einfach.

Er saß an seinem zweckmäßigen Schreibtisch in seinem ordentlich aufgeräumten Büro im Hauptquartier seiner Einheit. Vor ihm ausgebreitet lag alles, was er über Josephine Maxwell wissen konnte, bis auf ihren derzeitigen Aufenthaltsort.

Vor achtzehn Jahren war ein neunjähriges Mädchen in Queens Opfer eines Messerangriffs geworden. Ein schwerer Angriff, wenn man den Berichten glauben konnte, und die Ärzte hatten keine große Hoffnung gehabt, dass das Kind überleben würde. Die Polizei hatte routinemäßig seine Fingerabdrücke genommen – um sie von denen des Angreifers auf dem Messer unterscheiden zu können. Und weil sie von zu Hause weggelaufen war, waren sie ins System gewandert.

Das Telefon klingelte, aber er ignorierte es.

Er war Josephine einmal kurz begegnet und hatte sie nun auf den Überwachungsfotos wiedererkannt, nachdem er die Puzzleteile zusammengefügt hatte. Sie sah aus wie siebzehn und verhielt sich wie zwölf. Sie war groß, genauso groß wie Elizabeth, aber spindeldürr wie ein Gespenst. Sie musste Polster unter dem auffälligen Hosenanzug getragen haben, den sie auf den Fotos anhatte. Ihre Lippen sahen weich und voll aus, die Oberlippe fülliger als die Unterlippe, ein weiterer feiner Unterschied zwischen den beiden Frauen.

Atemberaubend.

Ihre Augen bargen die Essenz ihrer Schönheit. Hell, blau, voller Geheimnisse. Eine Frau mit dem Gesicht einer Prinzessin und dem Temperament einer Straßendirne. Sie hatte ihn in dem Augenblick verachtet, als sie ihm das erste Mal begegnet war, nicht gerade die Reaktion, die er normalerweise von Frauen zu erwarten hatte. Behutsam legte er beide Fäuste auf den Tisch und starrte die Akte an.

Irgendetwas übersah er.

Seit sie sechs Jahre alt gewesen war, war Josephine Maxwell im Pflegesystem gewesen, nachdem sie ihrem alkoholkranken Vater weggenommen worden war. Jedes Mal, wenn sie in einer neuen Pflegefamilie untergebracht worden war, hatte sie nur den richtigen Zeitpunkt abgewartet und war wieder zu ihrem nachlässigen Vater geflüchtet.

Marsh besaß zwar eine Adresse von Josephines Vater, hatte

aber keine Ahnung, ob er noch dort lebte. Seufzend fuhr er sich mit den Fingern durch die kurzen Haare. Er musste das überprüfen.

In dem Polizeibericht zum Messerangriff befand sich auch ein Foto des dünnen Mädchens mit den großen, eingefallenen Augen. Marsh kaute auf seinem Stift herum und starrte das Foto an. Sie war ein Rätsel, eine Kanalratte mit dem Aussehen eines Supermodels und dem Verstand eines Straßenkämpfers. Eine wunderschöne Blondine, die von einem Dummchen etwa so entfernt war wie Katzenfutter von Trüffeln.

Er rief sich das aktuelle Problem wieder ins Bewusstsein – wie er Elizabeth finden konnte. Elizabeth war gründlich, intelligent und hatte jede Menge Zeit gehabt, diese Flucht zu planen. Sie war außerdem reich wie ein Rockefeller und ein Gewohnheitstier. Sie war denjenigen gegenüber beharrlich loyal, die ihr am Herzen lagen, und mochte es, einen Alternativplan in der Hinterhand zu haben. Das mochten sie beide.

Und sie mochte es, böse Buben fertigzumachen.

Auch das mochten sie beide.

Andrew DeLattio hatte das Mädchen zerstört, das er früher einmal gekannt hatte, das Mädchen, das Marsh fürs FBI rekrutiert und in eine hervorragende Undercoveragentin verwandelt hatte. Im Gegensatz zur Einheit gegen organisiertes Verbrechen hätte sein Team sie beschützen können.

Er presste die Fingerspitzen an seine Schläfen und lehnte sich in seinem Stuhl zurück. Marsh würde Elizabeth nur finden, wenn sie das wollte. Josephine Maxwell hingegen war eine ganz andere Nummer.

„Verlieren wir sie?", fragte Cal.

„Nicht, wenn ich es verhindern kann." Nat hatte die Zähne so fest zusammengepresst, dass die Worte wie ein Zischen klangen.

Er kniete im frischen Stroh neben einer kastanienbraunen Stute. Seine Hände lagen auf ihrer bebenden Flanke, und er versuchte, sie mit sanften, ermutigenden Worten zu beruhigen. Ihr Fohlen befand sich in der Steißlage. Wenn Nat die Hände weit genug in die Stute hineinsteckte, konnte er nur die winzigen Sprunggelenke fühlen. Ein seltener Vorfall bei Pferdegeburten, aber nicht unüberwindlich.

Das war gar nicht das Hauptproblem. Das eigentliche Problem war, dass Banner, die zehnjährige Araberstute, völlig erschöpft war. Sie lag seit fast sechzehn Stunden in den Wehen, und das Fohlen hatte sich kaum mehr als einen Zentimeter bewegt. Nat hatte den Großteil des Tages vor der Box gestanden und ihr zugesehen. Die Geburt war normal losgegangen, aber mit der Zeit war immer deutlicher geworden, dass die Stute in großen Schwierigkeiten steckte.

Die Lichter waren abgedunkelt. Eine Neonröhre weiter hinten im Gang zwischen den Boxen warf lange Schatten in ihre Richtung.

Nat brauchte dieses Fohlen. Er ballte seine Finger über den verschwitzten Handflächen zu Fäusten, als die Stute eine weitere Presswehe hatte. Sein Puls beschleunigte sich, bis er ein unablässiges Dröhnen in seinen Ohren war. Dieses Fohlen musste überleben. Nat musste auf irgendetwas hoffen können.

Als klar geworden war, dass sie sich auf eine weitere eiskalte Nacht in Montana einstellen mussten, hatte er die Heizung angestellt. Der Frühling war im Treasure-Staat noch nicht ausgebrochen. Er hoffte nur, dass der Energieversorger ihnen nicht den Saft abdrehte. Sie hatten noch einen Generator im Keller, aber der versorgte nur das Haupthaus mit Strom.

Die meisten ihrer Pferde befanden sich im Pferdestall nebenan, aber die schwangeren und stillenden Stuten wurden hier in individuellen Boxen und mit besonderen Ernährungsplänen gehegt und gepflegt. Dieser Stall war kleiner als der große Pferdestall, stand auf einem Betonfundament, damit er einfacher zu reinigen und zu warten war. Jede der zwölf Boxen war mit einer Schaummatte ausgelegt, die für die Stuten einen angenehmeren Untergrund bildeten und einfach mit einem Schlauch abgespritzt werden konnten.

Vor fünf Jahren war es eine hochmoderne Einrichtung gewesen.

Sein Vater hatte den Zuchtbestand ausgebaut und die Anlagen fertiggestellt, um die Triple H Ranch in eine Pferdezucht zu verwandeln. Es war ein Traum gewesen, den sie alle geteilt hatten. Jetzt war Jake Sullivan tot, und die Krankenhausrechnungen hatten das Vermögen der Familie aufgefressen. Die Farbe blätterte von den Wänden, die Schaumstoffmatten waren an den Rändern schon ausgefranst, und das Holz des Stalls hatte eine neue Lasur dringend nötig. Aber für diese kleinen Dinge war einfach kein Geld da.

„Kommt der Tierarzt?" Cal strich der Stute über den schlanken Kopf und blickte Nat mit scharfen, hellbraunen Augen, die schon zu viel gesehen hatten, an. Cal war mehr als ein angeheuerter Rancharbeiter – er und Nat waren befreundet, seit sie Kinder waren, waren zusammen durch dick und dünn gegangen.

Nat schnaubte verächtlich. „Hat gesagt, er hätte zu tun."

Cal fluchte wie ein Kesselflicker. Nat presste seine Lippen zu einer schmalen Linie zusammen und zügelte seinen Zorn. Er hatte den Tierarzt fünfmal angerufen, und jedes Mal war nur die Mailbox rangegangen. Das konnte kein Zufall sein. Der Tierarzt kam nicht von hier. Er war ein Neuankömmling aus L.A., der vor kurzem die Praxis in der Stadt übernommen hatte. Er hatte eine Vorliebe für glänzende Spielzeuge. Spielzeuge wie den silbernen BMW, den Troy Strange ihm angeblich zum Dank geschenkt hatte, weil der Tierarzt seinen Labrador Retriever gerettet hatte, nachdem dieser einem einsamen Wolf in die Berge hinterhergejagt war. Der verdammte Hund war zu blöd zum Überleben, aber irgendwie hatte der Tierarzt ihn gerettet.

War ja klar. Es schien nicht länger das Überleben des Stärkeren zu gelten, sondern das Überleben der Reichsten.

Die Spiele, die sein Nachbar und seine sexbesessene Frau spielten, waren langsam mehr als nur Dornen in Nats Augen. Die Spiele wurden tödlich.

Die Stute befand sich im zweiten Abschnitt der Geburt. Die Fruchtblase war vor drei Stunden mit einer Flut aus gelb-brauner Flüssigkeit geplatzt. Nat war wie beflügelt gewesen, optimistisch, aber die Stimmung war immer düsterer geworden, je mehr Zeit verstrichen war.

Normalerweise dauerte dieser zweite Abschnitt der Geburt zwanzig bis dreißig Minuten.

Nat verließ die Box, um eine dicke Kordel zu holen. Er schrubbte die Kordel in einem Eimer mit heißem Seifenwasser ab und hoffte inständig, dass er wusste, was er hier tat. Die Stute litt und würde nicht mehr lange durchhalten.

„Hab Logan angerufen." Nat wischte sich mit dem Ärmel den Schweiß von der Stirn, schluckte Sägespäne und seine Niedergeschlagenheit hinunter. „Er ist aber frühestens in einer Stunde hier."

Logan Ryder war der Sohn des ehemaligen Tierarztes, ein alter Freund der Familie, der in der Nähe von Hungry Horse eine Ranch betrieb. Sein Vater war im letzten Frühjahr gestorben, aber Logan hatte seine Jugend damit verbracht, seinem Vater zu helfen, und hatte mehr Erfahrung im Fohlen als jeder andere, den Nat kannte.

„Eins seiner Kinder hat sich an einer Glasscherbe geschnitten", erklärte Nat.

„Schlimm?", fragte Cal.

„Das Kind?" Nat blickte vom Eimer auf, in dem er nun seine Hände schrubbte. Schüttelte den Kopf und strich sich ungeduldig eine Strähne aus der Stirn. „Nee, Logan sagt, ihr geht's gut, musste aber mit einem Haufen Stiche genäht werden."

Cal deutete mit dem Kinn auf die Kordel. „Was hast du vor?"

„Ich hol das Fohlen da raus, bevor Banner noch umkommt."

Trotz der Kälte trug Nat nur noch sein langärmliges Unterhemd und hatte die Ärmel hochgeschoben. Er seifte seine Hände ein, spülte sie gründlich ab und seifte sie erneut ein. Schweiß sammelte sich auf seiner Stirn und lief ihm über die Schläfen. Seine Haare waren durchnässt, seine Kleidung zerknittert und fleckig. Erschöpfung zerrte an seinen Muskeln wie eine starke Strömung.

Nat band die Kordel zu einer Schlaufe und wartete ab, bis die nächste Wehe der Stute abgeklungen war. Banner wurde immer schwächer, ihr Kopf rollte hin und her, ihr Atem ging nach jeder Muskelkontraktion flacher. Nat steckte seine Hand in das Pferd, schob das dünne Seil vor sich her, streckte die Schlaufe vor seinen Fingern aus, als er die feste Scheidenwand berührte. Sein Arm schrie vor Anstrengung, als er schließlich ganz in die Stute hineingriff und die scharfe Spitze eines kleinen Hufs gegen Nats Hand trat.

Ein Energieschub rauschte durch ihn hindurch. Immerhin lebte das Fohlen noch. Er zwang sich, noch zwei Zentimeter weiter vorzudringen, schluckte den Schmerz hinunter, als eine weitere Wehe seinen Arm wie in einem Schraubstock einklemmte. Knochen und Gelenke wurden zusammengepresst, Schmerzen schossen ihm von den Fingerspitzen bis zum Ellenbogen. Er konzentrierte sich auf das Fohlen, nicht auf die Schmerzen, biss die Zähne zusammen und atmete durch die Nase ein und aus. Die Wehe ließ nach, und Nat machte weiter, schaffte es tatsächlich, die Schlaufe nicht nur um einen, sondern um zwei winzige Hufe zu schlingen.

Halleluja.

Ein grimmiges Grinsen verzerrte sein Gesicht, als er die Schlinge zuzog und die Hufe in seine Richtung zerrte. Als er wieder nach den Hufen tastete, konnte er gerade so eine der Fesseln des Fohlens ergreifen.

„Nimm das Seil", drängte er Cal.

Cal kniete sich neben ihn ins Stroh, krallte die Finger um die Kordel, während Nats Griff um die Gelenke des Fohlens fester wurde. Sie hatten keine Zeit zu verlieren.

„Bei der nächsten Wehe, zieh'", befahl Nat. Er lehnte sich gegen die Flanke der Stute.

„Jetzt!" Nat spürte, wie die Muskeln sich wieder um seinen Arm zusammenzogen. Cal und er zogen so fest sie konnten, solange die Wehe anhielt. Die Stute trat hilflos um sich, stand eindeutig unendliche Qualen aus, war aber zu schwach, um noch zu kämpfen.

Das Fohlen hatte sich *tatsächlich* in ihre Richtung bewegt.

Nat spürte mehr, als dass er es hörte, wie jemand in den Stall huschte und den Gang zu ihrer Box hinunterkam. Der stechende Geruch von Pferd und Schweiß erfüllte die Luft. Der Wind wehte so heftig durch die dürren Äste der Zitterpappeln im nahen Wald, dass diese regelrecht klapperten.

„Sas?", rief Nat. Er brauchte ganz dringend jemanden mit medizinischem Wissen.

„Nein", sagte Eliza Reed. „Ich bin es."

Nat warf einen Blick über die Schulter und entdeckte sie, wie sie unsicher über die geteilte Tür der Box schaute.

Diese Frau wäre sogar Wasser gegenüber misstrauisch. Er drehte sich wieder zur Stute um. Er hatte jetzt keine Zeit, den Fremdenführer zu spielen. Banner und ihr Fohlen lagen im Sterben.

Cal stemmte die Knie gegen den Boden, während er und Nat sich auf die nächste Wehe einstellten. Banners Kopf lag nun regungslos auf dem Stroh, ihr Atem nur noch ein dünner Faden von Dampf aus ihren Nüstern.

„Was ist los? Wo ist der Tierarzt?" Eliza Reeds Stimme klang vorwurfsvoll durch die Box, verkürzte den irischen Einschlag zu einem scharfen Tonfall.

„Das Fohlen steckt fest." Nat strich mit der freien Hand über das Fell der Stute. „Tierarzt ist beschäftigt."

Er konzentrierte sich auf die kämpfende Stute. Er wollte hundert zu eins wetten, dass der Tierarzt jemandem wie Eliza Reed augenblicklich zu Hilfe geeilt wäre.

„Was meinen Sie damit, er ist beschäftigt?"

„Zu beschäftigt für Leute wie uns", antwortete Nat, ohne aufzuschauen. „Das meine ich damit." Es war eine verfluchte Schande. Banner war eins der schönsten Pferde, die er jemals gesehen hatte. Sie hatte ein ausgeglichenes Temperament, war aber mutig. Sie kam von einer reinen ägyptischen Linie und war tausende von Dollar wert, aber sogar das war jetzt egal. Er wollte einfach nur, dass diese wunderschöne Kreatur und ihr Fohlen überlebten.

Eine weitere Wehe begann.

„Komm schon, Banner!", drängte Nat.

Nat und Cal zogen mit aller Kraft, und wieder bewegte sich das Fohlen in ihre Richtung. Mit einem zornigen Klacken biss Nat die Zähne zusammen. Er hatte in den letzten Jahren so viel Leid und Tod gesehen und hatte die Schnauze absolut voll davon. *Bitte, Gott, verschone diese Stute.*

„Komm schon, Mädchen."

Sie würde sterben.

Sie würde sterben, weil ihr verfluchter texanischer Nachbar irgendein krankes Verlangen hegte, sie von hier zu vertreiben.

Eliza Reed schlüpfte in die Box, ging an ihm und Cal vorbei und kniete sich neben Banners Kopf.

Nat und Cal machten sich für eine weitere Wehe bereit. Banner begann langsam, das Bewusstsein zu verlieren, ihr Kopf lag regungslos da und ihre Flanken wurden schlaff.

Eliza legte eine Hand auf den breiten Kiefer der Stute, ganz behutsam, als ob sie Angst vor der Berührung hätte.

„Kann ich irgendwie helfen?" Ihre leuchtend grünen Augen hefteten sich auf seine. Nat wandte den Blick ab, wurde aber widerwillig wieder von ihren Augen angezogen. Es lag etwas unglaublich Verwundbares in der wilden Entschlossenheit, die er dort sah. Etwas, was er lieber nicht anerkennen wollte.

„Nur wenn Sie an Wunder glauben", meinte er.

Elizas Augen wurden leer. Sie schüttelte den Kopf.

Banner hörte für eine Sekunde auf zu atmen. Nats Magen überschlug sich, als würde sich eine Schlange durch seine Eingeweide winden.

„Komm schon, Mädchen!", rief Nat. „KOMM SCHON!"

Die Zeit war abgelaufen. Sie mussten das Fohlen dort rausholen. Cal schnappte sich einen Eimer mit eiskaltem Wasser und schüttete ihn über dem Rücken der Stute aus. Sie zuckte zusammen, und eine weitere Wehe setzte ein. Nat zerrte mit aller Kraft an dem Seil, seine Sehnen und Muskeln spannten sich vor Anstrengung an. Eliza half mit, stemmte sich gegen das Seil, ihr Atem heiß und abgehackt in seinem Rücken.

Das Fohlen steckte fest. Die Stute zitterte heftig, dann lag sie vollkommen still.

„Nein!" Nats Schrei hallte im Stall wider, aber die Stute rührte sich nicht mehr. Er ließ den Kopf sinken, kämpfte gegen das Gefühl der Niederlage an, das ihn zu übermannen drohte.

Die Stute lag regungslos da, ihre Flanken starr, ihr Atem erloschen.

Tot.

Banner war *tot*.

Sie hatten ein Wunder gebraucht, aber es war nicht geschehen.

Eliza Reed starrte ihn aus großen Augen an, kniete im feuchten Stroh.

Nat biss die Zähne so fest zusammen, dass sie fast miteinander verschmolzen. Er schluckte angestrengt. Es war zu spät. Banner war tot. Innerlich völlig taub, zog er sein Jagdmesser hervor, dessen Klinge fünfzehn Zentimeter lang war und scharf wie ein Skalpell.

„Was haben Sie vor?", fragte Eliza.

Er kniete sich neben die Stute und legte die Hand auf ihre warme Flanke, betete stumm um Vergebung und schnitt los. Schnitt tief. Tief genug, um die Innereien der Stute freizulegen.

Obwohl das Pferd tot war, zogen sich die Muskeln krampfhaft gegen die Messerklinge zusammen, rollten sich auf wie Plastik, das von einem heißen Gegenstand berührt wurde. Nat ignorierte die lebensechten Zuckungen und beeilte sich, wobei er darauf achtete, nicht in das ungeborene Fohlen zu schneiden. Endlich, mit einer Flut von Fruchtwasser, zog Nat das Fohlen heraus.

Es atmete nicht.

„Fuck." Ihm war vage bewusst, dass Cal und Eliza ihn mit offenen Mündern und einem Ausdruck des Schreckens und Ekels beobachteten, aber das war ihm egal. Blut tränkte den Boden, tränkte seine Kleider.

Erneut fluchte Nat, befreite die Nüstern des Neugeborenen vom Schleim. Er presste seine linke Hand über Mund und untere Nüster des Fohlens und blies eine Lunge voll Luft in die obere Nüster, tief hinein in die Lungen des winzigen Tieres.

Nichts.

Er wischte sich über den Mund, schickte ein Stoßgebet zum Himmel und versuchte es wieder und wieder, presste die zarten Rippen des Fohlens beherzt zusammen – einmal, zweimal, dreimal. Das Fohlen keuchte, würgte und öffnete die Augen.

Nat konnte es nicht fassen.

Heilige Scheiße, er hatte es tatsächlich geschafft. Die Muskeln in seinem Nacken waren so verspannt, dass sich seine Sehnen anfühlten, als würden sie jeden Augenblick reißen, und sein Herz hämmerte wie das eines Marathonläufers auf der Zielgeraden. Völlig überwältigt starrte er auf die winzige Kreatur, die nun allein atmete. Nats Körper bebte wie verrückt, seine Hände zitterten unkontrolliert, aber ihm wurde plötzlich klar, dass er das Fohlen gerettet hatte. Er presste sich die Hand auf den Mund, stolperte in die Ecke der Box und übergab sich.

Tränen strömten ungehindert über seine Wangen, seine

Gefühle unverfälscht und unverhohlen. Er wischte sich über den Mund und warf über die Schulter einen Blick auf das Fohlen. Der neugeborene Hengst war pechschwarz, kein einziger Farbsprenkel in seinem nachtschwarzen Fell. Er hatte ein perfektes gewölbtes Profil, riesige, feuchte Augen und große Nüstern, die mit jedem Atemzug bebten.

Nat war wie erstarrt, konnte nicht einmal die Hand ausstrecken, um das Neugeborene zu berühren. Das Fohlen versuchte, aufzustehen, und seine zerbrechlichen Beine staksten unter ihm herum wie Ästchen im Wind. Cal beugte sich hinunter, löste die Kordel von den Beinen des Fohlens und rieb es mit frischem Stroh ab, entfernte Blut und feuchten Schleim.

„Sie haben es gerettet." Eliza Reeds Stimme klang rau, war kaum mehr als ein Flüstern im Schatten.

Erleichterung überkam ihn. Dann breitete sich rohe Trauer aus, als er die Stute betrachtete. Sein Mund wurde trocken, als er Elizas Blick erwiderte, ihre Augen grün und schimmernd vor Tränen. Auch seine Augen brannten, aber er zwang sich, sich an die Arbeit zu machen. Er musste Banner herrichten, das Fohlen füttern.

„Hallo?" Rufe hallten durch den Stall.

„Nat?" Eine Tür knallte auf und Schritte kamen näher.

„Bist du da drin?" Logans tiefe Stimme schnitt durch die Dunkelheit.

„Hier hinten." Nat zwang die Worte durch seine zitternden Stimmbänder.

„Ist sie okay?" Sas rannte in eine dicke Daunenjacke eingewickelt den Gang hinunter, ihre schwarze Arzttasche in der Hand. Sie blieb wie angewurzelt stehen und riss die Augen auf, als sie den kleinen Hengst erblickte. „Er ist wunderschön. Oh, Nat, er ist ja hinreißend." Dann entdeckte sie die Stute, die aufgeschnitten neben dem Fohlen lag. „Herr im Himmel."

Auf den Knien rutschte Nat zum Kopf der Stute, berührte ihre Wange. „Sie hat es nicht geschafft."

Trauer überfiel ihn wie elektrischer Regen – was töricht war, schließlich war sie nur ein Pferd. Aber sie war wunderschön gewesen und hatte es nicht verdient, so zu sterben, qualvoll und verzweifelt. Kein Tier hatte das verdient. Er war Rancher und war früher Tierfotograf gewesen, kannte die Irrungen und Wirrungen von Mutter Natur besser als die meisten, aber nichts hatte ihn auf so ein unnötiges Leid vorbereitet.

Ein Tierarzt hätte sie retten können.

Das Fohlen stupste mit samtigen Lippen gegen seine Hand, und Nat blickte in die nachtschwarzen Augen der winzigen Kreatur. Der kleine Kerl war hungrig und fragte sich, wo seine Mama war. Nat musste dem Fohlen so schnell wie möglich eine Ersatzmutter suchen, oder er würde Monate des Fläschchenfütterns vor sich haben.

Die Stalltür schlug zu und Nat war überrascht über das Aufblitzen der Enttäuschung, das er verspürte, als er bemerkte, dass Eliza Reed den Stall verlassen hatte.

Schulterzuckend drehte er sich um und sah zu, wie Logan das Fohlen untersuchte. Mit einem kräftigen Ruck durchtrennte Logan die Nabelschnur, kontrollierte den Herzschlag mit einer Hand auf dem Brustkorb des Fohlens.

„Ich musste ihn wiederbeleben." Nats Stimme war rau und sein Hals eng vor Kummer.

„Sieht meiner Meinung nach verdammt gut aus. Ich gebe ihm ein paar Spritzen, nur zur Sicherheit." Der große Rancher legte eine Decke über das kleine Tier, um es zu wärmen. „Hast du eine Stute in Aussicht?"

Nat nickte und hoffte inständig, dass die andere Stute ein zweites Fohlen akzeptieren würde.

„Ich habe Logan zufällig am Ende meiner Schicht getroffen", erklärte Sarah. „Er hat gesagt, Banner hätte Probleme und der Tierarzt würde nicht herkommen."

Nat nickte. Verbitterung würde ihm nicht helfen, aber er konnte sie auch nicht runterschlucken.

„Daran werde ich mich erinnern, wenn ich dem Hurensohn jemals bei einem Verkehrsunfall begegnen sollte." Sie fluchte leise. Sas sah vielleicht klein und nett aus, aber sie war genauso unnachgiebig wie die anderen Sullivans. Sie ging zu dem Fohlen, streichelte seine neugierige schwarze Nase und legte Cal den anderen Arm um die Schultern.

„Wie wirst du ihn nennen?", fragte Logan leise.

Der heutige Abend hätte eine freudige Zeit sein sollen, aber Tod und Elend hatten die Freude gedämpft. Für einen Augenblick sagte Nat nichts. Es gab noch immer viel zu tun, und er konnte sich glücklich schätzen, wenn er vor dem Morgengrauen ins Bett kam.

„Redemption." Nat betrachtete die grazile schwarze Gestalt. „Red, als Kurzform."

„Er sieht aus wie ein Red, finde ich", bekräftigte Cal, den Arm fest um Sas' Taille geschlungen.

„Eine schrecklich große Last für so zarte Schultern." Behutsam strich Sas über die bebende Nase des Fohlens.

„Er wird in seine Rolle hineinwachsen." Logan stellte sich neben Nat, klopfte ihm auf den Rücken. „Das wird ein Champion werden, genau wie sein Papa."

Nat sagte nichts, betete nur stumm, dass Logan recht behalten würde.

Er hoffte, das würde ausreichen.

❧

TRÄNEN RANNEN ÜBER IHRE WANGEN, lange Ströme ihrer Gefühle, die wie Regen von ihrem Kinn tropften. Sie hatte noch nie im Leben eine Geburt miterlebt. Und auch noch keinen Tod. Hatte nie diesem reinen Moment beigewohnt, wenn sich alle Versprechen und alle Erwartungen in etwas so Wundervollem wie einem neugeborenen Fohlen kristallisierten. Noch hatte sie den quälenden Abgrund der Hilflosigkeit erlebt, wenn ein Leben erlosch. Sie stolperte aus dem Stall, konnte kaum erkennen, wohin sie lief. Sie bekam fast keine Luft, konnte den Atem kaum durch ihre enge Kehle zwingen, während sie versuchte, ihre Schluchzer unter Kontrolle zu halten. Blind tastete sie nach dem Zaun, der in der Dunkelheit vor ihr auftauchte.

Der Reitplatz.

Sie hatte Gewalt und Unheil gesehen, Boshaftigkeit und Korruption. Aber in diesem einen Moment bei der Geburt hatte mehr Kraft gesteckt als in allem, was sie jemals während ihrer Arbeit für das FBI miterlebt hatte. Eine riesige Kraft, es war atemberaubend. Demütigend, herzzerreißend, echt.

Sie kletterte auf die Sprossen des Zauns und setzte sich auf die oberste Strebe, ließ sich von der Einsamkeit umarmen, weinte sich die Augen aus und starrte blind in die Sterne über ihr.

Zuerst hatte sie die Undercover-Arbeit geliebt, bevor sie ihr die Seele ausgesaugt und sie so hohl und leer wie eine Schauspielerin in einem nie endenden Theaterstück zurückgelassen hatte. Ein großes Abenteuer für ein einsames Mädchen mit zu viel Geld, aber sonst nichts mehr. Sie krallte die Finger um die Sprosse, auf der sie saß, und drückte das unnachgiebige Holz so fest sie konnte. Sie hatte eine langweilige, einsame Kindheit verlebt, war an den besten Privatschulen ausgebildet worden und hatte ihre Tante in Amerika nur in den großen Ferien besucht. Geld war ein schlechter Ersatz für Freundschaft – eine zu oberflächliche Familie, um es zu lieben.

Marshall Hayes, leitender Special Agent beim FBI, war während eines Besuches in Boston auf sie zugetreten. Sie wischte sich die Tränen von der Wange. Seine Mutter und ihre Tante hatten sie verkuppelt – hatten zweifelsohne versucht, die Familienvermögen zu konsolidieren. Er war attraktiv gewesen, aufregend. Ein echter FBI-Agent.

Und er war ihr nachgestiegen, allerdings. Hatte sie in seinem Büro in die Enge getrieben, ihr die Rekrutierungswebseite des FBI gezeigt. Mit ihrer doppelten amerikanisch-britischen Staatsbürgerschaft und einem Master in Kunstgeschichte hatte sie die perfekten Voraussetzungen, um in seinem Team aufgenommen zu werden. Er wollte sie. Sie musste nur die Grundausbildung bestehen.

Sie zog ein Taschentuch aus der Jackentasche und putzte sich die Nase. Sie hatte sich den Arsch abgearbeitet, um das Training für die neuen Agenten an der FBI-Akademie in Quantico zu bestehen. Hatte die Herausforderung genossen – hatte die Aufregung und das Gefühl der Gefahr geliebt, hatte sich danach gesehnt, endlich die Chance zu bekommen, ihren Wert jenseits ihres Bankkontos zu beweisen.

Aber sie hatte herausfinden müssen, dass ihr Wert auf der Waage der Gerechtigkeit kaum zum Tragen kam.

Das Leben war beschissen. Und dann starb man.

Ein einsamer Wolf heulte in den Wäldern. Das Geräusch hallte von den Wänden der Nebengebäude wider und wehte über den Hof. Ein einsames, klagendes Geräusch, das sich irgendwie passend anfühlte.

Sie hatte die Ranch ausgekundschaftet, hatte sich die Nebengebäude angeschaut und verschiedene Aussichtspunkte von den umliegenden Baumgruppen aus überprüft. Sie hatte sich sogar eine Geschichte zurechtgelegt, bis ihr klar wurde, dass es diesen Leuten völlig egal war, ob sie hier herumschnüffelte und die Ranch erkundete oder nicht. Sie hatten nichts zu verbergen. Sie würden einfach annehmen, sie wäre schlicht und einfach neugierig.

Elizabeth rieb sich die Oberschenkel, um die Kälte zu vertreiben, als die Einsamkeit sie überkam und sie an Dinge denken ließ, die sie nicht hatte, nicht haben konnte – wie eine Familie. Sie hatte ein paar Freunde, aber niemanden, an den sie sich jetzt wenden konnte. Jemanden in ihr Leben mit hineinzuziehen war zu gefährlich.

Josie war in Sicherheit, solange sie den Kopf einzog, und sie war gewitzt.

Elizabeth wischte sich mit dem Ärmel die Tränen aus den Augen. Sie vermisste Marsh und Dancer und die Gang aus der Einheit für Fälschungen und Kunstwissenschaften. Aber sie konnte sich nicht an sie wenden. Marsh hatte sie gewarnt, sich nicht auf die Ermittlungen der Einheit gegen organisiertes Verbrechen einzulassen, hatte ihr eingebläut, sie solle sich von DeLattio fernhalten. Sie hatte seinen Rat in den Wind geschlagen und immer weitergemacht. Hatte geglaubt, sie würde klarkommen. Hatte geglaubt, sie wäre clever.

Sie strich sich eine Haarsträhne hinter das Ohr. Das war *ihr* Problem, ihr Schlamassel, und sie musste es ins Reine bringen.

Ein Geräusch hinter ihr erschreckte sie und ließ sie zusammenfahren. Sie fiel von der Zaunsprosse in den weichen Sand der Koppel. Ihre Hand fuhr zu ihrem Schulterholster, das sie seit Neustem wieder trug und unter ihrer Jacke verborgen hatte.

„Tut mir leid", sagte Nat Sullivan aus der Dunkelheit. „Ich wollte Sie nicht erschrecken."

„Nein, nein, es ist alles gut." Elizabeth nahm die Hand von ihrer Waffe. Der Mann machte sie nervös, aber sie hatte keine Angst vor ihm. Heutzutage machten sie fast alle Männer nervös. „Sorry." Sie wischte sich wieder die Augen, verlegen, beim Weinen erwischt worden zu sein. „Ich hatte so etwas noch nie gesehen." Elizabeth suchte nach Worten, um von ihren Gefühlen abzulenken. „Ich war noch nie bei einer Geburt dabei."

„Naja." Er klang aufgewühlt. „Ich bin mir nicht sicher, ob er geboren wurde oder vielmehr herausgerissen."

Er stand einen Meter entfernt, beobachtete sie durch die Streben des Zaunes, blutverschmiert, dreckig, zerknittert und kurzärmelig in dieser eisigen Nacht.

Er zitterte nicht einmal. Schien die Kälte nicht zu spüren.

Sie schlang die Arme um ihren Oberkörper und wünschte, sie könnte auch nur einen Bruchteil seiner Wärme spüren. Nat stand absolut regungslos da, aber sie konnte seine Energie durch die

Luft vibrieren spüren. Seine Augen schimmerten voller düsterer Emotionen – Erschöpfung, Frustration, Trauer.

Elizabeth verstand die dunkleren Seiten des Lebens, verstand Schuld.

„Er wäre gestorben, wenn Sie ihn nicht rausgeschnitten hätten." Sie sprach leise. Zollte den Toten Respekt.

„Ja", erwiderte er, „wahrscheinlich." Er legte die Hände auf die Holzlatte zwischen ihnen, beugte sich ihr entgegen. „Danke für Ihre Hilfe."

„Ich habe nicht viel getan." Elizabeth schluckte, spürte die Tränen, die erneut in ihren Augen brannten. Sie wollte die Hand ausstrecken und diese warmen, fähigen Hände ihn ihre nehmen. Es gab Tage, an denen sie einen Rückzugsort, Isolation vor selbst den leichtesten aller Berührungen brauchte, und andere Tage, so wie heute, an denen sie so verzweifelt gehalten werden wollte, dass ihr alles wehtat.

Sie bewegte sich nicht.

„Tut mir sehr leid", brachte sie hervor. „Das mit der Stute."

Er nickte und seine Lippen bebten. „Mir auch." Er wandte sich halb ab, dann hielt er inne und starrte auf den Boden.

„Ihr Akzent ..." Er legte den Kopf zur Seite, schaute sie an. „Was haben Sie gesagt, wo Sie herkommen?"

Überrumpelt schnappte sie hastig nach Luft. „Habe ich nicht gesagt." Die Worte klangen zu scharf, zu hart. „Ich meine, es gibt keine einfache Antwort." Sie kam überall und nirgends her. Es würde eine Ewigkeit dauern, das zu erklären.

Er nickte, lächelte, als ob sie etwas Amüsantes gesagt hätte.

„Er ist sehr schön – wo auch immer er herkommt."

Überraschung ließ sie an Ort und Stelle erstarren. Er drehte sich um und ging zurück zu den Ställen, und sie schaute ihm hinterher, wie eine Brise, die ihm nachjagte, als würde sie ihn schon vermissen. Der Wind blies ihr eine Strähne über das Gesicht und raschelte in den Bäumen hinter ihr.

Elizabeth schauderte, als die Nacht sie erneut umfing, sich an sie presste wie eine nasse Decke. Sie wollte Nat in die Ställe folgen, seine Wärme aufsaugen und herausfinden, was tatsächlich hinter diesen lebhaften blauen Augen los war.

Aber sie hatte nicht den Mut dazu.

Wieder heulte der Wolf, verloren und allein. Ein anderer Wolf antwortete, dann ein weiterer und ein weiterer. Die gespenstischen Rufe hallten durch die Bäume, die Gräben und Täler, über die weite Landschaft.

Elizabeth kletterte über den Zaun, behielt den finsteren Wald wachsam im Auge, während sie zurück zu ihrer Hütte schritt. Sie berührte die Glock im Holster unter ihrer Jacke und erinnerte sich daran, dass sie für den Augenblick in Sicherheit war. Wilde Tiere würden ihr nichts tun, aber es waren auch nicht die wilden Tiere, derentwegen sie sich Sorgen machte.

Zehn Minuten später rollte sie sich unter der Decke ihres Doppelbetts zusammen. Sie trug ein British & Irish Lions-T-Shirt, das ihr fast bis zu den Knien reichte. Ihre Hand kroch unter das Kissen und blieb einen Zentimeter von der Glock entfernt liegen, während sie versuchte, einzuschlafen.

Nat Sullivans Gesicht blitzte in ihren Gedanken auf, seine glühenden Augen und das schiefe Lächeln, das sie von innen heraus wärmte. Sie wollte ihn so dringend berühren, dass sie tatsächlich die Hand ausstreckte, aber sie ließ sie wieder auf die kühlen Laken fallen. Elizabeth schlief ein und träumte. Das Fohlen sprang herum, die Augen der Stute schmerzerfüllt, aber ergeben. Sie akzeptierte den Tod.

Plötzlich rannte Elizabeth mit voller Geschwindigkeit, ihre Lungen platzten beinahe vor Anstrengung, ihr Körper war schweißnass, sie stolperte und taumelte, konnte im dichten Nebel, der über dem Boden schwebte, nichts erkennen. Sie konnte ihn nicht sehen, aber er war nah. Zu nah. Ihr direkt auf den Fersen. Verfolgte sie.

Schatten bewegten sich, und plötzlich stand er direkt vor ihr. Sie fuhr herum und torkelte plötzlich am Rand einer Klippe entlang. Angst schnürte ihr die Kehle zu, als sie herumfuhr, aber es gab kein Entkommen. Er war da. Am Rand des Schattens. Beobachtete sie. Streckte die Hand nach ihr aus. Formen veränderten sich, schwarz und grau, dann verbanden sie sich in greifbare Heimtücke. Sie schaute erstarrt zu, wie ein Mann aus dem Nebel trat.

„Daddy", rief sie aus und streckte die Arme nach dem Schatten aus. Aber der Schatten wurde pechschwarz und lachte finster.

Blutbefleckte Hände griffen nach ihr, und sie fuhr herum und stürzte sich in den Abgrund. Sie schrie, als die Luft an ihrem Gesicht vorbeirauschte, und sie fiel und fiel. Sie konnte noch immer sein Lachen hören und schrie erneut auf.

Mit einem Ruck wachte Elizabeth auf, hörte ihren Schrei noch in der Hütte verhallen. Zerknüllte Laken hielten sie gefangen. Sie fiel in die Kissen zurück, lauschte ihrem keuchenden Atem in dem eisigen Zimmer.

Das Feuer war ausgegangen.

Schweiß verwandelte sich auf ihrer Haut zu Eis, und ihr wurde endlich bewusst, wo sie war.

Es war nur ein Traum gewesen. Nur ein weiterer lausiger Traum.

Mit brennenden Augen und todmüde rollte sie sich wieder unter ihrer Decke zusammen und versuchte, an überhaupt nichts zu denken. Nicht an Blut, nicht an Tod, nicht an Angst und Schmerzen, nicht an Demütigung, nicht an Vergewaltigung und vor allem nicht an Andrew DeLattio. Aber so sehr sie es auch versuchte, es funktionierte nicht, und ihre Gedanken spielten immer und immer wieder den gleichen Film ab.

Kapitel Fünf

Heftig atmend beugte Elizabeth sich vornüber und stemmte die Hände auf ihre Oberschenkel. Die kalte Luft brannte in ihren Lungen, als sie in tiefen Atemzügen Luft holte. Der klare blaue Himmel erstreckte sich wie eine Leinwand über ihr, hier und da von weißen Wolken unterbrochen, die aussahen wie das Bild eines Kindes. Keine einzige graue, ominöse Wolke war heute zu sehen, auch wenn Sarah Sullivan ihr gesagt hatte, dass sich das innerhalb von Minuten ändern konnte.

Elizabeths Augen brannten. Sie hatte gestern Nacht nicht viel geschlafen – auch wenn das nichts Ungewöhnliches war. Sie richtete sich auf, streckte sich, und ihre Muskeln wurden lockerer und lösten sich. Sie stemmte die Hände in die Hüften und schaute sich um. Die Berge lagen vor ihr, schneebedeckter Granit, so unerbittlich wie Glasscherben. Die Gegend in der Nähe dieser spitzen Gipfel sah karg aus. Ansammlungen von Nadelbäumen erstreckten sich dunkelgrün über die unteren Regionen und hörten an der Baumgrenze abrupt auf. Kiefern, Tannen, Lärchen und Espen verschmolzen am anderen Ende der Wiese, lockerten die Monotonie der Landschaft auf.

Sie musste nicht mehr weit gehen.

Während sie über die Wiese stapfte, war sie dankbar für die Schneeschuhe, die Sarah ihr ausgeliehen hatte, denn sie machten das Gehen im tiefen Pulverschnee viel einfacher. Elizabeth folgte einem Trampelpfad zwischen den Bäumen und erblickte im Unterholz Tierspuren, die sich im Schnee kreuzten. Sie erkannte Vogelspuren und Kaninchen, dann entdeckte sie deutlich größere Tatzenspuren, die nur zu einem Puma gehören konnten, und betete, dass er nicht hungrig war.

Nervös zog sie die .30-30 Marlin aus dem Etui und lud Munition in das röhrenartige Magazin, das unter dem Lauf des Gewehrs verlief. Sie lud eine Runde durch, dann legte sie noch eine weitere Kugel ins Magazin. Der kleine Unterhebelrepetierer war kompakt und leicht zu tragen, hatte aber auf kurze Entfernung ordentlich Wumms. Elizabeth ließ die Kammer halb gespannt und ging weiter, machte in den klobigen Schuhen große Schritte, wobei sie den Lauf des Gewehrs auf den Boden gerichtet hielt.

Sie kam an einer kleinen Lichtung am Fuß des dicht bewaldeten Hangs an. Das würde für ihr Vorhaben genügen. Sie blieb stehen, ließ ihren Rucksack in den Schnee fallen und lehnte das Gewehr vorsichtig an einen halbverrotteten Baumstumpf. Sie zog eine Handvoll knallbunter Ballons aus ihrem Rucksack und blies sie auf die Größe von Fußbällen auf. Dann verknotete sie jeden Ballon mit einer langen Schnur, dankbar dafür, dass kein Wind wehte, der sie über die Lichtung wehen konnte. Die Ballons hoben sich grell vom schneeweißen Hintergrund ab – wirkten in der unberührten Wildnis völlig unnatürlich. Elizabeth hielt inne, um wieder zu Atem zu kommen, beäugte das umliegende Dickicht argwöhnisch.

Zufrieden mit ihren Zielscheiben sammelte sie die Schnüre zusammen, zog eine Klammerpistole aus dem Rucksack und marschierte hundert Meter weiter die Anhöhe hinauf.

Schnee flog über ihre Stiefelspitzen, aber die dicken Socken, die sie trug, wehrten die Kälte ab. Nach dem Ritt im Schneesturm mit Nat am ersten Tag hatte sie sich geschworen, ihre warme Hütte nie wieder zu verlassen. Aber das Nichtstun hatte ihr Zeit gegeben, nachzudenken, und das war das Letzte, was sie wollte. Lieber würde sie erfrieren.

Elizabeth erreichte eine gefällte Kiefer, die am Waldrand lag. Sie zog mit den Zähnen ihre Handschuhe aus und ließ sie in den Schnee fallen. Mit zügigen, effizienten Bewegungen tackerte sie die Ballons in gleichmäßigen Abständen an den Baumstamm, wo sie schlussendlich in einer langen, festlichen Reihe sanft auf und ab wippten, wobei sie fröhlich und hübsch aussahen – wie eine Geburtstagsparty.

Sie konnte sich glücklich schätzen, wenn sie ihren nächsten Geburtstag erlebte. Aber sie würde nicht allein sterben.

Sie blies eine eisige Atemwolke aus, saugte die Atmosphäre des Bergs in sich auf. Es fühlte sich anders an als alles, was sie jemals erlebt hatte. Sogar die Luft war hier oben anders, klarer, schärfer. Montana wurde ‚Land des weiten Himmels‘ genannt, und jetzt wusste Elizabeth auch, warum. Man war dem Himmel so nah, man konnte fast die Hand ausstrecken und ihn berühren.

Die Stille war allumfassend. Greifbar.

Ihr Herzschlag verlangsamte sich. Die Anspannung wich aus ihren Schultern, löste ihren Nacken aus ihrem eisernen Griff. Sie wurde von einem tiefen Gefühl der Einsamkeit übermannt, die sie umfing und festhielt. Sie so akzeptierte, wie sie war, und sich nicht um ihre schlechten Seiten, ihre Unzulänglichkeiten scherte. Hoch über dem Tal schwebte ein Adler, ließ sich vom spärlichen Aufwind tragen und den Blick über sein Reich aus Eis, Bäumen und Granit schweifen.

Es herrschte eine Macht hier, im Adler wie im Land.

Die wilde Kraft des Ozeans hatte sie oft gerufen, wenn sie auf das sturmgepeitschte Meer geblickt und die brausenden Wellen beobachtet hatte, die ans Ufer gekracht waren. Aber diese Kraft fühlte sich anders an. Älter, würdevoller, wie ein innerer Frieden. Das Rückgrat der Welt, geformt aus geschmolzener Hitze, Zeit und Geduld. Aus irgendeinem Grund beschworen diese Gedanken das Bild von Nat Sullivan in ihr herauf. Er war groß und schön, mit einer inneren Stärke.

Als sie ihn gestern Abend im Stall erblickt hatte, hatte sie ihn zunächst gar nicht wiedererkannt. Wild entschlossen, kein Funkeln mehr in seinen Augen, kein Anflug von guter Laune, die in seinen Mundwinkeln zuckte. Sein Blick war hart vor Verzweiflung gewesen.

Die Stute sterben zu sehen und wie das Fohlen auf die Welt gekommen war, war der traurigste und eindrucksvollste Moment ihres Lebens gewesen – ein emotionsgeladener Wirbelwind aus Trauer und Freude. Es hatte Mut gebraucht, das Fohlen aus seiner noch warmen Mutter herauszuschneiden. Entschlossenheit und Tatkraft.

Ein Vogel zwitscherte in einem Baum, sprang aufgescheucht und behände von kahlem Ast zu kahlem Ast. Elizabeth konzentrierte sich wieder auf ihr Vorhaben und warf einen abschätzenden Blick auf ihre Ziele. Gummibälle, die im Schnee aufgereiht waren und auf die Party zu warten schienen. Sie stellte sich in Schrittstellung auf, verlagerte ihr Gewicht gleichmäßig auf ihren Fußballen. Sie atmete durch, um ruhig zu werden, dann hob sie das Gewehr an ihr rechtes Auge und schloss das linke, legte den Finger auf den Abzug und verlangsamte ihre Atmung noch mehr. Dann atmete sie aus und drückte ab. Das Gewehr prallte zurück und der Ballon zerplatzte, während der Schuss von den Bergen widerhallte und die Stille zerriss.

Nat fluchte leise, als er die Schnallen an Winters Sattel nachzog, bevor er aufsaß. *Gottverdammte Wilderer auf seinem Land.* Wilderer, die sich in die Berge schlichen und umbrachten, was immer ihnen vor die Flinte kam, ganz egal, was das Gesetz sagte. Geschweige denn, was der Rhythmus der Natur vorsah.

Zu dieser Jahreszeit hatte nichts Saison.

Nats Gedanken wüteten, als er an den Abschaum dachte, der seinen Müll in der Wildnis zurückließ, als Zeichen der Verachtung. Na schön, nach der Woche, die er hinter sich hatte, war er mehr als bereit, sich mit ihnen anzulegen.

In der Ferne erklangen weitere Schüsse.

Er überprüfte seine Remington .308 und die Munition. Blickte auf und ließ die Augen über die Wälder wandern – *seine* Wälder, sein Land, sein Berg.

Vorläufig ...

Diese Typen waren näher, als ihm lieb war.

Normalerweise hätte er auf Ryan oder Cal gewartet, damit sie ihn begleiteten, aber sie waren damit beschäftigt, das Vieh von der Weide in der Nähe des Flusses heimzutreiben, und er konnte es sich nicht leisten, zu warten. Am nördlichen Horizont brauten sich Wolken zusammen, trieben schnell über den Himmel. Es würde wieder schneien.

Nat trieb Winter an, und sie verließen in gestrecktem Galopp den Hof. Er kniff die Augen zusammen, als ob er mit reiner Willenskraft durch die Bäume hindurchschauen könnte. Seine Wölfe waren dort oben in diesen Hügeln. In diesem Teil des Gebirges hatten sie ihren Bau und zogen jedes Frühjahr ihre Jungen auf.

Die Leute in dieser Gegend hielten von Wölfen in etwa so viel wie von Serienmördern, und vielleicht riss ein Rudel hin und wieder ein krankes Rind, aber die meisten Rinder waren zu groß und zu stark, um von dieser schwer fassbaren Kreatur gerissen zu werden. Sein Vater war ein Naturfreund gewesen – er hatte früh begriffen, was für eine Bedrohung Menschen für die Raubtiere darstellten, die wild in den Nationalparks lebten. Nat hatte sie immer nur mit seiner Kamera gejagt, und dieses Rudel hatte er über Jahre hinweg fotografiert.

Mit den Fersen drängte er Winter vorwärts, ritt schnell den leichten Anstieg zur Wiese hinauf, die Zügel lose um den Sattelknauf geschlungen, ließ das Pferd ohne große Anweisungen seinen Weg finden.

Winter war ein Morgan, die älteste amerikanische Rasse, und mit einer Widerristhöhe von einem Meter sechzig überdurchschnittlich groß. Seine kurzen, gespitzten Ohren drehten sich in Richtung der Schüsse, sein schlanker, intelligenter Kopf in voller Alarmbereitschaft aufgereckt. Die geraden, kraftvollen Beine und die muskulösen Schultern arbeiteten unermüdlich, um sich durch den tiefen Schnee zu ackern.

Sie waren nun fast beim Schützen angekommen. Nat konnte das Schießpulver riechen, das die klare Gebirgsluft verpestete. Vorsichtig näherte er sich in sicherer Entfernung von den Schüssen, runzelte die Stirn, als er den Blick senkte und eine einzelne Reihe von Fußspuren entdeckte. Wenn nicht jemand anderes nach links oder rechts ausgeschert war, hatte er es mit nur einem Wilderer zu tun.

Nat grinste, drängte Winter vorwärts. *Einer war kein Problem.*

Das Pferd bahnte sich beinahe lautlos seinen Weg durch den tiefen Schnee. Nat vermutete, dass sich der Schütze etwa hundert Meter hinter einer Reihe von Bäumen befand. Er glitt von Winters Rücken und ließ das Pferd in der Lichtung stehen.

Vorsichtig schlich Nat vorwärts und achtete darauf, nicht auf unter dem Schnee vergrabene Äste zu treten, über die er stolpern oder die knacken und seine Anwesenheit verraten könnten.

Er duckte sich hinter die Äste einer dichten Douglastanne, die zwischen ihm und dem Schützen stand. Er wollte nicht ausgestopft auf irgendjemandes Kaminsims enden.

Nat drückte sich gegen den Stamm und spähte vorsichtig um den Baum herum, dann zuckte er erschrocken zurück, als er Miss Eliza Reed erblickte, Computerspezialistin aus New York, die auf Zielballons schoss.

Sie versteckte sich nicht gerade, sondern stand in voller Sicht da, und Nat vermutete aufgrund ihres sicheren Stands und der Gelassenheit in ihrer Haltung, dass sie wusste, was sie da tat.

Verdammt nochmal.

Wenigstens war es kein Wilderer.

Mit dem alten 3-9er Redfield-Sucher seines Gewehrs über-prüfte er ihren Fortschritt. Sie traf jeden Ballon in der Mitte, immer und immer wieder. Gegen seinen Willen war Nat beein-druckt. Sie war eine gute Schützin – für einen Computerfreak.

Nat ließ sein Gewehr sinken, blieb regungslos im Schutz der Bäume stehen und schaute ihr dabei zu, wie sie alles aus der Marlin herausholte. Es lag eine Art mechanischen Fließens in ihren Bewegungen, ein Rhythmus in ihrem Schießen und Nachla-den. Sie sah aus, als ob sie das bereits eine Million Mal getan hätte. Ihre Bewegungen waren nicht gehetzt, nicht erzwungen.

Er traute ihr nicht. Wusste, dass sie etwas unter dieser porzell-anglatten Oberfläche verbarg. Noch einmal blickte er durch seinen Sucher, bewunderte die Kurven ihrer Wangen, wie sich ihre Lippen kaum merklich verzogen, wenn sie sich auf den nächsten Schuss konzentrierte.

Er hätte nichts dagegen, diese Lippen zu schmecken ...

Gott.

Nur weil er die Frau, die er geliebt hatte, mit einem Barkeeper im Bett erwischt hatte, nur wenige Stunden, nachdem er losge-fahren war, um seinen sterbenden Vater im Krankenhaus zu besu-chen, hieß das nicht, dass er allem Sex abgeschworen hatte. *Nein, verdammt.* Nur weil er einmal ein Narr gewesen war, hieß das nicht, dass er nicht hin und wieder genießen konnte, was eine Frau zu bieten hatte. Nicht, dass Eliza Reed ihm irgendwas anbot. Anders als Troy Stranges Frau.

War das nicht ein Spaß gewesen. Er lehnte seine Stirn an den Baumstamm und zog eine Grimasse.

Marlena. Diese verfluchte Frau musste der Grund sein, weshalb Troy Strange sie so in die Mangel nahm. Was zur Hölle hatte sie ihrem Mann über ihn erzählt?

Eine verschmähte Frau.

Vor ein paar Wochen war er in die Stadt gefahren, um Vorräte zu besorgen, und hatte auf dem Rückweg für einen Drink im Screw Loose angehalten. Auf dem Parkplatz war er Marlena begegnet. Sie hatte ihn gebeten, sie nach Hause zu fahren, weil ihr Porsche nicht ansprang. Ihr Anwesen lag auf seinem Weg, und selbst wenn dies nicht der Fall gewesen wäre, es gab niemanden, dem er so eine Bitte ausschlagen würde. Nur ihr. Sie war dünn wie ein Model und umwerfend schön, aber er machte sich nichts aus ihr. Traute ihr nicht, mochte sie nicht. Aber eingeschliffene Manieren hatten ihn „na klar" sagen lassen, bevor er das Wort „nein" über seine dummen Lippen gebracht hatte.

Acht Kilometer vor dem verzierten Tor zur Ranch der Stranges hatte sie sich an seinem Hosenstall zu schaffen gemacht. Nat wäre beinahe in einen Strommast gerast. Bis er das Auto angehalten hatte, hatte sie ihn schon im Mund, und er wäre um ein Haar auf der Stelle gekommen. Der winzige Rest seines Verstands, der nicht in ihrem Mund gesteckt hatte, hatte sich gefragt, worauf sie es wohl abgesehen hatte.

Nicht, dass das seinen Körper gekümmert hätte. Nur daran zu denken, machte ihn auch jetzt wieder an, und er wand sich bei der Erinnerung unbehaglich. Es war schon eine Weile her, seit er mit einer Frau zusammen gewesen war, und verdammt lange her, seit er einen Blowjob bekommen hatte. Und für die ersten Sekunden hatte sein Körper „Halleluja" gerufen und Luftsprünge gemacht, aber dann hatte selbst sein vernebeltes Gehirn erkannt, dass die Situation ganz und gar falsch war. Sein Körper schrie nach Erlösung, aber er hatte es nicht tun können. Sie war eine verheiratete Frau, und er mochte sie nicht.

Ihren unfassbar heißen Mund und ihre gefährlich manikürten Krallen von seinem Schwanz zu entfernen war ein heikles Unterfangen gewesen, und er war stolz auf sich gewesen, dass er es geschafft hatte.

Aber sie war angepisst über seine Abfuhr gewesen.

Er hatte sie gleich darauf aus dem Truck geschmissen, und sie hatte geschrien und gezetert, und dann war er nichts wie abgehauen, hatte sie am Straßenrand stehen lassen. Er hätte sich denken können, dass sie Ärger machen würde. Vielleicht hätte er sie einfach vögeln sollen, so wie jeder andere Kerl in der Stadt. Er blinzelte, als ein weiterer Schuss von den Granitgipfeln widerhallte.

Ihm kam ein Gedanke. Es war verrückt, und Eliza würde ihn vermutlich erschießen, aber im Augenblick war er bereit, dieses Risiko einzugehen. Langsam kroch er aus seinem Versteck und schlich lautlos durch den dicken Schnee. Er zählte die nächsten sieben Schüsse mit. Ging davon aus, dass das Gewehr nun leer war. Er näherte sich ihr bis auf etwa einen Meter und wartete ab, bis sie die Waffe sinken ließ, um sie nachzuladen.

„Howdy, Ma'am." Er tippte sich an den Hut und grinste sie an, während sie vor Schreck etwa zehn Meter in die Luft sprang, ihr Gewehr herumriss und damit direkt auf sein Herz zielte.

„Heilige Mutter Gottes!", schrie sie und ihre grünen Augen funkelten. „Sie haben mich zu Tode erschreckt, Sie verrückter–"

Aufmerksam beäugte Nat ihr Gewehr. *Sollte leer sein, aber man konnte es nie mit Sicherheit wissen.*

„Haben Sie nicht gehört, wie ich hier herübergelaufen bin?" Er kratzte sich am Kinn, sprach die Worte bewusst gedehnt aus und gab noch ein bisschen Cowboy-Färbung hinzu.

Elizabeth Reed sah wirklich richtig sauer aus und starrte ihn aus schmalen Augen an, durchschaute seine Masche offensichtlich sofort. Die Frau war wirklich hübsch, selbst wenn sie vor Wut schäumte.

„Ich hätte Sie erschießen können, Sie *Idiot*!"

Nat hob die Hand und fuhr sich durch die Haare, bevor er seinen Hut wieder ordentlich zurechtrückte.

„So wie die Dinge stehen", meinte er und nickte auf den Gewehrlauf, der noch immer auf sein Herz gerichtet war, „schätze ich, könnten Sie das noch immer."

❧

MIT EINEM SCHNAUBEN LIESS ELIZABETH DAS GEWEHR SINKEN. Sie hätte den Cowboy ohne Weiteres erschießen können. Das hätte ihr gerade noch gefehlt. Er hatte ihr beinahe einen Herzinfarkt beschert, sich so anzuschleichen. Als ob sie von den wilden Tieren und dem siebenstelligen Preisschild auf ihrer Stirn noch nicht verschreckt genug wäre.

Sie schlang einen Finger um Schaft und Lauf des Gewehrs und hielt es locker vor sich. Sie hatte keine Angst vor ihm, nicht auf *diese* Art und Weise, und das brachte sie vollkommen durcheinander. Aber sie war entschlossen, nicht jeden Mann aus dem Blickwinkel des Opfers zu betrachten. Als ob Albträume und Schlafstörungen sie nicht bereits dazu machten.

„Sagen Sie nichts ...“ Nat blickte aus zusammengekniffenen Augen auf sie hinunter, dieses Mitternachtsblau beinahe schwarz im Schatten seiner Hutkrempe. „Es ist wieder diese Sache mit den Bären, hab ich recht?“

Sie ertappte sich dabei, wie sie lächelte, und konnte ein Lachen in sich hochblubbern spüren. Sie hatte ihre Emotionen so lange unter Verschluss gehalten, dass sie gar nicht mehr wusste, wie sie mit so einfachen Dingen wie einem Lachen oder Freude umgehen sollte.

Ihr Herzschlag beruhigte sich langsam, und das Adrenalin verebbte. Sie hatte nichts gehört, bis er sie begrüßt hatte. Sogar in dem dichten Schnee. Das war beunruhigend.

„Wie geht's dem Fohlen?“, fragte sie, als sie die Sorgenfurchen sah, die Nat ins Gesicht geschrieben standen. Seine Blutergüsse verblassten langsam, aber er sah noch immer müde aus.

Nat schob sich den Hut aus der Stirn, stemmte die Hände in die Hüften. „Zum Glück hat ihn eine junge Morab-Stute adoptiert. Sie hat ein ausgeglichenes Gemüt und hat ihn ohne große Probleme angenommen, nachdem wir ihn mit ihrer Milch eingerieben haben, was wirklich ein Segen ist. Einer der Arbeiter hat noch die Nacht mit ihnen verbracht, um sicherzugehen, dass sie ihn nicht doch noch verstößt, aber bis jetzt sieht es gut aus.“

Er zuckte mit den Schultern, lächelte, blickte in den Himmel. Eliza folgte seinem Blick und bemerkte zum ersten Mal seit geraumer Zeit, dass eine zinngraue Wolkenschicht aufgezogen war.

„Aber jammerschade um die Stute", fügte sie hinzu und Nat nickte, wandte den Blick ab.

Etwas raschelte in den Büschen, und sie lud automatisch ihr Gewehr nach. Ein Schneehase hoppelte aus dem Unterholz, kümmerte sich nicht um sie, sondern wühlte auf der Suche nach etwas Essbarem im Schnee herum. Elizabeth drehte sich wieder zu Nat um und ertappte ihn dabei, wie er sie beobachtete.

Sie schauderte, aber nicht vor Kälte. Nat Sullivan hatte etwas an sich, mit seinen langen, schlanken Beinen und seinen breiten Schultern, das jeden Nerv in ihrem Innern zum Zittern brachte. Ganz abgesehen von diesen saphirblauen Augen, die mit verschleierter Belustigung und irgendetwas anderem, was sie nicht entschlüsseln konnte, funkelten.

„Wo haben Sie gelernt, so zu schießen, wenn Sie mir die Frage gestatten?" Nats Blick wanderte zu den Ballons, die an der gefällten Kiefer aufgereiht waren.

Eigentlich gestattete sie die Frage nicht, aber sie antwortete trotzdem. „Schützenverein."

Trotz des leichtfertigen Lächelns und seines charmanten Auftretens war Nat Sullivan nicht *so* ein krasses Landei, wie er sie glauben machen wollte. Diesen laserscharfen Augen entging nichts, auch wenn er zu höflich war, um eine Bemerkung zu machen.

„Warum?", fragte Nat.

Elizabeth starrte ihn an, irritiert über die Fragen, die sie zwangen zu lügen. „Weil ich es wollte."

Sie war kurz angebunden, aber das schien ihn nicht aus dem Konzept zu bringen. Er verzog die Lippen in ein amüsiertes Lächeln und wechselte das Thema.

„Wie wär's mit einer Wette?", fragte er.

Argwöhnisch blickte Elizabeth zu ihm auf. „Was für eine Wette?"

„Um einen Dollar", erwiderte Nat und sein Lächeln wurde breiter. „Wir gehen noch fünfzig Meter zurück und dann schießen wir um die Wette, drei Runden."

Sie hasste sein blödes Lächeln wirklich. Es blendete sie wie die Morgensonne.

Weitere fünfzig Meter bedeuteten das Ende der Reichweite ihrer Marlin. Sie beäugte das Gewehr, wusste, wenn er auch nur ansatzweise gut war, würde er sie in den Schatten stellen. Aber die Ballons waren relativ große Ziele. Möglicherweise hatte sie eine Chance.

Elizabeth war dem Untergang geweiht und wusste es. Wenn sie eine Schwäche hatte, und sie hatte weiß Gott jede Menge, dann war es ihre Unfähigkeit, einer Herausforderung zu widerstehen. Genau so hatte sie sich überhaupt erst in diesen Schlamassel hineinmanövriert.

Sie nickte und sah zu, wie Genugtuung sein Gesicht erstrahlen ließ. Sie streckte die Hand aus. Nat spuckte in seine Handfläche und schlug ein, bevor sie ihn aufhalten konnte.

Igitt!

„So machen wir das in den Bergen." Das Funkeln in seinen Augen verriet ihr, dass er vorhatte, sie auf jede nur erdenkliche Weise aus der Fassung zu bringen.

Elizabeth drückte ihm ihr Gewehr in die Hand und stapfte los, um weitere Ballons aufzuhängen. Unter ihrer Jacke trug sie weiterhin ihre Glock. Als sie zu ihm zurückkam, lächelte sie und spürte, wie sich die Haut ihrer Wangen in der kalten Luft spannte, aber sie war in Bestform und hatte die feste Absicht, ihn fertigzumachen.

„Wie wollen Sie spielen, Ma'am?", fragte Nat und legte den Kopf zur Seite.

Dieses „Ma'am"-Ding fing an, ihr gehörig auf die Nerven zu gehen. Als ob sie seine Oma wäre oder so.

„Sie schießen dreimal, dann ich", bot sie an.

Nat schüttelte den Kopf und wedelte mit der Hand durch die Luft. „Ladies first."

„Dann eben abwechselnd", schlug sie vor und beobachtete Nat, wie er mit seinem Gewehr hantierte – als ob er damit auf die Welt gekommen wäre.

Oh Mist.

Nat nickte.

Elizabeth bot ihm eine Warmup-Runde an, aber er lehnte ab. Sie fluchte still. Er ging ihr unter die Haut, keine Frage.

Eine gute Minute lang stand Elizabeth nur da, sammelte sich und gewöhnte sich an die größere Distanz. Im Kopf berechnete sie die Flugbahn neu, kontrollierte ihre Atmung und brachte ihren Körper ins Gleichgewicht. Dann drückte sie ab. Der Ballon platzte mit einem lauten Knall, und sie trat einen Schritt zurück, wartete ab, dass Nat seinen Schuss abfeuerte.

Seine Augen folgten ihr. Verrieten nichts, als sie sich hinter ihn stellte.

Sie beobachtete ihn, wie er an der Markierungslinie den Bolzen betätigte, die Waffe an seine Wange hob und seine Atmung beruhigte. Er hielt die Luft an, sein Körper völlig regungslos, dann drückte er ab. Die Kugel schoss direkt durch die Mitte des Ballons und krachte in den Hang hinter den Zielen.

Nat trat zur Seite, sagte nichts. Der Wettkampf war eröffnet.

Elizabeth ging zurück an die Markierungslinie, lud eine frische Ladung in die Kammer. Ihr nächster Schuss erwischte den Rand des Ballons, wirksam genug, um ihn platzen zu lassen. Sie drehte sich um, war verdutzt, Nat direkt neben sich stehend zu erblicken wie ein zweiter Schatten. Erschrocken zuckte sie zurück, stolperte und ließ das Gewehr in den Schnee fallen.

Scheiße.

Nat fing sie mit seiner freien Hand auf, bevor sie auf den Boden stürzen konnte.

„Ich hab Sie", sagte er und stellte sie wieder auf die Füße.

Sein Arm lag um ihre Taille und hielt sie fest an sich gepresst. Sie konnte seine Hitze spüren und hasste sich dafür, dass sie sich nach dieser Wärme sehnte. Ein Schauder durchlief sie bis in die Zehen. Sie ertappte sich dabei, wie sie in die blauesten Augen starrte, die sie jemals gesehen hatte, tief und dunkelblau wie der Ozean, eingerahmt von blonden Wimpern und kräftigen Augenbrauen.

„S-sorry", stammelte Elizabeth verunsichert. Sie trat aus seiner Umarmung, frustriert darüber, sich von ihm so aus dem Konzept bringen zu lassen. Wenn sie nicht genervt von ihm war, war sie ständig dabei, sich zu entschuldigen. Oder am Hinfallen und Herumstolpern und Runterfallen von Sachen und Tieren. Sie verwandelte sich in einen verfluchten Tollpatsch, ihre coole Selbstbeherrschung ein Ding der Vergangenheit.

Mit weniger Anstrengung, als es ihn kostete, den Kopf zu heben, platzierte er seinen zweiten Schuss in die Mitte des Ballons.

Elizabeth war sich seiner Gegenwart überaus bewusst, aber er schien nicht besonders verunsichert von ihr zu sein. Sie wollte diese sexuelle Energie nicht, nicht mit ihm und auch mit keinem anderen Mann.

Feck.

Trotz der eisigen Luft knöpfte sie ihre Jacke auf.

Das Ende vom Lied war einfach, dass Nat Sullivan sie aus der Ruhe brachte, sie nervös machte. Sie hatte keine körperliche Angst vor ihm – es war eher ihr mentaler Zustand, der ihr Sorgen bereitete. Sie versuchte, ihre Atmung zu beruhigen, aber ihre Konzentration war hinüber. Sie legte den Finger auf den Abzug, und die Kugel schoss niedrig und etwas nach rechts weg. Der Ballon wippte mit gutgelaunter Häme auf und ab.

Leise fluchend trat sie einen Schritt zur Seite und ließ ihn seinen letzten Schuss abfeuern. Dieses Mal streifte er den Ballon nur, aber er platzte dennoch. Elizabeth war sich sicher, dass er das mit Absicht getan hatte, damit sie sich nicht so schlecht fühlte.

Sie stieß einen lauten Seufzer aus, und auch wenn sie es hasste, zu verlieren, musste sie zugeben, dass er ein hervorragender Schütze war. Sie kontrollierte die Kammer ihres Gewehrs und drehte sich zu Nat um.

Er beobachtete sie. Erkenntnis ließ seine Augen leuchten – sie funkelten mit Fragen und den Antworten, die er bereits gefunden hatte.

Die Wette war eine Art Test gewesen, und Elizabeth wurde klar, dass sie nicht bestanden hatte. Sie hatte sich Sorgen darüber gemacht, sich von diesem Mann angezogen zu fühlen, während er Elizabeth Reed, die IT-Spezialistin, eingeschätzt hatte.

Ihr geringes Selbstwertgefühl und das mangelnde Selbstvertrauen ließen sie ihren eigenen Wert anhand von körperlichen Fähigkeiten und persönlichen Fertigkeiten bemessen. Sie war eine gute Schützin, aber er war besser. Er war nicht irgendein hinterwäldlerischer Cowboy aus dem fernen Westen, und sie würde gut daran tun, das nicht zu vergessen.

„Sie sind ein verflucht guter Schütze, Mr. Sullivan."

„Sie auch, Miss Reed, Sie auch." Nat hatte geglaubt, sie würde wutentbrannt abrauschen. Zum Teufel aber auch, er hatte sogar gewollt, dass sie einen Wutanfall bekam. Elizabeth Reed war ihm meilenweit unterlegen gewesen, und das hatte sie auch gewusst, aber sie hatte sich dennoch mit ihm gemessen.

Er tippte an seinen Hut und musterte sie eingehend, beobachtete, wie ihre Hand über ihre Jeans fuhr und in ihrer Hosentasche verschwand. Sie brachte einen glänzenden Silberdollar zum Vorschein und hielt ihm die Münze hin.

„Ihr Dollar, Mr. Sullivan."

War das ihre Glücksmünze?

Sommersprossen bedeckten ihre blasse Haut wie Sternenbilder, und in ihren grünen Augen entdeckte er goldene Sprenkel. Es faszinierte ihn, dass jemand aus der Stadt einer Ratte aus zweihundert Schritten Entfernung die Eier abschießen konnte. Andererseits gab es in der Stadt natürlich auch jede Menge Ratten.

Er streckte die Hand aus und schloss ihre Finger wieder um die Münze. Er würde niemandem einen Glückstalisman abnehmen, auch wenn er selbst so dringend einen gebrauchen konnte.

Ryan hätte die Münze gegen einen Kuss eingetauscht.

„Behalten Sie die. Und nennen Sie mich bitte Nat." Ihre Hand fühlte sich unter seinen Fingern kalt an, und er versuchte, nicht daran zu denken, sie zu küssen.

Er war eins neunzig groß, und es war eine nette Abwechslung, sich nicht hinunterbeugen zu müssen, um sich mit einer Frau zu unterhalten. Nina war auch groß gewesen – und selbstbewusst und wunderschön. Unbewusst wurde sein Griff um ihre Hand fester.

Elizabeth Reed riss die Hand fort und stopfte die Münze zurück in ihre Tasche. „Eliza. Nennen Sie mich bitte Eliza. Ich hasse es, mit *Ma'am* oder *Miss* angeredet zu werden." Sie sah erschrocken über ihre eigene Erklärung aus, und eine leichte Röte legte sich über ihre Wangen.

„Eliza." Nat sicherte sein Gewehr, warf es sich über die Schulter und beobachtete, wie ihre Augen groß wurden, bevor sie seinem Blick auswich – wieder einmal. Sie war verdammt nervös. Er stieß einen schnellen Seufzer aus, war nie zuvor einer Frau wie ihr begegnet. Tödlich und nervös – eine perfekte Kombination, wenn man sich den Kopf wegblasen lassen wollte.

Sie hob den Blick von einem Punkt im Schnee, und ihre Augen trafen sich und verweilten. Er starrte sie an und sah dabei zu, wie sie dicht machte. Ein Mysterium, eine Unbekannte. Eine wunderschöne Frau, voller Geheimnisse und Widersprüche – die nur auf der Durchreise war. Die Antwort auf alle Gebete seines Bruders.

Nat starrte auf ihre Lippen und wollte sie küssen. Er hatte sie seit dem Augenblick küssen wollen, als er sie das erste Mal im blassen Sternenlicht hatte stehen sehen. Verdammt, wäre das seine Fantasie, würden sie schon auf dem Rücken im Schnee liegen und Schneeengel machen. Aber das hier war nicht seine Fantasie, und der eisige Blick der Angst in ihren Augen ließ ihn regungslos dastehen. Angst hatte in den Augen einer Frau nichts verloren.

Das erschütterte ihn.

Eine Schneeflocke wehte an ihrer Wange vorbei, dann eine zweite. Dicke Flocken, die federleicht zu Boden schwebten, in kleinen Luftstößen herumwirbelten wie Ballerinen. Eine Schneeflocke landete auf ihrer Wange. Ohne nachzudenken, wischte er sie mit seinem Daumen ab. Eliza zuckte zusammen, brach den Bann. Sie blickte in den Himmel und wich vor seiner Berührung zurück. Nat blickte ebenfalls in die sich auftürmenden Wolken und fluchte leise. Dieser Winter würde niemals enden.

„Wir sollten besser zurückgehen", sagte er, als ob nichts Ungewöhnliches zwischen ihnen vorgefallen wäre.

EINE SCHNEEFLOCKE LANDETE AUF IHRER UNTERLIPPE, ein schneidendes Prickeln der Kälte, das ihre Sinne wachrüttelte.

Ein bisschen so, wie den Cowboy zu berühren.

Sie ging los und packte ihre Sachen zusammen – zerknüllte die Ballonfetzen, rollte den Faden auf, sammelte Patronenhülsen ein. Sie hatte furchtbare Angst gehabt, dass Nat Sullivan sie küssen würde – Angst davor, wie sie reagieren würde.

Als sie einen Blick über die Schulter warf, war er verschwunden. Mit zitternden Fingern fuhr sie sich durch die Haare, versuchte, die Strähnen aus ihren Augen zu wischen, als der Wind stärker wurde. Sie stopfte ihre Sachen in ihren Rucksack, steckte das Gewehr in sein Etui und schlang sich den Gurt über Schulter und Brust, dann schnappte sie sich ihre Schneeschuhe. Als sie sich herumdrehte, entdeckte sie Nat, der auf dem Rücken seines grauen Hengsts auf sie wartete.

Er sieht wie ein nordischer Gott aus.

Sie schluckte unsicher, als er ihr eine Hand hinhielt.

Jede normale Person hätte sich förmlich auf das Angebot geworfen, den Berg hinunterzureiten, aber dieser Mann machte sie nervöser als jeder andere, den sie jemals getroffen hatte, und sie konnte es sich einfach nicht erlauben, ihm nahezukommen.

Eine weitere Schneeflocke landete auf ihrer Nase, schmolz mit einer kleinen Kälteexplosion, und einen Augenblick später ließ sie sich von ihm hinter sich auf den Rücken des Pferdes ziehen. Der Schnee begann nun, stärker zu fallen, so dicht, dass sie ihre Stirn an Nats Rücken presste, als sie durch einen dichten Kiefernwald den Berg hinunterritten. Er fühlte sich verlässlich und sicher an. Sie krallte ihre kalten Finger in seine Jacke und bemerkte zu spät, dass sie vergessen hatte, ihre Handschuhe anzuziehen.

Nat hob seine Hand, griff nach ihren nackten Fingern und steckte sie zwischen die Knöpfe seiner Jacke, wohlverwahrt in dem dichten Lammfell – in einem Kokon der Wärme. Unter ihren Fingerspitzen spürte sie das weiche Hemd, die harten, flachen Muskeln. Sie hielt vollkommen still, als ob der Zauber gebrochen werden würde, wenn sie auch nur atmete. Stumm saugte sie seine gestohlene Hitze in sich auf.

Ein Waschbär stand zwischen den Bäumen, schaute ihnen zu, wie sie vorbeiritten, eine Pfote angehoben, als ob sie ihn mitten im Schritt gestört hätten.

Der steile Abhang und der rutschige Untergrund bedeuteten, dass sie sich gut festhalten musste, und sie klammerte sich an Nat. Sie roch Leder und Pferd und den schwachen Duft von Sandelholz. Das Pferd rutschte über den unebenen Boden, spannte die Muskeln an, mühte sich ab, und fand schließlich auf der leicht abfallenden Wiese unterhalb der Anhöhe einen besseren Halt. Die Energie von Nats Körper drang mit jedem Schritt, den das Pferd tat, in sie ein.

Das verunsicherte sie.

Es wärmte sie.

Ehrlich gesagt, jagte es ihr eine Heidenangst ein.

Verzweifelt darauf aus, sich Nats Berührung zu entziehen – nicht, weil sie es nicht mochte, sondern gerade, *weil* es ihr so gefiel – rutschte sie vom Rücken des Pferdes, sobald sie an ihrer Hütte ankamen.

Sie konnte seine Augen auf sich spüren, als sie mit gesenktem Kopf durch den Schneesturm die drei Holzstufen hinauf und über die Veranda in ihre Hütte lief. Sie warf ihm ein schnelles Lächeln und ein „Danke" zu, bevor sie die Tür energisch hinter sich zudrückte. Wieder war sie auf der Flucht, diesmal allerdings nicht vor der Mafia.

Kapitel Sechs

Der Geruch von Zitronenpolitur und Sattelseife überlagerte in der kleinen Sattelkammer am hinteren Ende des Pferdestalls sogar den Geruch der Pferde. Über einen kunstvoll verzierten Westernsattel gebeugt, rieb Elizabeth mit einem weichen Tuch die Seife ins Leder.

Sie blies sich die Haare aus den Augen. Den Morgen hatte sie mit Sarah Sullivan verbracht, deren Schicht im Krankenhaus heute erst am Nachmittag begann und die ihr die Pferde gezeigt hatte. Sarah beeindruckte sie riesig. Obwohl sie klein und zierlich war, war sie ein Energiebolzen, die ihren anspruchsvollen Job, ihre Familie und die Aufgaben auf der Ranch scheinbar mühelos unter einen Hut brachte und zudem noch als Gastgeberin für die auswärtigen Urlaubsgäste auf der Ranch fungierte.

Elizabeth richtete sich auf und bewunderte den Glanz des Leders.

Die Pferde waren wunderschön. Diejenigen, auf denen sie geritten war, waren hervorragend ausgebildet und sanftmütig, aber von dem herrlichen Araberhengst, der in seinem weitläufigen Gehege tänzelte und sich drehte, um vor den Stutenfohlen auf der angrenzenden Koppel anzugeben, war sie völlig überwältigt gewesen. Sie war fasziniert gewesen, genauso wie die Stuten.

Es lag etwas unglaublich Kraftvolles in den Bewegungen des schwarzen Hengstes, in der fließenden Anmut, mit der er trabte. Muskeln, die sich wie lebendiger Stahl in jedem seiner weiten Schritte abzeichneten. Sein Hals bog sich, seine volle Mähne wippte, sein Fell leuchtete wie pechschwarze Mitternacht über dem weißen Schnee. Sein eleganter, markanter Kopf und die feinen, spitzen Ohren drehten sich hin und her, während er sich um sich selbst drehte und dann von einem Ende der Einzäunung zum anderen galoppierte.

Er war schlicht und einfach perfekt.

Sie wandte extra viel Druck an und polierte den Sattel weiter, rümpfte über den Geruch der Politur die Nase und genoss das Schmerzen ihrer Muskeln bei dieser körperlichen Arbeit.

Ein Quietschen ließ sie herumfahren, wobei sie scheppernd einen Hufkratzer zu Boden warf. Cal Landon stand in der offenen Tür und hielt einen Sattel in den Händen, hatte sich ein Zaumzeug über die Schulter geworfen. Obwohl es erst Nachmittag war, bemerkte Elizabeth, dass es bereits dunkel wurde. Der Stall hinter Cal sah düster und abweisend aus.

„Entschuldigen Sie, Ma'am." Er tippte sich an den ramponierten schwarzen Hut und trat einen Schritt zurück. „Wusste nicht, dass Sie hier sind."

Cal hatte nicht das erschreckend gute Aussehen der Sullivan-Männer, wenn überhaupt konnte man ihn ehrlich gesagt als schlicht oder rau aussehend beschreiben. Er war etwa eins fünfundsiebzig groß, genauso wie Elizabeth, und durch das arbeitsame Leben auf der Ranch – nahm sie an – dürr wie eine Peitschenschnur. Er mochte etwa fünfunddreißig sein, aber das war schwer zu sagen, denn die Sonne hatte sich in sein Gesicht gebrannt und diese heimtückischen Linien geformt, die Männern Charakter verliehen und Frauen alt aussehen ließen. Er hatte definierte Züge und wache hellbraune Augen, kurze Haare von nicht näher zu bestimmender Farbe, manche Stellen waren dunkelbraun, andere glänzten wie stumpfes Gold in der Sonne. Cal sah aus wie ein Straßenköter – ein Straßenköter in Schlangenlederstiefeln.

Obwohl sie ihn wachsam beobachtete, musste sie lächeln.

Sie waren zu einer stillen Übereinkunft gekommen. Er behandelte sie nicht wie einen Idioten, und sie erwartete von ihm nicht, sie zu unterhalten. Er machte sich nicht die Mühe, sie um den kleinen Finger wickeln oder umgarnen zu wollen, wie Ryan es tat, und es schien ihm herzlich egal zu sein, wer sie war oder woher sie kam. Vielleicht war das der ausschlaggebende Punkt, weshalb sie sich in seiner Gegenwart entspannen konnte. Oder vielleicht hatte es auch mit etwas anderem zu tun, was sie in seinen unfassbar regungslosen Augen erkannt hatte – das Verlangen, nicht bemerkt zu werden, im Hintergrund zu verschwinden.

Fragend zog sie eine Augenbraue hoch. Der Cowboy war still, so sehr, dass er quasi stumm wirkte, und es war das erste Mal, dass sie mit ihm allein war.

„Es wird mehr Schnee geben", setzte Cal schließlich an.

Elizabeth nickte stumm, ermutigte ihn. Er zögerte noch immer.

Ohne den Blick von ihm abzuwenden, streckte sie die Hand aus und streichelte einen der Hofhunde.

Cal kam langsam in den kleinen Raum, beugte sich vor, um den Sattel auf die Halterung an der Wand zu heben. Sein offensichtliches Unbehagen, in so einem beengten Raum mit ihr allein zu sein, beruhigte ihre eigenen Nerven. Er musste direkt hinter ihr stehen und den Sattel praktisch werfen, um ihn zu verstauen. Die Sättel waren sperrig und schwer, und sie duckte sich, versuchte, sich so klein wie möglich zu machen, um Cal mehr Platz zu verschaffen.

Trotz der niedrigen Temperaturen war er nur in Hemdsärmeln unterwegs. Der Sattel begann zu rutschen, und Cal stürzte vor, um ihn aufzufangen, bevor er hinunterfiel und Elizabeth erwischte. Er packte ihn rechtzeitig, aber nicht, bevor Elizabeth einen deutlichen Blick auf die Tattoos an seinem Unterarm werfen konnte.

Sie erstarrte.

Gefängnistattoos.

Cal streckte sich noch immer über die Arbeitsbank, stemmte den Sattel wieder an seinen Platz, als er ihrem Blick folgte und einen Fluch murmelte. Er rückte den Sattel zurecht, dann wich er von der Bank zurück, rieb sich mit der Hand über das Gesicht und stieß einen frustrierten Seufzer aus. „Verdammt."

„Wissen die Sullivans davon?", fragte sie. Dummkopf, der sie war, hatte sie ihre Waffe in der Hütte gelassen. *Dumm.*

Cal stieß ein hartes Lachen aus und nickte. Ex-Häftlinge gaben ihre Verbrechen nie zu, aber sie wollte hören, was er sagen würde.

„Was haben Sie getan, Ihre Steuererklärung gefälscht?"

Er konzentrierte sich darauf, sein Zaumzeug am gegenüberliegenden Gestell aufzuhängen, und sagte sehr lange nichts. Dann drehte er sich um und blickte ihr unverwandt in die Augen.

„Hab meinen Stiefvater umgebracht." Cal trat von einem Fuß auf den anderen, musterte sie wachsam. Er musste ihre plötzliche Anspannung gespürt haben, denn er streckte die Hand aus und berührte ihre Schulter, drückte sie sanft. Sie zuckte zusammen und wich vor ihm zurück, und Cal zog seine Hand hastig fort. Dann starrte er auf seine Stiefel, als ob er sich fragte, wohin ihr Glanz verschwunden war.

„Ich war vierzehn ..." Er verstummte, als ob es eine Geschichte wäre, die er nicht erzählen wollte, seine Stimme ausdruckslos, schmerzlich, ärgerlich. „Wie auch immer, ist auch egal. Ich habe meine Zeit abgesessen."

Er drehte sich um und ging zurück in den Stall. Elizabeth saß absolut regungslos da, versuchte zu begreifen, was er gesagt hatte. Während ihrer Ausbildung, und bevor sie Undercover gearbeitet hatte, hatte sie mehr als genug Häftlinge kennengelernt. Sie hatte auch genug Tragödien und unfaire Umstände gesehen. Sie erkannte böse Menschen, wenn sie ihnen begegnete, hatte das Böse an DeLattio gerochen, lange bevor sie mit dem Mann gesprochen hatte.

Ihre Finger verkrampften sich so sehr, dass sie schmerzten, und krallten sich eisern in den Sattel, den sie gerade gereinigt hatte. Sie löste ihre Finger und ließ den Sattel los, lehnte sich auf dem hölzernen Hocker zurück und fragte sich, was einen vierzehnjährigen Jungen in einen Mörder verwandelt hatte. Manche Menschen kamen böse auf die Welt, andere ...

Mitgefühl schnitt durch sie hindurch wie ein Messer. Gott, sie war ja selbst keine Heilige. Vielleicht war sie ein Einfaltspinsel, aber die Sullivans vertrauten Cal Landon, und sie schienen ziemlich intelligente Leute zu sein. Sie stand auf und folgte Cal in den Stall. Die Pferde standen in Grüppchen in den weitläufigen Gehegen, die sich links und rechts des Mittelgangs befanden. Eine Palomino-Stute versuchte, ihren Arm anzustupsen und ein Leckerli zu erbetteln, aber Elizabeth blieb nicht stehen. Sie wollte Cal finden. Am vorderen Ende des Stalls entdeckte sie ihn, wie er in einem Gehege stand und zwei Pferde striegelte.

Argwöhnisch wandte er ihr den Kopf zu. Ging wahrscheinlich davon aus, dass sie ihm Ärger machen würde.

Elizabeth warf einen Blick durch die Schiebetür des Stalls, sah, dass der Schnee heftiger fiel als in ihrer ganzen Zeit auf der Ranch. Hier schien es immer nur zu schneien.

Für eine Sekunde zögerte sie, dann fragte sie, „Brauchen Sie Hilfe dabei, die Herde von der Koppel heimzutreiben?"

Cals leeres Starren verwandelte sich in Verwunderung, dann in Dankbarkeit.

„Wenn Sie sich das zutrauen." Er nickte.

„Tue ich", erwiderte sie und steckte die Hände in die Hosentasche. Sich mit einem verurteilten Mörder anzufreunden, kam ihr wie eine wahnsinnig dumme Idee vor. In ihrer Vorstellung hatte sie DeLattio tausendmal eine Waffe an den Kopf gehalten. Abzudrücken war so einfach, wie eine Fliege totzuschlagen, und das machte ihr mehr Angst, als ein Cal Landon es jemals konnte. Sie waren im Grunde gar nicht so verschieden.

SIE ARBEITETEN, so schnell es die Pferde zuließen. Trotz des Klapperns der Futtereimer und des stetig zunehmenden, eisigen Windes, schienen einige der Fohlen nicht von der Freiheit der Koppeln in die warme Enge der Ställe zurückkehren zu wollen. Die Haare wehten Elizabeth in die Augen, und ihre Ohren fühlten sich so kalt an, dass sie Angst hatte, sie könnten abfallen. Sie warf einen Halfterstrick über die letzte bockige Stute. Dann führte sie das zappelige Pferd zum Stall, schalt es den ganzen Weg über dafür aus, so widerspenstig zu sein. Cal folgte ihr mit dem Araberhengst, der auf den Spitzen seiner glänzenden Hufe herumtänzelte. Cal führte den Hengst in eine der großen Boxen am Ende des Ganges, wo das Pferd seinen Kopf über die geteilte Tür stecken und seinen Harem betrachten konnte.

Wie aus dem Nichts kam plötzlich Ryan Sullivan zu Pferd durch die offene Stalltür. Er war gutaussehend wie sein Bruder, aber er hatte nicht die gleiche Wirkung auf sie wie Nat. Er sprang von seinem Pferd und machte sich augenblicklich daran, das nächste zu satteln, während Cal sich um das erste Tier kümmerte.

Während Ryan arbeitete, begann der Schnee von seinem dunklen Stetson auf den matschigen Steinboden zu seinen Füßen zu fallen. Elizabeth musterte ihn. Er hatte die gleichen, umwerfenden Augen, aber wohingegen Nat blond war, waren Ryans Haare kohlschwarz.

„Wie geht es Ihnen, Miss Reed?", fragte Ryan, ohne vom Festzurren des Sattels aufzublicken. Als das erste Pferd fertig gesattelt war, fing er mit der gleichen mühelosen Effizienz an, ein zweites Pony zu satteln.

„Mir geht es gut, danke." Gott, sie klang wie irgendeine steife und überkorrekte Lehrerin aus den Fünfzigern. Sie schaute ihm dabei zu, wie er einem Rotschimmel eine Satteldecke und dann einen einfachen Westernsattel überwarf. Das Pony stand gelassen da, wartete darauf, sich an die Arbeit machen zu können, wie ein Pendler auf dem Bahnsteig.

Elizabeth lehnte sich an das Holzgeländer und wünschte, sie könnte darin versinken. Sie mochte Ryan trotz seiner Flirterei, genauso wie sie Cal mochte, aber sie wollte ihm dennoch nicht zu nah kommen. Beide Männer waren höflich und umgänglich, überschritten die Grenzen nicht, die Elizabeth gezogen hatte, aber sie vermutete, dass Ryan eine dunkle Seite an sich hatte, wohingegen Nat scheinbar blendend unverfälscht und rein war.

„Was halten Sie bis jetzt von der Triple H, Miss Reed?", fragte Ryan. Auch das zweite Pony war nun gesattelt, und er wandte sich zu ihr um, während er sich den Rest des schmelzenden Schnees von der Jacke klopfte.

„Nennen Sie mich bitte Eliza." Eins der Pferde stupste sie in den Rücken und sie lachte, drehte sich halb herum und strich über eine weiche, braune Nase. „Es ist wunderschön hier. Kalt, aber herrlich."

„Tja, Kälte können wir ganz gut, auch wenn es normalerweise nicht so schlimm ist." Ryans Stimme floss aus seinem Mund wie Honig, eine offensichtliche Verkaufsmasche, aber eine Verkaufsmasche voller ernsthaftem Stolz. „Aber es ist schön hier, und wenn Sie lange genug bleiben, um den Sommer zu erleben, na ja, das ist eins der wunderschönsten Erlebnisse, die ein Mensch haben kann."

Sie starrte ihm direkt in die Augen, sagte aber nichts. Es brauchte nicht viel, um Ryan Sullivan zu ermutigen, und er sah aus wie ein Mann, der alles über wunderschöne Erlebnisse wusste.

Der Wind heulte vor dieser Zufluchtsstätte des Stalls. Als sie dem Tosen des Schneesturms lauschte, wurde Elizabeth klar, dass sie gerne einen Sommer hier erleben würde. Sie würde gerne sehen, wie die Blumen aufblühten und die heißen, trägen Tage erleben, sehen, wie die Pferde frei herumliefen und die Kühe auf den Wiesen muhten.

Aber möglicherweise würde sie nicht mehr so lange leben. Sie zuckte mit den Schultern. „Vielleicht. Wer weiß?"

Ryans Lächeln war voller Genugtuung. Er würde einen hervorragenden Verkäufer abgeben.

„Ich mache mich besser wieder an die Arbeit, bevor mich Nat hier findet und meinen Arsch raus in den Schnee schleift. Wollen Sie mitkommen?" Er musterte sie abschätzend, als ob sie der Sache womöglich nicht gewachsen war.

Der Wind heulte wie eine Todesfee und war so eisig wie die Tiefen einer arktischen Höhle. Ihr Rücken wurde steif. Cal murmelte irgendwas, aber sie ignorierte ihn.

„Sicher", sagte sie und richtete sich auf.

Ryan beäugte sie kritisch. Er blickte sich um und fand ein Paar strapazierfähige Arbeitshandschuhe aus Leder, um ihre Hände zu schützen. Dann griff er nach einem Hut mit einer breiten Krempe, der an einem Haken direkt neben der Tür gehangen hatte, klopfte ihn eilig ab und setzte ihn ihr auf den Kopf. Als Nächstes kramte er ein Paar lederne Überhosen hervor und zeigte ihr, wie sie die anziehen musste.

„Behalten Sie den Stall immer im Auge, und wenn es Ihnen zu kalt wird, kommen Sie zurück."

Ihr war jetzt schon kalt.

Sie biss die Zähne zusammen, straffte ihre Schultern und marschierte durch die Stalltür, als ob es das Tor zum Fegefeuer wäre.

Horizontal fliegender Schnee schnitt ihr ins Gesicht wie Miniatur-Baseballbälle, die weichen Flocken von vorhin von gemeinen, kleinen, stechenden Dingern abgelöst. Elizabeth folgte Ryan, der die beiden Pferde aus dem Stall führte. „Das ist Tiger", brüllte er gegen den heulenden Wind an. Er tätschelte den gutmütigen Rotschimmelwallach liebevoll. „Bleiben Sie auf seinem

Rücken sitzen und Sie können sich nicht verirren. Oder halten Sie sich an mich, wenn Sie wollen." Sein Gesicht war ihrem sehr nah.

Sie grunzte, machte ihre Wahl eindeutig klar.

„Und was dann?", rief sie laut, damit er ihre Stimme über den tosenden Wind hören konnte. Sie biss die Zähne zusammen, als die eisige Luft in ihre Lunge schoss, duckte den Kopf hinter dem Rücken des Pferdes, um sich eine kurze Atempause zu verschaffen.

„Wir treiben die freilaufenden Rinder zu diesem Unterstand dort." Er deutet auf eine offene Scheune auf der anderen Seite des Hofs. „Ihre Aufgabe ist es, sicherzustellen, dass sie nicht an Ihnen vorbeischleichen und auf die Straße laufen."

Klang leicht zu bewerkstelligen. Sie lehnte sein Angebot einer Räuberleiter ab und sah zu, wie er auf das andere Pferd aufsprang. Sie steckte ihren Fuß in den Steigbügel, wuchtete sich auf den Rücken ihres Wallachs und folgte Ryan.

Der Cowboy verschwand beinahe augenblicklich im dichten Schnee, aber Elizabeth behielt die rote Scheune immer im Auge. Das Licht nahm ab, verwandelte die Welt in eine wirbelnde Masse aus monströsem Weiß auf Grau.

Im Großen und Ganzen war es ein einfacher Job, bis auf die bittere Kälte, die ihre Finger taub werden und ihre Nase abfrieren ließ. Wenn eine der aufgeschreckten Kühe irgendwas Dummes versuchte, etwa an ihr vorbeihechten wollte, fuhr Tiger mehr oder weniger von allein dazwischen, um das Rind aufzuhalten und die Richtung ändern zu lassen. Wenn das nicht funktionierte, schnappte Blue, einer der Hofhunde, nach den Fesseln der Kuh und ließ sie in die Sicherheit der hell erleuchteten Scheune trotten. Elizabeth musste nichts tun, als auf dem Pferd sitzen zu bleiben.

Tiger fuhr plötzlich nach links herum und schnitt einem übermütigen Kalb den Weg ab.

Völlig überrumpelt und taub vor Kälte, verlagerte sich ihr Schwerpunkt und Elizabeth flog kopfvoran nach rechts vom

Pferd. Ihr Knöchel verdrehte sich im Steigbügel und verkeilte sich. Sie konnte Schnee und Kies schmecken, als sie kopfüber vom Pferderücken hing. Sie war schwer beschäftigt damit, vom Sattel zu hängen und Dreck zu spucken, als zwei starke Arme nach ihr griffen.

„Was zur Hölle machen Sie denn hier draußen?", brüllte Nat Sullivan ihr direkt ins Ohr.

Sie hatte ihn seit gestern Nachmittag nicht mehr gesehen, aber er fühlte sich warm und robust an, und Elizabeth hasste es, wie erleichtert sie war, ihn zu sehen.

„Aushelfen", brüllte sie zurück, auch wenn es für ihn vermutlich nicht danach aussah, weil sie kopfüber von einem Pferd hing und ihr Knöchel vor Schmerzen fast zerrissen wurde. Die Schmerzensschreie zurückzuhalten wurde zunehmend schwerer.

Nat hob sie hoch und hielt sie in seinen Armen, als ob sie nichts wiegen würde. Der kreischende Druck auf ihren Knöchel ließ abrupt nach, und plötzlich fand sie sich Auge in Auge mit einem wutschnaubenden Mann wieder. Sie konnte jeden harten Zentimeter seiner Muskeln spüren, die von ihrer Brust bis zu ihren Oberschenkeln gegen sie pressten. Sie schluckte.

Er starrte sie grimmig an, sein Mund von harten Furchen eingerahmt. „Haben Sie eigentlich Ihren verdammten Verstand verloren?"

Elizabeth vermutete, dass es sich hierbei um eine rhetorische Frage handelte.

Blue sprang aufgeregt um sie herum, und seine alten Beine schlitterten über den Schnee. Nat befahl ihm, zu sitzen, und der Hund gehorchte ihm augenblicklich, aber sein Schwanz wirbelte den frischen Schnee auf wie ein Scheibenwischer.

Als Nat versuchte, ihren Fuß aus dem Steigbügel zu befreien, schrie sie auf. Ihr Stiefel steckte fest. Nat verlagerte ihr Gewicht, bis er sie sich fast über die Schulter geworfen hatte wie einen Sack Kartoffeln. Elizabeth ignorierte die Schmerzen und wie Nats Hände sich über ihren Körper bewegten, während er sie herumhievte. Tränen drohten, sie zu überwältigen, aber sie würde sie nicht fallen lassen. Sie kam sich schon jetzt vor wie ein Narr.

❧

ZORN STIEG IN NAT AUF, als er an Elizas Stiefel zerrte. Er würde Ryan umbringen, wenn er ihn in die Finger bekam. Trotz des eisigen Windes, der den Schnee den Berg hinuntertrieb, trat ihm der Schweiß auf die Stirn. Elizabeth Reed hätte in diesem Wetter sterben können. Ein unerfahrenes Pony hätte sie in den Schneesturm davonziehen können. Er fluchte lauthals. Ignorierte den weichen Körper unter seinen Händen und hob sie höher.

Die Sichtweite betrug mittlerweile nur noch hundert Meter, und sobald man die Orientierung verloren und keinen Unterschlupf gefunden hatte, war man so gut wie tot. Oder sie hätte davongezerrt, zertrampelt, unter dem Schnee begraben und erst mit der Schneeschmelze wieder entdeckt werden können.

„Halten Sie sich an mir fest", befahl er. Seine Stimme klang knapp und wütend, aber er konnte sie nicht kontrollieren.

Kopfüber schlang sie die Arme um seinen Nacken und hielt sich fest.

Er knirschte mit den Zähnen und versuchte erneut, ihren Stiefel aus dem Steigbügel zu befreien. Der Fuß steckte fest. Nat zog fester daran, minderte aber den Druck, als er Elizabeth zusammenzucken spürte.

„Warum konnten Sie nicht einfach im Haus bleiben? Ich hab schon genug Ärger mit dem Vieh." Er war zu müde, zu durchgefroren, zu verflucht erschrocken, als dass er irgendetwas anderes sein konnte als fuchsteufelswild.

Endlich schaffte Nat es, ihren Fuß zu lösen, und stellte sie auf dem weichen Schnee ab. Ihr Knöchel gab augenblicklich nach, und sie taumelte gegen ihn. Er hielt ihre Schultern fest, aber sie reagierte, als ob er sie gebissen hätte, und zuckte vor ihm zurück. Ihr Knöchel musste übel verstaucht sein. Sie schwankte, und er hörte sie leise nach Luft schnappen, obwohl sie den Kopf gesenkt hielt und ihr Gesicht verbarg. Sie klammerte sich an Tigers Sattel, und das Pferd stand geduldig neben ihr, schirmte sie vor dem schlimmsten Toben des Schneesturms ab.

Während er sie betrachtete, kam Nat zu dem Schluss, dass sie die dickköpfigste Frau war, die er je in seinem Leben kennengelernt hatte, und er hatte weiß Gott eine Menge trotziger Frauen getroffen. Aber als sie durch die Masse von welligen, braunen Haaren zu ihm hochschaute, sah er Tränen über ihre Wangen laufen, und Schuldgefühle krachten auf ihn ein wie ein Vorschlaghammer.

Scheiße.

Ohne ein weiteres Wort hob er sie in seine Arme, rief Cal zu, sich um die Pferde zu kümmern, und marschierte auf ihre Hütte zu.

Er tastete nach dem Türknauf, dann trat er durch die Tür, war erleichtert, das Feuer noch brennen zu sehen und die Hütte warm und gemütlich vorzufinden. Er wollte Eliza einfach im Sessel vor dem Kamin absetzen, Sas zu ihr rufen und sich verdammt noch mal wieder an die Arbeit machen. Das Problem war nur, dass Elizas Gesicht in seiner Jacke vergraben war und er ihre verkrampften Finger scheinbar nicht von seinen Sachen lösen konnte.

Ihr Atem kitzelte seinen Hals, ließ Wärme über seine eisige Haut wehen und sandte ein Schaudern in jedes männliche Nervenende, das er besaß.

Er stand in der Mitte des fröhlich gelb gestrichenen Zimmers und stöhnte vor Frustration auf. Sie weinte, versuchte, keinen Laut von sich zu geben – nur ihre Schultern bebten ein wenig.

Verdammt.

Ihre Tränen durchnässten sein Chambray-Hemd und verwandelten sich auf seiner Haut in Eis. Das, zusammen mit ihrem Schweigen, schien nach allem in ihm zu greifen, ihn dort zu berühren, wo er am verletzlichsten war, brachte ihn dazu, sie trösten und beschützen zu wollen.

Behutsam setzte er sich in den Sessel, wiegte sie in seinen Armen und ließ sie weinen. Er hatte keine Zeit dafür, wirklich nicht. Das hier war der schlimmste Frühling seit fünfzig Jahren. Er musste die Kühe in die Scheune bringen, bevor diejenigen mit Jungtieren erfroren oder weitere Kühe kalbten. Jedes einzelne Tier auf der Ranch musste dieses elende Wetter überleben, wenn er die Chance haben wollte, das nächste Jahr zu überstehen. Gedankenverloren glitt seine Hand unter Elizas grüne Jacke und strich über die Biegung ihres Rückens, drückte sanft ihre Schulter, versuchte, sie zu trösten. Seine Hände wanderten über ihren Körper, wie er ein verängstigtes Tier beruhigen würde, versuchte, ihr Zittern zu lindern. Er strich ihr die Haare aus dem Gesicht, wirbelte dabei einen Hauch von Lavendelduft auf, der ihr überallhin zu folgen schien.

„Sch ...", murmelte er. „Es ist alles in Ordnung." Er bezweifelte, dass das stimmte.

Um sie zu trösten, drückte er einen leichten Kuss auf ihren Scheitel, auf ihre Stirn, küsste schließlich die salzigen Tränen von ihren Wimpern. Seine Augen hefteten sich an ihren Mund, ihre Lippen halb geöffnet und bebend, beobachteten sie, als ihr Atem stockte und sich die Trübung in ihren exotischen grünen Augen lichtete.

Ein Funken zischte durch ihn hindurch, als sein Wunsch, sie zu trösten, plötzlich eine tiefere, ursprünglichere Eigenschaft annahm. Er zog den Kopf zurück und hielt sie mit festen Händen von sich fort. „Sorry."

Eliza hörte auf zu weinen, ihre Augen feucht und weit. Ihr Blick fiel auf seine Lippen, dann griff sie mit beiden Händen nach seinem Kragen und küsste ihn direkt auf den Mund. Völlig überrumpelt zögerte Nat für eine Sekunde, bis sie ihre Zunge über die Falte zwischen seinen Lippen gleiten ließ.

In ihr versinkend, gierig, wie ein Ertrinkender nach Sauerstoff schnappte, küsste er sie zurück. Die Hitze ihres Munds brannte, stand im krassen Gegensatz zu ihrer eisigen Haut, und Nat fühlte sich bei dem Kontakt wie versengt. Er presste sich gegen die weichen Kurven ihres Körpers, erkannte, dass sie zu seinen passten, als wären sie zusammen erschaffen worden. Er legte sie über seinen Arm, küsste sie tiefer und tiefer, tauchte ein in einen gedankenlosen Wirbelwind, der ihn hochhob und ihn aufsaugte. Es lag eine Verzweiflung in ihrem Kuss, eine Dringlichkeit in der Art und Weise, wie sie auf ihn reagierte, die sein Verlangen innerhalb von drei Sekunden auf Hochtouren brachte. Er vergaß die Zeit, den Schneesturm, das Vieh. Er vergaß alles außer dem Feuer, das seine Fingerspitzen verbrannte, wo immer er sie berührte. Hitze baute sich zwischen ihnen auf, versengte ihre Körper und radierte alle Gedanken aus. Seine Lippen lösten sich keinen einzigen Moment von ihren, während seine Hände über ihren Körper flogen. Ihre schlanken Kurven flehten um seine Aufmerksamkeit. Sie bebte, als seine Hand über ihren flachen Bauch glitt, ihre straffen Oberschenkel hinunter.

Ohne Vorwarnung hechtete sie von seinem Schoß, taumelte zu Boden, landete in einem Haufen zu seinen Füßen.

„Fassen Sie mich nicht an!", spuckte sie aus. Ihre Haare waren ein wilder Sturm um ihr Gesicht, ihre Lippen ein wildes Fauchen.

Für ein paar Sekunden saß Nat regungslos da, sein Atem abgehackt und heiser. Er war von der Leidenschaft wie betäubt gewesen, war so schnell erregt gewesen, dass es schon peinlich war, nur um nun von Eiswasser übergossen zu werden.

Er erinnerte sie nicht daran, dass *sie* es gewesen war, die *ihn* geküsst hatte. Er hatte sie nur zurückgeküsst. Seine Augen wurden schmal, und er erhob sich.

„Keine Sorge, Lady", stieß er langsam hervor. „Wird nicht wieder vorkommen." Er griff nach seinem Hut, der auf dem Boden lag, machte auf dem Absatz kehrt und verschwand.

Kapitel Sieben

❧

Elizabeth lag auf dem Kaminvorleger, während sich die Kälte in ihren Adern ausbreitete. Sie zog die Knie an die Brust, rollte sich in einen Ball zusammen, zu gedemütigt, um sich noch zu bewegen, zu untröstlich, um noch zu weinen. Sie konzentrierte sich darauf, nichts zu empfinden außer dem Kratzen der groben Teppichfasern an ihrer Wange, und schlang die Arme um ihren Körper wie ein kleines Kind. Sekunden verwandelten sich in Minuten. Sie bewegte sich nicht.

Endlich, nach einer gefühlten Ewigkeit, löste sie langsam ihre steifen Finger, streckte die Beine unter sich aus und versuchte, aufzustehen. Behutsam verlagerte sie etwas ihres Gewichts auf ihren verdrehten Knöchel, aber sofort schossen Schmerzen ihr Bein hinauf. Sie gab es auf und hüpfte auf einem Bein in das kleine Bad, hielt sich an den Möbeln fest, stellte die Dusche an und schlüpfte unbeholfen aus ihren feuchten Sachen.

Ungelenk stieg sie in die Wanne, begab sich unter den alten Messingduschkopf und stellte das Wasser so heiß, wie es nur ging. Es prasselte auf ihre Haut wie ein Brenneisen, aber sie zitterte noch immer. Sie fühlte sich im Innern erfroren, wie eine ausgehöhlte Eisstatue. Sie griff nach der Seife und schrubbte sich ab, verteilte den Schaum über jeden Zentimeter ihrer Haut, verzweifelt, den Makel wegzuwaschen – die Scham.

Nicht den Makel von Nat Sullivan. Andrew DeLattios. Und ihre eigene Scham.

Sie hatte Nat Sullivan so unbedingt küssen wollen. Hatte beweisen wollen, dass sie nicht länger ein Opfer war. Hatte beweisen wollen, dass sie normal war.

Ha!

Die Haut schimmerte schon rot unter ihren Fingern, aber sie schrubbte weiter. Das Wasser wurde langsam kälter, als ihr die Tränen kamen. Heiße Ströme reinen Elends schüttelten ihren Körper mit Schluchzern, die sich nicht beruhigen ließen. *So blamiert, so töricht.* Blind vor Tränen sank sie in die Knie, rollte sich auf dem Boden der Wanne zusammen, während das lauwarme Wasser auf sie hinuntertröpfelte wie die Flügel einer Taube.

Das Wasser wurde kalt. Ihr Zittern verwandelte sich in ein wellenartiges Beben, das Elizabeth langsam wieder in ihren Körper zurückholte. Angeblich war die Hölle flammend heiß, aber sie wusste es besser. Die Hölle war klirrend kalt.

Vorsichtig richtete sie sich auf, verlagerte alles Gewicht auf eine Seite, dann rutschte sie aus und schlug sich das Knie an. Fluchend stellte sie die Dusche ab und griff nach einem Handtuch, ihre Bewegungen zitternd und bedächtig. Sie rieb ihre eisige Haut trocken und wickelte sich ein dickes Handtuch um die nassen Haare. Das eiskalte Wasser hatte ihrem Körper tatsächlich gutgetan.

Ihre Muskeln begannen, sich zu erwärmen, und langsam kehrte schmerzend das Gefühl bis in ihre Zehen zurück, als sie sich bewegte. Sie kletterte aus der Wanne, hielt sich angestrengt fest, bis ihr guter Fuß auf dem Boden stand. Sie schaffte es, nach dem Bademantel zu greifen, der an einem Haken an der Tür hing, bevor ein stechendes Kribbeln ihre Füße in einem unliebsamen Ansturm übermannte.

Elizabeth wollte überhaupt nichts fühlen. Aber obwohl sie

sich angestrengt auf die Taubheit in ihrem Kopf konzentrierte, hielt diese nicht an. Sie war das alles so leid.

Mit hastigen, fahrigen Bewegungen schlang sie den Bademantel fest um sich, war sogar von ihrem eigenen Missmut verärgert. Sie fühlte sich verschlissen wie ein alter Lappen. Als Waise aufzuwachsen war schon schlimm genug gewesen, ganz egal, wie reich sie gewesen war. Dann die Vergewaltigung, die völlig aus dem Nichts gekommen war – all ihr Training, all ihr Können von ein paar K.O.-Tropfen in einem Glas Champagner ausgelöscht.

Ihr Herz hämmerte und ihre Finger ballten sich zu Fäusten. Sie stolperte zum Bett und zog die Glock unter ihrem Kopfkissen hervor, fühlte sich hundert Jahre alt, als sie sich auf den Rand der Matratze setzte.

Schlimmer als die Vergewaltigung, schlimmer, als auf einer Trage unter dem grellen Neonlicht der Notaufnahme zu liegen, während sie aus jedem nur erdenklichen Winkel fotografiert wurde, war der Verrat ihrer Kollegen beim FBI gewesen. In der Nacht, als Andrew DeLattio sie attackiert hatte, hatte sie ein verstecktes Mikrofon in ihrer Handtasche gehabt, aber die Agenten der Einheit gegen organisiertes Verbrechen hatten sie einfach im Stich gelassen. Sie hatten ihren dicken Fisch gefangen, allerdings. Und dann hatten sie den Bastard noch beschützt.

Tränen sammelten sich für einen weiteren Ansturm, und Elizabeth kniff die Augen zu, in einem verzweifelten Versuch, sie aufzuhalten. Als sie die Augen wieder öffnete, starrte sie auf die Waffe in ihrer Hand hinunter. Sie liebte ihre Glock. Sie zog den Lauf zurück, um nachzusehen, ob eine Kugel in der Kammer war. Automatisch ließ sie das Magazin in ihre Hand gleiten und spähte durch die Löcher an der Rückseite, um den Munitionsstand zu prüfen. Zufrieden legte sie das Magazin wieder ein und fuhr mit ihrem Zeigefinger über die kurze, schwarze Mündung der Waffe.

Niedergeschlagenheit drohte, sie zu überwältigen. Jeder Muskel in ihrem Körper verharrte regungslos.

Sie war auf der Flucht vor der Mafia und einem brutalen

Vergewaltiger, die es auf Rache abgesehen hatten. Der Preis, der auf ihren Kopf ausgesetzt war, war siebenstellig und stieg immer weiter an. Es gab niemanden, dem sie vertrauen konnte. Und ihre Anwesenheit hier gefährdete das Leben aller anderen auf der Ranch. Einschließlich des dickköpfigen Cowboys, der angefangen hatte, ihr aufzuzeigen, wie erbärmlich und leer ihr Leben geworden war.

Sie liebte ihre Glock.

Ich liebe sie.

Ihre Waffe war verlässlich, leicht und praktisch unzerstörbar. Eher ein Freund als ein lebloser Gegenstand, jemand, auf den sie sich verlassen konnte, wenn es darauf ankam. Und nur wenn sie ihre Waffe trug, hatte sie das Gefühl, zumindest ein gewisses Maß an Kontrolle über den Wahnsinn zu haben, in den sich ihr Leben verwandelt hatte. Nur dann fühlte sie sich sicher.

Ihre Hände zitterten, als sie in den Lauf der Pistole starrte, um die Spitze der Kugel im düsteren Licht schimmern zu sehen. Ihre Waffenausbilder in Quantico hatten das die „vor-suizidale Technik" genannt, wenn man so prüfen wollte, ob eine Waffe geladen war. Sie musste über diese Ironie lächeln. Das waren gnadenlose Bastarde gewesen, vor allem während des Trainings an den Schrotflinten, aber sie hatte sie gemocht. Hatte einer von ihnen sein wollen, hatte irgendwo dazugehören wollen.

Ihr Herz hämmerte so heftig gegen ihre Rippen, dass sie glaubte, es müsse gleich platzen.

Es wäre so einfach abzudrücken.

Die meisten Frauen schossen sich ins Herz, aber das war zu riskant. Ihre Finger strichen sanft über die Sicherung, während sie über ihre Existenz nachdachte. Ihr Tod würde DeLattio jede Menge Freude bereiten. Dieser Hurensohn konnte ihretwegen in der Hölle schmoren. Ihre Rache war gut geplant, ganz egal, ob sie lebte oder starb.

Wollte sie wirklich alles beenden? Sie schrak vor diesem Gedanken zurück. Aber es war eine Möglichkeit, oder etwa nicht?

Der ultimative Weg, um wieder die Kontrolle über ihr Dasein zu gewinnen.

Nat Sullivans Gesicht blitzte in ihren Gedanken auf, nicht wütend, wie vorhin, als er aus der Hütte gestürmt war, sondern wie er vom Rücken eines Schimmels auf sie hinunterlächelte und dabei himmlisch aussah. *Verdammt, was war das nur mit ihr und diesem Mann?*

Schusswunden waren niemals schön. Eilig richtete sie den Lauf der Pistole auf den Boden. Stieß einen angespannten Atem aus.

Das Bild ihrer Eltern und ihres kleinen Bruders stieg in ihrer Erinnerung auf, und sie fragte sich, wie ihr Leben wohl ausgesehen hätte, wenn sie nicht gestorben wären, als sie noch jung gewesen war. Sie war die Letzte ihrer Familie, vermutlich die einzige Person auf der ganzen Welt, die sich noch an das breite, einzahnige Grinsen ihres kleinen Bruders erinnern konnte.

Der Tod mochte eine Option sein, aber es war nicht der Ausweg aus ihrem derzeitigen Dilemma, so teuflisch es auch sein mochte. Sie konnte es nicht tun. Sie konnte es den Sullivans nicht antun, sie konnte es ihren seit Langem toten Eltern nicht antun und sie konnte es auch sich selbst nicht antun.

Außerdem – warum sollte sie Andrew DeLattio den endgültigen Sieg überlassen?

Langsam kehrte die Empfindung in ihren Körper zurück, und sie streckte ihre wunden Glieder. Das Gewicht des Kummers hob sich von ihren Schultern und verflog wie Nebel. Ihre Trauer war verbraucht, ihr Körper schmerzte, aber er war ganz. Vergewaltigt und geschlagen zu werden hatte sie beinahe umgebracht, aber es gab zu viele Dinge, die sie noch erledigen musste, und vorher würde sie diesen einfachen Ausweg nicht wählen.

Sie drückte einen Kuss auf den Lauf der Waffe und schob sie zurück unter ihr Kopfkissen.

DeLattio würde nicht gewinnen. Sie würde nicht als Opfer

sterben. Und wenn sie ein Wörtchen mitzureden hatte, würde sie überhaupt nicht sterben.

Der Schnee hatte aufgehört zu fallen und hatte eine Welt voller funkelnder Sonnenstrahlen und gleißendem Licht hinterlassen. Mit dem Schneepflug, der am Kühler seines Trucks befestigt war, räumte Nat die Straßen. Normalerweise hätte er diesen Job Cal oder Ezra übertragen, aber im Augenblick musste er allein sein und irgendeine stumpfe, nützliche Arbeit verrichten. Er drehte die Musik auf, zu laut, um noch nachdenken zu können.

Das Tal sah wunderschön aus, wie eine malerische Winterlandschaft. Zaunpfosten mühten sich redlich, aus den Schneewehen hervorzubrechen, warfen Schatten dünn wie Spinnweben auf die eisigen Felder. Er sollte wirklich seine Kamera holen und ein paar Bilder schießen. Aber er ging Eliza Reed aus dem Weg, und das pisste ihn an. Das hier war *sein* Zuhause, und sie gab ihm das Gefühl, nicht willkommen zu sein.

Die Scheune und die Ställe waren in weiße Mäntel gehüllt, die langsam schmolzen, als ein warmer Chinook-Wind von den Bergen herabwehte. Wenn die Sonne ihren Zenit erreichte, würde das Tauen mit voller Kraft beginnen.

Als er fertig war, fuhr Nat mit dem Truck vor das Farmhaus und stellte den Motor ab. Er saß ruhig im milden Sonnenschein und schaute dabei zu, wie das kristallklare Wasser in stetigem Rhythmus von den Gebäuden tropfte. Dann hatte er eben die Situation gestern falsch eingeschätzt, und wenn schon? Was war schon dabei, wenn er geglaubt hatte, jemandem die Zunge in den Mund zu stecken wäre ein eindeutiges Signal? Vielleicht war er ja tatsächlich bereit gewesen, sie in einem Wirbelsturm der Leidenschaft zu nehmen, nachdem sie gerade einen Ozean der Tränen in seinem Schoß vergossen hatte, na und?

Seine Hände krallten sich um das Lenkrad, die Knöchel weiß vor Anstrengung.

Gottverdammt.

Das war es, worüber er nicht hinwegkam. Ja, sie hatte ihn geküsst, aber sie war aufgewühlt gewesen, hatte geweint. Er hätte die Kraft aufbringen sollen, und ja, verdammt, auch den gesunden Menschenverstand, sich zurückzuhalten.

Er rieb sich die Augen. Fluchte erneut. Die Tatsache, dass er von einem einfachen Kuss derart hingerissen gewesen war, hieß, dass es viel zu lange her war, seit er Sex gehabt hatte. Es hieß nicht, dass Eliza Reed besonders war. Nur weil sie wunderschön war, mit ihrer sturen Art und ihrem wilden Wesen, hieß das nicht, dass sie etwas Außergewöhnliches war.

Aber besonders oder nicht, er war ihr eine Entschuldigung schuldig.

Er stieg aus dem Wagen, trat in den grauen Schneematsch, der den ganzen Hof bedeckte, und machte sich auf die Suche nach Eliza. Eine Dachlawine krachte mit einem feuchten Rauschen vom Haupthaus.

Aus dem Schornstein von Elizas Hütte stieg Rauch auf, aber es war beinahe Mittag, und sie hatte den Großteil des Tages damit verbracht, mit den Pferden zu helfen. Er schritt auf die Koppel zu, kletterte über die Holzstreben des Zauns und ging zur Rückseite des Stalls, an Heuballen, Schläuchen und Eimern vorbei.

Shadow und ihre Fohlen standen in ihrem Stall, und der kleine Red versteckte sich hinter seiner Pflegemutter. Die Stute wieherte leise, als Nat vorbeiging, stieß ihn verspielt an und hoffte auf ein Leckerli. Nat gab sich geschlagen und füllte ihren Futtereimer auf, bevor er weiterging. Er schaute in sämtliche Ställe, aber nirgendwo war irgendjemand zu sehen.

Dann hörte er von draußen ein leises Gemurmel hereinwehen und ging in die Richtung der Stimmen. Das helle Sonnenlicht blendete ihn für eine Sekunde, bevor er etwas erkennen konnte.

Dann stieg ihm die Galle hoch, und er wünschte, er hätte sich nicht die Mühe gemacht, nach Miss Eliza Reed zu suchen. Denn genau in diesem Augenblick lag sie der Länge nach ausgestreckt auf Cal Landon, mitten in der verfluchten Arena.

Nats Hände ballten sich zu engen Fäusten und sein Magen zog sich zusammen. Realitäten verschwammen. Eine andere dunkelhaarige Frau, die unter einem Moskitonetz ausgestreckt auf ihrem Liebhaber lag. Damals hatte er auf dem Absatz kehrtgemacht und keinen Blick zurückgeworfen, den zweikarätigen Verlobungsring fest umklammert.

Er zwang einen Atem aus seinen Lungen. Dieses Mal würde er nicht davonlaufen.

❧

Elizabeth versuchte, sich von Cal hinunterzurollen, ohne dem Kerl irgendwelche lebenswichtigen Organe zu zerquetschen, aber sie wusste, sie hatte versagt, als er aufschrie, nachdem ihr Knie seinem Schritt einen saftigen Hieb verpasst hatte.

„Oh, Mist." Sie versuchte, sich aufzusetzen und ihm zu helfen, aber Cal hatte sich in einen Ball des Schmerzes zusammengekrümmt, sein Gesicht weiß wie reines, irisches Leinen.

„Tut mir so leid." Sie wollte ihn aufsetzten, aber Cal hielt den misshandelten Teil seiner Anatomie mit eiserner Hand fest, und sie hätte ebenso gut versuchen können, eine Statue zu bewegen.

Himmel, zuerst hatte sie den armen Bastard fast zerdrückt und dann hatte sie ihm auch noch das Knie in die Eier gerammt. Sie setzte sich auf den feuchten Boden, wusste, dass es ein paar Minuten dauern würde, bis Cal wieder aufstehen konnte. Auch wenn es sie maßlos ärgerte, wusste sie, dass sie ohne seine Hilfe nicht würde aufstehen können.

Eine Bewegung in ihrem Augenwinkel erregte ihre Aufmerksamkeit, und sie schluckte ihren Stolz hinunter, als Nat Sullivan auf sie zukam. Ihr hatte den ganzen Vormittag über davor gegraut, ihm über den Weg zu laufen, und jetzt hatte er ausgerechnet diesen Augenblick gewählt, um aufzutauchen?

Wenigstens könnte er Cal aus dem Dreck aufhelfen.

Sie beobachtete ihn, wie er auf sie zugelaufen kam, seine langen Schritte legten die Strecke über den matschigen Boden in Windeseile zurück. Sie war bis auf die Knochen blamiert, weil sie sich ihm gestern an den Hals geworfen hatte, und sie schuldete ihm eine Entschuldigung.

Er sah makellos aus, nicht ein Dreckspritzer auf seinen abgewetzten Kleidern, wohingegen sie aussah, als ob sie von Kopf bis Fuß grau angemalt worden wäre, und sie fühlte sich wie ein einziger, großer Muskelkrampf.

Ihre Blicke trafen sich, seine blauen Augen dunkel und einschüchternd. Er sah sauer aus.

„Nat ...", begann sie.

„Wie geht's dem Knöchel, *Eliza*?", unterbrach er sie. Der Nachdruck, mit der er ihren Namen aussprach, war nicht schön, und es lag nichts in seinem Blick außer Hohn.

„Gut, danke." Sie hatte sich gestern furchtbar verhalten, aber sie hatte ihre Gründe. Das Kinn vorgestreckt, schluckte sie und schaute ihm in die Augen, versuchte, die Röte zu ignorieren, die in ihr Gesicht stieg und ihre Wangen heiß werden ließ.

Sie versuchte es erneut. „Nat, ich–"

„Gut." Er trat auf sie zu, durchbohrte sie mit seinem Blick, dass sie sich vorkam wie ein Käfer, der mit einer Nadel aufgespießt wurde. Er beugte sich hinunter und legte leicht einen schwieligen Finger auf den obersten Knopf ihrer Jacke. Ihr Puls flatterte und erstarrte, sie erkannte endlich die echte Wut in seinem Blick.

„Treiben Sie mit den Männern auf dieser Ranch nicht Ihre Spielchen, Eliza." Seine Augen bohrten sich in sie. „Wir können hier keine Schwanzfopperin gebrauchen, die die Männer scharf macht und für Ärger sorgt."

Elizabeth stotterte, aber Nat ging schon davon, ließ Cal auf dem Boden neben ihr liegen und sie mit einem kaputten Knöchel und einem nassen Hintern sitzen.

„Tja", rief sie ihm hinterher, als Nat über den Zaun kletterte, „ich schätze, das macht Sie dann zum Schwanz, hm?"

Cal lachte prustend auf, und seine Augen flossen vor Spekulationen förmlich über, als er seinem Boss hinterherschaute, wie er davonstapfte.

„Was?" Sie starrte ihn grimmig an.

„Gar nichts", krächzte Cal.

Elizabeth strauchelte mühsam auf die Füße, rutschte aber sofort wieder aus und landete auf Cals Hüftknochen.

„Aaaauuua", schrie er.

„Sorry!" Elizabeth wollte weinen. Schon wieder. Als sie aufgewacht war, war ihr Knöchel auf die Größe einer Honigmelone angeschwollen gewesen, und sie hatte nicht einmal ihre Stiefel anziehen können. Zum Glück, weil sie „so groß sind und überhaupt", hatte Cal ein Paar Stiefel gefunden, in die sie ihren Fuß hineinbekommen hatte.

Cal hatte sie auf den Rücken von Tiger gehoben, bevor er losgezogen war, um nach dem Vieh zu schauen. Er mochte dürr wie eine Bohnenstange sein, ohne ein überflüssiges Gramm Fett an seinem Körper, aber er war wirklich stark.

Elizabeth hatte die nächsten zwei Stunden damit verbracht, zu versuchen, einen Zaunpfahl mit ihrem Lasso einzufangen, während die Rancharbeiter in die entfernten Ecken des Anwesens verschwunden waren. Nat war nirgendwo zu sehen gewesen.

Und dann war sie von dem verfluchten Pferd nicht mehr runtergekommen.

Was für ein Profi war sie denn bitte? Für die ersten anderthalb Stunden hatte sie ihr Dilemma nicht einmal bemerkt. Sie hatte auf dem kleinen Reitplatz, der vom Schnee befreit worden war, geübt. Sie hatte Tiger mit ihren Knien und minimalen Berührungen der Zügel am Hals des Pferdes kontrolliert, hatte ihn vorwärts und rückwärts laufen lassen. Sie hatte unermüdlich gearbeitet, tief in ihrer Konzentration versunken, hatte Runde um Runde um den Platz gedreht, bis ihr fast schwindelig war. Ihren schmerzenden Knöchel hatte sie ignoriert und sich bemüht, die Kunst des Westernreitens und des Lassowerfens zu lernen.

„Das Seil ist wie ein lebendes Ding", hatte Cal ihr gesagt, bevor er losgezogen und für *zwei verdammte Stunden* verschwunden war. „Sie müssen es in seiner Gänze betrachten, nicht nur den Teil, den Sie in Ihrer Hand halten. Es ist wie ein Energiestrom, und Sie müssen eins mit dem Seil werden, es zu einer Verlängerung Ihres Arms werden lassen."

Zen und die Kunst des Lassowerfens.

Tja, sie war grottenschlecht im Lassowerfen.

Indem sie auf der Schmerztablette herumgekaut hatte, die sie sich morgens in die Jackentasche gesteckt hatte, hatte sie das Pochen in ihrem Knöchel und ihren tauben Hintern ertragen können, aber sie wusste, dass sie morgen höllisch schmerzen würden.

Zwei Stunden, nachdem Cal sie mit seinen „Lassowerfen-Weisheiten für Anfänger" zurückgelassen hatte, war er ganz zerknirscht zurückgekommen, hatte sich endlich daran erinnert, dass niemand anderes da war, um ihr zu helfen. Sicher, sie hätte einfach vom Rücken des Pferdes rutschen können, aber sie konnte es sich nicht leisten, sich auch noch den anderen Fuß zu verletzen. Bei dem Tempo, das sie vorlegte, würde sie die Ranch noch in einem Rollstuhl verlassen. *Oder einem Leichensack.*

Aber daran wollte sie nicht denken.

Cal hatte getan, was er konnte, um nicht laut loszulachen, als er sie in ihrem jammervollen Zustand erblickt hatte. Und, verurteilter Mörder oder nicht, sie hatte sich dabei ertappt, wie sie sein Grinsen erwidert hatte, obwohl sich jeder Muskel in ihrem Körper anfühlte, als ob sie verprügelt worden wäre.

Davon kann ich ein Lied singen.

Sie war mit der ganzen Anmut eines erschossenen Fasans abgestiegen, war auf Beinen, die sich in Spaghetti verwandelt hatten, ungebremst zu Boden gestürzt. Cal hatte noch versucht, sie aufzufangen, aber sie hatte ihn mit ihrem Schwung zu Boden gerissen und geplättet.

Und dann war Nat aufgetaucht.

Sie warf Cal einen Blick zu, während er nun versuchte, aufzustehen, und sich dabei vorsichtig den Schritt hielt.

„Ich bin *keine* Schwanzfopperin", verkündete Elizabeth.

Cal widersprach nicht und verstummte wieder, hielt ihr seine freie Hand hin. Als er sie auf die Füße gezogen hatte, überraschte er sie mit einem weiteren Grinsen.

„Er ist nur eifersüchtig", meinte er, „weil ich so ein guter Fang bin und überhaupt."

Elizabeth dachte einen Augenblick darüber nach und tat es schließlich ab. „Eifersüchtig, dass ich nicht lache. Er ist ein Holzkopf, ein verbohrter Blödmann."

So viel zur Entschuldigung, die sie sich zurechtgelegt hatte. Die konnte Nat sich dorthin schieben, wo ewige Finsternis herrschte.

Schmerzen schossen durch ihren Knöchel, als sie versuchte, mehr Gewicht darauf zu verlagern. Cal legte ihren Arm um seine Schulter, und schob seine Hand um ihre Hüfte. Vorsichtig bewegten sie sich durch den Matsch wie zwei verwundete Krieger, von Kopf bis Fuß verdreckt.

Es fühlte sich gut an, sauer zu sein. War jedenfalls tausendmal besser, als sich elend zu fühlen.

Sie stieß einen frustrierten Seufzer darüber aus, den Cal als Schmerz interpretierte, und er versuchte, mehr von ihrem Gewicht zu tragen und ihr zu ihrer Hütte zurückzuhelfen. Aber Schmerzen waren kein Problem für Elizabeth. Mit Schmerzen kam sie klar.

Lust war das Problem.

Lust sollte eigentlich eine einfache Emotion für Ungebundene sein, aber sie fürchtete und sehnte sich gleichermaßen nach Nathan Sullivans Berührung.

Ihre Finger krallten sich so fest in Cals Schultern, dass sie dem armen Kerl vermutlich blaue Flecken zufügte, und sie humpelten zurück zu ihrer Hütte, dicht gefolgt von Blue, der aufgekratzt mit dem Schwanz wedelte, als sie die drei Stufen zu ihrer Veranda hochhüpften.

„Okay, Kumpel", sagte sie, als Cal den Hund zuerst ins Haus ließ. Der beste Schlachtplan war ein langes, heißes Bad und ein kaltes Bier.

Nat Sullivan konnte in der Hölle schmoren.

SIE VERBRACHTE DIE NÄCHSTEN TAGE DAMIT, Ryan und Cal auf der Ranch auszuhelfen. Heute war sie für den Kälberstand eingeteilt. Das Wetter war mittlerweile deutlich wärmer, der Schnee auf den unteren Wiesen war geschmolzen, und die Bäche führten riesige Mengen an Schmelzwasser.

Dieser Urlaub war genau das, was im Angebot angepriesen worden war: knochenharte Arbeit, kein Luxus, einfach. Das hier war keine Ferienranch, es gab keinen Whirlpool, in dem man versinken konnte, wenn der Hintern vom Reiten schmerzte, keine Ausflüge zu den örtlichen Touristenattraktionen, keinen CowboyEintopf zum Abendbrot. Es war schlicht und einfach ein Arbeitsurlaub, mit Betonung auf Arbeit. Der Kontrast zwischen dem Leben auf der Ranch und ihrem Stadtleben in New York City war so groß, dass sie sich auf unterschiedlichen Planeten hätte befinden können. Ihre Fendi-Pelze und Sergio Rossi-Stilettos hatte sie gegen Levi's und Arbeitsschuhe eingetauscht. Anstatt Latte zu schlürfen, Ausstellungen zu organisieren und Fälscher aufzuspüren, verbrachte sie jede Minute des Tages damit, sich um das Vieh zu kümmern oder Reparaturen vorzunehmen. An den meisten Abenden schlief sie noch auf der Couch ein, zu müde, um sich noch zu bewegen.

Sie fing an, sich einzugewöhnen. Entspannte sich.

Nat ging ihr gänzlich aus dem Weg und war in die Berge verschwunden, um die Schneedecke auf den Sommerweiden zu überprüfen. Aber nur weil er nicht da war, hieß das nicht, dass sie nicht an ihn dachte. Sie hatte sich im Laufe der Woche beruhigt und wusste nun nicht, ob sie sauer auf sich selbst oder auf ihn sein sollte. Sie hatte ihn geküsst, war durchgedreht, und er hatte seine eigenen Schlüsse über ihre angeknackste Persönlichkeit gezogen, als er sie auf Cal hatte liegen sehen. Die Tatsache, dass es die falschen Schlüsse waren, war nicht wirklich seine Schuld. Sie war ein Wrack, und er war ohne sie eine Million Mal besser dran. Vielleicht war es besser so, entschied sie, denn so konnte niemand verletzt werden.

Cal trieb ein kleines Kalb in den Stand. Es rief nach seiner Mutter, schmiss sich mit instinktiver Angst gegen die Metallstreben. Elizabeth saß mit ihrem Klemmbrett auf den Knien und einem roten Bleistift hinter dem Ohr auf einer umgedrehten Kiste. Mittlerweile kam sie mit den kleinen Black Angus Kälbern zurecht wie ein echter Profi, murmelte ihnen beruhigende Worte zu, kontrollierte die gelben Ohrenmarken und wog jedes Kalb, bevor sie die Tiere wieder freiließ, damit sie ihre Mamas suchen konnten. Manche von ihnen wurden zum Mästen aussortiert, aber die meisten wurden auf den Markt geschickt.

Die Arbeit war größtenteils einfach, aber ermüdend. Sie sortierten die überschüssigen Rinder aus und bereiteten den Rest der Herde für die Kennzeichnung, Kastration und Impfungen vor. Den Rest der Zeit verbrachte sie damit, Salzlecksteine aufzuhängen, die Kühe zu füttern oder die Pferde auszureiten.

Ryan hatte ihr erzählt, dass ein Feuer einen Teil der oberen Weiden zerstört hatte und die Ranch die Herde des letzten Jahres nicht mehr halten konnte. Niemand wusste, ob sie Subventionen der Regierung erhalten würden, denn die Fördermittel des letzten Jahres waren erschöpft, und es war unsicher, ob noch genug Geld vorhanden war, um überlasteten Farmern unter die Arme zu greifen. Die Kosten stiegen überall an. Und dann war da noch die immerwährende Bedrohung durch Dürren und Krankheiten.

Bis vor einer Woche hatte Elizabeth keine Ahnung gehabt, wie kompliziert es war, eine Ranch zu führen.

Sie versuchte, die Probleme der Sullivans aus ihren Gedanken zu drängen. Geld war nie ein Problem für sie gewesen, und sie wünschte, sie könnte ihnen einfach einen Stapel Geldscheine zuschieben und alles in Ordnung bringen. Aber so funktionierte das nicht, und Elizabeth hatte schon vor langer Zeit gelernt, dass Geld die Probleme nicht verschwinden ließ – es begrub sie nur für eine Weile.

Außerdem wollte sie das Ausmaß ihres Vermögens nicht an die große Glocke hängen. Sie hatte das Geld nicht verdient. Sie hatte es geerbt, und der Preis dafür war der frühe Tod ihrer Familie gewesen. Zuerst ihre Eltern, dann ihre Tante, die in die Staaten gezogen war, als sie einen amerikanischen Stahlmagnaten geheiratet hatte. Elizabeth hätte lieber eine Familie – aber man konnte eine Familie nicht kaufen.

Sie kaute auf ihrem Stift herum, dachte darüber nach, ob sie vielleicht etwas tun konnte, um mit den finanziellen Problemen der Sullivans zu helfen, ohne sich zu verraten. Sie konnte ihre Anwälte in Irland anweisen, ihnen irgendwas anonym zufließen zu lassen ... vielleicht.

Der alte Ezra, der zweite Rancharbeiter, war ein lieber, knorriger alter Bär von einem Mann, mit einer furchigen Stirn, großen Ohren und einer Nase von der Größe einer 747. Er lachte oft, trotz des schmerzvollen Ausdrucks, der seine hellbraunen Augen ganz schmal werden ließ.

Jetzt kam er zu ihr herübergeschlendert, war durch seinen Bierbauch gezwungen, auf halbem Wege seine Hose hochzuziehen. Er plauderte gern mit ihr, kam immer mit irgendwelchen Schnipseln von Informationen an, die er offenbar irgendwo aufgeschnappt oder gelesen hatte.

„Wussten Sie", fing er an, „dass sich die größte Viehzucht der

Welt in Australien befindet – und die größer als Israel ist? Stellen Sie sich das mal vor."

Sie schüttelte den Kopf. „Sind Sie viel gereist, Ezra?"

„Nee." Er spuckte einen Mundvoll Kautabak auf den Boden neben seinem Stiefel und verrieb ihn mit der Ferse im Dreck. „Nat hat viel Zeit unten in Australien verbracht, hat die giftigen Kreaturen fotografiert." Er rieb sich die kahle Stelle an seinem Hinterkopf. „Hat erzählt, es wäre verflixt heiß."

Elizabeth rief die Nummer der Ohrenmarke eines weiteren Kalbs auf und notierte sie zusammen mit seinem Gewicht auf ihrem Klemmbrett, dann hob sie den Riegel an und ließ das Kalb frei. „Ich wollte schon immer mal nach Australien und Neuseeland, giftige Kreaturen hin oder her."

„Nie im Leben setze ich mich in ein verflixtes Flugzeug. Sardinendose im Himmel."

Elizabeth steckte sich den Bleistift in den Mund und versuchte, nicht über den älteren Mann zu lächeln, als er sich dramatisch schüttelte.

„Sie fluchen nicht viel, oder, Ezra?", bemerkte sie.

„Nie." Er schüttelte den Kopf, dann hielt er mit zur Seite geneigtem Kopf inne, als er genauer über ihre Frage nachdachte. „Naja, ich schätze, in meinem Kopf schon, aber ‚verflixt' ist das schlimmste Wort, das mir über die Lippen kommt."

„Ich habe früher nie geflucht", bemerkte Elizabeth grübelnd. Seit sie auf die FBI-Akademie gegangen war, hatte ihre Ausdrucksweise einen echten Sturzflug hingelegt.

Sie stand auf, schwankte etwas auf ihrem verletzten Knöchel hin und her. Es war schon viel besser geworden, aber der Knöchel war noch immer schwach. „Feck!" In einem seltenen Moment der Stille wehte ihre Stimme durch das Tal, wurde von den Hügeln zurückgeworfen und alle blickten von ihrer Arbeit auf.

Sie grinste über Ezras entsetzten Gesichtsausdruck. „Das heißt nicht, was Sie denken. *Feck* heißt verdammt oder verflixt. Ein irisches Wort."

Ezra rieb sich den Bauch, bevor er sein Kautabak-Etui aus seiner Gesäßtasche zog und sich etwas davon in den Mund steckte.

„*Verflixt* funktioniert besser für mich“, ließ er sie wissen, dann lachte er herzlich und zockelte zurück zu den Rindern.

Kapitel Acht

C al hielt Elizabeth die Saloontür auf, und sie marschierte direkt in eine Wand aus Körpern hinein, während Rockmusik aus den Lautsprechern dröhnte. Sie hatte sich auf Country gefasst gemacht, nicht auf Rock.

War ja klar.

Sie folgte Ryans schnell verschwindendem Rücken und drückte sich zwischen einer Gruppe Cowboys hindurch, fuhr die Ellenbogen aus, als der Durchgang immer enger wurde.

An der Bar angekommen, fanden sie einen freien Platz, und Ryan schaffte es wie durch ein Wunder, ihr einen Barhocker heranzuziehen. Sie brauchte den Hocker nicht, entschied aber, dass es vielleicht ein guter Anker sein könnte, falls ihre Kumpels Glück bei den Damen hatten. Sie bestellte eine Runde eiskaltes Bier und prostete ihren neuen Freunden zu, bevor sie einen großen Schluck gegen den Durst direkt aus der Flasche trank.

Die Vertrautheit dieser Routine beruhigte sie. Schon immer hatte ihr der Kameradschaftsgeist gefallen, mit den Jungs zusammen ein Bier zu trinken, und diese Bar war auch nicht der Sündenpfuhl, wie es von außen den Anschein machte. Die Bar war voller Cowboys, die ihre besten Westernhemden, saubere Jeans, auf Hochglanz polierte Stiefel und dazu Hüte in jeder Form und Größe trugen. Von Zehn-Gallonen-Cowboyhüten bis hin zu Baseballkappen. Die Frauen sahen sehr unterschiedlich aus. Die meisten von ihnen trugen ebenfalls Jeans, aber manche der jüngeren trugen Leggings und Glitzertops.

Das Screw Loose war eine Art Rasthaus am Rand von Stone Creek, der Kleinstadt etwa fünfzehn Kilometer nördlich der Ranch. Die Bar bestand aus einem großen Raum mit einem hufeisenförmigen Tresen an der hinteren Wand. Vor den Fenstern befand sich eine Reihe von Separees, wo die Gäste essen konnten. Einige der Tische waren am Boden festgeschraubt, und darauf waren derart viele Gläser aufgetürmt, dass sie aussahen wie Kristallstatuen. Erdnussschalen bedeckten den Boden und knirschten unter Elizabeths Stiefeln − wenigstens hoffte sie, dass es das war, was unter ihren Stiefelsohlen knirschte.

Ein Großbildfernseher nahm eine ganze Wand ein und zeigte gerade, wie die Jets die Ducks mit 3:0 vernichteten. Die großen Spiegel hinter der Bar vervielfachten das Chaos, ließen die Bar sogar noch brechend voller aussehen, als sie es ohnehin schon war. Die Tanzfläche bebte von energiegeladenen Körpern, die sich schwitzend im Rhythmus wiegten, während U2 verlauten ließ, dass sie noch immer nicht gefunden hätten, wonach sie suchten.

Ryan nickte zur Musik, suchte eindeutig nach einer Tanzpartnerin. Er drehte sich zu Elizabeth um.

„Nur über meine Leiche" Sie schüttelte den Kopf, als er sie mit Hundeaugen anblickte.

Cal zog sich einen Hocker neben Elizabeth und machte damit seine Meinung zum Tanzen deutlich. Er nippte an seinem Bier und stützte sich mit den Ellenbogen auf dem Bartresen ab. Elizabeth bemerkte eine Gruppe von Bikern, die Cal anstarrten und ihm feindselige Blicke zuwarfen.

Auf der Ranch hatte sie ihn irgendwann mal gefragt, ob er im

Gefängnis eine Therapie erhalten hätte. Cal hatte geantwortet, „Cowboys machen keine Therapie. Cowboys betrinken sich."

Also gut.

Elizabeth nahm an, dass es nicht einfach war, in einer so kleinen Stadt ein verurteilter Mörder zu sein, und fragte sich, warum Cal hierblieb. Es wäre einfacher, irgendwo anders einen Neustart zu wagen, wo die Leute nichts von seiner Vergangenheit wussten. Sie sollte es schließlich wissen. Sie schüttelte den Gedanken ab und erinnerte sich daran, dass das alles nichts mit ihr zu tun hatte. Cal und sie waren Freunde, mehr nicht. Er hatte seine Gründe, sein Leben so zu leben, wie er es lebte, und sie hatte ihre Gründe. Sie würde sich auch nicht vor anderen rechtfertigen wollen.

Auf der anderen Seite des Raums entdeckte Ryan eine alte Freundin und entschuldigte sich, um loszuziehen und die Frau zum nächsten Tanz aufzufordern. Es war unmöglich, sich zu unterhalten, also tranken Cal und Elizabeth schweigend ihr Bier und sahen dem Spektakel zu.

Nat Sullivan hatte ihre Gefühle verletzt und ihren Stolz ange-kratzt. Seit langer Zeit hatte niemand mehr so viel Macht über sie ausgeübt. Sie war überrascht, dass sie noch nicht gepackt hatte und abgehauen war. Vielleicht wusste sie einfach nicht, wohin sie fliehen sollte, oder vielleicht brachte ihre Dickköpfigkeit sie auch dazu, nicht klein beizugeben. Was auch immer der Grund war, sie war froh, dass sie auf der Ranch geblieben war.

Ein großer Kerl mit langem ZZ Top-Bart und einer kleinen Brille mit Drahtgestell kam herüber und sprach mit Cal, versuchte, Elizabeth in die Unterhaltung miteinzubeziehen. Sie lächelte ihn an, beantwortete aber seine Fragen bis auf ein paar vage Andeutungen, die größtenteils im Lärm der Bar untergingen, nicht. Sie hatte keine Bedenken, dass jemand sie erkennen könnte. Ihre Tarnung war gut genug, und die Falschinformatio-nen, die sie gestreut hatte, würden jeden, der nach ihr suchte, weit von dieser Ecke der Vereinigten Staaten fortlocken. Nur Josie kannte ihren wahren Aufenthaltsort.

Nach zehn Minuten verschwand der Kerl wieder in der Menge, und Elizabeth entdeckte Ryan, der in einer Ecke mit einer hübschen Rothaarigen tanzte. Elizabeth verbarg ein Lächeln. Der Cowboy wusste eindeutig, wie man sich amüsierte. Die meiste Zeit über verhielt er sich wie ein unverantwortlicher Teenager, nahm sich kaum Zeit für seine Tochter, aber Elizabeth wusste, dass seine Jugendliebe an Krebs gestorben war, und das konnte nicht einfach sein. Er arbeitete hart und feierte entsprechend.

Die Sullivans waren eine Offenbarung für sie gewesen. Menschen waren immer mehr, als man glaubte, und oft weniger, als man sich erhoffte, aber diese Familie ...

Elizabeth bewunderte die Entschlossenheit, mit der Rose Sullivan die Genesung von ihrem kürzlichen Herzinfarkt in Angriff nahm – als ob es nur ein weiterer Kampf sei, dem man sich stellen musste. Und Elizabeth verbrachte viel Zeit mit Sarah, hauptsächlich spät abends, wenn Sarah von ihrer Marathonschicht im Krankenhaus zurückkkam und Tabitha im Bett war. Die Frau redete wie ein Wasserfall und war verflucht neugierig, aber Elizabeth mochte sie.

Und dann war da noch Nat.

Wenigstens musste sie sich nicht immer noch fragen, wie es wäre, ihn zu küssen. Das wusste sie jetzt. Es war so gewesen, als ob sie aus den Tiefen der Hölle die Hand ausgestreckt und die Sterne berührt hätte. Dieser Kuss – seine unfassbare Hitze war in ihrer Erinnerung verschlossen, und sie konnte noch immer Nats Hände auf ihrem Körper spüren und wollte verdammt sein, wenn sie seine Hände nicht wieder genau dort spüren wollte.

Vielleicht war heißer, ungezügelter Sex mit Nat Sullivan genau das, was sie brauchte.

Sie musste ständig an ihn denken, an diese saphirblauen Augen und an diese breiten, starken Schultern, an diese langen, langen

Beine. Harmlose Gedanken, jetzt, wo er weit weg in den Bergen war.

Wenigstens musste sie ihn nicht anlügen.

Sie war den Fragen über ihre Vergangenheit, die ihr jeder auf der Ranch stellte, immerzu ausgewichen, hatte die Lügen erzählt, die der Wahrheit am nächsten kamen, aber dennoch waren es Lügen. Sie hasste jedes Wort davon.

Seit Jahren waren Lügen ihr Ding gewesen. Täuschungen und Intrigen, Taschenspielertricks und Pokergesichter. Jetzt hatte sie damit abgeschlossen, wollte nichts mehr davon wissen. Aber den Sullivans die Wahrheit zu erzählen, würde die Familie in Gefahr bringen, und das wollte sie nicht riskieren.

Es war Freitag, und sie hatte den Hüttenkoller bekommen. Es war nicht die Abgeschiedenheit der Ranch, die ihr zu schaffen machte – das genoss sie geradezu. Es war der Mangel an Informationen. Die Sullivans hatten grottenschlechtes Internet, und Sarah hatte wenig subtil vorgeschlagen, dass Elizabeth – als IT-Expertin, die sie angeblich war – ihnen doch dabei helfen könnte. Noch hatten sie hier in der Gegend ein vernünftiges Handysignal. Sie hatte die Gelegenheit, einen Freitagabend mit den Jungs in der Bar zu verbringen, dazu genutzt, in die Stadt zu fahren und sich nach Josie zu erkundigen.

Zum Glück ging es Josie gut.

In ihrer Hütte hatte sie sich kurz etwas Wasser ins Gesicht gespritzt, sich aber gegen Make-up entschieden. Juliette trug Make-up, Elizabeth nicht. Sie hatte sich ihre widerspenstigen Haare in einen lockeren Pferdeschwanz zusammengebunden, ihre grüne Wolljacke geschnappt und ihre Glock in ihre Handtasche geschmissen – die sie jetzt quer über ihren Oberkörper gehängt trug.

Nun ertappte sich Elizabeth dabei, wie sie die Saloontür beobachtete wie ein verknallter Teenager. Cal erwartete Nat demnächst zurück und hatte gesagt, dass er selbst in die Berge fahren würde, wenn Nat bis zum Morgen nicht wieder hier war.

Das nächste Lied fing an, und diesmal erklärten die Chicks, dass *Earl sterben musste*. Elizabeth machte sich nicht besonders viel aus Country-Musik, aber sie liebte die Chicks.

Sie hatte es nicht kommen sehen, aber urplötzlich wurde sie seitlich von ihrem Barhocker gestoßen und landete ausgestreckt auf dem rauen Boden zwischen den Beinen einer Frau, die über sie hinwegtrampelte, als ihr Begleiter sie aus der Gefahrenzone zerrte.

Danke auch, Kumpel.

Und dann brach die Hölle los.

Irgendein dürrer Kerl mit Schlangen-Tattoos, die sich seinen Arm hochschlängelten, holte aus und verpasste Cal einen Haken. Cal wiederum platzierte einen linken Haken, der den Typen zu Boden gehen ließ, aber ein Schläger mit dreckigem, blondem Pferdeschwanz hielt von hinten Cals Arme fest. Er schob ihn wie einen Boxsack vor sich her, und drei andere Typen tauchten auf.

„Hey!" Elizabeth rappelte sich hoch und wischte sich die feuchten, klebrigen Hände an ihren nun verschmutzten Jeans ab. Cal wehrte sich, aber sie waren vier gegen einen, und den Kerlen war es offenbar ernst.

Fieberhaft suchte Elizabeth in der Menschenmenge nach Ryan, aber in dem Gedränge würde er Ewigkeiten brauchen, sich zu ihnen durchzuboxen, selbst wenn er mitbekam, was los war.

Der Kerl auf dem Boden erhob sich, und jetzt stand es fünf zu eins. Niemand schien sich auf die Seite des einsamen Mannes von der Triple H Ranch zu schlagen.

Feck. Elizabeth atmete tief durch und wünschte, sie könnte ihre Waffe ziehen. *So viel dazu, keine Aufmerksamkeit auf sich lenken zu wollen.*

Sie schnappte sich den Kerl, der Cals Arme festhielt, und setzte ihn mit einem einzigen Schlag gegen die Schläfe außer Gefecht. Endlich wieder frei, konnte Cal sich wenigstens verteidigen, aber Elizabeth sah, dass er übel zugerichtet war. Sie fuhr herum und konfrontierte den nächstbesten Biker, den dürren Kerl mit den Tattoos. Sie krallte die Finger in seine zotteligen, blonden Haare und zerrte ihn zu sich herum, dann rammte sie ihm so heftig den Handballen gegen die Nase, dass der Knochen unter ihrer Hand brach. Der Kerl fiel auf die Knie, schnappte nach Luft, würgte am Blut.

Urplötzlich tauchte Nat aus der Menschenmenge auf und rief, „Holen Sie den Truck." Er warf ihr die Schlüssel zu und stürzte sich ins Gemenge.

Mann, war sie froh, ihn zu sehen. Für einen Augenblick stand sie nur da und fragte sich, wo zur Hölle Ryan war, versuchte zu erkennen, wer die Oberhand gewann. Nat rang mit einem Kerl, der hundertfünfzehn Kilo wiegen musste, riss ihn zu Boden und nahm ihn in den Schwitzkasten. Er war gut, das musste sie ihm lassen, aber das ließ noch immer zwei Typen übrig, die Cal windelweich schlugen.

Der, der ihr am nächsten stand, war nur etwa eins dreiund-siebzig groß, aber er war stämmig und schwang eine Bierflasche. Cal ging zu Boden. Elizabeth ignorierte Nats Anweisung und trat dem Kerl mit einer Flasche seine Milz in den Hals. Als er sich zu ihr umdrehte, glühten seine Augen vor Wut und jeder Menge Entrüstung, und er riss die Bierflasche über den Kopf und schleu-derte sie nach ihr. Elizabeth duckte sich, aber die Flasche streifte ihre Schläfe. Sie ignorierte die Schmerzen, krallte sich in seine Ohren und riss sein Gesicht auf ihr angewinkeltes Knie. Zufrieden schaute sie dabei zu, wie er zu Boden fiel wie ein Stein.

Nat war gerade mit dem riesigen Kerl am Boden fertig gewor-den, aber Cal wehrte noch immer einen der Typen ab, der entschlossen schien, ihn zu Brei zu schlagen. Dieser letzte Kerl war ein bisschen größer, ein bisschen zäher und gemeiner als die anderen. In Vorbereitung auf seinen nächsten Haken holte er mit seinem Arm aus. Elizabeth griff nach seinem Handgelenk und Ellenbogen, drehte sie unversehens ein und schob ihm die Hand auf den Rücken. Dann krallte sie sich seine Haare, und er schrie überrascht auf, als sie ihn gegen den Tresen knallte. Er wusste gar nicht, wie ihm geschah. Wie ein Sack Kartoffeln krachte er auf den Boden und Elizabeth starrte aus schmalen Augen in sein nun alles andere als hübsches Gesicht.

Cal hing schwer atmend auf einem der Barhocker, und sein Gesicht schwoll bereits an. Instinktiv, und weil sie wusste, dass sie hier verschwinden mussten, griff Elizabeth nach seinem Arm, warf ihn sich über die Schulter und begann, Cal davonzuziehen. Sein Gewicht auf ihrer Schulter wurde leichter, und sie wandte den Kopf und entdeckt Nat, der sich Cals anderen Arm über die Schulter gelegt hatte. Adrenalin pumpte noch immer durch ihren Körper, aber Erleichterung stieg in ihr auf, als sie Nats Blick erwiderte und ihm ein unsicheres Lächeln zuwarf.

Er hatte eine aufgesprungene Lippe, aber abgesehen davon sah er gut aus. *Gott, sah er gut aus.* Sie kämpften sich durch die Menschenmenge hinaus in die kalte Nachtluft und stolperten auf die andere Straßenseite zu Nats Truck.

Elizabeth half Cal auf die Rückbank, dann drehte sie sich zu Nat um, der zu einem anderen Auto weiter unten an der Straße weitergejoggt war. Verwirrt runzelte sie die Stirn, fragte sich, was er da tat, als er an das Autofenster klopfte und ein zerzauster Ryan den Kopf emporstreckte.

Schien so, als ob Ryan schneller Nägel mit Köpfen machte, als Elizabeth geahnt hatte.

Nat sagte etwas zu ihm und deutete auf seinen Truck. Ryan nickte und Elizabeth sah, wie er seiner Begleitung einen schnellen Kuss gab und dann aus dem Auto sprang. Immerhin schaffte er es noch, seine Hose zuzumachen, bevor er die Straße überquerte. Elizabeth stand der Mund offen, und ihre Augenbrauen klebten ihr fast am Haaransatz, als Ryan bei Nats Truck ankam.

„Los geht's." Nat öffnete die Beifahrertür für Elizabeth, was ihr unter diesen Umständen geradezu absurd altmodisch und galant vorkam. Sie sprang in den Wagen. Ryan stieg in seinen eigenen Truck und dann schossen sie nach Hause davon.

ZURÜCK AUF DER RANCH TIGERTE ELIZABETH IM KAMINZIMMER AUF UND AB, während Sarah Cal verarztete. Das Zimmer war rustikal und gemütlich. Auf dem Boden lagen farbenfrohe Navajo-Teppiche und an den Wänden hingen ausgeblichene Tierschädel, die perfekt in ein Georgia O'Keeffe-Gemälde gepasst hätten.

Cal lag mit nacktem Oberkörper auf der alten, roten Couch, sein Gesicht gezeichnet, seine hellbraunen Augen glasig vor Schmerzen. Er war weiß wie ein Leichentuch. Rote Striemen bedeckten seinen schlanken Körper, und Elizabeth vermutete, dass mindestens einer der Angreifer einen Schlagring getragen hatte. Morgen früh würde Cal grün und blau sein, und sein ganzer Körper würde schmerzen.

Nat half ihm, sich aufzusetzen, und Sarah wickelte einen Verband um seinen Torso. Sie hatte Cal ein paar Schmerztabletten gegeben, aber seinem Gesichtsausdruck nach zu urteilen, glaubte Elizabeth nicht, dass sie schon wirkten.

„Du hast möglicherweise einen Haarriss", meinte Sarah und tastete behutsam Cals Brust ab. „Du wirst es überleben." Sie schenkte ihm ein schwaches Lächeln. „Aber morgen musst du dich röntgen lassen."

Cal schüttelte den Kopf, aber Sarah ignorierte ihn und strich ihm die kurzen Haare aus der verschwitzten Stirn. „Warum können die dich nicht in Ruhe lassen?"

Cal griff nach ihrer Hand und drückte sie. „Lass gut sein."

Sarah stand vom Sofa auf und wandte ihre Aufmerksamkeit Elizabeth zu, setzte sie auf einen der Sessel, damit sie ihre Kopfverletzung untersuchen konnte.

„Was ist mit dir passiert? In die Schusslinie geraten?" Vorsichtig untersuchten Sarahs kompetente Finger die Platzwunde an Elizabeths Schläfe.

Elizabeth murmelte irgendetwas Vages vor sich hin und hätte Ryan, der sie verschmitzt angrinste, gern einen grimmigen Blick zugeworfen, aber ihr Kopf tat zu sehr weh. Nachdem Nat Sarah aus dem Bett gescheucht hatte, war Ryan in das Geschehen eingeweiht worden.

Wenigstens hatte Elizabeth versucht, unauffällig zu sein. *Ex-Undercover-Agentin in örtliche Kneipenschlägerei verwickelt, ganz im Rodeo-Stil.* Sie hob den Blick und ertappte Nat dabei, wie er sie aus schmalen Augen anstarrte, mit einem Ausdruck auf dem Gesicht, den sie nicht deuten konnte. Er trug noch immer seine Jacke, sah so aus, als ob er nicht bleiben würde, als ob er sich zwingen müsste, stillzustehen.

Sarah tupfte etwas Wasserstoffperoxid auf die Platzwunde, und Elizabeth schnappte nach Luft. Sie schrie nicht auf, obwohl sie das am liebsten wollte. Warum war die Behandlung oft schlimmer als die Verletzung?

„Eine fliegende Bierflasche hat mich erwischt." Erschrocken zuckte Elizabeth zurück, als Sarah ihr mit einer Stiftlampe in die Augen leuchtete.

„Sieht so aus, als hättest du eine leichte Gehirnerschütterung." Sarah runzelte die Stirn, und ihre blaugrauen Augen blickten besorgt. „Du solltest wirklich in die Notaufnahme und einen CAT-Scan machen lassen."

„Es ist nichts", beharrte Elizabeth. Sie würde nirgendwo hingehen.

„Hol ihre Jacke. Ich fahre sie." Nat sprach mit Ryan, als ob sie gar nichts dazu zu sagen hätte. Die aufgestaute Energie, die sie in ihm spürte, schien ein Ventil zu finden, als er herüberkam und mit diesen grimmigen Linien um seinen Mund auf sie herunterstarrte.

„Ich werde nirgendwo hingehen." Elizabeth starrte Ryan direkt wieder zurück in seinen Sessel. Schon allein beim Gedanken an eine Notaufnahme wurde ihr übel. Das letzte Mal, als sie in einer gewesen war, war ihr Körper mit einem Vergewaltigungsset konfrontiert worden, und sie würde nicht wieder dorthin zurückkehren, solange sie nicht bewusstlos war oder verblutete.

Diese Erinnerung haftete ihr nur allzu lebhaft im Gedächtnis.

Nat beugte sich so weit zu ihr hinunter, dass sie seinen Atem auf ihren Wangen fühlen konnte. Seine blauen Augen glühten mit einem inneren Feuer. „Doch, das werden Sie."

„Nein, Mr. Sullivan." Elizabeth schob ihn fort und ihre Blicke kollidierten wie zwei Degen. „Werde ich nicht."

Sarah mischte sich ein, unterbrach Nat, als er etwas erwidern wollte. Er trat zur Seite und wand sich wütend aus seiner Jacke.

So ist's richtig, Kumpel, lass mich schön in Ruhe. Elizabeth verbarg ihr Grinsen, aber das Triumphgefühl kam ihr augenblicklich abhanden, als Sarah weitersprach.

„Dann muss heute Nacht jemand auf dich aufpassen und dich jede Stunde wecken." Sarahs helle Augenbrauen hoben sich, als sie sah, dass Elizabeth wieder widersprechen wollte. „Es ist deine Entscheidung, Eliza. Krankenhaus oder Nachtschwester."

Egal, wofür sie sich entschied, Elizabeth vermutete, dass sie eine schlaflose Nacht vor sich haben würde. Großartig. *Absolut verflucht großartig.*

Sarah wandte sich ab, um noch einmal Cals Blutdruck zu messen.

Gähnend erhob sich Ryan und grinste Elizabeth an. „Erinnere mich daran, euch Mädchen aus der Stadt nicht zu verärgern, Süße. Mir gefällt mein Gesicht so, wie es ist."

„Der Rothaarigen scheinbar auch, Casanova", warf Elizabeth zurück, hoffte, die Aufmerksamkeit von sich selbst fortlenken zu können. „Was hast du überhaupt mit ihr im Auto gemacht?" Wenn sie darauf spekuliert hatte, ihn in Verlegenheit zu bringen, hatte sie sich gründlich geschnitten.

„Wenn du das bis jetzt noch immer nicht weißt, wirst du es nie verstehen." Ryan lachte, aber sein Blick flackerte unbehaglich zu seiner Schwester hinüber.

Es herrschte eine unbequeme Pause, die sich in ein bedeutungsschwangeres Schweigen verwandelte. Elizabeth folgte dem Starren der Geschwister. Sarah Sullivan blickte so finster drein wie eine verärgerte Eule.

„Welche Rothaarige?", fragte Sarah langsam.

„Stacy", erwiderte Ryan, richtete sich auf und neigte das Kinn zur Brust.

„Stacy Hopkins?", hakte Sarah nach und blickte ihn aus schmalen Augen an, als ob sie ihn ins Visier nehmen würde.

Ryan nickte.

„Du hast Stacy Hopkins gevögelt, während Cal und Eliza verprügelt wurden?"

Elizabeth traten die Augen aus dem Kopf. Sie hatte da wohl eine Wildkatze aus dem Sack gelassen.

Schuldbewusst blickte Ryan zu Cal. „Ich hatte nicht mit Ärger gerechnet."

„Nein", erwiderte Sarah. „Das tust du nie."

Sie hob die Hände zum Gesicht und für einen furchtbaren Moment glaubte Elizabeth, Sarah würde in Tränen ausbrechen. Der ganze Raum schien die Luft anzuhalten.

„Stacy ist gar nicht so übel–", begann Ryan, wurde aber von Sarahs spöttischem Lachen unterbrochen.

„Sie ist ein nutzloses Flittchen, das es schon immer auf die Dinge abgesehen hat, die ihm nicht gehören." Sarah starrte ihren Bruder an, und ihre Augen quollen fast über vor Rage.

„Sie hat dir damals in der High-School den Freund ausgespannt", warf Ryan zurück. „Komm endlich drüber weg." Er ging auf seine Schwester zu, die auf der Couch saß. „Und ich gehöre niemandem. Nicht mehr."

Schockierte Stille hallte für volle zehn Sekunden im Kaminzimmer nach, bis Sarah leise fragte, „Was ist mit Tabitha?"

Ryan zuckte zusammen.

Elizabeth war wie gefesselt. Alle anderen mochten an Familienstreitigkeiten und derartige Auseinandersetzungen gewöhnt sein, sie allerdings nicht. So nah war sie einer Familie seit Jahren nicht mehr gekommen.

Ryan wich zurück, und seine Wut verpuffte so schnell, wie sie gekommen war. Er fuhr sich mit der Hand über das Gesicht, drehte sich zu Elizabeth um und schaute sie an.

„Sorry – ich wollte keinen Ärger machen." Er sah geschlagen aus, aufgewühlt.

Es ging sie nichts an, erinnerte sie sich. Es hatte nichts mit ihr zu tun. Sie schüttelte den Kopf, zuckte mit den Schultern. „Kein Problem."

Cal versuchte, aufzustehen. Er hielt sich die geschundenen Rippen und stöhnte vor Schmerzen. Sarah half ihm mit behutsamen Berührungen auf.

„Du wirst heute oben schlafen, Caleb Landon", befand Sarah. Sie hatte eindeutig die Kontrolle über ihre Laune zurückgewonnen. „Du wirst morgen auf keinen Fall arbeiten, also kannst du auch hierbleiben, damit ich sicherstellen kann, dass du in Ordnung bist, ohne jede halbe Stunde raus zur Baracke stapfen zu müssen."

Cal protestierte nicht. Er befreite sich lediglich aus Sarahs helfendem Griff und humpelte langsam durch das Zimmer auf Nat und Elizabeth zu, die Seite an Seite dastanden. Er streckte die Hand aus und Nat schüttelte sie fest. Dann trat Cal zu Elizabeth und tat das Gleiche.

„Ich bin dir was schuldig."

Sie zuckte zusammen, als er ihr auf die Schulter klopfte, und sie musste sich anstrengen, ihr Mitgefühl zu ersticken. Er sah so geschunden aus, dass jede Bewegung höllisch schmerzen musste, und wenn er sich eine Rippe gebrochen hatte, würde er wochenlang ausfallen.

Nicht das, was die Sullivans gebrauchen konnten.

Nat wollte ihm die Treppe hinaufhelfen, aber Ryan war schon zur Stelle. Sarah folgte den beiden die Stufen hoch, scheuchte sie behutsam vor sich her wie eine Glucke. Und plötzlich, ohne dass Elizabeth wusste, wie sie es hingebogen hatten, stand sie allein mit Nat im Wohnzimmer.

Sie hörte zu, wie die anderen aus ihrer Hörweite verschwanden, lauschte auf jedes Knarzen der Dielen, jedes Quietschen der Türknäufe, die ihr Vorankommen verkündeten. Als alles still war, wünschte sich Elizabeth, sie wäre sonst wo, nur nicht allein mit diesem Mann, in dessen Gegenwart sie sich dumm und verletzlich fühlte und den sie geküsst hatte, wobei sie um ein Haar alle Würde verloren hätte.

Langsam wurde die Stille angespannter. Elizabeth warf einen Blick auf Nats Gesicht, war sich nicht sicher, wie seine Laune war. Vorhin war er wütend gewesen, aber jetzt … Er beobachtete sie aufmerksam, seine Augen klein und nachdenklich, sein Mund eine harte, schmale Linie.

Mist.

Sie hob müde die Hand an ihre Stirn – versuchte, nicht zu jämmerlich auszusehen.

Auf keinen Fall würde sie mit Nat Sullivan diskutieren können, sie hatte einfach nicht die Energie dazu. Normalerweise war sie widerstandsfähiger, aber der Kampf in der Bar hatte die Nervosität vertrieben, die sie den ganzen Tag verspürt hatte, und nun war sie einfach nur noch geschunden und erschöpft. Sie hatte genug.

„Tut mir leid." Etwas Raues klang in seiner Stimme mit, als ob er sich seiner Worte nicht sicher wäre. Seine blonden Haare fielen ihm in die Stirn, machten die kantigen Züge seines Gesichts weicher und ließen ihn jünger aussehen. Er lehnte seine große, langgliedrige Gestalt gegen den Kaminsims aus Eichenholz, verschränkte die Arme und lächelte.

Erschreckend gutaussehend.

Elizabeth ging zur Couch, ließ sich in die weichen Kissen fallen und schloss die Augen, um sich vor diesen funkelnden blauen Diamanten zu schützen. Ein junger Paul Newman war nichts gegen Nat Sullivan.

„Ich habe einen ganzen Haufen Entschuldigungen vorbereitet, aber die machen alle keinen Unterschied. Ich habe mich neulich total danebenbenommen, und das tut mir leid."

Sie hörte, wie er zum Sofa kam und spürte, wie es neben ihr einsank, als er sich hinsetzte. Sie versuchte, nicht vor ihm zurückzuzucken, konnte ihren müden Körper aber nicht ganz kontrollieren. Ihr Mund verzog sich in eine grimmige Linie des Selbstekels. Diese Angst war so unaufhaltsam wie die Flut, und sie hasste sich dafür.

Sie wollte ihm sagen, er solle sich zum Teufel scheren. Wollte vor sich selbst die Gefühle leugnen, die die Nähe dieses Mannes in ihr heraufbeschworen. Aber sie schaffte es nicht. Nach Jahren der Täuschung gewann Aufrichtigkeit endlich die Oberhand. Sie biss sich auf die Zunge, zwang sich, die Augen zu öffnen.

Mit Augen voller Fragen streckte er die Hand aus und fuhr mit seinem Finger sanft ihren Haaransatz entlang.

Bei seiner Berührung erschauderte sie.

„Sind Sie sicher, dass Sie in Ordnung sind?"

„Mir geht's gut." Vor einer Woche hätte Elizabeth seine Hand fortgeschlagen, stattdessen ließ sie zu, dass er sie berührte – ein Experiment.

„Sie sind unser Gast ..." Er zögerte, schien seine Worte zu bedenken und nahm ihre blasse Hand, die erstarrt in ihrem Schoß gelegen hatte. Sie wollte ihre Hand instinktiv fortreißen, aber sie gab nach, fasziniert von der Berührung.

Elizabeth starrte auf ihre verschränkten Finger.

Seine große Hand nahm ihre vollkommen ein. Sie zwang sich, nicht schreiend aus dem Zimmer zu rennen, zwang sich, ihre Finger nicht zu fest um seine Hand zu krallen. Ein rauer Daumen fuhr über ihre Nervenbahnen, als Nat behutsam über ihre Handfläche strich.

Es fühlte sich wie die intimste Berührung überhaupt an, dieses Halten ihrer Hand.

Sie hob den Blick und tauchte kopfüber in seine tiefblauen Augen, die sie ergriffen und nicht wieder losließen.

„Neulich ... Ich wollte mich für das entschuldigen, was in Ihrer Hütte passiert ist. Dafür, Sie geküsst zu haben. Dann lagen

Sie da auf Cal und ich habe rotgesehen und mich wie ein Idiot verhalten." Sein Blick bohrte sich in sie, suchte in ihren Augen nach Antworten, ihre Hand fest gefangen in seinem warmen Griff. „Es tut mir sehr leid." Seine Augen leuchteten finster. „Ich hätte Cal am liebsten in den Boden gerammt." Er lachte kurz auf, voller Ironie. „Das hätte dem armen Bastard wenigstens die Prügel heute Abend erspart."

„Da ist nichts zwischen Cal und mir." Sie zog die Hand fort und bedauerte augenblicklich den abgebrochenen Kontakt.

Nat saß da und sah so attraktiv aus, so verdammt perfekt, dass sie ihn wirklich wieder küssen wollte. Sie musste gehen, musste von hier verschwinden, bevor sie sich vollkommen zum Narren machte. Früher war sie stärker gewesen, aber jetzt konnte sie nicht einmal mehr ihre Beine dazu bringen, sich zu bewegen.

Für einen Augenblick saßen sie schweigend da, lauschten nur der Stille, die sich im Zimmer ausbreitete, unterbrochen nur durch das Rauschen des Heizkessels.

„Sie haben mich eine Schwanzfopperin genannt", murmelte Elizabeth, noch immer verärgert über dieses kleine Detail.

„Hm." Nat zog eine Grimasse, als ob er gehofft hatte, sie hätte es vergessen. „Ja, Ma'am, das habe ich."

„Ich habe nicht ..." Sie stolperte über ihre Erklärungsversuche, mühte sich ab, die richtigen Worte zu finden. „Das bin ich nicht", beendete sie schließlich lahm ihren Satz.

„Nein, das habe ich schon ganz von allein rausgefunden." Humor verwandelte sein schiefes Grinsen in ein sexy Lächeln. „Ich bin ein Trottel."

„Ja." Elizabeth erhob sich, musste ehrlich mit ihm sein. „Nein. Es war nicht Ihre Schuld. So wie ich Sie geküsst habe, nur um Sie dann wie irgendeinen ... Vergewaltiger zu behandeln." Sie stolperte über das Wort. Wandte eilig den Blick ab.

Nat starrte lange auf seine abgewetzten Stiefel, dann sagte er leise. „Naja, ich schätze, Sie hatten Ihre Gründe."

Ihr Herz erstarrte. Stille dehnte sich aus, während sie ihn in stummem Schrecken anstarrte. *Er wusste es.* Die Muskeln in ihrem Hals zogen sich zusammen, und sie konnte sich nicht mehr bewegen, konnte nicht atmen. Er konnte es nicht wissen. Sie war nicht etwa gebrandmarkt wie eins seiner Rinder. Aber der Cowboy schaute sie an, als wäre sie durchsichtig wie Glas, und Elizabeth wollte in tausend Scherben zerspringen.

Kapitel Neun

Nat beobachtete ihr Gesicht, bemerkte die geweiteten Pupillen, die blutleeren Lippen. Er ballte die Fäuste. Irgendetwas war ihr zugestoßen, aber sie verriet keine Geheimnisse. Nicht, dass er es ihr übelnehmen konnte.

Als er zur Hütte auf der Sommerweide abgehauen war, war er verärgert, regelrecht zornig gewesen, und die Erinnerung an Ninas Betrug hatte sich wie ein Messer in seine Brust gebohrt. Aber nach zwei Tagen in der Einsamkeit hatte er gründlich über den heißen Kuss zwischen sich und Eliza nachgedacht und darüber, wie sie plötzlich ausgerastet war, als er sie berührt hatte. Man brauchte keinen Doktortitel in Psychologie zu haben, um zu verstehen, dass sie irgendeine Blockade hatte, was Sex anging.

Als freiberuflicher Tierfotograf hatte Nat mehr gesehen als die meisten. Einmal war er in einen blutigen Bürgerkrieg geraten, und sein Traumauftrag hatte sich ganz schnell in einen Albtraum verwandelt. Er hatte glücklicherweise überlebt. Andere hatten nicht so viel Glück gehabt. Ein anderes Mal hatten Wilderer sein Leben bedroht, weil er ihre skrupellose Jagd auf Spitzmaulnashörner dokumentiert hatte. Nur seine Fertigkeit mit dem Gewehr hatte ihm damals den Arsch gerettet.

Diese Erfahrungen hatte einen Abgrund in seiner Seele aufgerissen, der nie ganz geheilt war. Dass Menschen ihren Mitmenschen gegenüber so grausam sein konnten, hatte ihm die Augen für die düsteren Seiten der menschlichen Natur geöffnet.

Der Ausdruck auf Elizas Gesicht nach diesem Kuss war voller Schrecken und Selbsthass gewesen. Das war kein Aufreizen gewesen. Seine sexuelle Frustration hatte sein Urteilsvermögen beeinträchtigt, aber schließlich, in der Stille der Berge, hatte er es sich eingestehen müssen und war angewidert von seinem eigenen Verhalten gewesen. Dann hatte Cal ihn angefunkt. Hatte ihm die Hölle heißgemacht, weil er so ein Blödmann gewesen war.

Nat wollte sich auf keine andere wunderschöne Frau einlassen – mochte es nicht, wie Eliza Reed Gefühle in ihm aufwühlte, die seit drei Jahren tief geschlummert hatten. Aber trotz ihrer stacheligen Rüstung und ihrer Fähigkeit, ordentlich auszuteilen, hatte diese Frau etwas Zerbrechliches an sich. Sie war gefährlich – das wusste er – aber sie besaß auch eine Verletzlichkeit, die ihn anzog, ihn in sich aufsog und ihn nach immer mehr verlangen ließ.

Und wenn dieser Kuss irgendein Anhaltspunkt war, dann war die Anziehung gegenseitig. Also würde er sehen, wohin das führte, ihr argwöhnisches Wesen hin oder her.

Gespenstig katzenähnliche Augen beobachteten ihn, trotzend und stolz und bereit, jeden Augenblick die Flucht zu ergreifen.

„Wollen Sie darüber reden?", fragte er.

Eliza schüttelte den Kopf, und dunkle Haare, die sich aus ihrem Pferdeschwanz gelöst hatten, strichen über ihre Schultern. Ihre schmalen Augen bohrten sich in seine. „Nein."

Das entlockte ihm ein Lächeln. Anders als die meisten Dinge heute Abend überraschte ihn *das* nicht. Eliza Reed war scheuer als ein Wolf, und er musste sich fragen, wovor zur Hölle sie sich versteckte.

Ein gewalttätiger Ehemann?

Panik versetzte ihm einen Schlag in die Magengrube, sowohl

wegen der Vorstellung, dass sie möglicherweise vergeben war, als auch darüber, dass jemand die Hand gegen sie erhoben hatte.

Weißglänzend traten ihre Knöchel unter der angespannten Haut ihrer Finger hervor, als sie sich am Kaminsims festhielt. Still wie eine Statue und zweimal so blass, höllisch nervös. Er hasste es.

„Wo haben Sie gelernt, so zu kämpfen?", fragte er und hoffte, sich auf etwas neutraleres Terrain zu begeben. Wieder erstarrte sie, verriet ihm mehr, als er wissen wollte. Ein weiteres heikles Thema.

Ein resignierter Seufzer rumpelte in seinem Zwerchfell, und er rieb sich das Kinn. Zuerst glaubte er nicht, dass sie antworten würde, und konnte sehen, wie sie innerlich das Für und Wider abwog, sich zu öffnen.

„Strafverfolgung", sagte sie schließlich und brach das Schweigen mit einem riesigen Seufzer, tastete zaghaft nach ihrer Kopfwunde. „Ich war bei der Strafverfolgung."

„Strafverfolgung?" Er ließ das Wort über seine Zunge rollen, probierte es aus. Nicht das, was er erwartet hatte − nicht in einer Million Jahren − aber... „Haben Sie dort auch gelernt, so zu schießen?" Die Puzzleteile fügten sich zusammen.

„Ja." Eliza ging zur Treppe und nahm ihre Jacke vom Treppenpfosten. „Und jetzt gehe ich ins Bett."

„Okay. Ich komme", erwiderte er und erhob sich von der Couch.

„Nein. Tun Sie nicht."

„Sie haben eine Gehirnerschütterung, schon vergessen?" Nat ging an ihr vorbei den Flur hinunter zur Küche. Hielt ihr die Tür auf, während Eliza ihn nur wortlos anstarrte.

Sie folgte ihm in den Flur, ihr Blick brodelnd vor Entrüstung. „Ich brauche niemanden, der auf mich aufpasst."

„Tja, Sas sagt, das tun Sie, und sie ist die Ärztin." Nat kam auf sie zu, warf seinen Schatten auf sie. „Ich schlafe auf der Schlafcouch im anderen Zimmer und wecke Sie alle paar Stunden auf."

Eliza hielt seinem Blick volle zehn Sekunden stand, bevor sie sich geschlagen gab. Sie sackte vor seinen Augen förmlich in sich zusammen, wurde immer kleiner, während ihr Zorn verpuffte, dann rauschte sie an ihm vorbei in die Küche.

„Eliza", rief ihr Nat leise hinterher, als sie eilig davonging. „Wenn ich Ihnen etwas antun wollte, hätte ich das in der allerersten Nacht getan. Bevor irgendjemand überhaupt wusste, dass Sie hier sind."

Mit der Hand auf dem Türknauf hielt sie inne und drehte sich zu ihm um, ihre Augen dunkle Schatten, die ihr blasses Gesicht heimsuchten.

„Ich werde Ihnen nichts tun." Er wollte ihr die Worte entgegenbrüllen, aber er flüsterte nur.

Sie nickte und ging durch die Tür.

&

KURZ HINTER DER KÜCHENTÜR HOLTE ER SIE EIN. Elizabeth zwang sich, langsam zu gehen, nicht davonzurennen, wie ihre Instinkte sie drängten. Nat trug keine Jacke. Nur mit einem blauen Karohemd und einem Paar alter Wranglers bekleidet, lief er neben ihr durch die kalte Nacht. Er schien die Kälte nicht einmal zu bemerken, vor der sie sich in den warmen Tiefen ihrer Wolljacke vergrub, und die ihren Atem in kleine Wolken verwandelte.

Sie kamen an den Stufen zu ihrer Hütte an, und Nat marschierte einfach weiter ins Haus hinein, hielt ihr die Tür auf, bevor er neues Feuerholz in den Holzofen legte.

Als ob ihm die Hütte gehörte.

Ach ja. *Die Hütte gehörte ihm.* Mit den Fingern ihrer rechten Hand erstickte sie ein Kichern. Vielleicht hatte sie *tatsächlich* eine Gehirnerschütterung.

Blues Schwanz klopfte träge auf dem nackten Holzboden. Elizabeth schloss die Tür hinter sich, zog ihre Jacke aus und drehte sie in ihren Fingern hin und her. Die Hütte war klein, aber hübsch, mit gelben Wänden, die eine heimelige Atmosphäre verbreiteten. Die freigelegten Holzdielen glänzten von Jahren des Wachsens und Polierens, und Elizabeth liebte den warmen, rustikalen Charme der Einrichtung.

Aber bis jetzt war ihr nie aufgefallen, *wie* klein die Hütte war.

Nat beobachtete sie, seine Augen wanderten über ihren Körper wie ein Laser, dem nichts entging. Die Lampen, die sie angelassen hatte, warfen ein bernsteinfarbenes Licht auf seine Züge und Konturen, fingen die hellen Strähnen in seinen Haaren ein.

Wunderschön. Wie vergoldet.

Aus irgendeinem Grund ließ seine Schönheit ihr eigenes Leben nur noch abscheulicher erscheinen.

„Worum ging es bei dem Streit?", fragte Elizabeth, unsicher darüber, wie sie sich mit diesem Mann in ihrer Hütte verhalten sollte. Das letzte Mal hatte sie sich ihm an den Hals geworfen, und bei dieser Erinnerung fingen ihre Wangen vor Scham an zu glühen.

Nat beobachtete sie weiterhin, antwortete aber nicht. Sie schaute zu, wie seine großen Hände den Holzofen mit Scheiten füllten, und unternahm einen letzten, beherzten Versuch, wollte den Bann brechen, mit dem er ihre Nerven belegt hatte. „Warum haben diese Typen Cal verprügelt?"

Nat schloss die Ofentür und klopfte sich die Hände an seiner Jeans ab, dann kam er auf sie zu. Langsame Schritte, bei denen sie am liebsten die Flucht ergreifen wollte. Sie stand ganz still da, jeder ihrer Muskeln angespannt. Er streckte die Hand aus und nahm ihr die Jacke aus den nervösen Fingern.

„Cal hat Ihnen erzählt, dass er eine Zeitlang im Gefängnis gesessen hat, richtig?"

Sie nickte, während er ihre Jacke über den Haken an der Tür hängte. Elizabeth drehte am Ring an ihrem Finger.

„Sein Stiefvater war ein gemeiner, alter Hurensohn, der Cal

und seine Mutter jedes Mal, wenn er einen sitzen hatte, windel-weich prügelte. Ein paar Mal habe ich Cal gesehen ... danach." Nat schüttelte den Kopf. „Eines Tages ist bei Cal einfach die Sicherung durchgebrannt. Er war noch ein Junge, aber er hat seinem Stiefvater mit einem Baseballschläger eins übergezogen und dem Arschloch den Schädel zertrümmert."

Elizabeth schluckte, als die grausamen Bilder in ihren Gedanken aufstiegen. Mit nur vierzehn Jahren hatte Cal einen anderen Mann umgebracht. Als sie vierzehn gewesen war, hatte sie sich nur Sorgen darüber gemacht, ob sie sich im Internat ein Zimmer teilen, und welche Fächer sie belegen sollte. Es gab schlimmere Dinge im Leben, als eine Waise zu sein.

Nats blaue Augen musterten sie aufmerksam. „Einer der Typen in der Bar war Cals jüngerer Stiefbruder. Er ist immer noch ein bisschen sauer auf Cal, weil der seinen Daddy umgebracht hat."

Elizabeth nickte, verstand auch den Schmerz darüber, ein Elternteil gewaltsam zu verlieren. Ihre eigenen Eltern waren unschuldige Opfer des Terrorfeldzugs gewesen, der Nordirland zerstört hatte, aber sie konnte kein Mitgefühl für einen Tyrannen aufbringen.

Das Schweigen hing schwer in der Luft zwischen ihnen.

Sie stand da und schauderte, aber nicht wegen der Kälte. Das Leben war niemals einfach. Jeder hatte seine eigene Geschichte. Sie fingerte am goldenen Siegelring an ihrem kleinen Finger herum, war sich bewusst, dass ihr nervöser Tick zum Vorschein kam, konnte aber nichts dagegen tun. Diese dunkelblauen Augen beobachteten sie mit einem Blick, der beinahe fürsorglich schien. Er umgab sie mit einem Zauber – machte ihr mit seinem *Vielleicht* Angst.

Wie wäre es, sich mit einem Mann wie Nat Sullivan einzulassen?

Oder besser gesagt, konnte sie sich mit einem Leben voller Bedauern abfinden, sich immerzu fragen zu müssen, wie es gewesen wäre, von diesen starken Armen gehalten und von diesem wunderschönen Mund geküsst zu werden? Ganz egal, wie kurz dieses Leben sein würde?

Kann ich DeLattio selbst jetzt noch mein Leben kontrollieren lassen?

Sie konnte sich in diesen blauen Tiefen regelrecht verlieren, in den Kurven seines Lächelns, das ein einzelnes Grübchen in seine linke Wange schlug. Er hob die Hand und strich ihr sanft eine Haarsträhne aus der Stirn. Hitze erblühte auf ihren Wangen, als sie zwei Zentimeter zurückwich. Sie war nicht stark genug. Noch nicht. Sie trat einen halben Schritt zurück, etwas verblüfft, und biss sich auf die Unterlippe.

„Gehen Sie ins Bett", befahl er, als ob er nicht bemerkt hätte, wie sie ihn nur eine Sekunde zuvor mit purem Verlangen angestarrt hatte. „Ich wecke Sie in ein paar Stunden."

„Ach ja, Danke." Sie zwang sich ein Lachen über die Lippen, wollte sich abwenden. Sie war noch nicht bereit für Intimität, aber sie hätte nichts gegen einen Kuss. Besser als die Albträume, die ihr üblicherweise Gesellschaft leisteten.

Sie zögerte.

„Das ist das Mindeste, was ich tun kann. Los." Er versetzte ihrem Hintern einen Klaps und Elizabeth sprang vor Überraschung in die Luft. Sie war nicht jemand, der leichtfertig angefasst wurde, das war sie nie gewesen. Normalerweise hielten die Leute Abstand.

Sie zog eine Augenbraue hoch und blickte unverwandt in sein grinsendes Gesicht. „Vielleicht haben Sie es noch nicht mitbekommen, *Mr.* Sullivan, aber ich mag es nicht, herumkommandiert zu werden." Noch während sie das sagte, wandte sie ihm den Rücken zu. Der Gedanke an Sex hätte sie eigentlich meilenweit davonrennen lassen sollen, aber heute Abend war er verlockend.

„Oh, das habe ich allerdings mitbekommen", ließ Nat träge verlauten, als sie in der Badezimmertür innehielt und einen Blick über ihre Schulter warf. Dann grinste er, wobei er wie ein Sünder an der Himmelspforte aussah. „Aber ehrlich gesagt, Liebes, ist mir das egal."

❧

DAS BEHARRLICHE PIEPEN SEINER ARMBANDUHR RISS NAT AUS EINEM TIEFEN SCHLAF. Er brauchte einen Augenblick, bevor er sich erinnerte, warum er auf der Schlafcouch in der Gästehütte lag, aber als es ihm einfiel, warf er die Decke zur Seite und setzte sich auf.

Blues Beine zuckten im Schlaf, als er davon träumte, Kaninchen zu jagen.

Barfuß tapste Nat zum Schlafzimmer und öffnete vorsichtig die Tür. Ein Streifen weichen Lichts fiel aus dem Wohnzimmer durch den Spalt, legte sich über die Kurven und Täler der Decke, die Elizas schlafende Gestalt bedeckte.

Sie lag auf dem Rücken, hatte eine Hand über ihrem Kopf ausgestreckt und unter das Kissen geschoben. Lautlos ging Nat zum Bett, sah, dass ihr Atem tief und gleichmäßig ging. Ihre Haare bildeten einen zerzausten Kranz um ihren Kopf, und Nat strich ihr behutsam die Strähnen aus der Stirn. Er redete sich ein, dass er nur nach ihrer Kopfwunde schaute, versuchte, die Weichheit der Haarsträhnen nicht zu genießen.

„Eliza", wisperte er leise. „Aufwachen."

Nichts. Nicht einmal der Rhythmus ihres Atems veränderte sich.

„Eliza", sagte er nun etwas lauter. „Kommen Sie, aufwachen."

Nichts passierte.

Nat berührte ihre Schulter, schüttelte sie behutsam und sagte wieder ihren Namen.

Im nächsten Augenblick fand er sich mit dem Rücken auf dem Boden liegend wieder, starrte in den Lauf einer mattschwarzen Handfeuerwaffe. Elizas Augen waren riesig und starrten ihn wild an, ihr Atem ging hektisch und flach.

Nat schlug ihre Hand zur Seite, ergriff ihr Handgelenk und riss ihr die Waffe aus den verkrampften Fingern.

„Was zur Hölle?", brüllte Nat. „Sie schlafen mit einer Waffe unter dem Kopfkissen? Gott! Scheiße! *Fuck*!"

Ohne ihr Handgelenk loszulassen, ließ er die Waffe zu Boden gleiten, dann stand er auf, während Eliza ihn aus so großen, wehrlosen Augen anstarrte, dass es ihm regelrecht das Herz brach.

Was zur Hölle war ihr zugestoßen?

Sein Griff um ihr Handgelenk wurde lockerer, und seine Finger fuhren ihren Arm hinunter, bis er ihre Hand hielt. „Eliza, ich werde Ihnen nichts tun."

Die Uhr tickte weiter ihre Sekunden, aber Elizabeth sagte nichts, starrte ihn nur an, noch nicht ganz bei vollem Bewusstsein.

Nat hob die Waffe vom Boden auf, wandte sich zum Gehen. Ihre Stimme erreichte ihn in der Dunkelheit, nichts als ein Atemhauch, unglaublich leise.

„Ich wusste nicht, dass Sie es sind, Nat."

Zorn und Wut schossen durch seinen Verstand, Verärgerung breitete sich in seiner Seele aus wie ein schwarzer Fleck. Er ließ seine Stimme ruhig klingen. Kontrolliert. „Ist okay, Eliza. Schlafen Sie weiter. Ich wecke Sie in ein paar Stunden wieder auf."

*Q*UANTICO, *Virginia, 12. April*

„DIESE SCHLAMPE! Diese verdammte Hure!" Spuckefäden hingen an Andrew DeLattios Kinn. Er krallte sich einen der orangen Plastikstühle und knallte ihn gegen die Wand, zertrümmerte ihn, bis große, zackige Plastikscherben in der sterilen Ecke des Verhörzimmers herumflogen.

Larry Frazier zog sich in sichere Distanz zurück, nickte den Wärtern zu, die in den Raum kommen wollten.

DeLattios zivilisierte Fassade bröckelte mit jedem Tag mehr. Etwas Dunkles rumorte in ihm wie eine wilde Bestie, die versuchte, hervorzubrechen. Juliette Morgan, diese FBI-Schlampe, würde bald herausfinden, dass diese erste Nacht in ihrer Wohnung nur ein Aufwärmen gewesen war. Sie würde sich noch wünschen, sie wäre niemals auf die Welt gekommen, wäre niemals Bundesagentin geworden, hätte niemals auch nur einen Fuß nach New York City hineingesetzt.

Irisches Miststück.

Wieder fluchte DeLattio. „FBI-Agentin. Sie war die ganze Zeit eine verfluchte Agentin." Er krallte die Finger in seine Haare und lachte hysterisch. „Herrgott, ich habe eine FBI-Agentin gevögelt, und diese Bastarde haben mich einfach machen lassen."

Das war das erste Mal, dass er auch nur ein Quäntchen Bewunderung für die FBI-Einheit gegen organisiertes Verbrechen empfand. So rücksichtslos waren sie sonst nie gewesen. Sie hatten ihn tatsächlich zum Narren gehalten.

Larry hatte die Frechheit, zu grinsen.

Andrews Augen wurden schmal, und Larrys Grinsen brach augenblicklich zusammen. Der kleine Mann fing an zu schwitzen.

„Fällt das nicht unter Provokation einer Straftat?", fragte Andrew.

„Nein", erwiderte Larry. Er schüttelte den Kopf und richtete sich etwas auf. „Sie haben sie unter Drogen gesetzt und sich illegal Zutritt zu ihrer Wohnung verschafft. Wenn sie Sie eingeladen hätte, hätte man vielleicht so argumentieren können. Allerdings könnte sie dann aufgrund des Zustands, in dem sie gefunden wurde, noch immer Anklage wegen Angriffs auf eine Bundes-agentin erheben."

Die Tatsache, dass sie eine Agentin war, musste der Grund dafür gewesen sein, dass sie ihn niemals in ihre Wohnung hoch gebeten hatte. Sie hatte ihn nie mit nach oben kommen lassen, hatte nicht einmal zugelassen, dass er sie berührte, bis auf diese flüchtigen, luftigen Küsse, die ihn zum Schwitzen brachten. Er hatte geglaubt, sie wäre anspruchsvoll und wählerisch – vielleicht sogar noch Jungfrau. Sie hatte ihn vollkommen gefesselt, bis sie ihn sitzengelassen hatte.

Ein Knurren arbeitete sich in seinem Hals nach oben, und er presste die Lippen zusammen, um es zu unterdrücken. Er hatte sie förmlich angebettelt, mit ihm auszugehen. Hatte sie mit Blumen, Schmuck und Schokolade umworben.

Und sie hatte wie ein Profi ihr Spiel mit ihm getrieben.

Clevere Schlampe. Clevere, clevere Schlampe.

„Hüte dich vor dem Zorn des geduldigen Mannes."

Er würde sie seinen Zorn spüren lassen, soviel war sicher.

Er wollte diese Wände mit bloßen Händen einreißen, wollte das Gesicht seines Anwalts zertrümmern, bis seine Nase gespalten war. Schweiß lief ihm den Rücken hinunter, und seine Hände ballten sich zu Fäusten. Er konnte es nicht glauben. Konnte es einfach nicht fassen.

Er presste die Stirn gegen die Wand, saugte die Kälte des Putzes durch seine erhitzten Poren ein. Seine Rage kühlte sich etwas ab, während er einen Plan ersann.

Er atmete tief und langsam ein. „Was haben Sie sonst noch herausgefunden?"

Larry zuckte eilig mit den knochigen Schultern. „Nicht viel. Sie ist untergetaucht, und das FBI sucht ebenfalls nach ihr."

„Diese Schlampe hat mich reingelegt." Hatte sein Leben ruiniert, seine Familie zerstört. Noch einmal atmete er tief durch, ließ den Sauerstoff seinen Zorn besänftigen.

Er wusste, was er zu tun hatte.

„Finden Sie sie." Er starrte Larry unverwandt in die Augen, ließ ihn wortlos wissen, was passieren würde, wenn er nicht tat wie befohlen. Der Anwalt nickte und schob hastig seine Papiere zusammen.

Sie hatte ihn zum Narren gehalten. Sogar gefesselt und

blutend hatte sie die erste Runde gewonnen. Aber er würde bald hier herauskommen, und wenn es so weit war, würde sie herausfinden, was Rache wirklich bedeutete.

SO SCHNELL IHRE FÜßE SIE TRUGEN, rannte Elizabeth durch den dunklen Wald, verlor den Halt, schrie auf, als sie stolperte, hatte sich aber in der nächsten Sekunde schon wieder gefangen. Sie hatte keine Zeit zu verlieren. Sie konnte in dem dichten Nebel, der um sie herumwaberte, nichts erkennen, aber sie wusste, dass sie nicht allein war.

Zweige schlugen ihr ins Gesicht, zerkratzten ihre Wangen und die nackte Haut ihrer Arme. Sie hörte ein Geräusch und fuhr herum, sah vorbeihuschende Schatten und erkannte, dass er direkt vor ihr war. Kalte Angst bohrte sich in ihr Herz, und sie erstarrte, konnte den Blick nicht von seinen glühenden Augen abwenden. Furcht ätzte sich wie Galle in ihre Kehle, als sie sich umdrehte und weiterfloh.

Lauf. Lauf. Lauf.

Sie weinte, schluchzte, schnappte nach Luft, rang verzweifelt nach Sauerstoff, musste unbedingt entkommen.

Ein leises Murmeln rollte über sie hinweg, ein sanfter, behutsamer Klang. Licht schimmerte auf und verscheuchte die Dunkelheit. Das liebe Gesicht ihrer Mutter tauchte vor ihr auf. Sie hielt Sean in ihren Armen, der noch ein Baby war, goldig, mit runden Wangen und funkelnden Augen.

Tränen flossen über Elizabeths Gesicht, und ihre feuchte Wärme drang bis in ihre Knochen. Sie schmiegte sich an diese Quelle des Trosts und lächelte. Ihre Mutter war hier. Nichts konnte ihr jetzt noch etwas anhaben.

Bei hellem Sonnenschein und zum unablässigen Gesang eines Diademhähers wachte Nat auf. Sein Arm war fest um Eliza Reeds Taille geschlungen, hatte sie an seine Brust gezogen. Ihr Kopf lag auf seinem anderen Unterarm, ihre dunklen Locken weich auf seiner Haut. Sie roch nach Lavendel und Desinfektionsmittel.

Gestern Nacht hatte sie ihn zu Tode erschreckt, nicht nur wegen der Waffe. Ihr Schluchzen hatte ihn aus seinem tiefen Schlaf gerissen, und er war ins Schlafzimmer gestürzt, um zu sehen, was los war.

Er hatte sie im Bett herumzuckend vorgefunden, wie ihre Hände panisch im Nichts herumgegriffen und sie nach Luft geschnappt hatte. Als er gesehen hatte, was für Qualen sie ausstehen musste, sogar im Schlaf, hätte er am liebsten etwas zerschlagen. Stattdessen hatte er sie gehalten, bis der Traum verklungen war, und als sie sich weiterhin mit verzweifelten Fingern an ihn geklammert hatte, hatte er sich neben sie ins Bett gelegt und war eingeschlafen. Er hatte gar nicht bleiben wollen.

Aber nun insistierte ein bestimmter Teil seines Körpers, dass es nicht länger Zeit zum Schlafen war.

Vorsichtig schob Nat sich nach hinten, wollte aufstehen, ohne Eliza aufzuwecken. Er wusste instinktiv, dass das Letzte, was sie jetzt brauchte, war, neben einem erregten Mann aufzuwachen, der ihren weichen, entspannten Körper an sich drückte.

Er rutschte von der Matratze und ging in die Küche, um sein Hemd anzuziehen. Die Glock lag neben der Schlafcouch auf dem Boden. Er hob sie hoch, testete das Gewicht der tödlich aussehenden Waffe. Er bevorzugte ein Gewehr, aber diese Glock in seiner Hand war eine ziemlich hochwertige Waffe. Eine Waffe, wie sie jemand aus einer Strafverfolgungsbehörde tragen würde.

Er biss die Zähne zusammen und versuchte, nicht darüber nachzudenken, warum Eliza Reed mit einer geladenen Waffe unter dem Kopfkissen schlief. Wovor hatte sie solche Angst? Er hatte gesehen, wie sie sich gegen eine feindselige Menschenmenge zur Wehr gesetzt hatte, wusste, dass sie sich nicht so einfach einschüchtern ließ. Vielleicht war sie nach Jahren im Job nur paranoid?

Andererseits, vielleicht auch nicht.

Er trug die Waffe in die Küche, legte sie auf die abgenutzte Arbeitsfläche. Eliza hatte gesagt, dass sie in der Strafverfolgung gewesen war, aber das konnte viel heißen. Polizei, FBI, sogar das Militär hatte sein eigenes Strafverfolgungspersonal.

Offensichtlich war sie vor irgendetwas auf der Flucht.

Zu müde, um einen klaren Gedanken fassen zu können, setzte er Kaffee auf, um sein Gehirn aufzuwecken. Er war drei Tage fort gewesen, hatte die Schneedecken auf den Sommerweiden überprüft und neue Aufnahmen des Wolfsrudels geschossen, für die er beauftragt worden war. Die Arbeit war ein Traum gewesen. Die Schneeschmelze und das warme Wetter hatten die Wölfe aus ihrem Bau gelockt, und sie waren im Sonnenschein herumgetollt.

In den letzten zehn Jahren hatte er das Rudel oft fotografiert, und auch wenn er es eigentlich besser wissen sollte, hatte er allen von ihnen Namen gegeben. Die Welpen konnten jeden Tag auf die Welt kommen, und das Alphaweibchen mit ihrem prallen Bauch tapste dick und tollpatschig herum. Nachdem er die Bilder geschossen hatte, hatte er mit dem Gedanken gespielt, einen Bildband zusammenzustellen. Das war nicht viel, aber es könnte dabei helfen, die Gläubiger noch eine Weile hinzuhalten.

Aus dem kleinen Küchenfenster konnte er Ryan sehen, der zum Stall ging. Jetzt, da Cal außer Gefecht gesetzt war, musste Nat einspringen. Es gab vier schwangere Stuten, die er untersuchen musste, und er wollte schauen, wie sich Red entwickelte. Außerdem dachte er darüber nach, die Cayuse-Ponys an die Forschungsstelle für Wildpferde in Porterville zu verkaufen. Entweder das oder er musste versuchen, an das Sperma eines weiteren Hengstes zu kommen. Eine der Stuten würde bald wieder rossig werden.

Er goss zwei Tassen Kaffee ein, dann steckte er sich die Glock in den hinteren Hosenbund. Mit den Kaffeetassen in der Hand ging er ins Schlafzimmer.

„Hey, Schlafmütze, raus aus den Federn.“

Langsam setzte Eliza sich auf. Sie sah müde und benommen aus, ihre grünen Augen verstört und ihre Haare ein einziges Durcheinander. Er hatte halb gehofft, dass es sein Verlangen abtöten würde, sie direkt nach dem Aufwachen zu sehen, aber leider wurde er enttäuscht. Sie sah erschreckend schön aus – zerbrechlich und unverfälscht, ohne sich hinter ihrer stacheligen Fassade zu verstecken.

Er stellte den Kaffee auf dem Nachttisch ab, zog die Pistole aus seinem Hosenbund und legte sie neben ihren Becher.

Eliza beobachtete ihn nervös, musterte die Waffe unter ihren dunklen Augenbrauen.

Auf dem Nachttisch stand ein eingerahmtes Foto. Ein Mann und eine Frau, die beide ein kleines Kind im Arm hielten. Nat nahm das Foto hoch.

„Wer ist das?“

Die kleinen Muskeln in ihrem Gesicht erstarrten, und ihr Ausdruck wurde wehmütig.

„Meine Eltern und mein kleiner Bruder.“ Ihre Stimme war leise und schmerzerfüllt.

„Leben sie noch?“, fragte er, auch wenn er die Antwort schon kannte. Man trauerte nicht um die Lebenden.

Sie schüttelte den Kopf, und er dachte nicht, dass sie ihm mehr erzählen würde, aber die Worte purzelten aus ihr heraus.

„Sie wurden während des Nordirlandkonflikts an einem Grenzübergang umgebracht.“ Sie zupfte an einem Faden in der Tagesdecke herum. „Sean war noch nicht einmal zwei.“

Nat starrte auf das Foto und erkannte das kleine Mädchen wieder, das sich an das Bein seines Vaters klammerte. Sie mochte etwa sieben oder acht Jahre alt sein. Als sein Blick auf den kleinen Bruder fiel, wurde ihm klar, dass ihre Familie nicht lange, nachdem das Foto aufgenommen worden war, umgekommen sein musste. *Verdammt.* Er konnte sich nicht vorstellen, ohne Familie aufzuwachsen.

„Das tut mir leid", sagte Nat. Eliza nickte, kämpfte offensichtlich noch immer mit ihren Gefühlen, selbst nach all diesen Jahren. Er stellte das Foto zurück. Wechselte das Thema.

„Wie fühlen Sie sich?", fragte er.

„Ich habe Schmerzen", gab sie zu, sah dankbar aus, über etwas anderes sprechen zu können.

„Wo?" Er trank einen großen Schluck Kaffee.

„Kopf, Nacken, Arme, Beine, Rücken", zählte Eliza auf, berührte dabei vorsichtig alle wunden Stellen. „So ziemlich überall."

Nat ging ins Bad, wühlte durch den Spiegelschrank und fand die Schmerztabletten. Er nahm zwei davon heraus, dann drückte er sie Eliza zusammen mit ihrer Kaffeetasse in die Hand, beugte sich vor und untersuchte ihre Kopfwunde auf frisches Blut, blieb bei seiner Prüfung strengstens professionell. Er war unfassbar stolz auf sich, dass er nicht in ihren Ausschnitt schaute, um einen Blick auf den Körper zu erhaschen, den er in der Nacht gehalten hatte.

Ein roter Striemen wand sich ihrem Haaransatz entlang, nichts allzu Ernstes. Sarah würde sie später untersuchen, und so, wie er seine Schwester kannte, würde sie beide Patienten zur Notaufnahme verfrachtet haben, bevor sie überhaupt protestieren konnten.

„Es fängt an, zu heilen", befand er. Seine Augen wanderten langsam zu ihrer Brust, zu den Nippeln, die deutlich unter dem dünnen Baumwollstoff hervortraten.

Verdammt.

Nat trat einen Schritt vom Bett zurück und versuchte, nicht darüber nachzudenken, wie weich sie sich in seinen Armen angefühlt hatte, wie feminin. Weichheit war nicht etwas, was er mit Frauen wie Eliza Reed in Verbindung bringen würde.

Sie reckte die Arme über den Kopf, war sich seiner Gedanken

nicht bewusst. Ein Blue Jays-T-Shirt fiel ihr bis kurz über die Knie. Die Decke rutschte weiter hinunter, das T-Shirt rutschte weiter hoch, und so sehr er sich auch bemühte, Nat konnte die Augen einfach nicht abwenden.

Sein Mund wurde trocken und sein Herz hämmerte schmerzhaft in seiner Brust.

„Ich, äh. Ich ..." Er brachte kein Wort mehr hervor.

Mit der Hand hielt Eliza sich die Haare aus dem Gesicht und inhalierte beinahe ihren Kaffee. Sie schien sich nicht bewusst zu sein, was für eine Wirkung sie auf ihn hatte. Das hätte er als Fortschritt werten sollen, aber er war nicht mehr wirklich in der Lage, noch einen klaren Gedanken zu fassen.

„Muss los", murmelte er und drehte sich um.

„Nat?"

Er zwang sich, stehenzubleiben. Zwang sich, in ihre grünen Augen zu schauen, ohne auch nur eine Spur seines Verlangens durchscheinen zu lassen, das seine Nerven zum Zerreißen spannte.

„Danke", sagte sie und lächelte.

Kapitel Zehn

Marsh hämmerte an die Tür der Wohnung. Die Farbe an der blassblauen Tür war vom Alter brüchig und blätterte ab. Die Klingel war defekt – aber auf dem Schild stand in ausgeblichener schwarzer Tinte „Maxwell".

Lebte Josephine Maxwells Vater womöglich noch?

Marsh blickte sich im zugemüllten Flur um, versuchte, den Gestank von Abfall und Urin zu ignorieren, der sich in seine Sinne bohrte. Noch einmal hämmerte er gegen die Tür und wurde mit einem gedämpften Rufen aus dem Innern der Wohnung belohnt.

Sein Körper spannte sich vorausahnend an, als das Adrenalin durch ihn hindurchschoss. Josephine Maxwell könnte in dieser Wohnung sein. Marsh trat einen Schritt zurück, als er hörte, wie ein Schlüssel herumgedreht und eine Sicherheitskette vorgeschoben wurde. Die Tür wurde einen Spaltbreit geöffnet, und ein Auge spähte durch die Öffnung. Es war blutunterlaufen, die winzigen Kapillaren aufgeplatzt. Die Iris war beinahe transparent blau und das Weiß gelbgefärbt, was auf einen Leberschaden hinwies. Das Gesicht war voller Falten, dreckig, schmutzbehaftet wie ein alter Türvorleger.

Hinter dem Mann zeichnete sich die dunkle, leere Wohnung ab, wie die Höhle eines bösen Hexenmeisters.

Als der Mann den Mund öffnete, sah Marsh gelbe, verfaulte Zähne und entzündetes Zahnfleisch. Er zwang sich, nicht vor dem Gestank von Spirituosen und Verwesung zurückzuweichen, der aus der widerlichen Körperöffnung entwich. Er lächelte und unterdrückte ein Würgen.

„Mr. Maxwell?"

Mit einem schnellen Flackern verwandelte sich das Auge von trotzig zu argwöhnisch. „Wer will das wissen?" Die Stimme klang schwach, beinahe heiser.

„Mein Name ist Hayes. Ich bin vom FBI."

Die Pupille wurde größer. „Ich hab' nix gemacht", erklärte der Mann laut.

„Nein, Sir", stimmte Marsh zu. „Ich will nur kurz mit Ihnen sprechen." Er schob seine Dienstmarke durch den Türschlitz, drängte den Mann, nachzugeben und die Tür zu öffnen. Sie konnten das auf die leichte oder auf die harte Tour machen. Aber die harte war bürokratisch aufwändiger, und Marsh wollte seinen Besuch hier so inoffiziell wie möglich über die Bühne bringen.

„Ich hab' nix zu sagen. Verschwinden Sie." Maxwell schob Marsh die Dienstmarke wieder entgegen und versuchte, die Tür zu schließen.

Marsh zwängte seine italienischen Budapester durch den Türspalt und versuchte es anders. Er zog eine Halbliterflasche Whisky aus seiner Manteltasche und wedelte verführerisch damit herum. Maxwells Auge heftete sich augenblicklich auf die Flasche, als ob sie eine Flugabwehrrakete wäre.

„Ich brauche nur ein paar Minuten Ihrer Zeit, Sir. Es gibt kein Problem, ich habe nur ein paar Routinefragen."

Marsh wackelte noch einmal mit der Flasche, und der Magen drehte sich ihm um, als er sah, wie der alte Mann sich gierig mit der Zunge über die trockenen Lippen fuhr und die Tür öffnete.

„Ich werde Ihnen keinen Ärger machen, Sir. Ich habe nur ein paar Fragen, und wir können dabei in Ruhe was trinken."

Maxwell stürzte sich förmlich auf die Flasche, aber Marsh steckte sie schnell wieder in seine Manteltasche und drängte sich an dem Kerl vorbei in die Wohnung. Die Verwahrlosung schlug ihm augenblicklich entgegen. Nichts, was er noch nie gesehen hätte, aber trotzdem widerlich und eklig. Er ging den schäbigen, kleinen Flur hinunter und betrat das Wohnzimmer. Der Raum war dunkel, bis auf das Flimmern des Fernsehers. Marsh schaltete das Licht ein und wünschte sich augenblicklich, er hätte es nicht getan. Die Couch dominierte das Zimmer. Alter, brauner Samt, der von einem ranzigen Schlafsack bedeckt wurde.

Der uralte Fernseher stand in der Ecke, zeigte eine dieser Talkshows, in denen den Leuten irgendwas versprochen wurde, nur um sie dann prompt wieder fertigzumachen. Es kam Marsh so vor, als ob sich die Leute so etwas anschauten, weil es einfacher war, als sich mit den eigenen Problemen auseinanderzusetzen. Realitätsflucht.

Ehrlich gesagt, wenn er sich so in der Wohnung umschaute, schien das gar keine schlechte Idee zu sein.

Der niedrige Tisch vor dem Sofa war voller Essensreste und leerer Flaschen, ebenso wie der Teppichboden. Alte Kartons mit halb aufgegessenen Speisen waren zu willkürlichen Stapeln aufgetürmt. Marsh konnte förmlich hören, wie die Kakerlaken sich bei diesen feinen Köstlichkeiten die Unterkiefer leckten. Er versuchte sich vorzustellen, wie ein kleines Mädchen in einem solchen Umfeld aufwuchs, aber er schaffte es nicht. Niemals würde er ein Kind hier zurücklassen – sein Magen verkrampfte sich, wenn er nur daran dachte.

Was hatte Josephine Maxwell dazu gebracht, aus den Pflegefamilien abzuhauen, wenn es das gewesen war, was auf sie gewartet hatte?

Maxwell beäugte die Flasche in Marshs Tasche, hatte einen

Arm flehend danach ausgestreckt. Marsh zögerte, aber seine kleine Halbliterflasche würde auch keinen Unterschied mehr machen. Der Mann müsste eigentlich schon seit Jahren tot sein.

„Ich muss Ihnen ein paar Fragen zu Ihrer Tochter stellen." Marsh beobachtete, wie sich der Ausdruck des alten Mannes innerhalb eines Herzschlags von argwöhnisch zu durchtrieben verwandelte.

„Welche Tochter?"

Marsh konnte nicht entschlüsseln, ob das elterliche Loyalität war oder ob Maxwell irgendwie herauszufinden versuchte, wie viel Marsh diese Information wert war. Marsh wollte auf Letzteres wetten und entschied sich für ein direktes Vorgehen. „Ich muss Josephine finden. Wissen Sie, wo sie ist?"

„Vielleicht tue ich das." Der alte Mann zuckte mit den Schultern und begann zu schnaufen. „Hab' diese undankbare Schlampe seit Jahren nicht mehr gesehen."

Gut. Das machte es Marsh einfacher, zu tun, was er tun musste. Viel einfacher. Der Mann würde seine Tochter für einen Drink verraten, und das wussten sie beide.

Marsh stellte die Flasche mit dem bernsteinfarbenen Bush Mills auf den Couchtisch und trat einen Schritt zurück. Er beobachte Maxwell, wie er sich der Flasche zögerlich näherte, als ob er mit einer Falle rechnete. Vorsichtig streckte sich seine Hand zum Hals der Flasche aus.

„Wissen Sie, wo sie ist?", fragte Marsh erneut.

Maxwell hechtete vor, schnappte sich die Flasche, wich aber augenblicklich zurück und verschanzte sich hinter der Couch wie ein Zweijähriger, der bei irgendeinem Unfug erwischt worden war. Mit ein paar Drehungen seiner knubbeligen Finger schraubte er die Flasche auf und trank einen Schluck. Langsam wischte er sich den Mund ab, schüttelte den Kopf, verzog das Gesicht, als ob er Schmerzen hätte.

Marsh zog zwei Hundertdollarscheine aus seinem Portemonnaie und fragte sich, warum er so empört darüber war, dass dieser Mann seine Tochter für Geld verraten würde. Er war schließlich derjenige, der ihn bezahlte.

Maxwell beäugte das Geld.

„Ich muss sie finden", wiederholte Marsh.

„Steckt in Schwierigkeiten, oder?" Spekulierend musterte Maxwell Marshs schicken Anzug und die teuren Schuhe. Die blassen Augen blickten schärfer, als sie sich auf die grünen Geldscheine fokussierten. „Tut sie immer. Undankbare kleine Schlampe."

Verbitterung verzog seine Züge. „Sie ruft an, aber sie kommt ihren alten Herrn nie besuchen." Er lachte, ein unangenehmer Laut. „Besucht die alte Schachtel in der Wohnung gegenüber, aber sie glaubt, sie wäre zu gut für mich. Hat wohl vergessen, wo sie herkommt." Mit dem ausgefransten Hemdärmel wischte er sich einen Speichelfaden aus dem Mundwinkel.

Marsh konnte Josephine keinen Vorwurf machen, dass sie nie zu Besuch kam, aber er brauchte viel mehr Informationen, als ihm der alte Mann gerade angeboten hatte. Vielleicht würde er der Frau gegenüber noch einen Besuch abstatten.

Josephines Vater hatte einen verschlagenen Blick in den Augen, gemein und gerissen. „Hat mich neulich aus heiterem Himmel angerufen." Maxwell legte die Hand ans Kinn, während er versuchte, sich an etwas zu erinnern. „Ich habe diese Taste für den letzten Anrufer gedrückt, Sie wissen schon, wo man dann die Nummer der letzten Person angesagt bekommt, die angerufen hat." Er fuhr fort, sich am Kopf zu kratzen, aber das Schimmern in seinen Augen war alles andere als verwirrt.

„Habe die Nummer irgendwo aufgeschrieben." Er blickte sich in der verschmutzten, chaotischen Wohnung um. „Weiß nicht, ob ich den Zettel noch finde."

Marsh legte die zweihundert Dollar auf den Tisch. „Ich wäre Ihnen wirklich sehr dankbar, wenn Sie danach suchen könnten,

Mr. Maxwell." Er zog noch einen dritten Hundertdollarschein aus seiner Tasche, schnippte mit den Fingern dagegen. „Wirklich dankbar."

Maxwell trank noch einen eiligen Schluck Whisky und schlurfte in die Küche davon, die Flasche in der Hand. Marsh ging zu einer alten Anrichte und blätterte durch den Stapel von Rechnungen, die darauf verteilt lagen. Er wollte hundert zu eins wetten, dass Walter Maxwell nicht das nötige Kleingeld besaß, um auch nur eine davon zu bezahlen.

Der alte Mann stöberte in der Küche herum, und Marsh konnte die wiederholten Schlucke hören, als Maxwell vom Nektar trank, der sein Leben beherrschte.

Ein Schlüssel klimperte in der Wohnungstür und jemand drückte sie auf. Die Tür riss an der Kette und blieb einen Spaltbreit geöffnet stehen. Marsh hielt die Luft an, seine Hand fuhr zu seinem Holster, löste den Riemen, und er machte sich bereit, seine Dienstwaffe zu ziehen.

„Wie oft habe ich dir schon gesagt, dass du die Kette nicht gleich morgens früh vorlegen sollst?", fragte eine Frauenstimme aufgebracht.

Marsh entspannte sich etwas und beobachtete Maxwell, der zur Wohnungstür ging. Anstatt sie zu öffnen, steckte er nur die Hand durch den Spalt und sagte, „Gib mir die verdammte Post, Frau. Ich habe nicht um Hilfe gebeten und ich brauche sie nicht." Walter Maxwell knallte der guten Samariterin die Tür vor der Nase zu, als ob niemand wissen sollte, dass er einen Besucher hatte.

Das war Marsh nur recht.

Maxwell krallte die Finger um den dürftigen Stapel Post und spazierte zurück ins Wohnzimmer. „Neugierige, alte Schlampe von gegenüber."

„Ist das die Nachbarin, die Josephine besucht?"

Der Mann zuckte mit seinen knochigen Schultern. „Ja."

Marsh speicherte diese Information ab, zusammen mit der Tatsache, dass diese „neugierige, alte Schlampe" Zugang zur Post des Mannes hatte.

Walter Maxwell schlurfte mit einem Zettel in der Hand zu Marsh und hielt ihm den Wisch hin, während sein Blick zwischen den Hundertdollarscheinen auf dem Couchtisch und dem in Marshs Hand hin- und herflog. Marsh übergab ihm auch den letzten Geldschein und warf einen Blick auf die Telefonnummer. Wenn das eine Sackgasse war, konnte er nichts weiter tun, aber wenigstens gab es nun ein paar Hinweise, denen er nachgehen konnte.

Marsh vermutete, dass er der Mafia einen Schritt darin voraus war, Elizabeth und Josephine zu finden. Wenn die Mafia sie zuerst fand, waren sie tot.

Eine Kakerlake krabbelte aus einem der Essensbehälter, umrundete billige Einmalessstäbchen und huschte über den Fußboden. Maxwell zuckte nicht einmal mit der Wimper. Marshs Magen zog sich zusammen. Zeit, zu verschwinden.

ELIZABETH SCHLOSS DIE AUGEN UND ATMETE TIEF DIE FRISCHE GEBIRGSLUFT EIN. Die Luft fühlte sich eisig an, als sie sich in ihrer Lunge ausdehnte.

Das Licht war herrlich, ein goldenes Schimmern, das bunte Flecken auf die dunklen Schatten des Waldbodens malte, der sich leise seufzend mit den schwankenden Bewegungen der Kiefern und Lärchen hob und senkte.

Nat ritt auf seinem grauen Hengst neben ihr her, sah in seinen allgegenwärtigen Wranglers, einem Jeanshemd und der verblichenen Schaffelljacke wieder einmal unverschämt gut aus. Seine Stiefel waren alt und abgewetzt, und er hatte seinen fahlen Cowboyhut tief in die Stirn gezogen, sodass er aussah wie der raubeinige Held aus einem alten Western. Elizabeth ertappte sich dabei, wie sie ihn beobachtete – die breiten Schultern, das Zucken dieser ernsten Lippen.

Sie unternahmen einen Wanderritt. Als ob sie eine echte Touristin wäre.

Er hatte den gestrigen Abend nicht erwähnt. Nicht den Kampf, nicht die Waffe, nicht ihren Versprecher, dass sie bei einer Strafverfolgungsbehörde gearbeitet hatte. An seiner Stelle würde sie vor Fragen und Neugier fast platzen, aber er ließ es gut sein. Vorläufig.

Der scharfe Geruch der Kiefern vermischte sich mit dem aufsteigenden Duft der feuchten Erde, die von den Pferdehufen aufgewühlt wurde. Sie waren seit etwa zwei Stunden in einem losen Kreis an der nördlichen Begrenzung des Anwesens unterwegs. Jetzt waren sie an der östlichsten Ausdehnung der Ranch angelangt, und die zerklüfteten Berge dominierten die Landschaft jenseits der Bäume. Wild. Imposant. Kalt.

Zitternd zog Elizabeth die Schultern hoch.

Dichte Gruppierungen von Küstenkiefern bedeckten die oberen Höhenzüge mit einem dunkelgrünen Umhang, der an der Baumgrenze plötzlich abriss. Die eisigen Gipfel sahen wie sauber geschrubbt aus.

Nat griff nach Tigers Zügeln und hielt das Pferd an. Mit einem Finger auf den Lippen bedeutete er Elizabeth, abzusteigen. Elizabeth rutschte vom Rücken des Pferdes, unterdrückte den ausgedehnten Seufzer der Erleichterung, der ihr normalerweise über die Lippen kam, wenn sie nach so langer Zeit im Sattel endlich wieder festen Boden unter den Füßen hatte.

Nat bedeutete ihr, ihm zu folgen, während er in das Unterholz auf dieser Seite des kleinen Baches schlich. Geduckt folgte sie ihm, achtete darauf, nicht in die Schlammpfützen zu treten, die die Schneeschmelze geschaffen hatte.

Sie zwängte sich zwischen wuchernden Büschen hindurch und folgte Nat so leise sie konnte, war neugierig zu sehen, was er auf der anderen Uferseite entdeckt hatte. Als sie neben ihm zum Stehen kam, hielt sie die Luft an, denn er drehte sich mit einem Lächeln auf dem Gesicht zu ihr um und zeigte durch ein Gewirr von Ästen auf das andere Ufer.

Elizabeth riss ihre Augen von seinen los und entdeckte ein Reh, das über zwei zerbrechliche, gepunktete Kitze wachte. Die Beinchen der kleinen Rehe waren spindeldürr und unbeholfen ausgestreckt, während die beiden neben ihrer Mutter warteten, die das saubere Wasser des Baches trank.

Bambis Mama.

Elizabeth presste sich enger an Nat, genoss die Ausrede, ihn ohne Bedenken berühren zu können. Das Reh hob den Kopf, seine großen Ohren nach vorn geneigt, auf jedes Anzeichen einer Gefahr eingestellt. Seine Nase zitterte, als es in der Luft nach Ärger schnüffelte, und seine großen, feuchten Augen suchten das Unterholz ab, unfassbar elegant, anmutig und atemberaubend schön.

Eins der Pferde schnaubte, und die kleine Rehfamilie schoss ins Unterholz davon.

„Schade, dass ich meine Kamera nicht dabeihabe." Nat erhob sich und legte sanft die Hand auf Elizabeths Taille, als sie im Matsch beinahe ausrutschte. „Vorsicht", warnte er.

Elizabeth blickte hinauf in seine tiefblauen Augen und wünschte sich für einen verrückten Augenblick, sie hätte den Mumm, ihn zu küssen. Wie eine normale Frau. Nur ein einziges Mal würde sie gerne so tun, als wäre sie normal.

Keine reiche Erbin.

Kein Anschlagsziel der Mafia.

Kein Vergewaltigungsopfer.

Seine Augen wurden dunkel vor geschmolzener Hitze, und sein Griff um ihren Arm wurde fester.

„Würdest du ausrasten, wenn ich dich küsse?"

Sie schüttelte stumm den Kopf, und ihre Augen wichen für keine Sekunde von seinem Mund, als er ihn zu ihr herunterneigte.

Dann spürte sie für einen Moment seinen warmen Atem, bevor seine Lippen ihre berührten, langsam und behutsam, und eine Reaktion aus ihr hervorzauberten, die ihren ganzen Körper zum Schmelzen brachte. Er hatte ihr Gesicht in beide Hände genommen und gab ihr das Gefühl, als ob sie seine ganze Welt und alles darin wäre. Das Einzige, was zählte. Sie seufzte leise und schloss die Augen, und ihre Lippen drängten sich seinen entgegen.

Es war ein zärtlicher Kuss, ganz sanft erkundete er ihren Mund mit seinem, aber die Leidenschaft, die zwischen ihnen aufstieg, überwältigte sie und verschlug ihr den Atem.

Nat hob den Kopf und starrte sie seltsam an.

„Tja", meinte er und trat einen halben Schritt zurück. „Das ist auf jeden Fall tausendmal besser, als Bullen zu kastrieren."

Elizabeth lachte. Erschrocken von diesem Laut wandte sie den Blick ab. Sie wusste nicht, wann sie sich das letzte Mal so glücklich gefühlt hatte, und das machte ihr Angst.

„Apropos. Ryan wird mir das Fell über die Ohren ziehen, wenn ich nicht bald zurückkomme, also sollten wir besser weiter." Seine Stimme klang rau.

Er holte die Pferde zurück, die im Unterholz neben dem Bach grasten, und half ihr mit einem federleichten Stoß beim Aufsitzen.

Sie sollte diese erwartungsvollen Ausbrüche eigentlich nicht fühlen, dieses feine Kribbeln des Verlangens. Sie war so gut wie tot, ihr Herz eine leblose Masse in ihrer Brust – aber sie fühlte es dennoch und genoss jede unsichere Regung der Anziehung und diese bittersüßen Gefühle der Hoffnung.

NEW YORK CITY, 12. APRIL

Marsh nahm den Brooklyn-Queens Expressway zur Manhattan Bridge, überquerte den East River nach Chinatown und fuhr weiter Richtung Nordwesten. Er passierte angesagte Kunsthandwerkerläden und farbenfrohe Regenschirme, dann bog er in die Reihe Backsteinwohnhäuser in der Grove Street ein.

Er hielt in der Nähe des Gebäudes, in dem Elizabeth und Josephine zusammengewohnt hatten, bevor Elizabeth verdeckt gearbeitet hatte, und stieg aus seinem BMW. Es war eine gute Gegend, teuer, ordentlich, mit hübschen, kleinen Bäumen, die gerade zu blühen begannen und von grün angemalten Zäunen aus Gusseisen geschützt wurden. Schwarze Metallgitter säumten das Haus, und unzählige Blumenkästen vor den Fenstern versprachen im kommenden Sommer einen herrlichen Anblick.

Marsh blickte sich nach möglichen Verdächtigen um, nach allem, was ungewöhnlich erschien, aber das war im Greenwich Village schwer zu sagen. Er ging die Eingangsstufen hinauf und drückte auf die Klingel für Wohnung Nr. 4. Dann blickte er zu den Fenstern hinauf und sah von einem Balkon im obersten Stockwerk ein Gesicht auf sich hinunterblicken. Leider war es nicht das Gesicht einer gertenschlanken Blondine, sondern das eines jungen Typen, der mit seiner hart erarbeiteten Solariumbräune angab und ein schwarzes, geripptes Unterhemd trug.

Marshs Lächeln verkrampfte sich, als der Typ wieder verschwand.

„Ja? Was kann ich für Sie tun?", klang eine undeutliche Stimme aus der Gegensprechanlage.

„Ich will mit Josephine Maxwell sprechen."

Ein kurzes Zögern, eine vielsagende Pause. „Sie wohnt nicht mehr hier."

„Haben Sie ihre neue Adresse?", fragte Marsh beißend. Er hatte einen lausigen Tag hinter sich.

„Tut mir leid, Kumpel, ich kann Ihnen nicht weiterhelfen."

Falsche Antwort.

„Hören Sie zu, *Kumpel.*" Marshs Stimme klang wie Stahl, der auf Stein donnerte, seine normalerweise unendliche Geduld vom anwachsenden Gefühl der Angst wie ausradiert. „Ich muss mit Ihnen über Josephine Maxwell sprechen, und ich habe keine Lust, dafür die Tür einzuschlagen. Verstanden?"

„Hören Sie, Mann. Ich rufe die Polizei."

„Machen Sie sich nicht die Mühe. Ich bin vom FBI, und wenn ich einen richterlichen Beschluss besorgen muss, um mit Ihnen zu sprechen, dann wird Ihr Leben sehr, sehr unangenehm werden." Marsh wartete ab. Er konnte fast hören, wie sich die Rädchen im Kopf des jungen Mannes langsam drehten. *Komm schon, Kumpel, mach die verdammte Tür auf.*

Der Summer ging, und Marsh drückte die schwere Haustür auf, rannte die drei Stockwerke nach oben, während das Adrenalin durch seine Adern schoss. Der junge Mann stand in der offenen Wohnungstür. Marsh ignorierte seinen gestotterten Protest und rauschte an ihm vorbei ins Wohnzimmer.

Das Zimmer war groß und beinahe blendend hell. Weiße Wände reflektierten das Sonnenlicht, und ein riesiges Oberlicht dominierte die Decke. Freigelegte Eichenbalken stützten das Dach, und Pflanzen in sämtlichen Grünschattierungen sprossen in ihren Töpfen. Riesige Leinwände in lebhaften Farben nahmen einen Großteil von dreien der vier Wände ein. An der vierten Wand befand sich ein Kamin, der einfach, aber elegant war.

Marsh überquerte das gewachste Eichenparkett und starrte eins der Gemälde an. Eine faszinierende Drehung aus sich windenden Farben, die sich untereinander vermischten und sich wie ein Geist entfalteten. Es sprach von Feuer und Leidenschaft. Rauch und Geheimnissen. In der unteren rechten Ecke entdeckte Marsh die Signatur. J. Maxwell stand dort in ordentlichen, schnörkellosen Buchstaben.

Ein weiterer Widerspruch.

Marsh wandte seine Aufmerksamkeit wieder dem jungen

Mann zu, der noch immer im Türrahmen stand. Er konnte nicht sagen, warum er auf der Stelle eine Abneigung gegen ihn gefasst hatte. Vielleicht lag es daran, dass er so ein Schönling war, oder vielleicht auch an dem übertrieben trainierten Körper und den angesagten schwarzen Jeans, die von einem Nietengürtel hochgehalten wurden. Was auch immer es war, er traute diesem kleinen Bastard nicht.

Marsh nickte in Richtung des Gemäldes. „Wo ist sie?"

Der junge Mann schloss die Wohnungstür und folgte Marsh ins Wohnzimmer, warf einen flüchtigen Blick auf die Zimmertür, die rechts abging.

„Wie ich schon sagte, sie ist nicht hier." Er klang bockig. „Ich passe auf ihre Wohnung auf, solange sie fort ist."

„Hat sie gesagt, wie lange sie wegbleibt?"

Der Kerl zuckte mit den Schultern. „Nein. Ich wohne nur hier, bis das Semester vorbei ist."

Wieder dieser verräterische Blick zum Zimmer auf der rechten Seite. Irgendjemand war in dem Zimmer. Marsh ging zum Kamin und nahm ein gerahmtes Foto vom Sims, das ihm ins Auge gefallen war. Es war ein Schwarz-Weiß-Foto von zwei jungen Frauen, die neben einem malerischen Bootshaus auf einem Steg saßen. Josephine und Elizabeth. Marsh musste an die heruntergekommene Wohnung denken, in der Josephine aufgewachsen war. Der Kontrast zu dieser Wohnung war wie Tag und Nacht.

Er fing an, die Beziehung zu erkennen, die sich zwischen den beiden Frauen entwickelt hatte, aber das half ihm nicht dabei, Elizabeth zu finden. Beide mussten beschützt werden, und die Gefahr wurde mit jedem Tag größer, je näher die Mafia-Prozesse kamen. Er wollte weder, dass Elizabeth umgebracht wurde, noch, dass Josephine Maxwell dafür bestraft wurde, ihr eine treue Freundin zu sein.

Er ignorierte die Proteste des Loverboys und ging auf die rechte Zimmertür zu, erwartete, eine atemberaubend schöne, gertenschlanke Blondine in ihrem Versteck zu überrumpeln. Die

Person, die auf dem Bett lag, war in der Tat blond, aber nicht ganz so hübsch wie Josephine Maxwell. Der Kerl war mit Handschellen an die Bettpfosten gefesselt und sah nicht gerade begeistert darüber aus, Marsh in der Tür zu erblicken.

Mit einem sarkastischen Grinsen sagte er in einem perfekt kultivierten englischen Akzent: „Sei ein Schatz, ja, und hol die Schlüssel. Diese Dinger bringen mich noch um."

Kapitel Elf

Tigers Rückenmuskeln spannten sich an und schwankten, während Elizabeth und Nat sich ihren Weg die Böschung hinunterbahnten. Elizabeth lehnte sich zurück, hielt sich am Sattelknauf fest, klammerte die Beine um den Bauch des Tieres. Sie hatte den heutigen Tag genossen, hatte es sogar geschafft, nicht vom Pferd zu fallen, zumindest bis jetzt. Sie streckte die Hand nach einem Ast aus, um auf Holz klopfen zu können, so wie ihre Mutter es immer getan hatte, wenn sie etwas herbeigeredet hatte.

Elizabeth konzentrierte sich darauf, im Sattel zu bleiben, achtete kaum auf den Weg. Der Untergrund wurde ebener, die Bäume wurden weniger und breiteten sich über eine weite Lichtung aus, auf der Zitterpappeln die Kiefern ablösten. Nat ließ sein Pferd anhalten, saß ab und schaute sich um, als ob er auf dem üppigen Waldboden nach etwas suchen würde.

Elizabeth beobachtete ihn und wusste, dass sie ihm mit jeder Sekunde, die sie in seiner Gegenwart verbrachte, mehr verfiel. Wie ein Meteorit, der auf die Erde zuraste, hatte er sie in einen Bann gezogen, den sie nicht brechen konnte. Es war nicht einfach nur sein gutes Aussehen oder der kräftige, langgliedrige

Körper, auch wenn das weiß Gott ihre Fantasie anregte. Es war seine unumstößliche Stärke, die sich unter einer kaum merklichen, von Aufrichtigkeit durchdrungenen Zärtlichkeit befand. Vor zwei Wochen hatte sie noch nicht einmal gewusst, dass er existierte, aber jetzt sehnte sich jede Faser ihres Körpers nach ihm.

Die Angst vor seiner Berührung war verschwunden. Hatte sich mit jedem flüchtigen Blick, jeder leichten Berührung, jedem überwältigenden Kuss aufgelöst wie ein Zuckerwürfel in einem Glas Wasser. Hoffnung wuchs in ihrem Herzen – ein Gefühl, das sie nicht unterdrücken konnte, auch wenn sie wusste, dass es gefährlich war. Auch wenn sie wusste, dass es sie umbringen konnte.

Sie musste fliehen, bevor ihr Glück sie verließ.

Aber sie konnte noch nicht fort von hier.

Nat unterbrach ihr Grübeln. „Hey, komm her." Er hielt die Hand zu einer Seite aus, als sie auf ihn zukam. „Pass auf, wo du hintrittst."

Hingekauert, auf den Sohlen seiner mitgenommenen Cowboystiefel balancierend, starrte er auf eine kleine Anhäufung von Vegetation, die einen verrotteten Baumstumpf bedeckte.

„Was ist das?" Sie schaute genauer hin und erblickte eine unauffällige Pflanze.

„Eine der kleinsten Orchideen der Welt. Ein gelber Frauenschuh." Er schaute sich um, ob er noch weitere Pflanzen entdecken konnte. „In ein paar Wochen wird der ganze Wald voll davon sein."

Elizabeth beugte sich über die Blume, versuchte, alle Details der schmollenden kleinen Blüte zu erkennen. Sie hätte nie gedacht, dass Orchideen in den Rocky Mountains wachsen würden. Sie hatte sie immer für teure, tropische Pflanzen in Gewächshäusern gehalten, die jede Menge Hege und Pflege benötigten.

Nats raue Finger glitten über ihren Unterarm, und sie bekam

augenblicklich eine Gänsehaut. Bei der Berührung schauderte sie, aber es fühlte sich warm und gut und normal an.

Seine blauen Augen lagen im Schatten unter seiner Hutkrempe verborgen. „Sie blühen im späten Frühjahr und sind im Sommer schon wieder verschwunden." Er schnippte mit den Fingern. „Als wären sie nie hier gewesen."

Mit einem Ausdruck, den sie nicht deuten konnte, blickte Nat auf die Orchidee hinunter, und Elizabeth wusste, dass sie ebenso wie die besagte Blume einfach wieder verschwinden würde. Aber er war kein Gedankenleser, und sie konnte es sich nicht erlauben, sich ihm anzuvertrauen. Es war zu gefährlich. Die Mafia spielte keine Spielchen. Alles, was zählte, waren Leben und Tod und Rache. Sie richtete sich auf, kam etwas ins Schwanken und versuchte, nicht zu schuldbewusst auszusehen.

„Pass auf, wo du hintrittst." Nat streckte die Hand aus und hielt ihren Arm fest, als sie beinahe auf eine weitere der kleinen Blumen getreten wäre. „Sie sind vom Aussterben bedroht, weil Fotografen und Naturwissenschaftler sie auf der Suche nach dem perfekten Foto immer wieder zertrampeln." Er warf ihr ein schiefes Grinsen zu. „Eine der Ironien des Lebens."

Für ein paar Sekunden standen sie wie erstarrt so da, seine Hand bestimmt, aber sanft auf ihrem Handgelenk. Dann blickte er sich kurz suchend um, bevor er sie losließ, seinen Hut abnahm und sich mit der Hand durch die flachsblonden Haare fuhr.

Er würde sie nach ihrer Vergangenheit fragen – sie wusste es so sicher, wie sie ihren eigenen Namen wusste.

Die Atempause war vorbei.

„DU HAST GLÜCK, an so einem wunderschönen Ort zu leben." Ihre Haare tanzten im Wind, als sie zur Seite trat, um ihren Blick über das Tal schweifen zu lassen, das vor ihnen lag.

Wieder wich sie ihm aus.

„Es steht zum Verkauf." Die Worte kratzten an dem Knoten aus Stolz vorbei, der in seinem Hals steckte. „Der ganze Wald wird in ein paar Tagen versteigert." Seine Augen wanderten über den Wald, der sich seit fünf Generationen im Besitz seiner Familie befand, und zwang sich zu einem Lachen. Es klang verbittert und wütend. Und er war sauer, weil er sich selbst leidtat. Dann mussten sie einen Teil des Lands eben verkaufen, na und? *Verschissene Sache.* Sie versuchten mit aller Kraft, die Ranch zu erhalten, und er hatte nicht vor, sie so einfach aus der Hand zu geben.

Und er würde verdammt noch mal sicherstellen, dass die Fuzzis von der staatlichen Forstbehörde erfuhren − sobald der Verkauf abgewickelt war − dass diese Orchideen in diesem Teil des Walds wuchsen. Wer auch immer das Land ersteigern würde, würde um die Naturschutzzonen herumbauen müssen, die dann festgelegt würden. Aber das war nicht *sein* Problem.

Nicht mehr.

Wenn ihn dieser Plan zu einem unmoralischen Menschen machte, Pech gehabt. Damit konnte er leben, solange er das Land beschützte und seine Familie vor dem Ruin bewahrte.

„Warum?", fragte Eliza. „Warum solltest du das alles verkaufen wollen?"

„Ich will es nicht verkaufen, Eliza, ich *muss.*" Sein Zorn brach heiß und laut hervor. „Wenn wir diesen Wald nicht verkaufen, dann verlieren wir alles. Die ganze Ranch. Jeden Morgen Land. Jeden Grashalm. Jedes Rind, jedes einzelne Pferd." Seine Stimme hallte im Tal wider, und Elizas plötzliches Zusammenzucken ließ ihn ihr den Rücken zuwenden, frustriert und nicht in der Lage, es zu verstecken.

Scheiße.

Land war die einzige Ware, mit der er schnell genug ausreichend Mittel auftreiben konnte, um die Ranch zu retten. Aber es kam ihm vor, als würde ihm das eigene Herz herausgeschnitten.

Und er ließ seine Wut an Eliza aus.

Er fuhr sich mit der schwieligen Hand über das Gesicht. Sie konnte genauso gut die ganze Geschichte hören. Sie berührte ihn. Er wollte sie in seinem Bett haben, aber sie würde nicht hierbleiben, und er wollte das genauso wenig, denn er hatte ihr nichts zu bieten.

Noch traute er ihr ganz und gar. Ihre Geheimnisse türmten sich immer höher, wie kleine, schwarze Mahnmale, aber trotzdem wollte er sie. Er drehte sich wieder zu ihr um und sah, dass sie ihren Gesichtsausdruck bewusst neutral hielt. Er hatte ihre Gefühle verletzt.

Schuldbewusst fluchte er leise.

„Wir haben zweihunderttausend Dollar Schulden, die auf der Ranch lasten, und auf einmal läuft uns die Zeit für die Rückzahlungen davon." Ein Wanderfalke schwebte in der Nähe über einem Dickicht, war wie am Himmel festgenagelt, während er nach seiner nächsten Mahlzeit Ausschau hielt. „Wenn wir das Geld nicht ganz schnell auftreiben, war's das." Nat starrte auf seine Stiefel und grub mit der Spitze einen Stein aus dem Gras.

„Hat das mit dem Nachbarn zu tun, der euch vertreiben will?", fragte Eliza. Sie musste mit Ryan gesprochen haben.

Er nickte. Wie konnte er daran zweifeln? Zunächst hatte er geglaubt, Troy Strange hätte es nur auf seine Araberpferde abgesehen. Aber mittlerweile war Nat klar geworden, dass Troys Frau Marlena irgendwelche Lügengeschichten erfand. Nach Nats Erfahrung benutzten manche Frauen Sex, um zu bekommen, was sie wollten, und wenn sie einen Mann nicht am Schwanz herumführen konnten – bestraften sie ihn. Nina war genauso gewesen, aber das hatte er erst später begriffen. Sie hatte ihn mit Sex kontrolliert, ihn mit Leidenschaft geblendet. Nat starrte Eliza an und sah, wie sie ihn musterte, ganz ernst, aber er würde nicht wieder in diese Falle tappen. Seine Lippen zuckten zynisch.

„Könnt ihr das Geschäft mit den Urlaubsgästen nicht expandieren?" Ihre grünen Augen lockten ihn, als sie sich mit einer Hand die Haare aus dem Gesicht strich und sie oben auf ihrem

Kopf festhielt. „Oder Kurse in Tierfotografie anbieten, Naturlehrpfade anlegen?"

Nat war nicht blöd. Er hatte einen Haufen Ideen, wie man die Ferienprogramme auf der Ranch erweitern konnte – Fotografie, Angeln, Kunsthandwerk, Pferdezucht, aber er hatte einfach nicht die Zeit, irgendetwas davon in ein lukratives Geschäftsmodell zu verwandeln. Er erzählte Eliza von seinen Plänen, beobachtete, wie sie schweigend über das Problem nachdachte.

„Ich könnte euch Geld geben", bot sie an.

Nat fiel fast hinten über. Das hatte er nun wirklich nicht erwartet.

„Nein." *Diese Frau hatte zweihunderttausend Dollar, die sie einfach irgendwelchen Fremden in die Hand drücken wollte?* „Auf keinen Fall."

Sie starrte auf ihre Stiefel. Nat glaubte, ein Schimmern in ihren Augen zu sehen, aber es war verschwunden, als sie wieder zu ihm aufblickte.

„Ich dachte nur–"

„Wir sollten weiter." Nat schüttelte den Kopf, beendete diese Unterhaltung unmissverständlich. Er hatte genug Zeit damit verbracht, über seine Probleme zu sprechen. Reden half gar nichts, und nie im Leben würde er sich von Eliza Reed Geld leihen.

Was wusste er denn schon von ihr?

Sie war wunderschön und anscheinend reich, konnte erschreckend gut schießen und furchtlos kämpfen. Sie hatte ihm erzählt, sie hätte in der Strafverfolgung gearbeitet, aber irgendwo auf ihrem Weg war ihr etwas zugestoßen. Wollte er sich wirklich mit einer Frau einlassen, die so gefährlich für sein Herz war, wie Nina es gewesen war?

Er schritt davon, wobei er auf die kleinen, gefährdeten Orchideen zu seinen Füßen achtete. Dann musste er an den Blick in Elizas Augen letzte Nacht denken, als sie die Pistole auf ihn gerichtet hatte. Diese nackte Verzweiflung, die Albträume.

Er wartete auf sie, ließ sie vorweggehen. Während er ihr zu

den Pferden folgte, konnte er nicht umhin zu bemerken, wie der weiche Denimstoff ihre langen Beine umspielte. Er stellte sich vor, wie sich diese Beine um seine Hüfte schlangen ...

Oh ja, er wollte sich allerdings mit ihr einlassen. Er wollte sich *sehr* mit ihr einlassen.

Ihm gefiel, wie sie sich bewegte. Ihm gefiel, wie sie ihn küsste. Er hatte diese Zeit allein mit ihr verbringen wollen, um ihr Vertrauen zu gewinnen, und er bahnte sich langsam seinen Weg unter die Oberfläche, konnte hin und wieder endlich einen Blick hinter diese Maske werfen, die sich vor ihre großen, grünen Augen legte, wenn er ihr zu nah kam. Er lernte, ihre Körpersprache zu deuten. Nicht nur die Anzeichen der körperlichen Anziehung, sondern die subtileren Dinge, wenn sie sich beispielsweise mit der Hand durch die Haare fuhr, weil sie frustriert war, oder an dem Ring an ihrem kleinen Finger herumdrehte, wenn sie nervös war. Und wie sie sich unbewusst auf die Unterlippe biss, wenn sie ihn beobachtete.

Hitze schoss unangenehm in seine Lenden, aber er ignorierte sie.

Diese Frau hatte eine Vergangenheit. Sie war paranoid genug, um mit einer Pistole unter dem Kissen zu schlafen und bei der geringsten Berührung zusammenzuzucken. Sie konnte ihn oder seine Probleme todsicher nicht gebrauchen. Aber er wollte sie trotzdem.

Sie stand neben dem Rotschimmel, wartete darauf, dass er ihr in den Sattel half. Dieses Zugeständnis an ihn war eine große Sache, das wusste sogar er.

„Tut mir leid", sagte sie, als sie sich zu ihm herumdrehte. „Dass ich so neugierig bin."

Sie entschuldigte sich? Bei ihm?

Verdammt.

Nat strich ihr eine Haarsträhne aus der Stirn, beugte sich hinunter und berührte ihre Lippen mit seinen. Es war ein bestätigender Kuss, behutsam und unkompliziert. Nat war entschlossen, ihr keine Angst einzujagen, indem er die Dinge zu schnell zu weit trieb. Auch wenn er nichts lieber täte, als alle Vorsicht in den Wind zu schlagen und in diesem Kuss, in ihr zu versinken.

ELIZABETH STAND EINEN AUGENBLICK LANG NUR DA, ganz benommen von dem zärtlichen Kuss, der in ihrem ganzen Körper Wärme verbreitete. Es fühlte sich so gut an, dass sie in ihm eintauchte, die Lippen öffnete und seinen Mund mit ihrer Zunge erforschte. Sie stellte sich auf die Zehenspitzen und schlang ihre Arme um seinen Hals, spürte, wie sich steinharte Muskeln unter federweichem Lammfell anspannten. Für eine einzige Sekunde zögerte er, dann drängte er sie rückwärts gegen das stabile Pony. Sie hatte die pure Kraft des Mannes völlig vergessen, hatte vergessen, wie feurig ihre Küsse waren. Ihre Knie gaben nach, und plötzlich schwebten ihre Füße Zentimeter über dem Boden.

Tiger schnaubte in Nats Ohr, und Elizabeth lachte auf, zum zweiten Mal an diesem Tag. Es wurde einfacher. Auch wenn das Leben grausam war, wurde es einfacher, darüber zu lachen. Zusammen mit Nat.

„Wer hat dich denn gefragt?“, fragte Nat das Pferd. Er stieß einen frustrierten Seufzer aus und presste seine Stirn an ihre. Wieder schnaubte Tiger, und Elizabeth wischte mit ihrem Ärmelaufschlag den Pferdesabber von Nats Wange.

Mit einem widerwilligen Knurren ließ er sie langsam seinen Körper hinuntergleiten, ließ sie jeden frustrierten Zentimeter seines Körpers spüren. Dann stellte er sie mit ausgestreckten Armen vor sich hin.

„Jetzt kennst du alle meine tiefsten, dunkelsten Geheimnisse, Eliza.“ Nats blaue Augen blickten in ihre. Sie erstarrte und wusste, dass er es merkte.

„Ich kann dir nichts versprechen außer dem Hier und Jetzt.“ Sanft strich er mit dem Daumen über ihre Unterlippe. „Keinen

Ring, kein Happy End. Ich kann dir nichts bieten, aber ich will dich so sehr, dass ich es kaum aushalte, dich loszulassen." Aber das tat er. Mit einem sanften Drücken ihrer Schultern löste er sich von ihr und trat einen Schritt zurück. Irgendwie schaffte er es, gleichzeitig genervt und rücksichtsvoll auszusehen.

Ihr Herz öffnete sich immer mehr für ihn.

Sie wollte ihn auch.

Er hatte gesagt, er hätte nichts zu bieten, aber in Wirklichkeit war es genau andersherum. Sie würde ihm nur Kummer und Leid bereiten. Wenn sie auch nur einen Funken Anstand besaß, dann würde sie jetzt verschwinden. Aber Nat Sullivan war ihre Chance auf Erlösung, eine Rettungsleine, die ihr im letzten Moment zugeworfen worden war. Wenn sie nervös war, dann nur, weil sie befürchtete, ihre alte Angst würde sie wieder lähmen und den Augenblick ruinieren. Zögerlich hob sie die Hand an seine Wange und lächelte.

Die Zeit stand still, als sie sich in die Augen starrten. Sie hoffte, er würde die Antworten irgendwie in ihrem Blick lesen können, denn sie konnte nicht über ihre Vergangenheit sprechen. Noch nicht, und vielleicht auch nie. Aber sie wollte ihn und sie wollte, dass er das wusste.

„Verdammt", sagte er leise. Er biss die Zähne zusammen und starrte auf sie hinunter, als ob sie etwas falsch gemacht hätte. Er hielt einen Augenblick die Luft an, strich über ihre Wange.

Dann grinste er sie an.

Connecticut, 12. April

Angespannt fuhr sich Marsh mit der Hand durch die kurzen Haare und stieß rasselnd und verdrossen den Atem aus. Er fuhr in seinem schwarzen BMW über die Interstate 95 Richtung Norden, passierte den betriebsamen Hafen von New Haven, die gotischen Türme von Yale in der Ferne zu seiner Linken.

Er hatte die Zähne so fest zusammengebissen, dass er Kopfschmerzen bekam. Er war unfassbar aufgebracht und wurde mit jeder Minute zorniger. Die Nummer, die Josephines Vater ihm gegeben hatte, hatte sich als eine Handynummer herausgestellt, aber das Handy war ausgeschaltet und im Augenblick nicht zu orten. Josephine Maxwell war faktisch vom Erdboden verschwunden, es gab keinerlei Aktivitäten an Geldautomaten oder auf ihrer Kreditkarte, sie war nirgendwo gesehen worden, nichts, absolut nichts.

Sie könnte tot sein. Aber das glaubte er nicht.

Etwas in ihm war erleichtert, dass sie so schwer zu finden war, aber er hatte trotzdem ein ungutes Gefühl bei der ganzen Sache. Irgendetwas hatte er übersehen. Sein Bauchgefühl sagte ihm, dass die Zeit knapp wurde, ihm durch die Finger rann wie Sand in einer Sanduhr. In zwei Tagen würden die vorläufigen Anhörungen der Bilottis beginnen, und das würde vieles in Bewegung setzen. Kriminelle Familien in den gesamten Vereinigten Staaten rannten herum wie kopflose Hühner, versuchten, ihre Ärsche zu retten und waren entrüstet, weil das FBI ausnahmsweise etwas gegen sie in der Hand hatte.

Schilder für die Ausfahrt nach New London und Mystic tauchten vor ihm auf. Plötzlich erinnerte er sich an das Foto aus Josephines Wohnung, mit den beiden Frauen am Bootshaus. *Verdammt.* Er hatte Elizabeths Tante ganz vergessen. Abrupt raste Marsh über beide Fahrbahnen, schnitt einen sportlichen, kleinen Mazda und hinterließ eine schwarze Reifenspur auf dem Asphalt.

Sein Handy klingelte.

„Hayes", meldete sich Marsh.

Eine undeutliche Stimme knisterte durch die Leitung. „Special Agent Hayes, hier spricht Captain Claremont von der Polizeibehörde in Brooklyn."

„Was kann ich für Sie tun, Captain?" Marsh machte sich nicht die Mühe, den Kerl zu korrigieren, weil er ihn mit dem falschen Titel angesprochen hatte. Er hatte auch keine Zeit, in einem anderen Fall auszuhelfen, aber es musste dringend sein, sonst würden die Bullen niemals freiwillig das FBI anrufen. Eher würden sie ihr eigenes Blut trinken.

„Ich brauche sie auf der Wache. Ich muss Ihnen ein paar Fragen stellen." Der Akzent war dickstes Brooklyn, eine Stimme, die keinen Unfug durchgehen ließ.

„Tut mir leid, Captain, das wird nicht hinhauen. Ich schicke so schnell es geht jemanden von meinem Team zu Ihnen." Marsh wollte, dass der Polizist auflegte. Er musste die letzte Adresse von Elizabeths verstorbener Tante herausfinden. Ihm war eingefallen, dass sie in der Nähe von Mystic ein Sommerhaus besessen hatte – aber das war alles, was er wusste.

Er hörte einen gedämpften Wortwechsel am anderen Ende der Leitung, als ob der Mann die Hand auf die Sprechmuschel gelegt hätte und mit jemand anderem sprach.

„Sie verstehen mich nicht, Hayes", sagte Claremont abrupt. „Ich muss Sie im Zusammenhang mit einem Doppelmord befragen. Ihre Fingerabdrücke wurden überall am Tatort gefunden."

Scheiße.

„Walter Maxwell?", fragte Marsh. Er musste sich sicher sein.

„Woher wissen Sie das?", erwiderte der Captain.

Marsh musste bei dieser Columbo Nummer von einer Befragung fast laut auflachen, aber er riss sich zusammen. Josephine Maxwells Vater war tot, und Marsh glaubte nicht an Zufälle.

„Weil er die einzige Person ist, die ich in den letzten achtunddreißig Jahren in Brooklyn besucht habe. Wann ist der Mord passiert?"

„Das darf ich nicht–"

„Wer ist das andere Opfer?" Marsh überging diesen bürokratischen Quatsch.

„Darf ich im Augenblick nicht sagen, Hayes. Wenn Sie einfach–"

„Steckt die Mafia dahinter?", unterbrach ihn Marsh.

„Mafia?" Claremont hatte offensichtlich nicht den geringsten Schimmer.

Vergiss es. Marsh würde seine Zeit nicht damit verschwenden, sich von einem Detective ausfragen zu lassen, während die Mafia ihr nächstes Opfer ins Visier nahm. Musste er eben über eine andere Quelle an seine Informationen kommen.

„Hören Sie zu. Ich habe Walter Maxwell heute Morgen zum ersten Mal getroffen. Ich habe ihm eine Flasche Whisky und dreihundert Dollar zugesteckt. Es ging um eine laufende Ermittlung, über die ich leider nicht sprechen darf."

Er ließ seinen FBI-Status für sich arbeiten und legte seinen autokratischsten Tonfall auf. „Wenn Sie weitere Informationen brauchen, schlage ich vor, dass Sie sich an Brett Lovine wenden, den Direktor des FBI, oder an meinen persönlichen Anwalt. Die zuständige Assistentin meiner Einheit kann Ihnen sagen, wie Sie die beiden erreichen können." Er ignorierte das Stottern und Protestieren und legte auf. Dann wählte er die Nummer seiner Assistentin, bevor ein anderer Anrufer die Leitung blockieren konnte. Er brauchte Informationen, und er brauchte sie schnell.

Das FBI hatte eine undichte Stelle.

Es musste die Mafia gewesen sein. *Das musste es sein.* Wie sonst hätten sie einen alten Mann in den Slums mit einer Kuratorin des MoMAs in Verbindung bringen können? Marsh wusste, dass die Einheit gegen organisiertes Verbrechen in Elizabeths Wohnung Fingerabdrücke genommen hatte, nachdem sie verschwunden war, und mit Josephine Maxwells Fingerabdruck einen Zufallstreffer gelandet hatte. Diese Information musste an die Mafia gelangt sein, nur dass sie dem alten Mann scheinbar nicht geglaubt hatten, als er behauptet hatte, nicht zu wissen, wo seine Tochter war. Also hatten sie den armen Kerl umgebracht.

Marsh misstraute Zufällen. Josephine Maxwell steckte bis zu ihrem schlanken Hals in Schwierigkeiten, und die Zeit wurde knapp.

Eine halbe Stunde später stand Marsh vor dem Haus, das einmal Elizabeths Tante gehört hatte und sich an den Strand am Rand des kleinen Ortes Stonington schmiegte. Er war dumm gewesen. Hätte sich erinnern sollen, dass Elizabeth niemals ein Grundstück verkaufte. Sein schwarzer BMW stand etwa fünfzig Meter entfernt auf dem Grasstreifen neben der Straße. Es handelte sich um ein doppelgeschossiges Schindelhaus mit frisch gestrichenen, blauen Fensterläden, und stand mitten in einem saftig grünen Garten, gut geschützt vor Passanten.

Marsh hatte einen schwarzen Pulli über sein weißes Hemd gezogen, und seine 9-Milimeter-Pistole steckte im Schulterholster. Alles war still, bis auf das Kreischen der Möwen im Wind. Salz brannte auf seinen Wangen.

Das Adrenalin pumpte durch seine Adern, erinnerte ihn daran, dass es lange her war, seit er sein Leben riskiert hatte. Vielleicht zu lange. Er sprang über den niedrigen Holzzaun, der das Grundstück umgab, und durchquerte den Garten, wollte sich nicht über die Einfahrt nähern. Vorsichtig bog er um die Hausecke und sah in einigen der Zimmer Licht brennen.

Er reckte den Hals und entdeckte eine blonde Frau, die von ihm weg ging, vermutlich in die Küche.

Bingo.

Als er den Blick hob, sah er einen hübschen Holzbalkon, dessen Türen offenstanden und in denen die leichten Vorhänge sanft im Wind wehten. Eine alte Hemlocktanne streckte ihre knorrigen Glieder bis wenige Zentimeter vor die Balustrade des Balkons aus. Es musste Jahre her sein, seit er auf einen Baum geklettert war, um in das Schlafzimmer einer Frau zu gelangen.

Zwei Minuten später stand er in einem opulenten Zimmer und klopfte sich die Flechten von der Hose. Ein Himmelbett mit cremefarbenen Seidenlaken dominierte das Schlafzimmer. Es war ein Bett wie gemacht für Fantasien. Marsh zog die Augenbrauen hoch, fragte sich, wem es gehörte. Es war kein Bett, in dem er sich Elizabeth vorstellen konnte – viel zu mädchenhaft für diese taffe Agentin. Vielleicht hatte sie das Haus vermietet? Ein zierlicher französischer Waschtisch stand neben dem Fenster, einschließlich eines gepolsterten Hockers. Vollgestellt mit Dutzenden von Miniaturparfümflaschen und einem alten Hochzeitsfoto in einem verzierten Silberrahmen, sah der Schminktisch wie etwas aus, was seiner Mutter gefallen hätte. Marsh warf einen Blick in den Flur, dann schlich er langsam die Treppe hinunter, folgte der Musik, die aus der Küche hinaufwehte.

Josephine Maxwell stand mit dem Rücken zu ihm an der Kücheninsel in der Mitte des Zimmers und öffnete eine Dose Tomaten. Lange, silberblonde Haare waren in einen einfachen Knoten gebunden, der die elegante Form ihres Halses unterstrich. Ihre langen Beine steckten in schwarzen Leggings, und darüber trug sie ein eng anliegendes schwarzes Trägertop und ein durchscheinendes, grünes Hemd, das von Goldfäden durchwebt war. Es umwehte ihren Körper, während sie sich zur Musik bewegte.

Marsh wartete darauf, dass sie sich herumdrehte, wusste, dass sie einen riesigen Schrecken bekommen würde, wenn sie ihn erblickte, aber er wusste nicht, wie er das verhindern konnte. Ehrlich gesagt hatte sie einen kleinen Schrecken durchaus verdient, so wie sie ihn behandelt hatte, als sie sich das letzte Mal begegnet waren. Aber er musste sie davon überzeugen, dass er einer von den Guten war. *Irgendwie.* Sie griff nach einer Kasserolle, bemerkte ihn noch immer nicht, und seine Nerven spannten sich bis zum Zerreißen an.

Zur Musik tanzend wirbelte sie herum und erstarrte mitten in der Bewegung, als sie ihn in der Tür stehen sah. Sie schluckte angestrengt, und ihre Augen flogen zu der Fenstertür am anderen Ende der Küche. Marsh schüttelte langsam den Kopf, wollte ihr vermitteln, dass alles in Ordnung war, aber sie schleuderte ihm den Topf samt Inhalt entgegen. Marsh fluchte, duckte sich und entging nur knapp dem gusseisernen Tiegel, bevor er ihr hinterherjagte. Sie schaffte es bis zur Tür, konnte sie aber nicht schnell genug öffnen, bevor Marsh sie erwischte.

Er griff nach ihren Schultern und drehte sie zu sich herum. „Beruhige dich. Ich bin nicht hier, um dir etwas anzutun."

Der Blick in ihren blauen Augen legte nahe, dass sie ihm kein Wort glaubte. Sie hob trotzend ihr Kinn, und jeder Muskel unter seinen Händen blieb steinhart, ihr ganzer Körper zitterte wie die Saiten einer Violine.

„Ich bin hier, um dich von hier wegzubringen. Dein Leben ist in Gefahr", erklärte Marsh. *Untertreibung des Jahrhunderts.*

„Elizabeth hat gesagt, wenn mich jemand findet, dann du. Wie hast du es geschafft?" Ihre Stimme überrumpelte ihn. Sie war weich und leise wie ein Wispern und strich wie eine zärtliche Liebkosung über seine Nerven.

„Es war nicht einfach", gestand er.

Josephine lächelte zitternd. „Aber du hast mich trotzdem gefunden."

Sie sah so verloren aus, dass er ihre Schultern losließ, und er wollte ihr gerade die Gefahr erklären, als sie ihr Knie so fest in seinen Schritt rammte, dass ihm schwarz vor Augen wurde. Schmerzen explodierten in jeder Nervenzelle seines Körpers, sagten ihm, dass es nun Zeit zum Sterben war. Im Nu war sie aus der Tür, rannte durch den Garten.

Er brauchte gute zwanzig Sekunden, bis er sich wieder bewegen konnte, und selbst dann war es nur ein unbeholfenes Stolpern. Aber wenigstens hatte er nicht laut aufgeschrien – oder doch?

„Scheiße." *Fiese kleine Katze.* Er rannte ihr hinterher.

Er konnte hören, wie sie auf dem Weg zum Strand durch die Büsche brach. So schnell er konnte, sprintete er durch den Schatten, über den unebenen Boden, verließ sich nur auf sein Glück, um nicht zu stolpern und sich in der Dunkelheit ein Bein zu brechen. Nicht dass sein Glück ihm heute Abend besonders hold gewesen war, aber er konnte sie nicht entwischen lassen. Es war zu gefährlich.

Abrupt wurde es vollkommen still, und Marsh wurde langsamer, bewegte sich lautlos um die großen Büsche und die Bäume herum. Ein neues Geräusch erweckte seine Aufmerksamkeit, das leise Tuckern eines Motorboots draußen auf dem Meer. Er ignorierte es für den Moment und konzentrierte sich wieder auf sein unmittelbares Ziel. Er konnte hören, wie die Wellen an den Bootssteg schwappten. Konnte die salzige Meeresluft riechen. Josephine war ganz in der Nähe, er konnte sie spüren. Eine dünne Mondsichel erhellte einige Stellen des Rasens, aber dunkle Schatten verhüllten den Großteil des Gartens. Sie trug Schwarz, aber ihr Gesicht und ihre Haare würden den Mondschein auffangen.

Beinahe rief er ihren Namen, entschied sich aber, dass Schweigen sein bester Verbündeter war. Er konnte ihr die Situation erklären, wenn sie irgendwo an einem sicheren Ort waren und diese Kratzbürste nicht versuchte, ihn zu kastrieren. Er rieb sich die Eier, die noch immer ordentlich schmerzten. Mit mittlerweile etwas mehr Geduld hockte er sich unter eine wuchernde Heckenkirsche und hielt Ausschau nach den Reflexionen des Mondlichts auf ihrer weißen Haut.

Da. Neben dem Stamm einer riesigen Eiche entdeckte er das Schimmern eines Gesichts.

Er duckte sich hinter die Heckenkirsche, schlich an einer Fliederhecke entlang und wandte dabei den Blick nicht von der Stelle ab, an der Josephine sich versteckte. Er schlich langsam vorwärts, bis er ihr Profil undeutlich vor dem Nachthimmel ausmachen konnte und sah, wie sich ihre Schultern mit jedem Atemzug hoben und senkten.

Er griff von hinten nach ihr, schlang einen Arm um ihre Taille, hielt ihre Arme an den Seiten fest und presste ihr die andere Hand auf den Mund, um ihr Schreien zu ersticken. Sie wand und wehrte sich verzweifelt, versuchte, ihm in die Hand zu beißen und mit ihren Fingernägeln seine Haut zu zerkratzen.

Sie war so wild, wie sie zierlich war.

Andere Geräusche zogen seine Aufmerksamkeit auf sich,

tiefe, männliche Stimmen, gefolgt vom plötzlichen Verstummen des Bootsmotors. Stille folgte, bis auf das Plätschern der Bugwellen, die gegen den Bootssteg schlugen. Auch das war bald verstummt, und die Geräusche vom Ringen zwischen Josie und ihm hallten durch die Nachtluft wie Bombenexplosionen.

„Still", befahl Marsh.

Sie biss ihm in die Hand. Er presste seine Hand mit aller Kraft gegen ihr Kinn, damit sie ihm endlich zuhörte.

„*Still* habe ich gesagt", zischte er in ihr Ohr. „Wir haben Besuch, und es sind nicht die verfluchten Pfadfinder."

Sie erstarrte in seinen Armen, und endlich hatte er ihre ungeteilte Aufmerksamkeit.

Marsh zog sie hinter den Stamm der Eiche und begann, mit ihr im Schlepptau langsam rückwärtsgehend zur dichten Vegetation zurückzuweichen, die auf dieser Seite des Grundstücks den Zaun säumte. Er erstarrte, als drei dunkle Schatten verstohlen auf das Haus zu schlichen. Josephine zuckte unter seinen Händen zusammen, als Pistolen gezogen und Magazine eingelegt wurden. Marsh nahm seine Hand nicht von ihrem Mund, damit sie nichts Dummes anstellen konnte. Einer der Männer bog zur hinteren Hausseite ab – um ihr den Fluchtweg abzuschneiden.

Als die Männer das Haus durch die offenen Fenstertüren betraten, entschied Marsh, dass es Zeit war, von hier zu verschwinden. Er drehte Josephine zu sich herum. „Hör zu, die sind hier, um dich zu foltern und umzubringen. Verstanden?"

Sie nickte, die Augen aufgerissen vor Angst.

„Mein Auto steht auf der anderen Seite des Zauns. Wenn ich dich loslasse, musst du mir versprechen, mitzukommen und mir die Gelegenheit zu geben, zu erklären, was los ist – du musst mir vertrauen."

Sie richtete den Rücken gerade, nickte aber. Er ließ sie los, wusste, dass er ihr niemals absolut trauen konnte, aber sie war auch nicht dumm. Ihre Hand hielt er weiterhin in einem eisernen Griff fest, nur für den Fall, dass sie zu fliehen beabsichtigte.

Er zog seine Glock aus dem Holster, während sie am Zaun entlang zu der Stelle schlichen, an der er vorhin herübergeklettert war. Stimmen und Geräusche erklangen aus dem Haus, als die Möchtegernmörder jeden Anschein von Heimlichkeit aufgaben. Rufe und das Scheppern von Möbelstücken, die umgeworfen wurden, wehten mit der Meeresbrise herüber. Marsh sprang über den Zaun und wartete auf Josephine, aber sie verfing sich und fiel, riss sich an dem Holzpfosten die Haut auf und schrie vor Schmerzen auf.

Marsh zerrte sie auf die Füße.

„Lauf!" Er schob sie halb die Straße entlang, konnte Schritte durch den Garten trampeln hören. Sie waren noch etwa sechs Meter vom Auto entfernt, als der erste Mafioso das Feuer eröffnete.

Blind erwiderte Marsh das Feuer, und die Kugeln pfiffen an seinem Kopf vorbei, verpassten ihn nur um wenige Zentimeter. Er warf sich im vollen Sprint ins Auto und ließ den Motor aufheulen. Josephine hatte noch ein Bein aus der Beifahrertür hängen, als er mit Vollgas davonraste, dass der Kies flog.

Sie hatten es geschafft. Vorläufig.

Kapitel Zwölf
MOUNT VERNON STREET, BOSTON, 12. APRIL

Josephine Maxwells silberblonde Haare, die sie jünger aussehen ließen als ihre siebenundzwanzig Jahre, fielen über sein Handgelenk. Behutsam löste Marsh den Knoten, strich zögernd über den äußeren Rand ihrer Ohrmuschel. Die zarten Züge des herzförmigen Gesichts leugneten das Eis, das durch ihre Adern floss – ließen sie so weich und unschuldig wirken wie ein Engel.

Aber sie war berechnend, und er durfte sich nicht zum Narren halten lassen. Sie hatte ihm nur eine Sekunde, nachdem sie ihn mit diesen großen blauen Augen betört hatte, in die Eier getreten. Wenn er sie wieder unterschätzte, würde mehr auf dem Spiel stehen als nur seine Männlichkeit. Ihr Leben und das von Elizabeth wären in Gefahr.

Wenigstens hatte er sie jetzt unter Kontrolle.

Unter Drogen gesetzt.

Sie hatten es ohne einen weiteren Zwischenfall zum Haus seiner Familie am Louisburg Square geschafft, und Marsh hatte sie die breite Treppe hinauf in das Gästezimmer direkt neben seinem Schlafzimmer getragen.

Um ein Auge auf sie zu halten.

Er saß auf dem Satinüberwurf des Betts und zog eine Spritze mit großer Öffnung aus dem kleinen Verbandskasten, den er in seinem Büro aufbewahrte. Josephine würde bei der erstbesten Gelegenheit wieder abhauen, aber er wäre darauf vorbereitet. Tatsächlich sollte sie sogar wieder die Flucht ergreifen. Er zählte darauf, dass sie ihn direkt zu Elizabeth führen würde.

Die schweren, bronzefarbenen Vorhänge waren zugezogen, um neugierige Blicke abzuwehren. Er hatte das Licht eingeschaltet, aber er war sich sicher, dass Josephine nicht aufwachen würde, und er musste genau sehen können, was er tat. Vorsichtig legte er sie auf den Bauch, zog behutsam ihre Arme unter ihrem Körper hervor und drehte ihren Kopf zur Seite, damit sie leichter atmen konnte. Er zog ihr schwarzes Oberteil etwas nach oben und legte ihren Rücken frei, tupfte die Stelle für den Stich mit Alkohol ab.

Ihre Haut war weiß wie Alabaster, und sie trug keinen BH. Das war das Erste, was ihm auffiel. Dann fiel sein Blick auf die erste Narbe, und sein Kiefer spannte sich an. Er zog das Hemd etwas höher und sah, dass sie von diesen bösen Linien des alten Schmerzes übersät war. In einer Reihe von Kreuzen formten sie auf ihrem Rücken ein X.

Mit ungleichmäßig hämmerndem Herzen schluckte Marsh leer und drehte sie wieder auf den Rücken, zog ihr Oberteil hoch und ließ seine Augen über die blassen, gezackten Linien wandern, die von ihrem Schlüsselbein bis zu ihrem Nabel liefen. Eine Narbe hatte den Rand ihres Nippels gestreift und zerfurcht. Verlangen stieg bei dem Anblick ihrer kleinen, festen Brüste und dem flachen, weichen Bauch in ihm auf, aber er ignorierte es, konzentrierte sich auf etwas weitaus Wichtigeres. Sechs Narben liefen in langen, geraden Linien über die gesamte Länge ihres Oberkörpers. Kleinere Narben waren überall auf ihrer Haut verteilt, schimmerten im hellen Licht weiß wie Perlen.

Herr im Himmel. Er saß wie benommen da und brauchte einen Augenblick, um zu begreifen, dass das Dröhnen in seinen Ohren sein eigenes Blut war, das durch ihn hindurchrauschte wie ein Sattelzug einen Abhang hinunter.

Er hatte den Bericht ganz vergessen. Hatte vergessen, dass sie als Kind einem Messerangriff zum Opfer gefallen und fast gestorben war.

Was für eine unsägliche Scheiße. Und er wunderte sich, warum sie so verbittert und wütend war. Er zog ihr Oberteil wieder hinunter, bedeckte sie und strich den Stoff glatt.

Wie hatte jemand einem unschuldigen, wehrlosen Kind so etwas antun können?

Wenn er diesen Bastard jemals in die Finger bekommen sollte ...

Aber das würde er nicht. Das Leben war nie so sauber und ordentlich.

Marsh betrachtete Josephines schlafenden Körper und schluckte die Schuld und die Wut hinunter, die durch ihn hindurchdonnerten. Er rollte sie wieder auf den Bauch, und sie fiel schlaff wie eine Stoffpuppe auf die Matratze. Er ignorierte die Tatsache, dass das hier eine weitere Grenzüberschreitung war, zog ihr Oberteil zurecht, schnappte sich die Spritze und injizierte ihr den winzigen Ortungschip unter die Haut, direkt unterhalb ihres Schulterblatts.

Er hatte keine Zeit für Sentimentalitäten. Keine der beiden Frauen würde seine Methoden gutheißen, aber er hatte es auch nicht auf Dankbarkeit abgesehen. Marsh trat einen Schritt zurück und starrte auf sie hinunter. Sie würde ihn hassen, wenn sie jemals herausfand, was er getan hatte, aber damit würde er sich später auseinandersetzen. Wenn er auch nur den Hauch einer Chance haben wollte, Elizabeth und Josephine das Leben zu retten, dann hatte er keine Wahl.

ELIZABETH STAND AUF DER VERANDA, hatte ihre Hände fest um den warmen Kaffeebecher geschlungen. Unter ihrem Nachthemd trug sie ein Paar weite Jogginghosen, und sie hatte sich in ihren Bademantel gewickelt. Sie beobachtete gerade, wie sich ein bizarres Schauspiel im Hof der Ranch abspielte. Blue und ein paar der anderen Arbeitshunde trieben eine Herde ausgebüxter Rinder zusammen, die irgendwie in Roses Garten gelangt waren. Rose rannte hin und her, wedelte mit einem Geschirrtuch herum wie mit einem roten Tuch. Aber das Absurdeste überhaupt waren die beiden Stallkätzchen, die sich ebenfalls an der Jagd beteiligten und eine der großen Kühe an den hinteren Zaun getrieben hatten.

Trotz ihrer mürrischen Stimmung musste Elizabeth grinsen. Die Kätzchen glaubten scheinbar, sie wären Tiger, nicht wenige hundert Gramm schwere Bündel aus Fell und Knochen. Fauchend und mit spitzen Krallen zischten und spien sie, bis die Kuh in Richtung des Tors flüchtete und zurück auf ihre Weide rannte. Elizabeth lachte laut und Rose bemerkte sie.

Die ältere Frau war noch nicht lange wieder aus dem Krankenhaus zurück. Sie musste die Kühe von ihrem Schlafzimmerfenster aus gesehen haben und hinausgerannt sein, um ihre kostbaren Blumen zu retten, die gerade anfingen, auszutreiben. Sie trug einen dunkelblauen Bademantel und einen Flanellpyjama, und ihre Füße steckten in schweren Arbeitsstiefeln. Eisengraue Haare flatterten um ihren Kopf herum, verliehen ihrem faltigen Gesicht, ihrem schmalen Mund und der breiten Stirn eine gewisse Weichheit.

Rose winkte sie herüber. Nicht gewillt, einen direkten Befehl der Matriarchin der Sullivan-Familie zu missachten, stapfte Elizabeth zu ihr.

„Die werden hier aber ganz schön draufgängerisch aufgezogen", begann Elizabeth und deutete mit dem Kaffeebecher auf die beiden Kätzchen. Sie klammerte sich an ihrem Becher fest wie an einem Schutzschild, war unsicher, was die ältere Frau wohl von ihr hielt.

Rose lachte heiser auf und schlug das Tor hinter den Kühen zu. „Allerdings."

Elizabeth zitterte und zog den Bademantel enger um ihre Schultern zusammen. Es war kalt hier draußen im ungeschützten Morgenwind.

Roses Wangen waren gerötet, was ihre sonst blasse Farbe unterstrich. Sie zog eine Grimasse, als ob sie Schmerzen hätte, und nahm sich Zeit, um wieder zu Atem zu kommen. Elizabeth legte ihr eine Hand auf den Arm, aber Rose schob sie mit einem schwachen Lächeln wieder fort.

Elizabeth fragte sich, wo Nat war. Das hatte sie sich die ganze Nacht über gefragt. Ehrlich gesagt hatte sie stundenlang wachgelegen, hatte erwartet, dass er an ihrer Tür auftauchen und ihr Angebot auf „bedingungslosen" Sex annehmen würde, halb in Furcht davor, halb verzweifelt darauf, es endlich hinter sich zu bringen.

Er war nicht aufgetaucht.

Sie hatte ihm gestern ein riesiges grünes Licht gegeben, aber er hatte es sich offensichtlich anders überlegt.

„Die Jungs haben heute Nacht einer weiteren Stute beim Fohlen geholfen", erklärte Rose, las scheinbar Elizabeths Gedanken. Sie faltete das Geschirrtuch ordentlich zusammen und schlug es gegen ihr Bein.

Elizabeth drehte sich zu ihr herum. „Ist alles gut gegangen?" Ihre Erleichterung wurde von den grausamen Erinnerungen an Banners aufgeschlitzten Körper getrübt.

„Ja." Rose nickte in Richtung der Ställe, wo Nat und Ryan aus dem trüben Licht des Stalltors auftauchten, schmutzig und zerknittert, aber mit einem Lächeln im Gesicht.

Elizabeth fing Nats Blick auf, und selbst auf diese Distanz schien die Luft zwischen ihnen zu knistern.

Rose konnte es offenbar auch spüren. Ihr Ausdruck wurde nachdenklich, ihre Mundwinkel zogen sich ein wenig nach unten. „Das Schlimmste am Sterben ist, die eigenen Kinder zurückzulassen." Sie folgte Elizabeths Blick zu Nat.

Elizabeths Kopf flog zu ihr herum. „Tun Sie das? Sterben?"

„Der Arzt sagt, ich habe nicht mehr viel Zeit, also ja." Rose nickte. „Das tue ich." Die Frau straffte ihre hängenden Schultern, während sie damit fortfuhr, mit dem Geschirrtuch rhythmisch gegen ihr Bein zu klopfen.

Elizabeth sah Nat dabei zu, wie er langsam auf den frostverbrannten Rasen zukam, wo sie und Rose warteten.

„Das tut mir leid", murmelte Elizabeth, bemerkte die graue Blässe, die Roses Haut durchzog, wusste, dass ihre Trauer vergeudet war. Rose erzählte ihr das nicht, um ihr Mitleid zu erregen.

„Es wäre schön, wenigstens eins meiner Kinder in festen Händen zu sehen", fügte Rose mit einem Schimmern in den Augen hinzu. „Ich weiß, dass er ein Auge auf Sie geworfen hat, und mein Nat ist gewaltig wählerisch."

„So ist es nicht", behauptete Elizabeth und wurde gleichzeitig rot. Sie konnte Rose wohl kaum erzählen, dass sie nur an Sex interessiert waren – keine Hochzeit, keine Babys.

„Brechen Sie ihm nicht das Herz, hören Sie", murmelte Rose eindringlich.

Elizabeth beobachtete, wie Nat sich bewegte. Seine langen Beine legten den Weg mit leichten Schritten zurück, seine breiten Schultern wirkten stark und sicher, seine blauen Augen funkelten. Ihr stockte der Atem. Nie im Leben würde sie ihm jemals absichtlich das Herz brechen.

„Wir können nicht immer tun, was wir wollen." Elizabeth spiegelte Roses stillen Tonfall.

Rose lachte und tippte auf ihre Brust, solange Nat noch nicht in Hörweite war, auch wenn er sie argwöhnisch musterte. „Das brauchen Sie mir nicht zu erzählen, Mädel. Ich weiß das. Aber wenn Sie ihm wehtun, dann suche ich Sie auch noch in New York heim, versprochen."

Elizabeth lächelte, so wie Rose es beabsichtigt hatte, aber Traurigkeit schlich sich in ihr Herz. Hierzubleiben war keine Option.

„Ich gehe Frühstück machen." Rose rief die Hunde und Katzen und marschierte forsch zum Farmhaus zurück. „Kommen Sie rein, wenn Sie so weit sind."

Elizabeth nickte, leerte den Rest ihres Kaffees ins Blumenbeet, dann schaute sie Nat wieder in die Augen, während er näher kam. Sie hatte die halbe Nacht in furchtbarer Angst zugebracht, dass er auftauchen würde, und die andere Hälfte damit, sauer zu sein, weil er nicht erschienen war. Jetzt würde sie keinen Rückzieher machen, und sie würde nicht davonrennen – nicht mehr.

Er trug dieselben Sachen wie gestern, blieb eine Armeslänge von ihr entfernt stehen und stemmte die Hände in die Hüften. Die Ärmel seines Hemds waren aufgerollt und zeigten seine starken Unterarme, durchzogen von schlanken Muskeln und bedeckt mit warmer, brauner Haut. Sie rümpfte die Nase. Er roch herb und verschwitzt von der Arbeit, sah müde aus, wie er so dastand und sie anschaute.

Elizabeth trat einen halben Schritt auf ihn zu, aber er hielt abwehrend die Hand vor sich, damit sie ihn nicht berührte.

„Ich muss dringend unter die Dusche, Eliza", warnte er. „Ich würde nicht zu nah kommen, wenn ich du wäre–"

Elizabeth nahm seine Hand in ihre, stellte sich auf die Zehenspitzen und drückte ihre Lippen auf seinen Mund. Sie dämpfte seinen halbherzigen Protest und schlang die Arme um seinen Hals, küsste ihn, mit allem was sie zu geben hatte. Nat gab sich geschlagen, legte ihr die Hände auf die Taille und presste sie an seine Brust. Mit kräftigen Händen zog er ihren ganzen Körper an seinen, hob sie hoch, um ihr noch näher kommen zu können.

Elizabeth drehte sich der Kopf vor all diesen Empfindungen, die auf sie einprasselten. Sein Mund eroberte ihren mit einer Leidenschaft, die sich gleichermaßen brennend und gemäßigt anfühlte. Gezügelt – wie ein Vulkan.

Es war geradezu berauschend zu erkennen, dass sie das mit ihm anstellen konnte. Sein Mund war wild und zärtlich und süß wie Quellwasser. Ihre Finger glitten durch sein seidiges Haar, legten sich auf seinen Hinterkopf, und sie ließ ihren Lippen freien Lauf, seinen rauen Kiefer zu erkunden. Nat schauderte und schloss die Augen. Elizabeth legte den Kopf in den Nacken, fuhr mit dem Finger die Falte entlang, die über seine Stirn verlief, und platzierte einen kleinen Kuss an seinem Mundwinkel.

Dann legte sie ihm die Hände auf die Schultern und schaute in seine Augen, während er sie noch immer in den Armen hielt.

Ein schriller Pfiff zerriss die Luft und zerstörte den Moment, ruinierte die Illusion, dass sie allein waren. Nat grinste und warf Ryan einen Ein-Finger-Gruß zu, bevor er Elizabeth wieder auf die Erde stellte.

„Tja." Nat lehnte den Oberkörper zurück, hielt noch immer sanft ihre Schultern. „Auch dir einen wunderschönen guten Morgen."

Sie versuchte, sich aus seinem Griff zu befreien, war plötzlich verlegen. „Sorry, es ist nur ..." Das Gefühl, dass ihr die Zeit davonlief, bedeutete, dass sie keinen Moment mehr vergeuden durfte. „Ich wollte das die ganze Nacht lang machen und, naja ..."

Nat lachte, hielt sie weiter fest und küsste sie noch einmal. „Genau, entschuldige dich nur. Als ob das nicht der beste Kuss war, den ich je bekommen habe."

Wärme breitete sich von ihrem Scheitel bis in ihre Zehen aus, und ihre Wangen wurden verräterisch rot. Verlangen regte sich unter ihrer Haut, erinnerte sie daran, dass sie ein Mensch aus Fleisch und Blut war, nicht die leere Hülle einer Frau, die Andrew DeLattio leergesaugt und ausgespuckt hatte.

Die Strahlen des Sonnenaufgangs glitzerten in Nats Haaren, als er zu ihr hinunterschaute. Er schien die plötzliche Veränderung in ihrer Stimmung zu spüren, und seine Augen wurden ernst, voll von geduldiger Sorge.

Elizabeth kannte den Unterschied zwischen Sex und Gewalt, kannte den Unterschied zwischen Zwang und Verlangen. Aber sie wusste nicht, ob ihr Verstand stark genug war, um mit einvernehmlichem Sex klarzukommen, oder ob sie ausrasten würde, wenn es so weit kam.

„Wir müssen reden." Sie trat aus seiner Umarmung und schlang die Arme um ihren Oberkörper. Sie würde es vielleicht nicht schaffen, Nat in allen Einzelheiten zu erzählen, was ihr zugestoßen war, aber er hatte es verdient, zumindest das Wichtigste zu erfahren. Das war sie ihm schuldig, bevor noch mehr zwischen ihnen passierte.

Nat nickte, schaute einen Augenblick lang auf den Boden, als ob er ihren Blick nicht erwidern wollte. „Ja."

„Heute Abend." Elizabeth straffte ihre Schultern und zwang sich ein Lächeln auf die Lippen. Nat zu erzählen, was ihr zugestoßen war, würde nicht einfach werden, aber sie war entschlossen, es zu tun. Es war höchste Zeit.

„Heute Abend", stimmte er zu. Er streckte die Hand aus und fuhr mit seinem Finger über ihre Unterlippe, ihr Kinn entlang, dann tippte er sacht auf ihre Nase.

Ein Geräusch ließ sie aufhorchen. Hinter Nats Schulter entdeckte sie ein Auto, das über die Anhöhe auf die Ranch zugefahren kam. Automatisch zuckte ihre Hand nach ihrer Waffe, aber ihre Finger berührten nur den weichen Stoff des Bademantels. Kein Holster. Keine Glock. *Dumm.*

„Du bekommst Besuch", sagte sie, ihre Stimme hart und leise.

Nat drehte sich um und fluchte. „Sheriff Talbot. Was zur Hölle will der denn hier?"

Anstatt in den Armen ihres gutaussehenden Cowboys zu liegen, saß Elizabeth eine Stunde später im Kaminzimmer der Sullivans einem örtlichen Beamten der Strafverfolgungsbehörden gegenüber, Sheriff Talbot. Sie hatte so langsam geduscht und sich angezogen, wie sie nur konnte, in der Hoffnung, dem Kerl aus dem Weg gehen zu können, aber wie sich herausgestellt hatte, war er hergekommen, um mit ihr zu sprechen – über ihr kleines Handgemenge im Screw Loose.

Irgendjemand hatte Anzeige erstattet.

Wenn sie nur an Marshs Reaktion auf dieses Fiasko dachte, wand sie sich schon vor Scham. Ihr Boss war ein Perfektionist und erwartete von seinen Agenten das Gleiche. Allerdings war sie nicht mehr länger seine Agentin, erinnerte sie sich, sie war jetzt auf sich allein gestellt.

Sie schlürfte heißen, süßen Tee aus einer Porzellantasse und versuchte, ihre Verärgerung zu verbergen.

Sheriff Talbot war Mitte vierzig, mit rotem Gesicht und einem Bauch, der über den Gürtel seiner ausgewaschenen Khakihose hing. Seine schwarzen Haare waren großzügig von grauen Strähnen durchzogen, und er hatte hellbraune Augen, die in der Sonne beinahe golden wirkten. Außerdem war er einen Kopf kleiner als Elizabeth, also streckte er die Brust raus und marschierte vor dem Kamin auf und ab. Seine Hand lag auf dem Griff des Revolvers an seiner Hüfte, und er stolzierte herum wie ein Mann mit astreinem Napoleon-Komplex.

Elizabeth biss die Zähne zusammen, um nicht seine Sätze für ihn zu beenden. Und er machte sich Notizen wie ein Schuljunge, quälend lange Notizen, derentwegen sie gezwungen war, sich hundertmal zu wiederholen. Wenn sie mit ihm zusammenarbeiten würde, hätte sie ihn auf die Vorteile eines Diktiergeräts hingewiesen, aber das war nicht ihr Problem.

Feck.

Er setzte sich hin und schlug eine neue Seite seines Notizblocks auf. „Sie kommen also aus New York City, Miss Reed?"

Das war das dritte Mal, dass er sie das fragte, und es juckte ihr in den Fingern, ihn unmissverständlich darauf hinzuweisen, aber immerhin fühlte sie sich nicht wie ein Opfer. Sie war einfach nur sauer.

„Das ist korrekt, Sheriff", erwiderte sie lächelnd, ballte unwillkürlich die Fäuste. „Soll ich das für Sie buchstabieren?"

Er zögerte, blickte von seinen Notizen auf.

„Tja, Ma'am ..." Wieder war da diese lange Pause aus absolut keinem erkennbaren Grund. „Ich verstehe, warum Ihnen diese Fragen möglicherweise wie Zeitverschwendung vorkommen, aber ..." Wieder hielt er für eine lange Weile inne, und Elizabeth unterdrückte ein Stöhnen. „... so arbeiten wir hier nun mal." Er lächelte sie an, beinahe wie in Zeitlupe.

Sie hielt seinem Blick stand, zwang sich, zurückzulächeln, während er irgendetwas notierte. Sie reckte den Hals, versuchte angestrengt zu entziffern, was er aufgeschrieben hatte.

„Haben Sie eine Adresse für mich, Ma'am?"

Eine falsche Adresse auf Staten Island rollte ihr wie von selbst von der Zunge. Sie ließ den zurückgehaltenen Atem los und stellte ihre Tasse vorsichtig auf dem Couchtisch ab. Fehler Nummer eins. Wie eine nervöse Verdächtige hatte sie es vermasselt.

Sie stand auf, und nun war sie mit auf- und abgehen an der Reihe.

Es machte keinen Unterschied, dass sie ihm schon dreimal beschrieben hatte, was passiert war. Er fragte einfach immer weiter, wie ein verfluchter ... Polizist.

„Sind Sie sicher, dass Sie diese Jungs ganz allein in Schach gehalten haben?" Talbot kratzte sich mit dem Kugelschreiber am Kopf. „Ich meine, wir haben Berichte über eine gebrochene Nase, gebrochene Finger, eine Gehirnerschütterung, eine ausgekugelte Schulter. Das waren alles *Sie*?"

Hatte er etwa vor, Anklage zu erheben? Dann wurde ihr auf einmal alles klar – er hatte es nicht auf sie abgesehen. Er hatte es auf Cal abgesehen oder auf Nat. Aus schmalen Augen starrte sie ihn an. Er glaubte wohl, sie wäre nicht in der Lage, mit ein paar Schwachköpfen fertigzuwerden, und dass sie nun die Schuld auf sich nahm, um sicher zu gehen, dass Cal nicht wieder ins Gefängnis wanderte.

„Ist Cal Landon noch immer auf Bewährung?", erkundigte sich Elizabeth, ihre Stimme hart wie Stahl.

Der Sheriff schüttelte langsam den Kopf. „Nein, Ma'am."

„Sie sollten diese Bastarde fragen, warum sie in einer Bar einen unschuldigen Mann angegriffen haben, der keinerlei Ärger gemacht hat."

„Ich würde Cal Landon nicht gerade als unschuldig bezeichnen", erwiderte der Sheriff und gluckste.

„Und Sie können diese sogenannten *Zeugen* fragen, warum sie nichts unternommen haben, um einem Mann zu helfen, der zu Tode hätte geprügelt werden können."

Kleinstadtjustiz war das Letzte.

Das ganze Justizsystem war das Letzte, Punkt.

Der Sheriff schien von ihrer Wut unbeeindruckt. Er bot ihr einen Kaugummi an, bevor er sich selbst einen Streifen in den pausbackigen Mund steckte. „Wollen Sie Anzeige erstatten, Miss Reed?"

„Das hier ist Ihre Stadt, Sheriff. Kümmern *Sie* sich darum." Hitze brannte ihren Wangenknochen entlang, und sie presste wütend die Lippen zusammen.

Sheriff Talbot legte den Kopf zur Seite, während er über ihre Antwort nachdachte, dann nickte er. „Das ist richtig, Ma'am, und das sollten Sie besser nicht vergessen." Sein Tonfall wurde für einen Moment steifer, lange genug, dass Elizabeth seine nervtötenden Verhörtaktiken neu beurteilte.

Zwei endlose Sekunden lang starrten sie sich in die Augen, bevor Elizabeth den Punkt mit einem freudlosen Nicken aufgab.

„Sie bleiben noch ein paar Wochen auf der Triple H Ranch, richtig?", fragte er und erhob sich mühsam.

Elizabeth nickte. Sie sollte jetzt besser früher abreisen, aber das erzählte sie ihm nicht.

„Tja, Ma'am, wie es in den Filmen immer so schön heißt, ‚verlassen Sie die Stadt nicht', ohne zuerst mit mir zu sprechen. Seien Sie so gut, ja?" Die langgezogene Aussprache klang noch immer träge und leichtfertig, aber Elizabeth bemerkte den härteren Unterton.

Sie lächelte freundlich, wusste, dass sie ihn nicht für einen Augenblick hinters Licht führen konnte. „Nein, Sir, Sheriff."

„Würden Sie Mr. Sullivan bitten, für einen Moment ins Zimmer zu kommen, Ma'am?" Er beugte sich beflissen über seine Notizen, und Elizabeth stieß einen Seufzer der Erleichterung aus und ergriff so schnell sie konnte die Flucht.

NAT WACHTE ZUM LEISEN GEMURMEL DES FERNSEHERS AUF. Nachdem er die ganze Nacht über wach gewesen war, war er heute Morgen auf dem Sofa im Wohnzimmer eingeschlafen, während er darauf gewartet hatte, mit dem Sheriff zu sprechen. Die Stille, die über dem Haus lag, verriet ihm, dass Talbot längst gegangen und das Haus scheinbar leer war.

Ein Nachrichtensender quasselte leise vor sich hin, und Nat wusste, dass er wirklich ins Bett gehen und noch ein paar Stunden schlafen sollte, bevor er sich wieder an die Arbeit machte.

„Heute wurden siebzehn mutmaßliche Mitglieder der Bilotti-Familie vor dem großen Geschworenengericht in mehreren Anklagepunkten unter dem 1970 erlassenen Gesetz für ‚Racketeer Influenced and Corrupt Organizations' angeklagt – dem Gesetz gegen erpresserisch tätige und korrupte Organisationen, kurz ‚RICO' genannt. Die Bilotti-Familie gilt als die mächtigste derzeit operierende Mafia-Familie in den Vereinigten Staaten."

Als ob ihn das kümmern würde. Die Mafia war so weit von Montana entfernt wie Brasilien von Island.

Der würdevolle, grauhaarige Nachrichtensprecher fuhr mit seiner Reibeisenstimme fort. „Einer der heute Angeklagten ist Julian Galliano, der sogenannte ‚Pate' der Bilotti-Familie." Das Bild eines alten Mannes mit großer Nase erschien auf dem Bildschirm, gefolgt von mehreren Bildern weiterer, gut gekleideter Männer mittleren Alters.

„Gegen John-Paul Mallena, genannt ‚Der Löwe', vom FBI als

Stellvertreter des Paten betrachtet, wurde ebenfalls Anklage erhoben. Er sitzt derzeit ohne Kaution in einem Bundesgefängnis hier in Manhattan."

Der Nachrichtensprecher machte eine dramatische Pause, während der sich Nat auf dem Sofa räkelte – *Gott sei Dank ist mit dem Fohlen gestern Nacht alles gut gegangen.* Er grinste und dachte an das aufgeweckte Araberstutfohlen, das förmlich aus der Gebärmutter herausgaloppiert war. Er setzte sich auf und rieb sich die Augen. *Sollte besser nach ihm schauen.*

„Wenn der Prozess erfolgreich ausgeht, wird dem FBI ein vernichtender Schlag gegen das organisierte Verbrechen hier in New York City gelungen sein. Es handelt sich hierbei um die größte Ermittlung seit 1991, als John Gotti, der Kopf der Gambino-Familie, zusammen mit Dutzenden seiner Partner zu lebenslanger Haft ohne Bewährung verurteilt wurde."

Hinter der Betonfrisur des steif dasitzenden Nachrichtensprechers erschien nun das Bild eines weiteren Mannes. Das Gesicht war jünger und der Mann hatte helle, blaue Augen und attraktive, italienische Züge.

Nat verschränkte die Hände hinter dem Kopf und schloss für einen weiteren Moment die Augen.

„Die Anklagen erfolgten nach der Verhaftung von Andrew DeLattio wegen Insiderhandels und Geldwäsche. Mr. DeLattio, ein Börsenmakler an der Wall Street, ist der Neffe von John-Paul Mallena. Das FBI hat bisher keine Auskunft darüber gegeben, ob ein Zusammenhang zwischen den beiden Fällen besteht."

Der Sprecher brabbelte weiter. „Die Polizei sucht derzeit noch immer nach der ehemaligen Freundin von Mr. DeLattio. Juliette Morgan ist vor drei Wochen verschwunden." Der Nachrichtensprecher blickte nüchtern in die Kamera. „Die Sorge um Miss Morgans Sicherheit wächst, nachdem Gerüchte laut wurden, sie habe wesentliches Beweismaterial gegen die Bilottis geliefert. Miss Morgen selbst wird vorgeworfen, wertvolle Kunstwerke gegen hochwertige Fälschungen ausgetauscht zu haben."

„Kein Kommentar", sagte eine Stimme aus dem Fernseher. Nat setzte sich kerzengerade auf und starrte auf den Bildschirm. Die Stimme war unverwechselbar – eine weiche, irische Färbung mit Ostküstenvokalen.

Elizas Stimme.

Die Aufnahmen zeigten nun eine schlanke Gestalt in Schwarz, die aus einem großen, städtischen Gebäude kam. Die große Rothaarige wurde von vier finsteren, massigen Anzugträgern flankiert und trug trotz der Kälte und der Dämmerung eine Sonnenbrille, um ihre Augen zu verbergen.

Sie warf einen einzigen, verärgerten Blick in die Kameras, dann starrte sie erhobenen Hauptes stur geradeaus und schritt ohne ein weiteres Wort auf eine wartende Limousine zu.

„Unsere Aufnahmen zeigen Miss Morgen, wie sie vor drei Wochen das Büro des Staatsanwalts verließ, bewacht von vier Bundesbeamten. Seitdem fehlt jede Spur von ihr."

Was zur Hölle ging hier vor sich?

ELIZABETH HATTE SICH RICHTIG MÜHE GEGEBEN. Sie trug ein Pulloverkleid mit einem Gürtel, das ihr bis kurz übers Knie reichte – schwarzer Strick mit Dreiviertelärmeln und einem U-Ausschnitt.

Dezent.

Außerdem war das Kleid weich und anschmiegsam, betonte die Kurven, die sie bisher unter übergroßen Oberteilen und dicken Jacken versteckt hatte.

Dezent, aber sexy.

Nicht dass Nat es bemerkt hätte – es lag eine Strenge in seinem verkrampften Kiefer, als er den Holzofen schürte, eine Ernsthaftigkeit in seinem Ausdruck, die ihre inneren Gedanken widerspiegelte. Abwesend strich sie die Wolle an ihrem Bein glatt, beobachtete seine kompetenten Hände, wie sie stark und tüchtig mit den Holzscheiten hantierten, seine Gedanken scheinbar völlig von dieser Aufgabe eingenommen.

Der Duft von Kaffee vermischte sich mit dem scharfen Geruch von Rauch und verstärkte das Gefühl des wohligen Zuhauses. Elizabeth hob den Becher an ihre Lippen und trank einen Schluck des bitteren Gebräus.

Im Hintergrund schmalzte Van Morrison.

Nat hatte nicht viel gesagt, seit er durch die Tür gekommen war, aber sie war auch diejenige, die reden musste.

„Und besteht nicht doch die Chance, genug Geld zusammenzubekommen, um den Kredit zurückzuzahlen, ohne das Land verkaufen zu müssen?“ Okay, sie wich dem eigentlichen Thema also aus.

Langsam ließ Nat die Hand sinken und hielt inne. Er starrte hinunter auf die Holzdielen, als ob er es nicht über sich bringen konnte, sie anzuschauen.

„Nein“, sagte er knapp.

„Ich habe Geld.“ Elizabeth stellte ihren Kaffeebecher auf einem Beistelltisch ab und trat einen Schritt auf ihn zu. Er blickte sie stirnrunzelnd an, aber sie machte unbeirrt weiter. Es wäre schön, etwas für die Sullivans tun zu können, bevor sie fortging.

Und sie *musste* gehen.

Nats laserblaue Augen sagten ihr, dass sie es bleiben lassen sollte, aber er sprach die Worte nicht aus. Seine Lippen formten eine dünne, harte Linie, sein Kinn war trotzig vorgeschoben.

Elizabeth kam nicht weiter. Sie strich sich die Haare aus den Augen, wusste, dass sie es einfach gut sein lassen sollte, wusste aber auch, dass sie helfen konnte, denn was sie hatte, war Geld, und die Sullivans brauchten Unterstützung.

„Ich könnte ...“, sie zögerte, betrachtete vorsichtig das kalte Licht in seinen Augen, „... du weißt schon, euch etwas leihen, bis ihr wieder auf die Beine kommt.“ Die Sullivans konnten ihretwegen das Geld behalten.

„Nein." Sein Mund war streng. „*Danke*", zischte er noch, kalt und schneidend zwischen zusammengebissenen Zähnen.

„Warum nicht?" Mutig trat sie auf ihn zu. „Ich möchte helfen."

Als sie näher kam, stand er auf, wischte sich die Hände an der Jeans ab, sein Gesicht abweisend, eine harte Maske, die sie nicht wiedererkannte.

„Woher hast du das Geld, Eliza?" Ein Muskel zuckte in seinem Kiefer. „Ich wusste nicht, dass die *Strafverfolgungsbehörden* so gut zahlen."

Panik flatterte durch ihre Nerven, und ihre Füße begannen, zurückzuweichen.

„Ich habe es geerbt." Sie hob das Kinn und blieb stehen, entschlossen, wenigstens diese eine Sache richtig zu machen. Sie streckte die Hand aus und berührte seinen Arm, aber er war so eiskalt wie Stahl.

Seine blauen Augen waren unnahbar – faszinierend zu beobachten – auch wenn ihre unerklärliche Kälte in schneller Abfolge ihren Panikknopf aktivierte.

„Ich will dein gottverdammtes Geld nicht", knurrte Nat und kam auf sie zu.

Hektisch wich sie zurück, ihr Herz überschlug sich, und Angst verschlug ihr die Sprache.

Kapitel Dreizehn

Wut spannte sich an wie eine Bogensehne, und sein Verstand brannte durch. Er kniff die Augen zusammen, und der Zorn flammte dröhnend in ihm auf, verbrannte jeden rationalen Gedanken. Als sie zurückwich, folgte er ihr, wütend darüber, dass sie ihn angelogen hatte, sauer, weil er auf die Lügen und die Frau hereingefallen war.

Es war nicht das erste Mal, dass er sich von einem hübschen Gesicht hatte blenden lassen.

Er drängte sie zur Couch, stemmte beide Hände in die Hüften und fauchte sie an. „Woher hast du das Geld?"

„Ich sagte dir doch, ich habe es geerbt–"

„Lüg' mich nicht an." Nat kämpfte darum, seine Stimme ruhig klingen zu lassen. Versagte kläglich. „Ich habe dich im verschissenen CNN gesehen. Sie glauben, die Mafia hätte dich umgebracht. Macht es das einfacher, mit deinem kleinen Kunstbetrug davonzukommen?" Verbitterung knisterte in seiner Stimme, ein Gefühl von Verlust vermischte sich mit der Wut. Er atmete tief und heftig ein. „Hat es dir Spaß gemacht, mich mit deinen kleinen Spielchen zum Narren zu halten?"

Ihre grünen Augen wirkten in ihrem blassen Gesicht riesig,

und sie schüttelte den Kopf, ließ ihre Haare um ihre Wangen wehen. Er brauchte einen Augenblick, um die nackte, wilde Angst in ihrem Blick zu erkennen.

Angst vor ihm.

Das erschütterte ihn – verschlug ihm fast den Atem. Seine Wut fiel in einer Woge in sich zusammen, und er versuchte, ihre Schultern zu drücken, wollte ihr sagen, dass es nicht wichtig war, dass es ihm egal war, aber sie zuckte zusammen, stolperte panisch zurück. Sie wich weiter vor ihm zurück, rollte sich auf der Couch zu einem kleinen Ball zusammen.

Vorsichtig trat er auf sie zu, aber sie schrie, „Fass mich nicht an!" Und er erstarrte, atmete kaum noch.

Das erste Mal, als sie sich geküsst hatten, hatte sie auch *Fassen Sie mich nicht an!* geschrien.

Was war ihr zugestoßen?

„Es ist alles okay, Süße. Schau." Er hielt seine Hände hoch. „Es ist mir egal, was du getan hast. Ich werde dir nichts tun." Sein Tonfall war sanft und, wie er hoffte, beruhigend. Sie kauerte sich in die Ecke der Couch wie ein misshandelter Hund, und das ergab überhaupt keinen Sinn. Nachdem er sie in den Nachrichten gesehen hatte und bei der Schlägerei in der Bar, wäre er davon ausgegangen, dass sie sich mit jedem anlegen würde, ohne auch nur einen Zentimeter zurückzuweichen.

Offensichtlich hatte er sich geirrt.

Er ging hinüber zum Kamin, gab ihr Zeit und Abstand, um wieder zu sich zu kommen. Er wollte sie in seine Arme ziehen und sie trösten, aber er wusste, dass es zu früh war, sie zu berühren.

Noch nie in seinem Leben hatte er gegen eine Frau die Hand erhoben, hatte nicht einmal darüber nachgedacht. Aber irgendein Bastard hatte es getan. Nat versuchte, seine Bestürzung darüber zu verbergen, die in ihm brannte wie ein Magengeschwür. *Mann*, würde er diesen Bastard gern in die Finger bekommen.

„Ich habe dich im Fernsehen gesehen, Eliza." Frustriert

stützte er sich mit einer Hand an der Wand ab, fuhr sich mit der anderen über das Gesicht. „Ich habe deine Stimme erkannt, und ich wollte wissen, was los ist, aber ich würde dir todsicher nie wehtun."

Er folgte ihren Bewegungen mit den Augen, stand vollkommen still da, als sie sich vom Sofa erhob und die Musik ausschaltete, das Zimmer in eine dröhnende Stille tauchte.

Als sie sprach, klang ihre Stimme flach, völlig emotionslos. „Ich habe verdeckt für das FBI gearbeitet. Die Geschichte über die Kunstfälschungen war Teil meiner Deckung, die wir – das FBI – entworfen haben, um die Betrüger anzulocken. Obwohl ich mittlerweile aus dem FBI ausgeschieden bin, durfte ich nicht preisgeben, dass ich Undercoveragentin war, weil das die anderen Agenten in Gefahr bringen könnte, mit denen ich zusammengearbeitet habe."

Das FBI ... Himmel, es klang verrückt, aber ... es passte zusammen.

„Okay ..." Nat verstummte, suchte nach einem Anflug von List in ihren Augen, entdeckte aber nichts als tiefen Schmerz. „Also, wo hast du das Geld her?"

Ein zerbrechliches Lachen zersplitterte in einen resignierten Seufzer. „Was macht das für einen Unterschied?"

Nun begann die Angst in ihm aufzusteigen. Angst, er hätte irgendeine Grenze überschritten, von der er nichts gewusst hatte. „Tut mir leid, dass ich dich angeschrien habe." Langsam ging er auf sie zu. „Ich wollte dir keine Angst machen." Er hob die Hand, wollte ihre Wange berühren, aber sie zuckte zurück.

„Du hast mir keine Angst gemacht, Nat." Ihre Stimme war kaum mehr als ein Wispern. „Das habe ich ganz allein hinbekommen."

Sie hob den Kopf, hielt seinen Blick, ihre Augen schmal und warnend, ihre Stimme noch immer zitternd. „Es gibt noch etwas, was du wissen solltest. Ich bin vergewaltigt worden. In New York. Ich wurde vergewaltigt, und jetzt bin ich nicht mehr besonders gut in all dem."

Nat schloss die Augen und zwang sich, ganz still dazustehen. Bedauern rollte über ihn hinweg, Bedauern, dass er nicht da gewesen war, um sie zu beschützen. Zorn stieg in ihm auf, so gewaltig, dass sein Verstand durchzubrennen drohte. Dass jemand sie auf diese Weise misshandelt hatte, sie so verletzt hatte, zerriss ihn innerlich. Er hatte es vermutet. *Scheiße*, sie schlief mit einer geladenen Waffe unter dem Kopfkissen. Er schluckte angestrengt, blinzelte die Tränen zurück, die in seinen Augen brannten. Er hatte gehofft, er hätte sich geirrt ...

Aber das hatte er nicht.

Sie schaute ihn nicht an, starrte auf ihre krampfhaft verschränkten Hände. „Tut mir leid, ich kann nicht darüber sprechen. Du musst gehen."

Eliza rang offensichtlich darum, ihre Gefühle unter Kontrolle zu bekommen. Er wollte sie an sich ziehen, sie an seine Brust drücken und trösten, sie beschützen und alles besser machen, aber sein Zorn kochte weiterhin in ihm, und er wusste, wenn er noch länger bliebe, würde er hervorbrechen wie Lava und ihr vermutlich erneut Angst einjagen.

Das konnte sie nicht gebrauchen.

Vorsichtig streckte er die Hand aus und nahm eine ihrer dunklen Haarsträhnen zwischen Daumen und Zeigefinger. Es fühlte sich an seinen rauen Fingerkuppen wie Seide an, und das sehnsüchtige Verlangen schnürte ihm fast die Kehle zu.

„Wie heißt du wirklich?", fragte er leise. Er musste es wissen.

„Über die wichtigen Dinge habe ich dich nie angelogen." Sie blickte auf und unvergossene Tränen schimmerten in ihren Augen. „Meine Mutter hat mich Eliza genannt."

Er machte einen halben Schritt auf sie zu, aber sie hob die Hand, um ihn aufzuhalten.

„Bitte geh", bat sie.

Er wollte protestieren, gab es aber auf, als er sah, dass es nichts bringen würde. Sie brauchte Zeit für sich, und *verdammt noch mal*, er brauchte auch Zeit, um nachzudenken. Er hatte es gründlich vermasselt, hätte niemals laut werden dürfen, ganz egal, wie sauer er war. Ein Anflug von Panik durchfuhr ihn, aber er unterband ihn entschlossen. Irgendwie würde er es wieder geradebiegen, aber nicht jetzt. Es würde mehr brauchen als ein paar wohl gewählte Worte, um die Mauern einzureißen, die sie hochgezogen hatte.

Er nahm seinen Hut und seine alte Wildlederjacke, dann hielt er inne. „Es tut mir leid. Tut mir leid, dass ich dich angeschrien habe, dass ich ein Idiot war und vor allem tut mir leid, was dir zugestoßen ist, Eliza." Es gab nichts, was er tun oder sagen konnte, das ihre Wunden heilen würde, aber er musste es ihr trotzdem sagen. „Das ändert nichts an der Tatsache, dass ich dich noch immer halten und trösten will, aber ich schätze, es ist besser, ich lasse dich in Ruhe, bis du mir sagst, dass es okay ist."

Sie schaute ihn nicht an, starrte nur weiter auf ihre Hände, drehte an dem goldenen Siegelring herum, den sie am kleinen Finger trug – so unerreichbar und unzugänglich wie die Granitgipfel, die die Ranch umgaben.

Nat trat aus der Tür und stand auf der Veranda der Hütte, unsicher und benommen. Bevor er seinen Entschluss, sie in Ruhe zu lassen, noch einmal überdenken konnte, hörte er, wie der Schlüssel umgedreht und der Riegel vorgeschoben wurde. Er legte die flache Hand auf das glatte Holz, lehnte sich gegen die Tür.

Sie wollte ihn nicht.

Und er konnte es ihr nicht verübeln.

Zorn rauschte durch seine Adern bei dem Gedanken, dass jemand ihr wehgetan hatte, machte es ihm schwer, zu atmen. Seine Hände ballten sich zu unnützen Fäusten zusammen, die sich an seiner Seite immer wieder lösten und schlossen. Der silberne Mond stand hoch und stolz im Nachthimmel, und Nat wollte sich am liebsten selbst in den Arsch treten. Falls sie jemals wieder mit ihm sprach – und das war alles andere als gewiss – wollte er nicht, dass sie jedes Mal vor Angst den Kopf einzog, wenn seine Stimme ein paar Dezibel lauter wurde. *Und* sie sollte wieder lernen, ihm zu vertrauen, genug, um ihm alles erzählen zu können, von all den Verletzungen, all ihren Geheimnissen.

Vorausgesetzt, sie blieb ...

Vorstellungen davon, wie sie mitten in der Nacht davonschlich, ließen ihn erschaudern. Das war genau so eine Sache, die sie abziehen würde. Wortlos zu verschwinden.

Tja, verdammt. Was zur Hölle konnte er schon dagegen ausrichten. *Außer vielleicht ihren Jeep zu manipulieren?*

Eliza war in all seine Sinne eingedrungen, und Nat wollte nicht, dass sie wieder verschwand. Noch nicht.

Sie war wunderschön, aber das war es nicht. Unfassbar unabhängig und absolut leidenschaftlich, schien sie von nichts weiter zusammengehalten zu werden als von ihrer verbissenen Entschlossenheit und einer enormen Sturheit. Und er konnte die schmerzhafte Verletzlichkeit kaum ertragen, die in ihren Augen aufleuchtete, wenn ihre Abwehr in sich zusammenbrach.

Er hatte ihr Angst gemacht.

Nat legte sein Kinn auf das glatte Holz des Zauns, der hinter dem Pferdestall entlangführte. Eliza war das Beste, was ihm seit Langem zugestoßen war, aber er hatte ihr absolut nichts zu bieten.

Sie war vergewaltigt und verletzt worden. Jetzt war sie auf der Flucht vor der Mafia.

Himmel.

Wenigstens war sie hier in Sicherheit.

Er griff nach der obersten Zaunsprosse, zog sich hoch und setzte sich darauf, starrte zum Mond hinauf. Irgendwo in der Nähe rief eine Eule. Die Sterne leuchteten hell auf dem tintenschwarzen Himmel, und der Mond schien wie eine dicke, fette Silbermünze.

In den Hügeln heulte ein Wolf, ein langgezogener Laut. Bei dem Klang stellten sich die Härchen in Nats Nacken auf, und die Einsamkeit des Wolfs hallte in seinem eigenen Herzen wider. Nat warf einen Blick zurück auf die Hütte – mittlerweile dunkel, in vollkommene Finsternis gehüllt. Wieder heulte der Wolf, seine Einsamkeit förmlich spürbar. Nur die Stille antwortete ihm, Stille durchwoben von Sehnsucht.

Vermont, 13. April

„WO IST SIE?" Marsh beugte sich über Josephine, hatte die Finger in die Armlehne des Sofas gekrallt und verlor rasend schnell an Geduld. Raue Stimmen klangen aus der Anlage, begleitet vom Knistern des Feuers in dem großen steinernen Kamin. Josephine reckte das Kinn. Schob meuternd ihre Unterlippe vor.

„Scheiße." Frustriert ließ Marsh den Kopf sinken und rutschte von ihr fort. „Wie lange wirst du noch schmollen, Prinzessin?" Er kämpfte damit, seine Stimme ruhig und kontrolliert klingen zu lassen, zwang sich, sich auf seine jetzige Aufgabe zu konzentrieren.

Und gab es auf.

Er rieb sich den Nacken, wo die Anspannung seine Muskeln in einen schmerzhaften Knoten verwandelt hatte, und versank in der Ledercouch, starrte in die hellen, orangen Flammen des Feuers. Draußen war es dunkel, pechschwarz, wie nur ein Wald es sein konnte. Das nächste Haus war meilenweit entfernt, auf der anderen Seite des Sees, verborgen hinter Bäumen. Er hatte die letzten achtundvierzig Stunden darauf gewartet, dass sie abhauen würde, aber bisher hatte sie sich nicht von der Stelle gerührt.

Und ich stecke hier fest und muss dieses Teufelsweib babysitten.

Er sah zu, wie sie aufstand und barfuß über die Holzdielen zur Hausbar tapste. Er bemerkte die zierlichen Wölbungen ihrer Füße und die niedlichen Zehennägel, die in unterschiedlichen Farben lackiert waren. *War ja klar.* Sie goss zwei Getränke ein, hantierte ungeschickt mit dem Eiskübel herum und ließ einen der

Eiswürfel auf den Boden fallen. Er schlitterte unter den Tisch, und Marsh wandte den Blick von Josephines Hintern ab, als sie sich bückte, um den Eiswürfel aufzuheben.

Sie richtete sich auf, brachte ihm ein Glas Whisky, stellte es wortlos auf dem Couchtisch ab. Dann setzte sie sich neben ihm auf die Couch und nippte an einem Glas Limonade.

Warum war sie plötzlich so nett zu ihm?

Gestern hatte sie eine Handynummer angerufen, aber niemanden erreicht. Die Nummer war auf eine Jane Smith registriert, aber Marsh war überzeugt, dass es sich dabei um Elizabeth handelte. Seine Kollegen kontrollierten und verfolgten sämtliche Anrufe zurück, aber bisher hatten sie nichts gefunden. Vielleicht hatten sie irgendwann Glück.

Aber so, wie die Dinge liefen – vielleicht auch nicht.

Die Beleidigungen, die Josephine ihm an den Kopf geworfen hatte, als sie mitbekommen hatte, dass er sie betäubt hatte, hatten sogar sein erfahrenes Vorstellungsvermögen übertroffen – und er war in der Navy gewesen. Zum Glück schien sie nichts von dem Ortungschip zu ahnen.

Mit der Fingerspitze seines Zeigefingers tippte Marsh gegen das Kristallglas. Er würde Josephine Maxwell nicht gestatten, ihn in den Wahnsinn zu treiben. Sie hatte seit gestern Morgen kein Wort gesagt, nachdem er sich geweigert hatte, sie zur Beerdigung ihres Vaters fahren zu lassen, ebenso wenig zur Beerdigung von Marion Harper. Er konnte ihr nicht übelnehmen, dass sie darüber verärgert war, aber er würde sie auch nicht aufgrund irgendwelcher Befindlichkeiten opfern.

Aber nun fing ihr Schweigen an, ihn aufzureiben. Diese kindische Nummer zerrte an seinen Nerven wie das permanente Zupfen einer Geigensaite. Wenn sie allerdings mitbekommen sollte, dass er tatsächlich davon genervt war, würde sie nie wieder mit ihm sprechen.

Steve Dancer, der FBI-Agent, der für sämtliche Technik verantwortlich war, die die Agenten in Marshs Einheit benutzten, hatte Kleidung und Proviant vorbeigebracht. Jetzt trug Josie einen einfachen, zweckdienlichen marineblauen Pullover und weiche Baumwollleggings. Dancer hatte ihr auch ein Paar Stiefel mitgebracht, aber sie hatte gesagt, sie würde ihre hässlichen alten Doc Martens bevorzugen, die sie bei ihrer Flucht getragen hatte. Alle Sachen, die Dancer mitgebracht hatte, waren schwarz oder marineblau, ganz nach Vorschrift des FBI, aber Marsh musste zugeben, dass ihr die dunklen Farben durchaus standen.

Sie hatte vehement abgestritten, zu wissen, wo Elizabeth war oder was sie geplant hatte. Sie hätten die Rollen getauscht und wären dann verschwunden, das war's.

Marsh glaubte ihr kein Wort.

„Wenn wir Elizabeth nicht bald finden, dann wird die Mafia es tun." Er starrte wie in Trance ins Feuer, und die Niederlage breitete sich über ihm aus wie eine Decke. Aber hier ging es nicht einfach nur darum, dass er das Spiel verlor. Es ging um Leben und Tod. Und Josephine machte dicht, während die Bilottis Jagd auf ihr nächstes Opfer machten.

Er nippte an seinem Scotch, dann stellte er das Glas auf dem Beistelltisch ab.

Sie beobachtete ihn, wie immer.

„Warum bist du so sicher, dass die Bilottis sie finden werden?" Sie warf sich die blonden Haare über die Schulter. „Ich meine, du schaffst es ja auch nicht."

Er blinzelte. Unterdrückte ein Lächeln. Wenigstens sprach sie wieder mit ihm.

„Du. Du bist das schwächste Glied." Er starrte weiterhin ins Feuer, musterte sie nur aus dem Augenwinkel. „Ich kann dich nicht für immer einsperren." Marsh ignorierte ihr Grinsen. „Und sobald du wieder auftauchst, werden die Leute anfangen, Fragen zu stellen." Er wandte den Kopf und studierte ihre perfekte Knochenstruktur. „Du hast so ein Gesicht, das die Leute niemals vergessen."

Er würde es nicht vergessen. Sie war in sein Gedächtnis eingebrannt wie eine Gravur. Und er begehrte sie, und das ärgerte ihn unfassbar.

„Warum hasst du mich eigentlich so sehr?", fragte Marsh, seine Neugierde geweckt. „Ich habe dir nie irgendwas getan."

„Ich hasse dich nicht."

„Du verhältst dich aber so."

Für einen Moment saß Josie still da, und er dachte schon, sie würde wieder in ihr Schweigen zurückverfallen. „Du hast sie rekrutiert, oder?", fragte sie schließlich.

„Ja." Verwirrt fuhr er sich mit den Fingern durch die kurzen Haare. „Aber sie wollte es tun. Ich musste sie nicht drängen oder–"

„Natürlich wollte sie es tun! Ihre Eltern sind von Terroristen in Fetzen gerissen worden, als sie noch ein kleines Kind war. Welches Kind würde nicht die Chance bekommen wollen, sich an den Bösen zu rächen?"

„Sie wollte es tun", wiederholte Marsh.

„Das ist so, als ob man Peter Pan oder Arielle rekrutieren–"

„Sie war kein Kind mehr, als ich sie eingestellt habe", unterbrach Marsh.

„Ich spreche nicht über ihr Alter", blaffte Josephine, eindeutig frustriert. Sie blies sich eine Haarsträhne aus dem Gesicht. „Sie war unschuldig. Und das hast du ihr genommen."

Vielleicht hatte sie recht. Gott, vielleicht war das der Grund, weshalb er sich für Elizabeth verantwortlich fühlte. *Nein.* Er empfand genau die gleichen Beschützerinstinkte für jeden anderen Agenten in seinem Team.

„Warum hast du es überhaupt gemacht? Warum sie? Damit du mit ihr schlafen konntest?"

Was zur ...? „Ich schlafe nicht mit Kolleginnen." Marsh weigerte sich, wütend zu werden. Sie versuchte, ihn zu reizen, und er wollte wissen, warum.

„Du hättest jemand fieseren aussuchen sollen, jemanden, der

die Regeln auf der Straße kennt. Jemanden, der weiß, was passiert, wenn man sich mit der Mafia anlegt."

„Jemanden wie du, meinst du." Marsh lächelte grausam. Josephine glaubte, sie wäre so verflucht taff. „Elizabeth war eine ausgebildete Agentin, aber sie hätte sich niemals mit der Mafia einlassen sollen. Sie sollte in Kunstfälschungen ermitteln, nicht verdeckt für die Einheit gegen organisiertes Verbrechen arbeiten."

„Damit hat sie dich wohl überrascht, hm?" Josie nippte an ihrer Limonade, musterte ihn noch immer eingehend. „Mehr Mumm als Verstand."

„Sie ist eine intelligente Frau, aber das reicht im Augenblick nicht aus, um sie zu schützen." Marsh fühlte sich irritiert und in die Ecke gedrängt. Seit wann ging es denn hier um ihn? „Es war ihre Unschuld, die interessant für mich war. Ich brauchte jemanden ohne Vergangenheit, jemand frischen."

„Du brauchtest einen Wolf im Schafsfell." Josie blickte ihm in die Augen. „Du hättest mich rekrutieren sollen."

Marsh lachte auf. „Nie und nimmer." Er wandte den Blick ab. „Dich hätte ich im Leben nicht rekrutiert."

„Warum nicht?", fragte sie.

Marsh hatte es ihr schon gesagt, aber sie hatte nicht zugehört. Er schlief nicht mit Kolleginnen – und er wollte so sehr mit Josephine Maxwell schlafen, dass es schon wehtat.

Er hatte sie zur Ferienhütte seiner Familie mitten auf dem Land in Vermont gebracht. Es gab keine nennenswerten Nachbarn, und seine Eltern waren irgendwo auf der anderen Seite des Planeten auf einer Kreuzfahrt. Keine Zeugen, keine unschuldigen Unbeteiligten, die ins Kreuzfeuer geraten konnten, sollte die Mafia sie aufspüren.

Von hier aus hatte Josephine eine bessere Möglichkeit auf eine ungehinderte Flucht, und er hatte eine bessere Chance, ihr zu folgen, ohne dass die Mafia sie zuerst entdeckte.

Leider, trotz all seiner laxen Sicherheitsvorkehrungen, trotz all der offenen Türen, hatte Josephine Maxwell sich keinen Zentimeter fortbewegt, und er war gezwungen gewesen, auf engstem Raum mit einer Frau zusammenzuleben, die ihn auf mehr als eine Art und Weise in den Wahnsinn trieb. Er hatte geschworen, sie zu beschützen, ganz gleich, ob sie diesen Schutz wollte oder nicht, aber sie war so stur wie ein zweiköpfiges Muli. Und auch wenn er den Bund der Freundschaft und Loyalität zwischen den beiden Frauen zu schätzen wusste, zwang ihn das, etwas zu tun, was er eigentlich lieber vermeiden würde.

Und so fand er sich also hier wieder, zusammen mit dieser unfassbar heißen Frau in einem Versteck hockend und so hundeelend, wie er sich in seinem ganzen Leben noch nicht gefühlt hatte. Seine Finger ballten sich instinktiv zu Fäusten, seine Gedanken verhärteten sich. Sie mochte ein echtes Teufelsweib sein, aber sie befand sich nun auf seinem Territorium. Spielte in seiner Welt und nach seinen Regeln. Er trank einen weiteren Schluck Scotch und spürte, wie Josephines Augen der Bewegung seiner Hand folgten. Er kämpfte dagegen an, sie anzuschauen. Wollte sie nicht anstarren wie ein liebeskranker Welpe. Vielleicht störte es sie wegen ihres Vaters, dass er trank, aber er würde sich nicht betrinken.

An ihren Vater zu denken, half nichts. Die Mafia suchte nach dieser Frau und hatte bereits gemordet, um an Informationen zu kommen.

Aus dem Augenwinkel sah er, wie sie aufstand und zu ihm herüberkam. Er machte sich auf Ärger gefasst, aber sie kniete sich langsam zu seinen Füßen hin.

Die sexuelle Fantasie eines jeden Mannes.

In die Couch zurückgelehnt, beobachtete er sie aus schmalen Augen.

„Küss mich", sagte sie, legte die Hände auf seine Knie und beugte sich vor.

Marsh zog eine Augenbraue hoch, dankbar dafür, nicht zu geifern wie ein Idiot. Er sagte nichts, bewegte sich keinen Zentimeter auf sie zu. Sie schaute ihn voller Ernst an, ihre blauen

Augen dunkel und voller Geheimnisse. Wenn sie nicht gerade Feuer spuckte, sah sie in etwa so abgeklärt aus wie eine Madonna.

Ihre Zungenspitze fuhr über ihre Unterlippe, und Marsh folgte der Bewegung wie einem Leuchtfeuer am Nachthimmel.

„Was soll das, Josephine?"

Verunsicherung flackerte über ihr Gesicht, als sie ihre Hände zurückziehen wollte, aber Marsh griff nach ihrem Handgelenk und zog sie langsam, unaufhaltsam, zu sich hin.

„Nichts", murmelte sie, starrte auf seine Lippen, als ob sie ihn wirklich küssen wollte. Obwohl sie ihn eher beißen würde. Seltsamerweise war das eine Vorstellung, die ihm gefiel.

Sie wich nicht zurück. Und ein Kuss konnte nicht schaden ...

„Ich glaube dir nicht", murmelte er gegen ihre Lippen, „aber mal schauen, was passiert." Er küsste sie sanft, ließ ihr Handgelenk los und fuhr mit seinen Fingern durch ihre Haare.

Der Kuss war berauschend, wie eine Sternenexplosion. Zögerliche Lippen trafen sich, kosteten und schmeckten, entflammten und wollten mehr.

Josephine lehnte sich zurück, löste den Kuss und schluckte angestrengt. „Ich glaube, ich brauche doch einen richtigen Drink." Sie nahm ihm das Glas aus der Hand, und der flüchtige Kontakt ließ seine Finger kribbeln. Er beobachtete sie, wie sie einen winzigen Schluck Scotch trank.

Sie schien auf etwas hinzuarbeiten, aber er wusste nicht, was es war.

„Du bist ein attraktiver Kerl." Sie fuhr mit ihrem Zeigefinger um den Rand des Glases und musterte ihn unter schweren Lidern hervor. „Ich will dich."

„Sicher." Marsh verbarg seine Zweifel nicht. In einem Moment war sie sauer auf ihn, und im nächsten Augenblick war er plötzlich unwiderstehlich? Er atmete tief ein, hielt die Luft an. Wartete. Versuchte, sich nicht zu sehr anturnen zu lassen, weil es einfach einen Haken an der Sache geben musste. Er war nicht so dumm, ihr diese Scharade abzunehmen, aber verdammt noch mal, er wollte es.

„Warum ist das so schwer zu glauben? Ich will, dass du mit mir schläfst." Sie drückte ihm das Glas zurück in die Hand, und ihre Finger glitten über seinen Oberschenkel. „Trau dich." Ihre Augen blickten eindringlich in seine, und ihre Hand drückte die Muskeln in seinem Oberschenkel mit einer sanften Massage, die ihn steinhart werden ließ, bevor er bis drei zählen konnte.

„Trink deinen Whisky, Mr. Special Agent, und vielleicht hast du dann die Nerven, dich von mir verführen zu lassen."

Marsh hob das Glas an den Mund und trank es in einem Schluck aus. Der Single Malt brannte bis in seinen Magen hinunter, und Marsh hielt sich an diesem Gefühl fest, wollte an alles denken, nur nicht an Sex. Er stellte das Glas auf dem Beistelltisch ab und musterte sie, versuchte zu entscheiden, ob sie es ernst meinte oder nicht.

Wollte sie einfach heißen Sex, um die Langeweile ihres Aufenthalts erträglich zu machen? Schaute sie ihn an und spürte, wie sein Mund vor Verlangen ganz trocken wurde und er den Blick nicht abwenden konnte? Oder wollte sie ihn einfach nur manipulieren? So leicht war er nicht zu haben – oder doch? Gestern noch hätte er das nicht geglaubt. Heute war er sich plötzlich nicht mehr so sicher...

„Fürs Protokoll, du brauchst nur zu atmen und hast mich schon verführt", ließ Marsh sie mit brutaler Ehrlichkeit wissen.

Sie kniete zwischen seinen Beinen, ihre Unterarme auf seine Oberschenkel gepresst, seine Knie an ihrem Oberkörper und an den weichen Kurven ihrer Brüste. Ihre Lippen waren rosig von ihrem Kuss und schimmerten feucht im Schein des Feuers.

Ihre Hand rutschte etwas höher, nur ein bisschen, gerade genug, um sich vorzustellen, wie gut sich ihre Berührung auf seiner nackten Haut anfühlen würde. Und das war der Augenblick, als das Feuer in ihm explodierte, seine Kontrolle vernichtete und seine Lust entfesselte. *Zur Hölle mit ihren Beweggründen.*

Er zog sie neben sich auf die Couch, legte sie der Länge nach hin und rollte sich auf sie. Er wollte sie so sehr, er konnte keinen klaren Gedanken mehr fassen.

Er nahm ihr Gesicht in seine Hände und senkte den Kopf, um sie zu küssen, schmeckte die Süße und die Nervosität ihres Munds. Sie reagierte zögerlich, erwiderte jede Berührung mit kurzen, süßen Küssen, die neckten und wieder verschwanden.

Es war unfassbar erotisch.

Ohne den Kuss zu lösen, glitt Marshs Hand ihren Körper hinunter, dann schlüpfte sie unter ihren Pullover. Er liebkoste ihre Brüste, strich über Nippel, die sich mit nur einer Berührung in kleine, feste Perlen verwandelten, und seine Fingerspitzen umkreisten sie zärtlich. Er neckte sie mit flüchtigen Berührungen, die sie leise aufstöhnen und sich langsam winden ließen. Kaum merkliche Schauer rollten über ihren Körper hinweg und bauten sich zu unwillkürlichen, schaukelnden Bewegungen auf, die immer stärker wurden, während ihr Körper sich gegen seine Hände drängte. Unverständliches Flehen nach mehr brach in einem atemlosen Wispern aus ihr hervor. Marsh sah in ihre Augen, rieb mit seiner Daumenspitze über die empfindlichen, seidigen Nippel, erst über den einen, dann über den anderen. Ihre Pupillen wurden groß, und sie schnappte nach Luft, schloss die Augen, warf den Kopf in den Nacken und präsentierte seinen Lippen ihren nackten Hals.

„Das fühlt sich so gut an." Sie schluckte, und er folgte ihrem Reflex mit seiner Zunge.

Voller Ungeduld über die Kleidung, die noch immer ihren Körper bedeckte, zog Marsh ihr den Pullover über den Kopf, aber als er das T-Shirt hochziehen wollte, schüttelte sie den Kopf und hielt den Stoff fest. Frustriert aber nicht geschlagen, glitten seine Hände wieder unter den Baumwollstoff und lösten mit einer flinken Bewegung ihren BH, zogen ihn von ihren Schultern. Sie schien verblüfft über diese Fingerfertigkeit, und Marsh dachte sich, dass sie vermutlich nervös wegen ihrer Narben war –

Narben, von denen sie nicht wusste, dass er sie bereits gesehen hatte.

Ihre Kurven waren dezent, versteckt, aber umso verführerischer. Er klaubte den Stoff ihres T-Shirts in einer Hand zusammen und zog es eng über ihre Brüste. Seine Finger fuhren über die Umrisse ihrer Nippel, die durch die dünne Baumwolle schimmerten. Er senkte den Kopf und saugte durch den Stoff an ihnen. Josephine stöhnte auf, ihr Rücken bog sich von der Couch, und ihr Kopf fiel schwer in die Kissen zurück. Winzige Geräusche kamen aus ihrem Mund und sie atmete heftig. Marsh platzierte kleine Küsse ihren Hals hinauf, langsam, zärtlich, streifte die kühle Haut, genoss es, sie schaudern zu lassen.

Er hob den Blick und sah, wie sie ihn mit schockierten Augen beobachtete. Verlegenheit und Unsicherheit, vermischt mit wachsendem Verlangen. Sie sah aus wie eine Jungfrau im ersten Rausch der Leidenschaft.

Nie im Leben. Keine Frau, die so schön war, würde es unberührt bis siebenundzwanzig schaffen, und Josephine Maxwell war zu abgebrüht, um die vestalische Jungfrau zu spielen.

Marsh wollte sie vor Lust schreien sehen, noch bevor die Nacht um war. Er wollte die gleiche Wirkung auf sie haben wie sie auf ihn. Wieder glitten seine Hände unter ihr T-Shirt, wanderten tiefer und fuhren in einer gleichmäßigen Bewegung den Bund ihrer Leggings entlang.

Josephine zerrte an seinem Hemd, und er zog es sich über den Kopf, warf es ungeduldig auf den Boden. Dann wanderten ihre Hände über seinen Körper, strichen über die Muskeln an seinem Rücken, über seine Brust.

„Lass uns das ins Schlafzimmer verlegen", sagte sie unsicher.

Oh ja.

Er stand auf, griff nach ihrer Hand und zog sie den Flur hinunter. Seine Füße schlurften über den Boden, aber er wollte nicht anhalten. Vielleicht war ihm der Whisky zu Kopf gestiegen – aber vermutlich war es eher die Tatsache, dass er endlich diese Frau zu fassen gekriegt hatte, und auch sie schien die Finger nicht von ihm lassen zu können, was ihn regelrecht euphorisch stimmte.

Sie sanken auf das Bett, und wieder küsste er sie, musste ihre Lippen an seinen spüren. Er knabberte an ihrem Ohrläppchen, brachte sie dazu, sich unter ihm zu winden, während sich ihre Fingernägel in seine Oberarme krallten. Atemlos stieß sie seinen Namen hervor, und in seinem Kopf drehte sich alles, er verlor fast die Beherrschung.

Nach einem weiteren, ausführlichen Schmecken ihrer Lippen, zog er langsam ihre Leggings und ihren Slip über ihre glatten, seidigen Beine hinunter, folgte ihrer Enthüllung mit seinem Mund. Josephine verspannte sich, aber diesmal würde er sie nicht davonkommen lassen. Sie hatte ihn durch die Hölle gehen lassen, und das würde er ihr nun mit lustvoller Folter heimzahlen.

Er warf ihre Sachen zur Seite, bewegte sich zwischen ihre Beine und hob ihre Hüfte an.

Verlegen wand sie sich hin und her, war vollkommen unbeholfen und schutzlos, versuchte, etwas zu sagen, als seine Zunge in den heißen Geheimnissen ihres Schoßes versank. Sie verdrehte die Augen und fiel überwältigt in sich zusammen. Marsh drang mit seinen Fingern in sie ein, und sein Daumen rieb sanft den festen Knoten ihres Kitzlers, der feucht gegen seine Fingerspitze pulsierte.

Marshs Selbstkontrolle begann zu entgleisen, seine Objektivität war ohnehin schon längst über Bord geflogen, aber es war ihm völlig egal. Die Befriedigung, Josephine Maxwell endlich mit Mund und Händen erforschen zu können, berauschte ihn. Nie im Leben würde er jetzt einen Rückzieher machen, wenn sie ihn doch anflehte, ihn in sich zu spüren. Ihre Hände zogen an seinen Haaren und ihre Hüften hoben sich begierig vom Bett.

Er wollte sie mehr, als er jemals in seinem Leben etwas gewollt hatte. Langsam drängte er gegen sie, erregte sie mit seinem harten, bereiten Körper. Sie zappelte und wand sich, fuhr mit ihren Händen über seinen Körper, über seinen Rücken, dann hinunter zu seinem Hintern. Mit einem gedämpften Fluch strampelte er sich aus seinen Hosen, während er sein ganzes Dasein darauf fokussierte, Josephine Maxwell blind vor Lust zu machen.

Marsh atmete heftig. Sein Kopf fühlte sich schwer und dumpf an, aber das war ihm egal. Seine Erektion presste sich gegen ihre Mitte, jeder Zentimeter rasend vor Verlangen, übertönte alle Vernunft und jeglichen gesunden Menschenverstand. Er küsste sie auf den Mund, verschlang seine Zunge mit ihrer, versuchte, das Bedürfnis zurückzuhalten, in sie hineinzustoßen, bis sie absolut bereit für ihn war. Ihre Schenkel spreizten sich und ihre Hüften bogen sich ihm entgegen.

Er glaubte, er müsse sterben, als sich ihre Beine um seine Taille schlangen. Er hatte sich zurückhalten wollen, hatte Vorsichtsmaßnahmen ergreifen wollen, aber er konnte nur noch daran denken, sich in ihrem engen Schlitz zu vergraben.

Mit einer Hand glitt er zwischen ihre Beine, vergewisserte sich, wie feucht sie war. Überzeugt, dass sie bereit für ihn war, positionierte er sich und drängte seine Hüften vorwärts, aber sie war eng. Beinahe zu eng.

„Uh." Sie stieß das Wort aus wie ein überraschtes Knurren, während sich ihre Fingernägel in seinen Rücken krallten.

Sie veränderte ihre Position, und plötzlich war er tief in ihr versunken. Er erstarrte, noch während sie sich um ihn zusammenzog.

War sie etwa noch Jungfrau?

Sein Blick verschwamm, als ihr Körper um ihn herum pulsierte. Ihr überraschtes Stöhnen ließ ihn lächeln, auch wenn er die Augen nicht offen halten konnte.

Irgendetwas stimmte nicht.

Er biss die Zähne zusammen, versuchte, ihretwegen stillzuhalten, nachzudenken, ihr die Chance zu geben, sich an ihn zu gewöhnen. Aber sie fühlte sich so verdammt gut an, und die Lust versengte seinen Verstand. Sein Kopf fühlte sich benommen an. Wirbelnde Bilder vermischten sich in seinen Gedanken, während er jeden Schauder und jedes Zusammenziehen der Muskeln um ihn herum spürte.

Sie hob ihr Becken, nahm ihn tiefer, und er wusste, er war verloren. Seine Hand glitt zwischen sie und rieb ihren geschwollenen Kitzler. Sein Kopf fiel auf ihre Schulter, sein Gewicht lag schwer auf ihr, während er in sie hineinstieß, immer und immer wieder. Er wusste, dass er erledigt war, *Game Over*, aber als er die ersten Ausläufer seiner eigenen Erlösung verspürte, versteifte sie sich erneut, und ihr Mund fiel in einem Aufschrei der Lust und des Staunens auf. Sein Höhepunkt überrollte ihn mit der Macht eines Hurrikans, katapultierte ihn in so überwältigende Empfindungen, dass er glaubte, er würde explodieren. Sein Verstand löste sich in nichts auf, benommen vor Verwunderung, sein Körper so gesättigt von Lust, dass er sich nicht mehr bewegen konnte.

Sex hatte sich noch *nie* so gut angefühlt, und er hatte jede Menge Erfahrung.

Josephines Augen waren rund und verblüfft. „Wir hatten tatsächlich Sex." Ihre Stimme klang piepsig.

Er konnte es auch nicht glauben. Er legte den Kopf neben ihr auf dem Kissen ab. Etwas stimmte nicht mit ihm, aber es war ihm irgendwie egal. Er konnte sich nicht bewegen. Seine Lippen fühlten sich an wie Watte.

„Bist du okay?", fragte sie und klang besorgt.

„Fan–" Marsh gähnte, „tastisch." Die Erschöpfung riss seine Energie mit sich wie ein Taschendieb. Noch immer in ihr verlor er das Bewusstsein.

Kapitel Vierzehn

Elizabeth trieb Tiger an, ignorierte die Zweifel, die durch ihre Gedanken tosten und sie drängten, zurückzukehren. Gestern Abend hatte sie Nat ausgeschlossen. Hatte dicht gemacht und ihm die Tür vor der Nase zugeknallt. Sie hatte Angst gehabt, war in den Erinnerungen an diesen grauenhaften Übergriff gefangen gewesen und hatte sein Recht auf Antworten, nach allem, was er in den Nachrichten gesehen hatte, einfach ignoriert. Na schön, jetzt würde er alle Antworten bekommen, die er haben wollte, und zwar schnell, denn sie würde die Ranch verlassen. Heute noch.

Schweißperlen sickerten zwischen ihren Schulterblättern herab, rollten ihr Rückgrat hinunter, während die Sonne gnadenlos auf sie hinunterbrannte. Andrew DeLattio würde Jagd auf sie machen, und sie wollte nicht, dass er sie an einem Ort fand, an dem sich so viele Menschen aufhielten, die ihr etwas bedeuteten und denen ihretwegen etwas zustoßen konnte.

Sie wäre schon abgereist, aber ihr Jeep hatte nicht mitgespielt. Und in dem Augenblick, als sie den Schlüssel in der Zündung umgedreht und der Motor sich geweigert hatte, anzuspringen, war ihr klargeworden, dass sie den feigen Ausweg gewählt hatte. Sie war so damit beschäftigt gewesen, vor ihrer Vergangenheit davonzurennen, dass sie keinen Gedanken an Nats Gefühle verschwendet hatte. Er war ein guter Mann, kein Perverser. Er hatte sie im Fernsehen gesehen – unter der falschen Identität, hinter der sie sich versteckt hatte – und hatte alles Recht der Welt, misstrauisch zu sein. Sie wäre es an seiner Stelle bestimmt. Er hatte eine Erklärung verdient, und sie war entschlossen, ihm diese Erklärung zu liefern – sobald sie den Cowboy endlich gefunden hatte.

Widerwillig, sehr widerwillig, hatte Cal ihr eine Wegbeschreibung zu der Stelle gegeben, wo sie Nat finden konnte.

Cal war ihr einen Gefallen schuldig gewesen – und sie hatte ihn eingefordert. Cal bewegte sich noch immer steif und langsam aufgrund der Folgen seiner Prügel, aber zum Glück waren keine Knochen gebrochen. Er hatte sie in die Hügel geschickt, etwa zwei Kilometer nördlich der Lichtung, wo sie zu Beginn ihres Aufenthalts ihr Gewehr ausprobiert hatte. Hatte ihr eingebläut, genug Krach zu machen, dann würde Nat sie schon finden. Nat fotografierte gerade die Wölfe an ihrem Bau und hatte geplant, den Großteil des Tages fortzubleiben, vielleicht sogar über Nacht. So lange konnte Elizabeth nicht mehr warten. Der Aufruhr in ihrem Herzen ließ bereits jetzt Übelkeit in ihr aufsteigen.

Tiger blieb stehen und schnüffelte in der Luft, tänzelte seitwärts, den Blick starr auf eine Ansammlung von Kiefern gerichtet. Das Pferd riss an den Zügeln, schnaubte, grub die Hufe in den Boden und weigerte sich, auch nur einen Schritt weiterzugehen.

Der Wallach scheute.

Elizabeth spähte durch die Bäume, konnte aber durch die dichten, verflochtenen Äste nichts erkennen. Ihre Hände wurden feucht, und sie wischte sie an ihren Jeans ab.

War es ein Tier oder ein Mensch?

Nat hatte ihr versichert, die Wölfe wären „mehr oder weniger" harmlos. Sie war sich da nicht so sicher. Sie nahm ihr Gewehr vom Rücken und versuchte, Tiger mit sanften Worten zu beruhigen, während sie gleichzeitig das Magazin des Gewehrs lud. Gar nicht so einfach, während das Pferd unter ihr herumtänzelte.

Hätte ich vorhin schon machen sollen.

Tiger riss den Kopf herum, und Elizabeth ließ eine Patrone in das kurze Gras auf dem Trampelpfad fallen, dem sie gefolgt war. Sie ließ sie liegen. Tiger war kurz davor, durchzugehen, und sie konnte nicht riskieren, dass das Pferd ohne sie davonrannte. Sie legte eine Patrone in die Kammer, ließ den Hahn halb gespannt. Sie wusste nicht, was für eine Gefahr dort lauerte, aber sie wollte auch keinen armen Wanderer erschießen, der gerade hinter den Bäumen am Pinkeln war. Ihr Herz hämmerte so stark, sie konnte das Blut in ihren Ohren rauschen hören. Sie schaffte es, drei Patronen ins Magazin zu laden, bevor sie gezwungen war, aufzugeben, um das Pferd zu zügeln.

Das Herz rutschte ihr in die Hose und schoss umgehend zurück in ihren Hals, als riesige, braune Schultern sich ihren Weg durch die Äste bahnten und auf den Weg traten. Der Grizzly schlenderte auf sie zu, den Kopf gereckt, die Nase im Wind, seine schwarzen Augen direkt auf sie gerichtet. Das Tier sah ausgemergelt aus, seine Rippen waren unter seinem dichten Pelz deutlich erkennbar. Tiefe Krallenfurchen an den Schultern des Bären legten nahe, dass er vor Kurzem verletzt worden war, vermutlich von einem anderen Bären.

Scheiße.

Sie war noch nie zuvor einem Grizzly in freier Wildbahn begegnet, aber sie wusste, wozu die Experten rieten. Nicht in Panik geraten. Nicht davonrennen.

Genau. Ganz sicher.

Tiger stellte sich mit einem lauten Wiehern auf die Hinterbeine, dann stürmte er in die Bäume davon.

Elizabeth klammerte sich mit einer Hand an der Mähne des Pferdes fest, das Gewehr fest in der anderen Hand. Die Zügel baumelten gefährlich lose am Hals des Pferdes herum, aber sie wagte nicht, danach zu greifen.

Feck. Feck. Feck.

Der Bär folgte ihr, jagte sie in einem Höllentempo durch den dichten Wald und über den unebenen Untergrund. Sie hatte keine Ahnung gehabt, dass etwas so Großes und Schwerfälliges plötzlich losdonnern konnte wie eine Rakete. Tiger hingegen schien sich dessen durchaus bewusst, erinnerte sie daran, dass Instinkt eine mächtige Sache war. Das Pferd rannte im gestreckten Galopp durch den Wald. Elizabeth hing beinahe waagrecht über Tigers Hals, klammerte sich am Sattel fest wie eine Klette.

Einen Bruchteil einer Sekunde bevor das Pferd es auch bemerkte, entdeckte Elizabeth den plötzlich vor ihnen auftauchenden Abhang. Sie versuchte, den Schwung auszugleichen, indem sie sich nach links warf, aber sie hatte keine Chance, auf dem Rücken des Pferdes zu bleiben, als Tiger in vollem Galopp nach rechts schoss.

Elizabeth segelte durch die Luft, klammerte sich an das Gewehr wie an eine Rettungsleine. Als sie auf der Erde landete, setzte instinktiv ihr Selbstverteidigungstraining ein, und sie rollte sich zusammen, schoss die Grasböschung hinunter, mehr als zwanzig Meter von der Stelle entfernt, an der das Pferd sie abgeworfen hatte.

Sie sah Sterne, biss die Zähne zusammen, und ihr Kopf dröhnte dumpf bei jedem Aufprall. Grelles, weißes Licht schoss durch ihren Kopf. Ihre Finger krallten sich noch immer um das Gewehr, aber sie ließ es ins Gras gleiten, während sie sich auf den Rücken fallen ließ und versuchte, wieder zu Atem zu kommen. Ihre Rippen fühlten sich an, als wäre eine Dampfwalze darübergefahren, hatten ihren Brustkorb so sehr zusammengedrückt, dass ihr die Luft auf einmal aus der Lunge gerauscht war.

Sie konnte sich nicht mehr bewegen.

Langsam schaffte sie es, abgehackt einzuatmen, blinzelte zwischen schmerzenden Lidern hervor und erblickte den Grizzly, der über den Rand des Abhangs spähte. Er schien zu grinsen, als er loslief. War noch immer auf der Jagd. Noch immer hinter ihr her. Sie griff nach der .30-.30., wusste, dass das Gewehr der riesigen Kreatur nicht gewachsen war. Mit dem Daumen spannte sie den Hahn und stand langsam auf.

NAT HATTE SCHWIERIGKEITEN, sich auf die Wölfe zu konzentrieren. Kurz nach Sonnenaufgang, als das Rudel seine Beute für das Alphaweibchen zum Bau zurückgebracht hatte, hatte er Dutzende von Fotos geschossen. Aber seitdem hatte er nichts Nennenswertes mehr abgelichtet. Die Wölfe hatten sich größtenteils verkrochen oder räkelten sich in der warmen Sonne. Ein paar der einjährigen Welpen waren noch zu sehen, aber sie hatten sich kaum bewegt, bis auf das Zucken ihrer Ohren, um die nervigen Fliegen zu vertreiben.

Der Unterstand, den Nat vor zwei Wintern errichtet hatte, befand sich gute hundert Meter vom Bau der Wölfe entfernt, und er hatte mit seinem Teleobjektiv freie Sicht auch in die dunklen Winkel am Eingang des Baus. Er schlürfte Kaffee aus einer Thermoskanne und versuchte, nicht an Eliza zu denken.

Verdammt aber auch, die Frau bedeutete nichts als Ärger. Das hatte er in dem Augenblick gewusst, als er sie zum ersten Mal gesehen hatte, und trotzdem konnte er sich ihren Reizen nicht entziehen.

Wenn das, was sie ihm erzählt hatte, stimmte, dann war sie auf der Flucht vor der Mafia. Er konnte kaum begreifen, dass dort draußen jemand herumlief, der ihr etwas antun wollte. Dass irgendjemand ihr bereits etwas angetan hatte. Er schluckte angestrengt, hatte das Gefühl, als ob er sie im Stich gelassen hätte, auch wenn er sie damals noch gar nicht gekannt hatte.

Und was, wenn die Mafia sie hierher verfolgt? Er biss die Zähne so fest zusammen, dass der Schmelz zu splittern schien. Zehn Minuten allein mit diesen Bastarden, und sie würden wissen, wie es sich anfühlte, Gewalt zu erleiden.

Aber er konnte nicht nur an sich selbst denken. Er musste auch an seine Mutter, seine Schwester und seine Nichte denken.

Einer der jungen Wölfe spitzte die Ohren, eine Sekunde, bevor das Alphamännchen aus dem Bau trat. Der Wolf war riesig, ohne Weiteres sechzig Kilo schwer, vielleicht sogar mehr. Seine spitzen Ohren zeigten direkt in Nats Richtung, und seine gelben Augen leuchteten. Es war ein herrliches Tier, und sein silbernes Fell glänzte in der Sonne. Nach und nach rottete sich das Rudel um ihn zusammen, weitere Tiere kamen aus dem Bau und zogen unruhig ihre Kreise.

Die schwangere Wölfin erhob sich und stand Schulter an Schulter neben ihrem Gefährten, ihr schwarzes Fell ein schimmernder Kontrast zu dem ihres Männchens.

Irgendetwas geht hier vor sich.

Nats Rückgrat kribbelte, während er ein paar Bilder schoss. In einer einzigen Bewegung drehten sich die Wölfe um und starrten hinunter in das schmale Tal. Ihre Nackenhaare stellten sich auf, und sie begannen zu kläffen, nur Sekunden, bevor Nat das unverwechselbare Brüllen eines Grizzlys hörte. Automatisch griff er nach seiner Remington, die gegen die Wand des Unterschlupfs lehnte. Noch während er den Auslöser seiner Kamera drückte, glitten die Finger seiner anderen Hand zur Sicherung des Gewehrs und lösten sie. Er beugte sich so weit vor, wie er konnte, versuchte zu erkennen, was los war, aber diese Seite des Tals war außerhalb seiner Sichtweite.

Sein Pferd, Winter, stand nicht weit entfernt, graste unangebunden auf einer kleinen Lichtung etwa vierhundert Meter von seinem Standort. Das Pferd würde nirgendwohin abhauen. Außer, der Bär griff es an.

Einer nach dem anderen setzten sich die Wölfe in Bewegung, hinunter in die Schlucht, auf den Bären zu. Verteidigten die ungeborenen Welpen und den Bau. Das Alphaweibchen tapste zurück in die Höhle.

Nat nahm die Kamera vom Stativ, schlang sie sich um den Hals und stürzte aus dem Unterstand, als er den Bären erneut brüllen hörte. Aber das Herz blieb ihm beinahe stehen, als das Brüllen nicht von Wolfskläffen beantwortet wurde, sondern vom Schuss eines kleinkalibrigen Gewehrs.

MARSH WACHTE BEI STRAHLENDEM SONNENSCHEIN AUF. Das weiße Licht brannte auf seinen Lidern, und er fragte sich, wie viel genau er letzte Nacht getrunken hatte. Er kniff die Augen zusammen, um die Uhrzeit auf dem Radiowecker entziffern zu können. Beinahe elf Uhr morgens.

Gott – wie lange habe ich denn geschlafen? Welchen Tag haben wir?

Erschlagen starrte er auf die apfelgrünen Wände des Schlafzimmers, fühlte sich kraftloser als eine dehydrierte Nacktschnecke.

Josephine.

Die Wahrheit durchzuckte ihn in einem blendenden Blitz. Diese Hexe hatte ihn betäubt.

Marsh schluckte krampfhaft, sein Hals wund vor Trockenheit, seine Zunge nichts als ein dicker Wattebausch in seinem Mund. Er wusste nicht, wie sie das GHB gefunden hatte, das er in seiner Tasche versteckt hatte, aber sie war offensichtlich eine versiertere Diebin, als er ihr zugetraut hatte. Er hätte es besser wissen sollen, als sie zu unterschätzen.

Sein Erinnerungsvermögen schien allerdings noch intakt zu sein –

zu verflucht intakt. Das Zimmer roch nach Schweiß und Sex. Was zur Hölle hatte er sich denn bitte schön dabei gedacht? Aber die Erinnerungen daran, wie ihre Hände über die Innenseiten seiner Schenkel geglitten waren, ließen seinen Körper erneut reagieren, was ihm ganz genau verriet, wohin sein Gehirn letzte Nacht verschwunden war.

Wenigstens hatte sie ihm nur eine kleine Dosis der Droge verabreicht. Mehr davon, zusammen mit dem Alkohol, und er wäre tagelang bewusstlos gewesen.

Welcher Tag war überhaupt?

Und vielleicht war es ihr auch egal, ob er lebte oder starb. Allerdings wollte sie natürlich vom Radar verschwinden und nicht etwa auf der Liste der meistgesuchten Personen des FBI landen, weil sie einen Bundesagenten umgebracht hatte.

Er ignorierte seinen vernebelten Kopf und versuchte, sich aufzusetzen, nur um sofort von etwas Hartem an seinem Handgelenk zurückgerissen zu werden. Voller entsetzter Bewunderung starrte er auf die Handschellen, die ihn am Metallrahmen des Bettes festketteten. Dann ließ er sich wieder auf die Matratze fallen und lachte so sehr, dass ihm die Tränen kamen.

Verführt und sitzengelassen.

Ans verfluchte Bett gefesselt.

Heilige Scheiße. Man musste diese Frauen einfach bewundern.

Mit seiner freien Hand wischte er sich die Tränen aus den Augen, erinnerte sich daran, wie er es bis zum Bett geschafft hatte, bevor sie sich geliebt hatten. *Sex gehabt hatten*, verbesserte er sich. Sie hatten Sex gehabt – nicht sich geliebt.

Er hätte wissen sollen, dass sie etwas im Schilde führte, von dem Augenblick an, als sie ihn angelächelt und „Küss mich" gesagt hatte.

Ha!

Humor schien die bessere Wahl zu sein, als zu schreien, bis die Wände wackelten. Er setzte sich wieder auf. Die Handschellen schepperten am Metallbett, und Marsh dachte über seine Lage nach. Er runzelte die Stirn, als er die feinen Blutflecken auf dem schneeweißen Laken entdeckte. Sie war verflucht überrumpelt gewesen, als er sie ausgezogen hatte, und ihm wurde mit plötzlicher Klarheit bewusst, dass Josephine gestern Nacht weitaus mehr bekommen hatte, als sie erwartet hatte. Sie hatte sich mit der Dosierung vertan – hatte damit gerechnet, dass er viel schneller das Bewusstsein verlieren würde, als er es tatsächlich getan hatte – und er hatte sie im Gegenzug gevögelt.

Wenigstens hatte *er* etwas von der Sache gehabt.

Scheiße.

Er schloss die Augen.

Er hatte kein Kondom benutzt. Marsh schlug den Kopf in seine freie Hand und sank zurück in die Kissen. *Fuck.* Irgendeine Geschlechtskrankheit war eher unwahrscheinlich, auch wenn es natürlich keine Garantie gab. Er war sauber, und so unwahrscheinlich es ihm auch erschien, er war sich ziemlich sicher, dass Josephine Jungfrau gewesen war.

Aber ein Baby?

Herr im Himmel.

Vielleicht nahm sie die Pille ...

Marsh fuhr sich mit der Hand über den Nacken, versuchte, die Anspannung zu vertreiben. Die Vorstellung, dass Josephine mit seinem Kind schwanger war, jagte ihm nicht so viel Angst ein, wie es sollte. Er war überrascht von den Gefühlen, die dieses Bild in ihm hervorrief – auch wenn er die Frau im Augenblick am liebsten umbringen wollte.

Das Bett war antik und solide gebaut. Er saß fest. Es führte kein Weg daran vorbei. Er musste Dancer anrufen. Marsh würde sich zum Gespött der Einheit machen – wenn sie es jemals herausfanden.

Er stellte die Füße auf den Boden, dann zerrte er das Bett hinter sich her, warf sich mit aller Kraft in die Bewegung, um genug Schwung zu erzeugen. Er ignorierte das Kreischen der Bettpfosten auf dem Boden, als das Gestell Zentimeter für Zentimeter über den gebohnerten Dielenboden kratzte. Der Schweiß lief ihm den Rücken hinunter, nass und heiß, als er schließlich die Jacke erreichte, die an einem Haken an der Tür hing. Er griff nach seinem Handy, dankbar dafür, dass zumindest das noch hier war. Er wusste nicht, was er gemacht hätte, wenn sie es mitgenommen hätte.

Marsh wählte die Nummer und dachte, dass er vielleicht einen Weg finden könnte, sich in den nächsten dreißig Minuten, bevor Dancer hier auftauchte, aus den Handschellen zu befreien. Alles, was er brauchte, war ein Schraubenzieher.

ELIZABETH STARRTE ZU DEM BÄREN HINAUF. Sie hatte ihre erste Patrone vergeudet, indem sie über den Kopf des Tieres hinweggeschossen hatte, um es zu erschrecken und in die Flucht zu jagen, bevor sie sein Mittagessen wurde. Der Bär hatte nur gebrüllt. Ein Laut, der durch den Boden gerumpelt war wie ein kleines Erdbeben, bevor er zu ihren Füßen verebbt war.

In der Ferne kläfften Hunde.

Seltsam. Für eine Sekunde wurde ihre Aufmerksamkeit von dem riesigen Tier fortgerissen.

Dann begriff sie, dass es keine Hunde waren, sondern Wölfe.

Na wunderbar. Zwei der gefährlichsten Räuber der Tierwelt waren ihr auf den Fersen. Der Bär war etwa zwanzig Meter entfernt, wanderte am Grad des Abhangs entlang auf sie zu, stapfte ihr wie ein Güterzug in Zeitlupe entgegen.

„Weg, Bär!"

Wenn Nat hier irgendwo in der Nähe war, dann hatte er den Schuss gehört. Aber der Haltung des Bären nach zu urteilen, würde das keinen verfluchten Unterschied machen. Er war wütend und hungrig. Und sie war sein Mittagessen.

Die Ironie der Situation entging ihr nicht. All ihre Pläne und Vorhaben, alle umsonst. Ihre Glock lag in ihrer Hütte, und ihre

Nahkampfkünste würden von einer halben Tonne Zähne und Klauen neutralisiert werden.

Schweiß trat auf ihre Stirn, als sie das Biest ins Visier nahm. Sie wollte das Tier nicht verletzen, aber sie wusste nicht, was sie sonst tun sollte. Der Bär schien augenblicklich zu begreifen, dass er zum Ziel geworden war, denn er machte ein paar Schritte zur Seite und stellte sich auf die Hinterbeine, richtete sich zu seiner vollen Größe auf. Elizabeth wandte den Blick nicht von ihm ab. Knapp drei Meter hungrigen, wütenden Fleischfressers.

Mist. Ihr kleines Gewehr würde gegen diesen Brocken nicht viel ausrichten, aber auf keinen Fall würde sie sich einfach umdrehen und sterben. Eine Träne rann ihr über die Wange. Sie wischte sie mit dem Ärmel ab. Behielt ihr Ziel fest im Auge.

In ihrem Augenwinkel tauchte ein Wolf auf, grau und ehrfurchtgebietend. Sie wagte nicht, sich ihm zuzuwenden, aber sie konnte spüren, wie sich seine Energie auf den Bären richtete.

Nicht auf sie. *Gott sei Dank.*

Sie war erleichtert, einen Verbündeten zu haben. Nicht dass die Anwesenheit des Wolfs den Bären auch nur im Geringsten zu stören schien. Er ignorierte ihn, kam langsam näher, und Elizabeth wusste, dass er in den nächsten Sekunden angreifen würde.

Es war so weit.

Sie bereitete sich auf diesen Augenblick vor, wusste, dass es hier und jetzt zu Ende gehen würde. Auf einem einsamen Hügel in Montana – als Mahlzeit, entweder für den Wolf an ihrer Seite oder für den Bären, der sie jagte. Nat würde nie die Antworten bekommen, die er verdient hatte. Sie würde keine zweite Chance bekommen ... und plötzlich wurde ihr mit aller Gewalt bewusst, dass sie nicht sterben wollte. Ihr Herz wetterte gegen diese Ungerechtigkeit.

Der Bär fuhr herum, griff an. Elizabeth feuerte ihr Gewehr ab, lud die letzte Patrone in die Kammer und feuerte erneut. Der Bär zuckte zusammen, rannte aber weiter, wutentbrannt, aufgestachelt von den Kugeln, die in seinen zottigen Pelz einschlugen.

Elizabeth warf sich auf den Boden und rollte sich zu einem kleinen Ball zusammen, machte sich auf den Zusammenprall gefasst, der gleich kommen musste.

Ein Schuss knallte, augenblicklich gefolgt von einem zweiten.

Sie hörte, wie der Bär schwer zu Boden krachte, spürte Steine und Dreck gegen ihre Haut prasseln, als das massige Tier schlitternd zum Halten kam. Ein heißer Atemstoß streifte ihre Wange. Der muffige Geruch von feuchtem Pelz und frischem Blut überwältigte ihre Sinne. Sie öffnete die Augen und starrte in die toten Augen des Ungetüms, das Jagd auf sie gemacht hatte. Und dann begann sie, am ganzen Leib zu zittern.

Tränen der Erleichterung liefen ihr über das Gesicht, und sie hörte, wie jemand auf sie zu gerannt kam.

„Eliza!"

Nat.

Elizabeth versuchte, aufzustehen, aber ihre Knie schwankten zu sehr. Sie taumelte rückwärts und stolperte von dem Tier fort, konnte nicht glauben, dass es wirklich tot war und nicht noch einmal angreifen würde. Sie ließ das nun ungeladene Gewehr zu Boden fallen und warf sich in Nats ausgebreitete Arme, klammerte sich an ihn. Er schlang sie mit einer solchen Wärme und Stärke in seine Umarmung, dass sie nicht wusste, wie sie jemals ohne ihn leben sollte.

Mit letzter Kraft klammerte sie sich an ihn.

„Oh, mein Gott, ich hatte solche Angst." Jetzt war es leicht, das zuzugeben.

Nat zog sie fester an sich, und ihre Körper rasteten mit jeder Kurve ein, schmiegten sich perfekt aneinander.

„Ich hatte in meinem ganzen verdammten Leben noch nie solche Angst." Sein Atem wisperte in ihren Ohren, als er sprach.

„Ich weiß, man soll nicht davonrennen." Sie schluckte angestrengt. „Leider hatte das Pferd etwas anderes vor. Tut mir leid, dass du ihn erschießen musstest, aber ich bin so froh, dass du genau in diesem Moment aufgetaucht bist ..."

„Normalerweise greifen Bären keine Menschen an. Der hier sieht krank oder verletzt aus."

Eine lange Weile hielten sie sich aneinander fest, während ihre Herzschläge sich wieder auf einen einigermaßen normalen Rhythmus verlangsamten. Schließlich beugte Elizabeth sich zurück, blickte hinauf in diese blauen Augen, die dunkel vor Emotionen waren. Ihr Blick fiel auf Nats volle Unterlippe, und sie wusste, dass sie ihn küssen wollte, ganz dringend. Sie war nicht gut genug für ihn, aber trotzdem ...

Die harten Furchen um seinen Mund verschwanden, als er versuchte, zu lächeln.

„Ach, verdammt." Nat senkte seine Lippen auf ihre und küsste sie.

Elizabeths Kopf drehte sich, und mit einem Kuss, der sich bis in ihre Seele brannte, presste sie ihre Lippen auf seine. Sie hielt ihn so stark fest, dass ihre Muskeln sich verkrampften, nicht gewillt, ihn je wieder loszulassen.

Seine Arme waren wie Stahl, hielten ihren Rücken aufrecht, und seine Beine waren gegen jeden Zentimeter ihrer eigenen gepresst. Sie wollte in diesem Gefühl der Sicherheit und der Stärke versinken, wollte eintauchen in die Spannung der körperlichen Erleichterung. Erinnerungen schlugen auf ihr Bewusstsein ein, aber sie entzog sich ihnen und versank tiefer in dem Gefühl von Nats warmen Lippen, dem leichten Kratzen seiner Bartstoppeln an ihrer Haut. Ihre Arme wanderten nach oben, schlangen sich um seinen Hals, und sie wollte sich diesem Mann vollkommen hingeben, alles bejahen, was im Leben gut und richtig war. Wollte entdecken, was ihr gefehlt hatte, bevor es zu spät war.

Als sie auftauchte, um Luft zu schnappen, blinzelte sie im hellen Sonnenschein, war überrascht, die Vögel zwitschern zu hören.

Nat stieß einen tiefen Seufzer aus, fuhr mit den Fingern durch ihre zerzausten Haare und nahm ihr Gesicht in seine großen

Hände. Er presste seine Stirn an ihre und lachte. Es war ein tiefer, ungehemmter Laut der Erleichterung, der ihr Herz wärmte.

„Du hast eindeutig eine Vorliebe für Ärger."

Elizabeth blickte ihn empört an. „Hab ich nicht—"

Sie spürte sein Lachen durch seinen Brustkorb rumpeln, sah, wie er angestrengt schluckte. „Doch. Hast du."

Sie sank gegen ihn, warf einen Blick auf die arme Kreatur, die ihr nur Augenblicke zuvor mit tödlichen Absichten hinterhergejagt war.

„Ich scheine den Ärger irgendwie anzuziehen", gestand sie und rieb ihre Wange am weichen Baumwollstoff seines Hemds. Nat lockerte seinen Griff, wandte den Kopf und warf einen Blick auf das Wolfsrudel, das sich nicht weit entfernt von ihnen herumtrieb.

Elizabeth bemerkte sie ebenfalls und erstarrte.

„Sie werden dir nichts tun." Nat las ihre Gedanken und nickte in Richtung des Bären. „Sie wollen endlich mit ihrem Mittagessen anfangen."

Elizabeth schauderte, wusste nur allzu gut, dass sie selbst um ein Haar zum Mittagessen geworden wäre.

Der große, silberne Wolf saß kaum zehn Meter von ihnen entfernt auf dem Waldboden. Er hechelte leise, und seine Zähne leuchteten weiß gegen das Schwarz seiner Lippen.

Elizabeth wich einen Schritt zurück. Nat legte ihr den Arm um die Schultern, beugte sich hinunter, um ihr Gewehr aufzuheben, und zog sie mit sich, zurück ins Tal hinunter. Die Wölfe machten ihnen Platz, zogen ihre Kreise, um sie passieren zu lassen. Wenn überhaupt, schienen sie fast amüsiert über diese menschlichen Eindringlinge zu sein, nicht bedroht.

„Viele der Rancher schießen, sobald sie die Wölfe sehen", erklärte Nat, während der große Wolf ihnen mit seinen gelben Augen hinterherschaute.

Eilig ging Elizabeth weiter. Sie hatte genug wilde Tiere für den Rest ihres ganzen Lebens gesehen. Knurren und Zähnefletschen erfüllten die Luft hinter ihnen, als das Rudel begann, das Festmahl unter sich aufzuteilen.

Gott. Bilder ihres eigenen Tods drangen in ihre Gedanken, und ihr Magen zog sich zusammen. Sie schauderte. Nat zog sie an sich und hielt sie fest. Ohne ihn wäre sie jetzt tot. Ohne ihn wollte sie nicht mehr leben.

❧

ALS STEVE DANCER IN DIE HÜTTE MARSCHIERT KAM, hatte Marsh seine Hosen wieder an. Er stand in der Mitte des Zimmers, noch immer mit den Handschellen an das sehr große, mittlerweile sehr verbogene gusseiserne Bett gekettet.

Marshs Haare waren schweißnass. Sein Arm an der Schulter übel gezerrt. Blut tropfte von seinem Handgelenk und fiel auf die Dielen unter seinen Zehen. Der kleinere Mann grinste ihn an. Zog sein Handy hervor und machte ein Foto.

„Gib mir deine Schlüssel." Marshs Atem ging kurz, aber sein Geduldsfaden war noch kürzer. Seine eigenen Schlüssel für die Handschellen waren verschwunden, und er wettete alles was er hatte, dass er genau wusste, wer sie hatte.

Mit einem Fünfcentstück und einer kolossalen Portion Entschlossenheit hatte er das Bett weitestgehend auseinandergeschraubt. Er würde es einschmelzen und das Metall verscherbeln, sobald er die Gelegenheit dazu bekam. Er starrte Dancer an, der im Türrahmen lehnte. *Dieser grinsende Bastard.*

Steve Dancer sah aus wie der typische Junge von nebenan. Grade, ungebändigte, dreckig blonde Haare. Frauen dachten scheinbar, er wäre „süß", sehr zum Groll der männlichen Kollegen in der Abteilung. Die zahlreichen Sommersprossen und die hellen, blauen Augen taten seinem Reiz ebenfalls keinen Abbruch.

Der Kerl war ungefähr so „süß" wie zerbrochenes Glas.

Marsh warf einen Blick in diese Augen, die vor Schadenfreude funkelten, und ein widerwilliges Grinsen zuckte in seinen Mund-winkeln. „Gib mir einfach die verdammten Schlüssel, okay?"

„Junge, Junge, Boss, ich hoffe, das war sie wert." Dancer zog seine Schlüssel hervor und warf sie Marsh zu.

Marsh fing sie mit einer Hand auf.

„Habe ich noch nicht entschieden." *Gott*, würde er sie dafür büßen lassen. Vermutlich lachte sie sich gerade über ihn tot, aber solange sie in Sicherheit war, konnte ihm das egal sein. Er schloss die Handschellen auf, warf Dancer die Schlüssel wieder zu und steckte sich die metallenen Armbänder zurück in die Hosenta-sche. Er hatte Josephine vorsätzlich in Gefahr gebracht, und jetzt war sie womöglich sogar *schwanger*. Diese nagende Sorge würde nicht so leicht verschwinden.

„Sind alle in Ordnung?", fragte Marsh. Er hatte die letzten zwölf Stunden über keinerlei Kontakt zur Außenwelt gehabt, und in dieser Zeit hätte eine Menge passieren können. Elizabeth war nicht seine einzige Verantwortung.

„Klar." Dancer löste sich vom Türrahmen und wanderte auf das Fenster mit Seeblick zu. „Aiden scharrt allerdings etwas mit den Füßen. Er hat einen Hinweis auf einen Manet erhalten, der seit dem Zweiten Weltkrieg verschollen ist. Will, dass ich nach Texas komme und mir die Sache mit ihm zusammen anschaue."

Marsh fluchte, verärgert über die Verzögerungen, die ihre Operation teuer zu stehen kamen. Sie arbeiteten rund um die Uhr, um Diebe und Fälscher zu erwischen – mussten allzeit bereit sein, um auf Hinweise zu reagieren. Aber Elizabeth war eine von ihnen, und sie schwebte in Lebensgefahr. Der Manet konnte warten. Die Einheit für Fälschungen und Kunstwissenschaften musste sich um ihre eigenen Leute kümmern.

„Er kann die erste Prüfung allein vornehmen." Marsh hoffte, diese Sache hier würde bald vorbei sein. Die Mafiaprozesse gingen bald los, und die Lage spitzte sich zu. Gerüchten zufolge hatte sich Peter Uri, der Profikiller, wieder in Bewegung gesetzt, aber niemand konnte einen zuverlässigen Hinweis auf den Kerl geben.

Er war wie ein Gespenst. Marshs Magen zog sich zusammen, als er an die Gefahren dachte, denen die beiden Frauen ausgesetzt waren.

Dancer trat hinter die Couch und schaute aus dem Fenster. Er bückte sich und hob einen Fetzen Spitze auf. Josephines BH.

Marsh hielt die Hand auf und Dancer warf ihm den BH zu, grinste mit hochgezogenen Augenbrauen. Marsh stopfte die Unterwäsche zu den Handschellen in seine Tasche.

„Wo ist sie?" Marsh versuchte, nicht zu besorgt zu klingen, beschäftigte sich damit, die Schnitte an seinem Handgelenk zu inspizieren. Trotz des Bluts waren die Wunden nicht allzu ernst.

Er folgte Dancer in die eichenverkleidete Küche und sah zu, wie er seinen Laptop hochfuhr.

Sekunden fühlten sich an wie Minuten, und Marsh fuhr sich mit den Händen über sein müdes Gesicht, versuchte, die Nachwirkungen der Droge aus seinen Augen zu reiben. „Sie hatte zwölf Stunden Zeit, um zu verschwinden. Scheiße." Panik stieg in ihm auf. „Was, wenn sie außerhalb unserer Reichweite ist?"

„Sie könnte auf dem Mond sein und wäre noch immer in Reichweite dieses Babys hier. Keine Sorge."

Marsh wich dem Blick aus, den Dancer ihm zuwarf. Sie waren mittlerweile seit über zehn Jahren Kollegen und kannten sich gut. Sie hatten in unzähligen gefährlichen Situationen zusammengearbeitet und auch in der ein oder anderen brüllend komischen. Marsh war sich durchaus bewusst, dass seine übliche Coolness stark gelitten hatte.

„Nimm dir einen Kaffee, bevor du noch umfällst. Und was zu essen." Dancer übernahm, genoss es, das Blatt ausnahmsweise mal zu wenden. „Wenn ich mit dir in diesen Heli steigen muss, dann will ich, dass du hundert Prozent fit bist." Dancer schüttelte sich. „Mann, wie ich diese Dinger hasse."

Marsh schnaubte, beugte sich ungeduldig vor, als ein Piepen aus dem Laptop erklang. Dancer drehte die Lautstärke runter und wandte den Bildschirm Marsh zu.

„Wir haben sie. Sie bewegt sich mit einer Geschwindigkeit von achthundert Stundenkilometern durch Pennsylvania. Ich schätze, wir können mit Sicherheit davon ausgehen, dass sie, obwohl sie dein Auto gestohlen hat ...“ Dancer grinste, und Marsh zuckte zusammen, „... im Flugzeug unterwegs ist.“ Dancer deutete auf ein zweites, statisches Signal. „Das Auto steht am Flughafen in Boston. Ich sage Dora, dass sie es abholen soll.“

Marsh schüttelte den Kopf. „Lass gut sein. Zuerst sollte das Bombenentschärfungskommando es sich anschauen, bevor irgendjemand dem Wagen zu nahe kommt.“ Eine Vorsichtsmaßnahme, für den Fall, dass die Mafia Josephine bereits aufgespürt hatte und sich rundherum absicherte.

Erschlagen riss Marsh sich von dem Piepen los, machte Kaffee und schlug Eier für ein Omelett auf. Auf einem Stützpunkt der Air Force, zwanzig Minuten von hier entfernt, standen ein Helikopter und ein Privatjet für sie bereit. Sie hatten noch Zeit für ein schnelles Frühstück, und er musste unbedingt Energie tanken.

„Lass sie bloß nicht aus den Augen“, mahnte er Dancer. „Gibt es schon Neuigkeiten über das Handy, das sie angerufen hat?“

Dancer schüttelte den Kopf, tippte auf dem Laptop herum.

„Aber das ursprüngliche Signal wurde bis in den Mittleren Westen oder die südlichen kanadischen Rockies zurückverfolgt, richtig?“

„Genau, und so, wie es aussieht, ist das genau die Richtung, in die unser kleines Vögelchen gerade unterwegs ist, oder etwa nicht?“ Steve deutete mit dem Kinn auf das unablässig blinkende Licht auf dem Bildschirm.

„Über die Grenze kommt Josephine nicht. Sie hat keinen Pass dabei.“ Marsh rieb sich über die Stoppeln an seinem Kinn. „Aber sie könnte sich irgendwo ein Schließfach mit einem Ersatzausweis eingerichtet haben.“ So hätte er es gemacht, wenn er sich auf der anderen Seite des Gesetzes herumtreiben würde.

Elizabeth hätte genau das Gleiche getan.

„Es ist vollkommen egal, wohin sie unterwegs ist, Boss. Wir

haben sie." Steve warf einen Blick auf seine Uhr. „In ein paar Minuten wird es zu einer kurzen Funkunterbrechung kommen, wenn der Satellit wechselt."

Mit einem selbstgefälligen Grinsen blickte Dancer seinen Boss an. „Also, wie viel ist dir das Foto wert? Und wo zur Hölle bleibt mein Kaffee?"

Kapitel Fünfzehn

Es war bereits dunkel, als Eliza und Nat auf der Ranch ankamen. Cal wartete neben der Stalltür auf sie, sah angespannt an, trotz des Funkrufs, den Nat auf dem Weg losgeschickt hatte.

„Tiger ist vor über einer Stunde zurückgekommen", gab Cal Bescheid. „Ihm geht's gut." Kritisch musterte der Cowboy Eliza, blies einen dünnen Streifen Zigarettenrauch aus. „Hätte dich nie allein losreiten lassen dürfen."

„Als ob sie jemals tut, was man ihr sagt." Nat grinste, um den anderen Mann zu beruhigen. Kein Grund, Cal zu erzählen, wie knapp sie davongekommen war. Er hatte schon genug Schuldgefühle.

Eliza legte ihm die Hand auf den Arm. „Tut mir leid, dass ich dir Sorgen gemacht habe."

Cal stierte auf den Boden, stocherte mit der Stiefelspitze im Dreck herum. „Scheiße, Eliza."

Ohne ein weiteres Wort schnappte er sich die Zügel von Nats Pferd und führte es in den Stall.

Nat griff nach Elizas Hand, zog sie zur Hütte davon.

„Gehen wir nicht zu den anderen?" Sie klang müde. Ihre Stimme heiser von zu viel Aufregung.

Nat schüttelte den Kopf, ohne anzuhalten. Es gab nur einen Ort auf der Welt, an dem er jetzt sein wollte, und der war nicht in der Nähe seiner Mutter.

Mit langen Schritten ging er die Stufen zur Tür hinauf, drückte sie auf und ließ Eliza den Vortritt. Sie hatte den Kopf gesenkt, und ihre Füße schienen bleischwer. In der Hütte war es stockfinster, aber das Mondlicht fiel in dicken Bahnen durch die Vorhangschlitze. Eliza drehte sich zu ihm um. Sie trug ihre grüne Jacke, hatte sich fest darin eingemummelt, die Hände in die Taschen gestopft, das Kinn im Kragen vergraben. Feine, gebogene Augenbrauen über smaragdgrünen Augen. Ihre Zähne knabberten an ihrer Unterlippe herum. Schlimme Erinnerungen schienen direkt unter der Oberfläche zu brodeln, und sie sah so schreckhaft aus wie ein Fohlen, aber nicht verängstigt, erkannte Nat − einfach nur müde und nervös.

Tja, verdammt, nervös war er auch.

Er rieb sich mit der Hand über den Nacken, presste die Lippen zusammen. So viel zum Druck, es nicht vergeigen zu wollen. Das Letzte, was er wollte, war, sie erneut zu traumatisieren.

Er trat auf Eliza zu, dann knöpfte er langsam ihre Jacke auf, einen Knopf nach dem anderen, während sie jede seiner Bewegungen beobachtete. Sie befanden sich hier nicht auf festem Boden. Keiner von ihnen beiden wusste, wie sich die Sache entwickeln würde, oder worauf es hinauslaufen würde. Noch nie zuvor hatte er so heftig empfunden, und seine Hände zitterten vor Anstrengung, alles langsam anzugehen. Und die ganze Zeit über beobachtete sie ihn mit diesen Katzenaugen, ernst und still. Er wollte ihr keine Angst machen, er wollte es nicht vermasseln. Behutsam zog er die Wolljacke von ihren Schultern und hängte sie am Haken an der Tür auf, dann nahm er ihre Hand.

„Setz dich zu mir." Er zog sie zur Couch.

„Nat ...", begann Eliza.

Sein Herz sank. Ihre Widerrede zog ihm den Magen zusammen. Nicht, dass er nicht warten konnte, nicht, dass er es nicht verstand, aber er wollte sie heute Nacht nicht allein lassen.

Wem wollte er hier eigentlich etwas vormachen? Er wollte sie nie wieder allein lassen, Punkt.

Sie drückte seine Hand und hauchte: „Komm mit mir ins Bett."

Überraschung ließ ihn innehalten. Nat holte tief Luft – dann noch einmal, während seine Finger sich mit ihren verflochten, ihre Handflächen sich aneinanderpressten und er sie an sich zog. Verlangen vermischte sich mit einer zärtlicheren Empfindung, die er nicht benennen konnte, nicht genauer betrachten wollte.

Sie war stur und verwegen. Und verletzt. Und er begehrte sie. Es war ihm egal, dass sie nicht die Richtige für ihn war und nicht hierbleiben würde, gleichgültig, dass seine Familie nächste Woche möglicherweise die Ranch verlieren würde. Er wollte in ihr sein und an nichts anderes denken als an sie, solange er nur konnte. Er küsste sie, zunächst sanft, dann vertiefte er den Kuss, kostete und erforschte sie mit seinen Lippen, seiner Zunge. Leidenschaft loderte zwischen ihnen empor wie eine Flamme, breitete sich rasend schnell aus, brandmarkte sie beide mit ihrer Hitze.

Ihre Hände und Münder waren verbunden, ihre Körper waren sich nah, berührten sich aber nicht. Nat musste sie wissen lassen, dass es ihre Entscheidung war. Dieses Mal wurde sie von niemandem gezwungen.

„Ich wollte dich vom ersten Augenblick an, als ich dich gesehen habe", gestand er ihr und küsste die Sommersprossen, die sich über ihre Nase ausbreiteten, über ihre Schläfe.

Sie seufzte leise, suchte mit ihren Lippen nach seinen.

Ihre Hände bettelten darum, sich befreien zu dürfen, aber er hielt sie weiterhin sanft in seinen, während er die weiche, helle Haut unter ihrem Ohr liebkoste. Ihre Hände wanden sich, aber er ließ sie nicht los.

„Du bist so unglaublich schön. Genau das, was ich nicht gebrauchen kann."

„Ich fühle mich nicht schön." Ihre Stimme brach.

„Pech gehabt. Du bist schön."

Sie bog den Hals, um mehr von seiner Berührung spüren zu können. Seufzte. Ihr Körper bewegte sich auf seinen zu, schloss die Lücke, verband sich mit seinem.

Nat spürte, wie ihr ganzer Körper an seinem dahinschmolz, wie ihre Zurückhaltung zu Staub zerfiel. Das war es, was er wollte. Er legte ihr eine Hand auf die Wange, strich mit der anderen sanft über ihren Körper, über ihre zierlichen Rippen, an der Unterseite ihrer Brüste entlang – neckende Berührungen, die sie an seinen Lippen seufzen ließen, während sie begann, auch ihn zu berühren. Er legte die Hand auf ihre Brust, verzaubert von ihrem Gewicht, ihrer Weichheit. Behutsam fuhr er mit dem Daumen über ihr Hemd, und ihre Nippel stellten sich unter dem weichen, weißen Baumwollstoff auf wie Perlen. Sie erhob keinen Einspruch. Stattdessen vergrub sie sich tiefer in seiner Umarmung und erwiderte seine Küsse – knabberte an seiner Unterlippe.

Ein tiefer Seufzer arbeitete sich in seinem Hals empor, rumpelte durch seine Brust. Nat hob den Kopf und blickte hinunter auf die von Leidenschaft durchdrungene Heftigkeit, die durch Elizas Augen stürmte. Er wollte die Kontrolle verlieren und ohne einen vernünftigen Gedanken in dieser Frau versinken. Aber er musste vorsichtig sein. Er musste sich Zeit lassen.

„Sag mir, wenn ich etwas tue, was dir nicht gefällt." Er strengte sich an, ruhig zu sprechen. „Sag mir, wenn ich dir Angst mache."

Mit Augen so dunkel, dass sie schwarz schimmerten, blickte Eliza zu ihm auf. „Wirst du nicht."

Etwas Hartes löste sich in ihr, verlagerte sich und zersetzte sich. Ihre Nervosität war verschwunden, ihr Schmerz nichts als ein entferntes Echo. Die Schönheit dieses Augenblicks trieb ihr Tränen in die Augen, aber sie blinzelte sie zurück. Tränen waren nicht das, was sie Nat Sullivan heute Abend zeigen wollte. Sie konzentrierte sich stattdessen auf ihre wachsende Lust, Begierde und Dringlichkeit. Elizabeth hob die Hand und strich Nat eine Haarsträhne aus der Stirn, überrascht darüber, wie weich sie durch ihre Finger glitt.

Schwache Spuren von Zitronenseife hingen an seiner Haut, überlagert vom warmen Duft eines Arbeiters. Ihr Mund kostete die starken Sehnen in seinem Hals, sog seine Essenz auf wie Balsam. Seine Wangen fühlten sich unter ihren Lippen rau wie Sandpapier an. Sie stöhnte leise, wollte mehr von ihm spüren, zögerte aber ... ängstlich. Sie schlang ihre Finger um seine starken Oberarme. Er fühlte sich so richtig an, so perfekt. Er machte langsam, war unfassbar behutsam mit ihr – berührte sie so, als ob sie in tausend Scherben zerspringen würde, wenn er sie zu fest anfasste.

Ihr Herz hämmerte zu schnell. Elizabeth wollte keine Behutsamkeit. Es berührte sie zu tief, und sie glaubte nicht, dass sie es noch länger ertragen konnte. Sie biss sich auf die Unterlippe, schluckte ihre Unsicherheit hinunter. Zog ihn fester an sich und zerrte an seinem Hemd herum, bis es aus seinem Hosenbund schlüpfte und sie ihre Hände darunter stecken und über seine festen Muskeln gleiten konnte. Sein Körper fühlte sich so unglaublich kräftig an, aber seine Haut war weich wie Seide.

Sie strich mit einer Hand über seine Wange, liebte das Gefühl der rauen Stoppeln an ihrer Handfläche. Trotz ihrer zitternden Nerven trat sie einen Schritt zurück, zog sich ihr Hemd über den Kopf und ließ es zu Boden fallen. Nats Adamsapfel hüpfte auf und ab, als er schluckte. Regungslos und zitternd stand sie da, dann öffnete sie die winzigen Knöpfe an seinem Hemd. Er wand sich aus den Ärmeln. Ließ es neben ihrem zu Boden fallen.

Mondlicht fiel über seinen Körper, ein Körper, der von konstanter Arbeit in harte Muskeln und Sehnen gemeißelt worden war. Das weiche Licht strich silbern über seine Schultern. Feine, blonde Haare bedeckten seine Brust und wanderten in einer dünnen, geraden Linie seinen Bauch hinunter. Unbewusst ballten sich ihre Hände an ihrer Seite zu Fäusten.

Elizabeth hatte Schönheit schon immer zu schätzen gewusst, und Nat war geradezu makellos. Stark und kantig, wie die Berge, die ihn hervorgebracht hatten.

Sie zwang ihre Finger, sich zu entspannen, streckte die Hände aus und ließ ihre Fingerspitzen über seine Haut tanzen, war fasziniert davon, wie sich seine Muskeln unter ihrer Berührung anspannten. Elizabeth hob den Blick. Erwischte ihn dabei, wie er sie unverwandt anschaute. Mitternachtsblaue Augen bohrten sich in sie, aber er hielt sich geduldig zurück, ließ sie sich in ihrem eigenen Tempo nehmen, was sie wollte.

Sie blinzelte die Tränen zurück, zusammen mit der Erinnerung an die Augen eines anderen Mannes.

Nat hielt sie behutsam fest – sah aus, als ob er Angst hätte, sie loszulassen, Angst hätte, sie zu fest zu halten. Ängste, von denen sie nicht gewusst hatte, dass sie sie noch in sich trug, verebbten bei der sanften Berührung seiner Hände. Sie schlang die Arme um seinen Hals, küsste ihn und schwelgte in dem Gefühl seiner nackten Haut an ihrer. Seide, die über Seide glitt. Heiß, wo sie ihn berührte – wie ein Fieber. Als er ihren BH öffnete und mit den Fingern unter die weiße Spitze glitt, schnappte sie leise nach Luft.

Schockwellen kräuselten sich durch ihren Körper, als seine Berührung fordernder wurde. Ihre Knie knickten ein, und eine Dringlichkeit brach in ihr aus, die sie alles vergessen ließ, außer der Hitze, die zwischen ihnen aufstieg. Elizabeth vergaß ihre Vergangenheit, ihre Trauer, vergaß ihre Sorgen über die Zukunft und ließ sich stattdessen von Nat ganz und gar mit dieser Empfindung ausfüllen. Das Zimmer drehte sich, als er sie in die Arme hob und sie zum Schlafzimmer trug. Sie lachte.

੪

NAT VERSUCHTE ES. Versuchte es wirklich. Aber ihre Finger wanderten über seinen Körper, machten seine Entschlossenheit zunichte, stahlen sein inneres Gleichgewicht mit ihren fordernden Berührungen und scharfen Fingernägeln. Dann erklang ihr Lachen wie warmer Sonnenschein und berührte ihn im Innersten.

Er war verloren. Verrückt nach ihr – vollkommen gefesselt. Er sog den Anblick ihrer nackten Haut und ihrer üppigen Kurven auf. Volle Brüste, die seine Finger unbedingt berühren wollten. Steife Nippel, die seinen Mund anflehten, sie zu schmecken. Weich, fest, unerbittlich.

Ein Bluterguss färbte ihre Rippen dunkel, aber sie erwähnte es nicht. Für einen Augenblick hielt Nat inne, seine Arme zogen sich enger um sie zusammen, und er schloss die Augen, begriff, dass er sie heute um ein Haar verloren hätte. Mit einem schnellen Dankesgebet wurde sein Griff lockerer, aber er ließ sie nicht los.

Ihr Duft hüllte ihn ein, beruhigte seine Ängste mit dem versichernden Hämmern ihres Herzens unter seinen Fingerspitzen. Er ging zur Bettkante, froh darüber, dass das Mondlicht durch die offenen Vorhänge hereinfiel und er sie sehen konnte. Er setzte sich, achtete darauf, nicht zu viel Druck auf ihre verletzte Seite auszuüben, und schlang sie in seine Arme, küsste sie erneut. Tiefe, betörende Küsse, die sein Blut verdickten und seinen Puls beschleunigten. Er verführte sie mit seinem Mund, bis sie vor Verlangen wimmerte, dann legte er sie aufs Bett, um sie auszuziehen.

Zuerst zog er ihr die Stiefel aus. Dann schälte er langsam ihre Jeans über ihre langen Beine und ließ sie auf den Boden fallen.

Eliza lag regungslos da. Beobachtete ihn. Ihre Augen schimmerten wie ein warmer Ozean, ihre Lippen waren feucht und geschwollen von ihren Küssen. Und ihr Körper ... volle Brüste, weiche, kurvige Hüften und Beine, die kein Ende nehmen wollten.

Schürfwunden bedeckten ihre Knie.

Nat biss die Zähne zusammen, presste die Lippen gegen die aufsteigende Furcht zusammen.

Wenn ich nicht da gewesen wäre ... Wenn ich nicht getroffen hätte ...

„Nicht aufhören", hauchte Eliza. Ihre Hände sanken in seine Haare, verankerten ihn an ihr. Entschlossen. Drängend. Ihr Atem neckte seine Lippen.

Er verlagerte sein Gewicht auf die Ellenbogen, küsste sie wieder, dann wanderte sein Mund tiefer, kostete ihre Brüste, neckte ihre Nippel. Eine Erkundung, die gleichermaßen um Gründlichkeit und Eile flehte – widersprüchliche Bedürfnisse, die ihn beinahe zerrissen.

Seine Lippen wanderten tiefer, zu ihrem Bauch, zu der empfindlichen Haut an der Falte über ihren Oberschenkeln, bevor sie wieder zu ihrem Mund zurückkehrten wie eine Biene zu einer Blume. Ihr Körper bog sich ihm entgegen, bebte bei jeder Berührung. Ihre Muskeln spannten sich an, spiegelten das wachsende Verlangen in ihm.

Sie presste sich an ihn. Ihre Augen schimmerten vor Begierde, ihr Mund hauchte seinen Namen wie eine Litanei. Ihre Hände glitten über seinen Körper, und unverhohlene Lust trieb ihn auf den Abgrund zu. Er schnappte nach Luft, nahm ihre Hände wieder in seine und hielt sie locker über ihrem Kopf fest. Mit einem Finger fuhr er die zarte Haut an der Unterseite ihres Arms entlang, folgte ihrem Beben mit seinen Lippen. Ihr Atem ging angestrengt und schnell. Eliza beobachtete ihn aus wilden Augen, die ihn weiter drängten.

Nat legte sich auf die Seite, damit er sie besser sehen und die Dinge etwas verlangsamen konnte. Er hatte das Gefühl, als ob er seit einer Ewigkeit auf diesen Moment gewartet hätte, und er hatte vor, jede Sekunde zu genießen.

Mit einem Finger glitt er ihren Körper hinunter, beobachtete

Eliza dabei, wie sie ihn beobachtete. Seine Hand wanderte tiefer, glitt unter den Stoff ihres Slips und in ihre heiße, feuchte Mitte. Sie zog sich um seinen Finger zusammen, und sie verdrehte ihre Augen, als er sie rieb. Aber sie rastete nicht aus. Sie schoss nicht vom Bett und ergriff nicht die Flucht.

Ihr Rhythmus wurde schneller. Nat konnte es spüren, konnte es in Elizas Gesicht erkennen, es in ihrem Atem hören. Das war es, wohin er sie schicken wollte. Das war es, wohin er wollte. Er biss die Zähne zusammen, um sein eigenes Verlangen und das Bedürfnis, sich ihr anzuschließen, unter Kontrolle zu halten.

Sie vergrub ihre Finger in seinen Haaren, zog ihn an sich, küsste ihn, ließ ihre hungrigen Hände über seine heiße Haut wandern. Empfindungen türmten sich auf, schlingerten unkontrolliert. Sie erschauderte, und ihr Körper bäumte sich auf, als sie aufschrie. Es war zu viel, und es war noch längst nicht genug.

Elizabeth zerrte am Bund seiner Jeans, half ihm, sich daraus zu befreien, ohne eine Sekunde ihre Lippen von seinem Mund zu nehmen. In einem Gewirr von Armen und Beinen zogen sie die letzten Reste ihrer Kleider aus, sanken zurück aufs Bett, rollend und tastend, ihr Atem ein flaches Keuchen der Lust.

Mit einem fließenden, kraftvollen Stoß drang er in sie ein, füllte sie hart und tief aus. Das heftige Schaudern des Verlangens erschütterte sie. Nat hielt inne, wurde für einen langen Augenblick ganz ruhig, während er Eliza in die Augen blickte. Sie erwiderte seinen Blick mit großen Augen. Blinzelte.

„Fuck", stieß Nat hervor. „Kondom."

Er schloss die Augen, biss die Zähne zusammen und zog sich aus ihr heraus. Schnappte sich seine Jeans vom Boden, zog das viereckige Päckchen aus der Gesäßtasche und riss die Folie auf. Er musste wieder in ihr sein.

Das zweite Mal war ebenso unglaublich wie das erste. Sie war heiß, eng, feucht. Und als er anfing, sich in ihr zu bewegen, langsam zunächst, entschieden, schlang sie die Beine um seine Taille und zog ihn tiefer. Sein Verstand setzte aus, als er von ihrer feuchten Hitze eingehüllt wurde, die um ihn herum wallte wie Lava, die Schlinge um seine Emotionen zuzog.

Mit einer letzten, eisernen Nervenzelle klammerte er sich an seine Selbstbeherrschung.

Der Rhythmus wurde schneller, veränderte das Tempo, zog an, und dann vernichtete er ihn wie ein Inferno. Ihre Blicke trafen sich, und sie wandten sie nicht mehr ab, tauchten ein in das Verlangen des anderen. Elizas Fingernägel gruben sich in seinen Rücken, aber das kümmerte ihn nicht. Ihr Körper zog sich heftig um ihn zusammen, pulsierte köstlich, trieb ihn direkt auf diesen samtigen Abgrund zu. Mit jeder Faser seiner Willensstärke klammerte er sich an seine Kontrolle, verlangsamte alles zu einer trägen Liebkosung, die mehr zurückhielt als schenkte. Ihr Atem stockte, ihre Muskeln zogen sich zusammen, verlangten nach mehr.

Rohe, dunkle Gefühle rissen an seinem Innersten, als er sich ein letztes Mal tief in ihr vergrub, und er spürte, wie sie um ihn herum explodierte, während er in einem Rausch kam, der seinen Verstand mit weißglühenden Flammen versengte.

Zusammen stürzten sie über die Klippe, blindlings hinunter in die Finsternis.

❧

NEW YORK CITY, 14. April

MIT NERVEN, die stärker gespannt waren als Uhrfedern, tigerte DeLattio auf dem weichen blauen Teppich seiner Hotelsuite auf und ab. Er zog an seiner Zigarette, bemerkte, dass die Nikotinflecken an seinen Fingerkuppen dunkler wurden, sich über die Knöchel erstreckten und langsam seine Finger hinunterwanderten.

Wie Verwesung.

Er rieb sich die senfgelbe Haut, aber das machte keinen Unterschied mehr. Die Flecken blieben.

Er knirschte mit den Zähnen und fluchte. Die Verfärbung nervte ihn, zerrte an seiner Geduld. Schnaubend gab er sich geschlagen. Saugte den Rauch seiner Zigarette tief in seine Lungen ein und lachte ihn wieder hinaus. Sein Onkel, John-Paul Mallena, hatte ein siebenstelliges Kopfgeld auf ihn ausgesetzt. Wenn man Charlie Corelli glauben konnte, dann war Andrew bereits ein toter Mann. Die Farbe seiner Fingerkuppen würde seine Leiche nicht weiter kümmern.

Es gab keinen Grund, Charlie nicht zu glauben. Er war seit acht Jahren Andrews Bodyguard und persönlicher Assistent in einem. Charlie war ein Geschenk von seinem Onkel gewesen, am Tag seines Abschlusses von Harvard. Vermutlich das nützlichste Geschenk, das ein Mann bekommen konnte.

Aber Charlie war auch ein *Sgarrista*, ein Made Man, und somit vollwertiges Mitglied der Bilotti-Familie. Einer von John-Pauls ursprünglichen Mitarbeitern, der einen Bluteid auf das Wohl der Familie geschworen hatte. Einen Eid, den Andrew nicht hatte schwören dürfen, weil sein Vater kein Italiener gewesen war.

Andrew drückte die Kippe aus und zündete sich eine neue an. Das Zittern seiner Hände vertuschte er mit einem Ausschütteln seiner Finger. Sein Vater war ein Franko-Slawe gewesen, den J.P. schon vor Jahren aus dem Weg geräumt hatte. Seine Mutter hatte nie Verdacht geschöpft, aber Andrew hatte es gewusst – hatte es gewusst und war dankbar gewesen, nicht auf die gleiche Art und Weise ausgelöscht worden zu sein.

Er warf einen flüchtigen Blick auf die beiden Agenten, die heute Abend mit seiner Bewachung beauftragt worden waren. Keiner der Männer mochte ihn, nicht, dass Andrew das kümmern würde. Sie waren typische Agenten – schmierig und arrogant.

Er hatte immer gewusst, dass er eines Tages die Flucht würde ergreifen müssen – Gott, er hatte die Mafia verarscht, seit er in der zehnten Klasse gewesen war. Und er war vorbereitet. Aber er hatte nicht damit gerechnet, von irgendeiner wehleidigen Schlampe über den Tisch gezogen zu werden.

Er atmete tief ein, behielt den Rauch in seinen Lungen, bis er in jede Ecke gedrungen war, und er die Luft nicht länger anhalten konnte. Langsam atmete er aus, grübelte. Er hatte seine Gewinne immer mit Charlie geteilt, aber er wusste nicht, wo Charlies Loyalitäten lagen, wenn es hart auf hart kam. Andrew liebte den Kerl, aber die Chancen standen gut, dass Charlie, wenn es so weit war, sein Untergang sein würde.

In seiner Welt waren Leben und Tod zwei Seiten einer Medaille.

Einer der Agenten, Wade – groß und dürr, mit einem Armee-haarschnitt – spielte irgendein Spiel auf seinem Laptop, während Butler – sein kleinerer, dunkelhaariger Partner – auf der Leder-couch unter einer Ausgabe der New York Times döste.

Als er sie so anschaute, wollte Andrew lächeln, denn er wusste, dass ihre Zeit ablief.

Er drückte seine Zigarette aus, ging weiter auf und ab und blieb schließlich vor der Minibar stehen, wo er sich einen Bourbon eingoss.

Er war clever. Sein Plan stand. Bald. Sehr, sehr bald.

Andrew konnte es kaum erwarten, Juliette Morgan umzubringen. Die Rachsucht nagte an ihm, lenkte ihn ab, wenn er sich eigentlich auf seine Flucht konzentrieren sollte. Er tippte mit den Fingern auf das weiche Leder der Stuhllehne und erinnerte sich an das letzte Mal, als er sie gesehen hatte – verprügelt und nackt ans Bett gefesselt.

Seine Nase juckte an der Stelle, an der sie ihm ins Gesicht getreten hatte. Was er ihr alles angetan hatte – und er konnte sich an nichts anderes erinnern als an den spitzen Schmerz, als der Knochen gesplittert war. Wut ließ ihn die Augen zusammenkneifen und die Lippen aufeinanderpressen. Er krallte die Finger so fest um sein Glas, dass er schon glaubte, es würde zerspringen.

Es klopfte an der Tür, und er zuckte zusammen, seine Nerven gespannt wie Stahlseile. Die Beamten standen auf, zogen ihre Waffen aus den Holstern.

„Gehen Sie ins Bad", befahl ihm Butler, der kleinere der beiden.

Kopfschüttelnd ging Andrew ins gefliese Badezimmer. Er hasste diese Arschlöcher. Das FBI glaubte wohl, sie wüssten alles, aber er würde es ihnen schon zeigen. Und er wollte ihren echten Namen wissen, bevor er sie erneut fickte, wollte Juliette und ihr Alter Ego ein für alle Mal vernichten.

Von seinem Versteck hinter der Badezimmertür aus hörte er, wie die Agenten seinen Anwalt Larry begrüßten. Andrew kam aus dem Bad, wischte sich mit einem Taschentuch den dünnen Schweißfilm von der Stirn. Larry vollführte bei der Staatsanwaltschaft kleine Wunder für ihn. Dieser dämliche Trottel. In einer Hand balancierte der Anwalt seinen Aktenkoffer, in der anderen eine große Schachtel Pizza und eine Plastiktüte.

„Habe den Pizzaboten auf dem Flur getroffen und dachte, ich bringe das hier besser rein." Larry blickte die Agenten missbilligend an, als er ihnen das Essen überreichte. „Ich muss ein paar Dinge mit meinem Klienten besprechen." Larry nickte in Andrews Richtung, vermied aber den Augenkontakt.

Einschüchterung lieferte einfach immer die besten Ergebnisse.

„Wir gehen ins Schlafzimmer, um uns zu besprechen, wenn das recht ist?" Larrys Stimme war sogar noch dünner als sonst.

Die Agenten durchsuchten ihn, ein flüchtiges Abklopfen seiner Arme und Beine und ein schneller Blick in seinen Aktenkoffer. Sie wandten sich ab, begierig darauf, mit dem Essen anzufangen, solange die Pizza noch heiß war. Sie setzten sich an den Tisch, der einen Blick auf die hellen Lichter von SoHo bot, und öffneten zwei Coladosen.

Andrew führte Larry ins Schlafzimmer, schloss die Tür. Larrys Finger zitterten so sehr, dass er seinen Aktenkoffer kaum aufbekam.

„Habe ich Ihr Wort, dass meiner Familie nichts zustoßen wird?" Nervös zog Larry ein Schreiben hervor. Hielt es zwischen zwei Fingern, als ob es giftig wäre.

„Haben Sie alles erledigt, was Charlie Ihnen aufgetragen hat?" Andrew schnappte sich den Brief, musterte ihn mit erwartungsvoll funkelnden Augen.

Larry nickte.

„Dann wird Ihrer Familie nichts passieren."

Andrew las den Brief. Überflog eilig den Inhalt. Charlie ließ ihn wissen, dass er sich keine Sorgen zu machen brauchte. Sagte ihm, dass er eine kleine Überraschung für die Agenten vorbereitet hatte.

Könnte alles Mögliche heißen.

Andrew runzelte die Stirn und akzeptierte, dass er im Augenblick keine Wahl hatte. Er musste Charlie vertrauen.

Seine Finger juckten. Er wünschte, er hätte eine Waffe. Die Federn der Matratze quietschten, als sich Larry schwer auf die Bettkante fallen ließ. Der alte Mann ließ den Kopf in die Hände sinken. Sah aus, als ob er jeden Augenblick zusammenbrechen würde.

Das konnte schon vorkommen, wenn die eigene Familie bedroht wurde.

Andrew ging zur Tür. Lauschte vorsichtig. Etwas polterte, und er zog die Tür einen Spaltbreit auf. Beide Agenten lagen krampfend und zuckend auf dem blauen Teppichboden.

Was zur Hölle?

Sie atmeten angestrengt. Hielten sich die Hälse.

„Charlie." Das Wort entwich ihm voller Erleichterung. Andrew wusste nicht, womit der Mann sie vergiftet hatte, aber er war dankbar dafür, Pizza nie wirklich gemocht zu haben.

Vorsichtig ging er über den dicken Teppich und beobachtete die beiden leidenden Männer. Butler atmete schon nicht mehr und sah bereits tot aus. Andrew stupste ihn mit dem Fuß an, aber der Kerl blinzelte nicht einmal. Wade stieß gurgelnde Geräusche aus, die tief aus seiner Lunge zu kommen schienen. Andrew dachte kurz darüber nach, ihn zu erschießen und von seinem Leid zu erlösen, entschied sich aber dagegen. Zu laut, zu auffällig. Und warum sollte er eine Kugel verschwenden?

Er hockte sich hin. Zog die Glock aus Butlers Gürtel, durchsuchte seine Taschen nach Munition. Andrews eigener Puls beruhigte sich, und die Anspannung in seinen Schultern löste sich, als er die Waffe in der Hand hielt. Jetzt konnte er sich verteidigen. Jetzt hatte er eine Chance. Er klappte Butlers Portemonnaie auf und entdeckte in der Innentasche ein Babyfoto.

Als Larry aus dem Zimmer kam, hob Andrew den Kopf.

„Grundgütiger." Die Hand seines Anwalts zuckte zu seinem Hals, als ob er das Gift förmlich spüren könnte. „Ich wusste nicht ... Ich meine, der Pizzabote stand direkt da, ich habe nur angeboten, die Pizza mit hochzunehmen ..."

„Natürlich haben Sie das, Larry." Andrew ging ins Schlafzimmer, schnappte sich seinen Mantel. „Erzählen Sie das einem Richter."

Larry glotze ihn mit offenem Mund an. „Ich, ich, ich–"

Andrew feuerte ihm eine Kugel in die Schläfe, sah zu, wie der Mann zu Boden sackte. Dann warf er einen letzten Blick auf die beiden Agenten, die ihn beschimpft und verlacht hatten. Wade lebte noch, schnappte nach Luft, diese letzten, schwachen Atemzüge voller quälender Verzweiflung. Andrew salutierte ihm spottend, dann verließ er das Zimmer.

Jetzt würde er sein Versprechen an die süße, kleine Juliette einlösen. Er konnte es kaum noch erwarten.

STILL LAGEN SIE DA, während Elizabeths Herzschlag sich zu einem sanften Rhythmus verlangsamte. In den Hügeln heulte ein Wolf, ein trostloses, einsames Geräusch, das mit dem Wind wetteiferte, der leise gegen die Fenster wisperte. Das Flehen des Wolfs hallte in ihr nach, melancholisch und dramatisch, und ließ sie erschaudern – erinnerte sie daran, wie nah sie heute dem Tod gekommen war.

Und der Tod war ihr noch immer auf den Fersen.

Nat griff nach der Bettdecke, deckte sie beide zu, zog Elizabeth an sich und wärmte sie.

Also nicht am Schlafen.

Sie wünschte, er wäre es.

Sie streifte mit ihren Lippen über seine Brust, zitterte, zog ihn für einen Augenblick fester an sich, bevor sie ihn losließ. Er hatte vieles für sie verändert, aber sie war sich nicht sicher, wie sie damit umgehen sollte. Nat Sullivan hatte etwas an sich, das ihre Seele berührte und ihr gleichzeitig Furcht einflößte, eine Furcht, die sie bis in die Zehenspitzen spürte. Sie heilte – und das machte ihr fast mehr Angst als der Gedanke an den Tod. Unsicher ballte sie die Fäuste, lag steif an seinem warmen Körper.

Er hatte sie vom Abgrund der Selbstzerstörung fortgezogen, hatte ihr beigebracht, wieder zu vertrauen. Zu lieben.

War das Liebe?

Rastlos zog sie sich von seiner Wärme zurück, wickelte sich aus den zerknüllten Laken und ging durch das Wohnzimmer, um die Haustür abzuschließen. Sie machte die Vorhänge zu, sperrte den Mond aus, zog nun die Dunkelheit vor. Presste ihre Stirn gegen die kühle Wand.

„Komm zurück ins Bett, sonst komme ich dich jagen", knurrte Nats Stimme durch die offene Schlafzimmertür.

Elizabeth schlang die dicken Vorhänge um ihre Faust. Niemand in Nats Welt würde einen anderen Menschen jagen oder umbringen, aber in ihrer Welt – für Geld, aus Rache, zum Spaß – taten die Leute das ohne Gnade.

Was hatte sie nur angerichtet, als sie hierhergekommen war? Sie schloss die Augen, fuhr mit ihrem Finger über die harte Kante des Fensterbretts. Sie biss sich auf die Lippe. Wenn DeLattio sie hier fand, waren sie alle so gut wie tot.

Aber das würde er nicht.

Sie schluckte den Schmerz hinunter, wusste, dass sie nicht bleiben konnte, aber der Gedanke daran, fortzugehen, Nat zu verlassen, zerriss sie.

Als sie zum Bett zurückkehrte, blieb sie stumm davor stehen. Nat nahm ihre Hand in seine, küsste ihre Fingerspitzen, ihre Knöchel, die zarten, blauen Adern an ihrem Handgelenk. Dann zog er sie neben sich aufs Bett.

„Willst du darüber sprechen?" Seine Stimme war tief und ruhig. Sie konzentrierte sich auf ihren Klang, wollte sie ganz verzweifelt in ihr Gedächtnis brennen.

Ihre Vergewaltigung. Wollte sie über ihre Vergewaltigung sprechen.

Ein Zittern arbeitete sich durch ihre Schultern, ließ ihren Körper vibrieren. *Auf keinen verschissenen Fall.* Die Erinnerungen, die durch ihren Verstand blitzten, ließen sie ihre Nase tiefer in die Kurven seiner Schulter vergraben.

Gefesselte Handgelenke. Verschwommene Bilder voller Schrecken, mit hin und wieder aufblitzenden Momenten der Klarheit. Die Drogen hatten den Schmerz und die Einzelheiten abgedämpft. Hatten die Erniedrigung abgeschwächt, bis auf das Geräusch von DeLattios Lachen. Sein Lachen verfolgte sie heute noch in ihren Träumen.

Sie *wollte* nicht darüber sprechen, aber sie wusste, dass sie es tun sollte.

„Ich habe verdeckt für das FBI gearbeitet, aber nicht für die Einheit gegen organisiertes Verbrechen. Ich habe im Kunstraub gearbeitet." Elizabeth drückte Nats Arm, spürte, wie er die Berührung erwiderte.

„Ich war bei einer Galerieeröffnung, als dieser Typ anfing, mich anzumachen." Ihre Stimme zitterte. „Er hat mich nervös gemacht – was mir nicht oft passiert. Also bin ich gegangen. Habe ihn gemieden." Nervös malte sie mit ihrem Finger Kreise auf seine Brust.

„Wie sich herausgestellt hat, war er irgendein ranghoher Mafioso." Ihre Finger hielten inne, drückten sich sanft in seine Haut. „Die Einheit gegen organisiertes Verbrechen ist am nächsten Tag auf mich zugetreten, hat mich gebeten, ein paar Mal mit ihm auszugehen. Ein paar Wanzen einzuschleusen." Sie zuckte mit den Schultern. „Das Übliche."

Ihre Finger glitten durch seine Haare, verglichen die Geschmeidigkeit der Strähnen mit seinen harten Muskeln. Sie mochte es, ihn anzufassen, mochte es, diese Freiheit zu haben. „Sie hatten versprochen, mich zu beschützen, aber das haben sie nicht getan."

Ein Knoten formte sich in ihrem Hals, und die Worte blieben stecken. Nat schien zu spüren, dass sie nicht weitersprechen konnte, und drückte ihren Kopf an seine Brust, beruhigte sie mit dem sanften Gewicht seiner Hand auf ihrem Hinterkopf. Sie holte tief Luft, atmete seinen Duft ein. Spürte, wie sein Herz langsam und aufrichtig gegen ihr Ohr schlug.

Zitternd umarmte sie ihn und schluckte die Tränen hinunter, die hervorbrechen wollten. Sie hatte kein Recht darauf, mit diesem Mann zu schlafen, ihn in ihr Netz zu ziehen, in dieses Chaos, aus dem ihr Leben mittlerweile bestand. Was auch immer zwischen ihnen beiden entflammt war, hätte einfach wieder verwelken sollen. Aber dafür war es jetzt zu spät. Sie hatte seiner Anziehungskraft nicht widerstehen können, und es brachte sie um, zu wissen, dass sie bald verschwinden musste.

Aber jetzt noch nicht. Nicht heute Nacht.

Entschlossen, den Geständnissen über ihre Vergangenheit zu entkommen, richtete sie sich über ihm auf, fuhr mit einer Hand über seine flache, kräftige Brust.

„Also, wer bist du, Nat? Cowboy, Fotograf, Scharfschütze? Wer ist der echte Nathan Sullivan?" Sie versuchte, zu lächeln, flehte ihn wortlos an, das Thema zu wechseln. Die schmerzvollen Erinnerungen gehörten der Vergangenheit an, und sie wollte, dass sie auch dort blieben. Nat streckte die Hand nach ihr aus, bevor sie sich auch nur einen Zentimeter fortbewegen konnte, und rollte sie in einer gekonnten Bewegung unter sich.

„Du hast teuflisch guter Liebhaber vergessen." Nat knabberte an ihrer Unterlippe. „Sie haben den echten Nathan Sullivan schon kennengelernt, Ma'am. Das war der, der dich heute Abend vollgeschwitzt hat. Vielleicht hast du ihn schon vergessen?"

„Kann sein", erwiderte Elizabeth kokett und fuhr mit ihrem Finger die Umrisse seiner Lippen entlang. „Vielleicht solltest du mir besser auf die Sprünge helfen."

Ihre Hände wanderten tiefer, glitten über seine Brust und spielten mit seinen flachen, braunen Nippeln. Seine Bauchmuskeln zogen sich an ihrem Bauch zusammen, und seine harte Erektion presste gegen ihren Oberschenkel. Sie legte den Kopf zur Seite, neckte ihn mit ihrer Zunge, ließ sie über seine Nippel schnellen und saugte sanft daran. Sein Atem ging schneller und seine Finger krallten sich in ihre Haut.

Sie konnte viele seiner Fragen nicht beantworten, und sie würde ihn auch nicht anlügen, aber vielleicht konnte sie ihn für eine kleine Weile länger glücklich machen. Konnte ihn vor Lust um den Verstand bringen – genau das, was sie auch wollte.

Kapitel Sechzehn

Aufgeregt tänzelte Stealth neben ihm von einem Huf auf den anderen, witterte die Stute, die geduldig einige Meter vor ihnen wartete. Nat wischte sich den Schweiß von der Stirn, während die pure Energie in heißen Wellen vom Hengst neben ihm ausströmte, die nach Erregung und Eifer stanken. Die Zuchtstute war eine Morgan, ruhig und erfahren und hochgradig rossig. Nat hatte sie als Stealths erste Zuchtpartnerin ausgewählt, hatte ihn zuvor mit einer Stuten-Attrappe üben lassen.

Es war ein heikler Zeitpunkt.

Unerfahrene Hengste tendierten dazu, ihren Verstand auszuschalten und sich unbedarft zu verhalten, wenn sie zum ersten Mal einer rossigen Stute begegneten. In etwa wie Jungs. Nat warf einen verstohlenen Blick zu Eliza, die Ezra dabei half, Lecksteine auf die Ladefläche seines Trucks zu hieven. In ihren Arbeitsjeans, die grüne Jacke bis zum Kinn zugeknöpft, sah sie aus, als ob ihr noch immer kalt wäre, trotz des warmen Winds, der von den Bergkämmen herunterwehte. Dunkle Schatten lagen unter ihren Augen, und die Erschöpfung zupfte an den Rändern ihres Lächelns. Sie lachte über etwas, was Ezra sagte, und der Klang kräuselte sich durch seine Nervenbahnen, erinnerte ihn daran, wie sie die letzte Nacht verbracht hatten.

Der Hengst schnaubte, seine samtigen Nüstern blähten sich rötlich, als er herumtänzelte und an den Zügeln zerrte. Stealths erster Geschlechtsverkehr war voller potenzieller Gefahren – wobei das meiste von der Stute abhing. Wenn sie während der Begattung ausschlug, würde ihn das womöglich verschrecken, und er würde auch zukünftig zu große Angst haben, zu ejakulieren. Oder sie könnte durchgehen und den Hengst dazu verleiten, künftig andere Stuten zu hektisch begatten zu wollen, sich zu fest an sie zu klammern.

Scheiße. Nat konnte es nachvollziehen. Es war alles andere als einfach, mit Frauen umzugehen.

Schweißperlen sammelten sich auf Stealths Rücken und Widerrist, ein sicheres Anzeichen dafür, dass er sich bereit machte. Eliza hob den Kopf und schaute zu Nat herüber, als ob sie das Gewicht seiner Gedanken spüren würde. Dann warf sie einen Blick auf die Stute, die an der Zuchtwand bereitstand.

Verglich sie das Decken der Stute mit Vergewaltigung?

Nat stolperte, und Stealth riss nervös an der Führleine.

Nat zwang sich, sich zu entspannen. Wusste, dass seine eigene Nervosität sich leicht auf den jungen Hengst übertrug. Er führte Stealth zur Stute, übte leichten Druck auf das Zuchthalfter aus und war froh, als der Hengst auf ihn reagierte, trotz der atemraubenden Ablenkung des bevorstehenden Geschlechtsaktes.

Nein, Nat wusste, dass die beiden Dinge nicht vergleichbar waren. Es wäre höllisch schwer, eine Stute, die nicht gedeckt werden wollte, dazu zu zwingen, selbst mit vierhundert Kilo hormongesteuertem Pferd.

Nat schluckte den bitteren Geschmack in seinem Mund hinunter, versuchte, sich auf die bevorstehende Aufgabe zu konzentrieren. Die Stute drehte sich ein wenig zur Seite, warf einen gründlichen Blick auf den jungen Hengst, der auf sie zukam, entschied, ob sie ihn akzeptieren wollte oder nicht. Nat ließ sie schauen, konnte aber keine Abneigung spüren. Cal nickte, und Nat führte den Hengst ans Hinterteil der Stute, half ihm über ihr Gesäß. Die Stute passte sich an das zusätzliche Gewicht des Hengsts an, fuhr aber nicht herum und schlug auch nicht aus.

Nat blickte zu Eliza, spürte, wie sich die Luft zwischen ihnen auflud. Stealth brauchte keinerlei Hilfe dabei, sich in der Stute zu versenken, und Nat trat zur Seite, versuchte, sich von dem Gedanken, etwas Ähnliches mit Eliza zu machen, nicht zu sehr anturnen zu lassen.

Gott, das hier war Routine, ein normaler Job auf einer geschäftigen Ranch, aber heute fühlte es sich plötzlich ... persönlich an. Seine Nervenenden standen in Flammen, und sein Körper befand sich in einem gesteigerten Zustand der Erregung. Es war *peinlich*. Er rieb sich mit der Hand über seine heißen Augen und kam sich vor wie ein Perverser, wie der allerletzte Abschaum.

Ezra sagte etwas zu Eliza, und sie wandte sich ab.

Ein Auto kam über die Kuppe hinter dem Farmhaus auf sie zu, und Nat fluchte, wusste, dass das Timing nicht schlechter hätte sein können. Die Stute bewegte sich nervös hin und her, während Stealth sich anstrengte, die Sache zu Ende zu bringen.

Der Fahrer des Wagens ließ den Motor aufheulen, und Nat musste seine gesamte Willenskraft aufwenden, um die Stute zu beruhigen und Stealth zu drängen, zur Vollendung zu kommen.

Sein Mund wurde schmal. Er wollte den Fahrer anschnauzen, aber er wagte nicht, den Blick von dem verstrickten Paar abzuwenden. Mit einem uneleganten Schnauben ejakulierte Stealth und brach auf der Stute zusammen.

Cal hielt die Stute ruhig, während der Hengst von ihrem Rücken hinunterglitt, führte sie bereits davon, als Nat die Vorderhufe des Hengstes auf den Boden stellte.

Den Pferden geht es gut. Alles ist in Ordnung.

Nat stieß einen Seufzer der Erleichterung aus, aber seine engen Jeans fühlten sich noch immer verflucht unbequem an.

War ja klar.

Er streichelte Stealth die Nase, rieb seine Ohren und versicherte ihm, dass er tolle Arbeit geleistet hatte. Auch wenn die Stute nicht trächtig wurde, war es ein Erfolg gewesen. Er drehte sich zu den Neuankömmlingen um und bemühte sich, ausdruckslos zu schauen, als er Troy und Marlena Strange erblickte, die neben einem neuen Mercedes-Geländewagen standen.

Morgen war der Tag der Auktion.

Nat hielt sich zurück, als er mit den Zähnen knirschen wollte. Die Chancen standen gut, dass Troy Strange morgen Abend ein Stück seines Herzens besitzen würde.

Okay – also war vielleicht doch nicht alles in Ordnung.

Mit einem boshaften Grinsen, das jegliche Erregung augenblicklich abtötete, warf Marlena einen Blick auf Nats Schritt. Die Frau war atemberaubend schön, aber sie ließ ihn kälter als ein Grabstein.

„Was wollt ihr?“, fragte Nat. Nicht gerade nachbarschaftlich, aber das war ihm scheißegal.

„Dachte, du würdest mich vielleicht nochmal einen Blick auf deinen Hengst werfen lassen.“ Troy warf ihm ein Megawatt-Lächeln zu, sein Akzent pures Texas, triefend vor Unaufrichtigkeit. „Und da steht er schon, wie für mich bereitgestellt.“

Troy ging auf Stealth zu, der zitternd vor Anstrengung dastand, und hob die Hand, um dem schwarzen Hengst über die Nase zu streicheln. Das Pferd bleckte die Zähne und rollte die Augen in den Kopf, bis ihr Weiß im hellen Nachmittagslicht schimmerte wie blutunterlaufene Halbmonde.

„Fass ihn an und du bekommst meine Faust zu spüren.“ Nat sprach nicht laut. Das musste er auch nicht. Mit einem Schritt trat er zwischen Troy und den Hengst.

Troy zögerte, ließ die Hand sinken. „Du kannst es dir nicht leisten, wählerisch zu sein, *Nachbar*.“

Als ob Troy etwas dazu zu sagen hätte, wie Nat sich fühlte.

„Wenn du bankrottgehst, erstehe ich die Ranch für ein

Butterbrot. Einschließlich der Pferde." Troy schnipste mit den Fingern, um den Effekt seiner Worte zu verstärken. Er zog eine Schachtel Zigaretten aus seiner Brusttasche und bot Nat eine an.

Als ob sie Freunde wären, die sich unterhielten.

Nat schwieg ihn an, auch wenn er Troy am liebsten die Fresse poliert hätte und sich kaum noch zurückhalten konnte. Seine Hände ballten sich zu steinharten Fäusten, aber konnte zusätzlich zu allem anderen Übel nicht auch noch eine Anzeige gebrauchen, und bei Troy Strange würde es *garantiert* auf eine Anzeige hinauslaufen.

Nat sagte nichts, stand absolut regungslos da und starrte Troy an, als ob der eine Kakerlake wäre, die dringend zertreten werden müsste.

„Du weißt es genauso gut wie ich", fuhr Troy fort, ignorierte die stumme Warnung. „Warum lassen wir den Mist also nicht einfach und ich kaufe dir die Pferde und die Ranch gleich jetzt zu einem fairen Preis ab." Er nannte eine lächerlich niedrige Summe, klopfte sich eine Zigarette aus der Packung und steckte sie sich an. Er inhalierte den Rauch tief und blies ihn wieder aus, direkt in Nats Gesicht.

Nat zuckte nicht einmal mit der Wimper.

Troy glaubte wohl, er verstünde den Kodex des Westens, wüsste, was einen richtigen Mann ausmachte, aber er lag nicht einmal ansatzweise richtig. Wenn Troy größer wäre, hätte Nat sich vielleicht mit ihm angelegt, Anzeige hin oder her, aber Troy war nur von mittlerer Statur und relativ schmächtig. Das wäre in etwa so, als ob man einem Kind einen Haken verpassen würde.

Marlena kam herübergeschlendert und stellte sich neben ihren Mann. Sie überragte ihn, rank und schlank wie sie war, mit langen, welligen Haaren, die ihr bis zur Hüfte gingen. Besitzergreifend legte Troy seinen Arm um ihre Taille.

Innerlich spöttisch grinsend vermutete Nat, dass sie an die Leine gelegt werden musste. Als Troy nicht hinschaute, warf sie Nat ein boshaftes Grinsen zu.

Großartig. Ganz, ganz großartig.

Troy starrte ihn finster an, obwohl Nat völlig ausdruckslos schaute. Nat wiederum warf einen schnellen Blick in Elizas Richtung, aber sie war verschwunden.

„Verschwinde von meinem Anwesen", *Arschloch.* Nat verschluckte die Beleidigung. „Bevor ich den Sheriff rufe." Seine Stimme blieb weiterhin völlig regungslos, wie die Oberfläche eines Sees vor einem Gewittersturm. Innerlich brodelte er, und Verachtung brannte durch ihn hindurch wie glühende Kohle.

„Sheriff Talbot wäre mehr als ein bisschen erbost darüber, zwei Tage hintereinander hier rauskommen zu müssen." Strange grinste hämisch, und plötzlich wurde Nat alles klar. Troy hatte die ganze Sache eingefädelt – die Schlägerei in der Bar, den Besuch vom Sheriff. Er versuchte ganz schamlos, die Sullivans zu vertreiben. *Dieser Hurensohn.*

Was zur Hölle hatte Marlena ihrem Mann über Nat erzählt?

„Wie geht's dem Missetäter?" Wieder lächelte Strange. Als ob Nat zu blöd wäre, um zu begreifen, dass er vom Texaner verarscht wurde.

Nat spürte, wie Ryan herüberkam und sich neben ihn stellte. Sein Bruder konnte sich fast lautlos bewegen, wenn er wollte, und manchmal vergaß Nat, dass er nicht der einzige Sullivan war, der womöglich die Ranch verlor.

„Weißt du eigentlich, dass die halbe Stadt deine Frau gefickt hat?", fragte Ryan mit einem überfreundlichen Lächeln. „Natürlich nur die männliche Hälfte, ist ja klar." Ryan lachte über seinen eigenen Witz, als ob er ihn tatsächlich lustig fände.

Nat fand das nicht. Er hasste die Richtung, in die sich diese Auseinandersetzung entwickelte, zuckte zusammen, als Ryan seinen Mund wieder öffnete.

„Vor ein paar Wochen hat sie sogar Nat einen Blowjob angeboten, aber er hatte es irgendwie eilig gehabt, also konnte er nicht auf ihr nettes Angebot eingehen ... Ich allerdings schon, ein paar Mal sogar, wenn ich jetzt so darüber nachdenke." Ryan sprach in einem zynischen Wispern, der König der Gelassenheit plötzlich ganz angepisst. „Hat sie dir davon erzählt?"

Mist.

Troys ganzer Körper vibrierte vor Wut. Seine Hände ballten sich zu Fäusten.

„Vielleicht brauchst du den Hengst ja für sie, hm?" Ryan lächelte, aber Nat hatte ihn noch nie so tödlich gesehen. „Denn du scheinst offensichtlich nicht zu wissen, wie du deine eigene Frau befriedigen sollst."

Marlena wollte irgendeine Verteidigung stottern. Troy schnitt ihr mit einer abrupten Bewegung das Wort ab und krallte sich ihr Handgelenk. „Glaub nicht, ich wüsste nicht, was du vorhast." Er starrte Ryan mit ungezügeltem Zorn an. „Und das vom Schürzenjäger schlechthin? Ich wette, deine tote Frau dreht sich im Grab um, so wie du alles flachlegst, was nicht—"

Troy sah es nicht einmal kommen. Er lag flach auf der Erde, hielt sich mit beiden Händen das Gesicht, bevor er auch nur mit der Wimper zucken konnte.

Nat tat nur leid, dass Ryan ihm zuvorgekommen war.

„Sprich *nie wieder* von meiner Frau", stieß Ryan zwischen zusammengepressten Zähnen hervor.

Vielleicht hätte Nat Troy vor Ryans wundem Punkt warnen sollen.

Vielleicht aber auch nicht.

Nachträglich entschied Marlena, dass Angriff die beste Verteidigung war, und brüllte plötzlich die beiden Brüder an. „Ich habe mich nicht an ihn rangemacht. Er hat mich angegriffen!"

Sie zeigte mit den Fingern auf Nat und in ihren Augen schimmerten echte Tränen. Nat wollte wetten, dass sie eine fantastische Geschichte ersponnen hatte, in der allerdings nicht vorgekommen war, wie sie ihm quasi einen Blowjob aufgedrängt hatte, als Trinkgeld dafür, sie nach Hause gefahren zu haben.

„Und ich finde nicht, dass ich mir diese Anschuldigungen von dir gefallen lassen muss." Sie zeigte auf Ryan. „Du wirst von meinem Anwalt zu hören bekommen."

Nat verdrehte die Augen und starrte Troy an, der sich noch immer im Dreck wälzte. Er schüttelte den Kopf. *Erwähne doch bitte genau jetzt den verdammten Anwalt, hm?*

„Es braucht dir nicht peinlich sein, Sex zu mögen, Puppe. Mir ist das ganz sicher nicht peinlich. Aber zu lügen und Nat zu bestrafen, weil er dich abgewiesen hat? Das ist einfach falsch." Ryan lachte, aber es klang nicht fröhlich. „Und nur zu mit der Anzeige. Ich kann von der Hälfte der Cowboys in der Stadt eidesstattliche Erklärungen zusammentreiben, *Süße*, was deine Lieblingsstellungen angeht. Und das sind nur diejenigen, die schreiben können."

Troy taumelte auf die Füße, hielt sich die aufgeplatzte Lippe. „Ich werde euch zerstören, ihr Bastarde."

Nat verschränkte die Arme vor der Brust und starrte Troy an. Glaubte der Kerl wirklich, er hätte sich in irgendeiner Weise an seine verrückte Frau rangemacht? Nat warf einen Blick in Marlenas Richtung und fluchte. Sie lehnte an ihrem Geländewagen und heulte sich die Augen aus dem Kopf, als ob ihr das Herz gebrochen worden wäre.

Seine Hände zuckten mit dem Verlangen, zu applaudieren und Bravo zu rufen.

Sie war vollkommen durchgeknallt, eine begnadete Schauspielerin. Sie verloren womöglich die Familien-Ranch, weil Marlena ein rachsüchtiger Psycho war.

„Nat!", rief Eliza. „Nat!"

Was zur ...? Nat drehte sich zu Eliza um, die auf der Veranda des Haupthauses stand und versuchte, seine Mutter auf den Beinen zu halten.

Er rannte los.

„Ich hoffe, die alte Schlampe krepiert–", brüllte Troy ihm hinterher. Nat wusste, dass Ryan sich um den kleinen Bastard kümmern würde, aber er schaute sich nicht mehr um.

Bis er auf der Veranda angekommen war, hatte Eliza Rose schon auf den Boden gelegt und war in die Küche gerannt, um den Notruf zu wählen.

Das Gesicht seiner Mutter war entsetzlich grau, und ihre Haut ganz klamm, als er ihre Wange berührte.

„Nat", stieß Rose heiser hervor. Ihre rechte Hand presste sich auf ihre linke Brust, und ihr Rücken bog sich vom Boden hoch. „Tut weh ..." Sie hatte einen weiteren Herzinfarkt. Panik donnerte durch seine Gedanken, aber die Vernunft gewann die Oberhand. Roses Lippen waren schmerzverzerrt, ihr Atem ging flach. Sein eigenes Herz schrumpfte in seiner Brust zusammen und starb. Er konnte sie jetzt einfach nicht verlieren.

„Es ist okay, versuche, ruhig liegen zu bleiben." Er kniete sich neben sie, zog eine Decke vom Schaukelstuhl seiner Mutter und legte sie ihr als Kissen unter den Kopf. Der Rettungsdienst würde zu lange brauchen, um hier rauszufahren.

Sas war in der Notaufnahme im Krankenhaus.

„Ruf die Notaufnahme an, Eliza, die Nummer hängt an der Pinnwand", rief Nat durch die Fliegengittertür. „Frag sie, was wir tun sollen."

Rose hielt sich die Brust und verzog das Gesicht. Sie schauderte, atmete tief und abgehackt ein. „Lass nicht zu. Dass Sie. Die Ranch wegnehmen. Nat."

„Niemand wird irgendwas wegnehmen, Mom, also–"

„Versprich es mir." Rose griff so fest nach seiner Hand, dass es wehtat. „Sag es. Versprich es. Mir." Sie schaute in seine Augen, und Nats ganzer Körper füllte sich mit Furcht.

Er schluckte den Knoten hinunter, der sich in seinem Hals bildete, dann nickte er. „Ich verspreche es."

Eliza kam genau in dem Augenblick durch die Tür gerannt, als Ryan mit Nats Truck vor den Stufen der Veranda anhielt.

„Der Arzt sagt, wir sollen sie so schnell es geht in die Notaufnahme bringen." Eliza hielt einen Streifen Tabletten in der Hand.

„Wir sollen ihr eine davon unter die Zunge legen und dann so schnell wie möglich mit ihr ins Krankenhaus fahren."

Eliza drückte eine der Tabletten heraus und reichte sie Nat.

Er legte sie unter die Zunge seiner Mutter und hob sie hoch, drückte ihren silbergrauen Kopf an seine Brust. Rose driftete in die Bewusstlosigkeit ab.

Verbissen blickte Nat Eliza in die Augen, als er mit Rose in den Truck stieg. Er drückte seine Mutter an sich und Ryan trat aufs Gas, aber die Chancen, dass Rose lebend in der Notaufnahme ankam, waren verschwindend gering, und das wussten sie alle.

FÜNF STUNDEN SPÄTER WARTETE ELIZABETH AM KÜCHENFENSTER, schaute an den kleinen Kräutertöpfen auf der Fensterbank vorbei hinaus auf den Mond. Nat hatte angerufen.

Rose war tot.

Elizabeth war übel. Sie war endlich zu der Erkenntnis gelangt, dass ihr ganzes Leben verflucht war.

Sie machte sich nichts mehr vor. Die Augen waren ihr weit geöffnet worden. Sie liebte Nat Sullivan von ganzem Herzen, und es gab nichts, was sie dagegen tun konnte. Jetzt war seine Mutter gestorben, aber sie konnte nicht einmal bleiben, um ihn zu trösten.

Verzweiflung lag schwer wie Blei auf ihrer Brust – zog ihre Schultern niederschmetternd hinunter. Morgen würde sie abreisen, würde ihn zurücklassen, als ob er ihr nichts bedeuten würde, während sich diese Schlampe und ihr Mann bereit machten, die letzten Nägel in den finanziellen Sarg der Sullivan-Familie zu schlagen.

Aber Elizabeth konnte helfen. Sie würde helfen. Sie hatte die Hebel bereits in Bewegung gesetzt und hoffte nun, dass genug

Zeit war, damit alles ins Lot kam. Es würde Nat nicht gefallen, aber er musste auch nichts davon mitbekommen.

Kummer schnürte ihr den Hals zu, und sie konnte nicht mehr atmen, konnte die Luft nicht an dem Gewicht aus Schuld und Elend vorbeitreiben, das ihr den Hals versperrte. Elizabeth stürzte zur Tür. Riss sie auf und stolperte nach draußen. Rannte in der kalten Nachtluft über den Hof und kam bei der Arena an, kletterte auf die Zaunsprossen und starrte hinauf in die Sterne.

Stealth trottete herüber, ein Zephyr in dieser Finsternis, und rieb seine samtige Nase an ihrem Arm. Das Elend nahm kein Ende. Verzweifelt tat Elizabeth etwas, was sie nicht mehr getan hatte, seit sie ein kleines Mädchen gewesen war. Sie suchte sich den hellsten Stern am Nachthimmel und schickte einen Wunsch zu ihm los, als ob sie ein Kind am Heiligabend wäre.

NATS SCHULTERN SACKTEN NACH VORN, und seine Kehle war derart zugeschnürt, dass ihn die Trauer erstickte wie eine Garrotte, so angestrengt er auch schluckte.

Sarah – Gott, er wollte gar nicht an den Ausdruck in ihren Augen denken, als ihr bewusst geworden war, dass sie den Kampf verloren hatte. All ihr medizinisches Wissen, und sie war dennoch machtlos gegen den Tod. Nat hielt sich am Spülbecken fest, kniff die Augen zusammen, sah aber noch immer die leere Reflexion der Trauer in ihren Augen. Er hatte gewusst, dass Rose gestorben war, noch bevor Sarah es ihm gesagt hatte.

Verdammt.

In der menschenleeren Küche, umgeben von Finsternis, klang sein Atem rau und schroff. Das ganze Haus war still, als ob es ebenfalls trauern würde. *Verdammt*, das tat es auch.

Sarah war noch im Krankenhaus geblieben, um alles für die Beerdigung in die Wege zu leiten. Er hatte Ryan und Cal an einer

Bar abgesetzt, dann war er nach Hause gefahren, um bei Tabitha zu sein. Und bei Eliza.

Er konnte sich nicht erinnern, wann das Haus das letzte Mal so still gewesen war. Nicht als sein Dad gestorben war, nicht als Ryans Frau Becky ihm nur ein paar Monate später gefolgt war. Vielleicht hatte es daran gelegen, dass sie sich um ein Baby hatten kümmern müssen, oder vielleicht lag es nun auch daran, dass der Tod dieses Mal das Herz und die Seele der Familie geraubt hatte.

Er wollte nicht mehr länger an seine Mutter denken, trank mechanisch sein Wasser leer, wusch sein Glas aus und trocknete sich die Hände am Geschirrtuch ab. Als er die Treppe hinaufging, lauschte er jedem Echo seiner Schritte nach, bevor er die nächste Stufe erklomm. Es klang so kalt und einsam. Auf dem Treppenansatz angekommen, ging er den Flur entlang bis zum letzten Zimmer.

Die Tür stand einen Spaltbreit offen, und er drückte sie weiter auf. Im schwachen Schimmer des Nachtlichts lag Eliza schlafend auf einer Winnie-Puuh-Decke. Ihre Beine hingen aus Tabithas winzigem Bett heraus, ihre dunklen Haare rahmten zerzaust ihr Gesicht ein, ihre Lippen waren leicht geöffnet. Tabitha hatte sich an ihr zusammengerollt, presste ein Stoffkänguru an ihre Brust.

Nat zwang die Tränen zurück. Er wollte Tabitha nicht erklären müssen, dass ihre Grandma gestorben war – er konnte es selbst kaum begreifen. Aber Sarah musste sich schon um genug anderes kümmern und Ryan ... *Tja*, Ryan kam mit dem Tod nicht besonders gut zurecht.

Nat fuhr sich mit der Hand über das Gesicht, nagte an seiner Lippe herum. Er hatte eigentlich gar keine Wahl. Vielleicht war sie sowieso zu jung, um es zu verstehen. Und dieser Gedanke brachte eine Flut der Trauer mit sich, die ihm den Hals zuschnürte. Tabitha war noch nicht einmal drei Jahre alt und hatte bereits drei der wichtigsten Menschen in ihrem Leben verloren. Vier – wenn man Ryans unerbittliche Distanzierung mitrechnete.

Das Nachtlicht legte sich in einem weichen Gelb über die Kurven von Elizas Wangen, verdunkelte die goldenen Sommersprossen auf ihrer Nase. Eine weitere Waise, aufgezogen von Fremden.

Wie hast du nur ohne eine Mutter überlebt, die dich liebt? Eine Mutter, die Tränen abwischt, die Schmerzen lindert und Fehler tadelt? Eine Mutter, die einen zwingt, einen Pullover anzuziehen, wenn einem eigentlich gar nicht kalt ist, und sich zu waschen, wenn doch nichts dabei ist, dreckig zu sein?

Er beobachtete das sanfte Heben und Senken von Elizas Schultern, während sie schlafend dalag. Wollte die Hand ausstrecken und sie berühren, aber er konnte seine Finger nicht aus dem eisernen Griff um den Türknauf lösen.

Rose Sullivan war eine harte Frau gewesen, aufgewachsen in der Gnadenlosigkeit der hohen Gebirgstäler, aber sie hatte auch eine weiche Seite gehabt, eine Seite, die ihre Kinder glühend geliebt hatte, die wie eine Wildkatze ihre Jungen verteidigte. Genauso, wie er sie geliebt hatte. Aber nun drückte ihn die Trauer nieder wie ein Felsbrocken, zweifach schwer, weil er ihr dieses Versprechen gegeben hatte, bevor sie ihm entglitten war.

Er musste die Ranch retten. Egal wie.

Morgen früh würde die Auktion stattfinden. Der Wald würde vermutlich verkauft sein, bevor die meisten Leute überhaupt mitbekommen hatten, dass Rose gestorben war. *Scheiße.* Nat ließ die Tür los, rieb sich die Augen und setzte die Schultern gerade. Eliza wimmerte leise, und ihre Hand vergrub sich unter dem Kissen. Sein Beschützerinstinkt rauschte mit aller Macht durch ihn hindurch und rüttelte ihn auf. Er drückte die Tür ganz auf und stieg über die auf dem Teppich verstreuten Stofftiere zum Bett. Deckte Tabitha mit ihrer Lieblingsdecke zu, strich ihr die blonden Locken aus der Stirn und gab ihr einen Kuss auf die Wange.

Das kleine Mädchen rührte sich, wachte aber nicht auf. Von klein auf hatten weder Tabitha noch Eliza die Liebe einer Mutter erfahren. Er würde keine Zeit damit verschwenden, sich im Selbstmitleid zu suhlen. Rose hatte Jammerlappen immer verabscheut, und genauso hatte sie es gehasst, im Mittelpunkt zu stehen.

Nat ging um das Bett herum, schob seine Arme unter Elizas schlafenden Körper und hob sie hoch. Zum Glück war diesmal keine Waffe unter dem Kopfkissen versteckt. Sie schmiegte sich an seine Brust, vergrub sich in seinen Armen. Er neigte den Kopf und küsste ihre Haare, erhaschte einen Hauch ihres Dufts.

Nat trug sie durch das leere Haus und legte sie behutsam auf sein Bett. Er war zu benommen, um noch Wut zu empfinden, und sogar sein Kummer schien an ihm vorbeizuziehen. Zu erschlagen, um etwas anderes zu wollen, als nach jedem Trost zu suchen, den er finden konnte.

Er zog sich aus, besänftigte die streunenden Gefühle, die drohten, sich in seiner Brust auszubreiten, schlüpfte unter die Decke und zog Eliza an sich. Sie murmelte etwas Unverständliches und schmiegte sich an ihn.

Nat lag wach, starrte an die Decke. Seine Mutter war der Grundpfeiler seines Lebens gewesen. Jetzt war sie tot. Er hatte gewusst, dass sie krank gewesen war – hatte die Realität nicht wahrhaben wollen, dass sie tatsächlich sterben könnte. Er presste sein Kinn in Elizas Haare, und sein Griff wurde instinktiv fester. Er wusste nicht, was er mit ihr machen sollte, aber er wollte sie nicht loslassen. Noch nicht.

Vielleicht nie.

Er war zu der Einsicht gekommen, dass er sich in sie verliebt hatte, und das jagte ihm eine Heidenangst ein. Weiß Gott, Ninas Betrug hatte ihn zutiefst verletzt, und er wollte so eine Verwüstung nicht noch einmal durchmachen.

Sein Kiefer schmerzte von der Anstrengung, seine Emotionen unter Kontrolle zu halten, und sein Herz hämmerte gegen seine Rippen. Er hatte seinen Eltern versprochen, dass er die Ranch retten würde, und er würde nicht aufgeben. „Schulden" war sein zweiter Vorname, belastet durch eine Familie, die langsam unter dem Druck zu zermürben begann. Er würde niemals gehen können.

Nat knurrte leise vor sich hin. Was war mit Cal? Ezra? Wer würde einen ehemaligen Sträfling und einen alten Mann einstellen, der schon vor Jahren in den Ruhestand hätte gehen sollen?

Eliza stöhnte im Schlaf auf, und er beruhigte sie mit einem Kuss auf die Schläfe.

Der morgige Verkauf des Venus-Waldes würde genug Geld bringen, um sie aus dem diesjährigen Schlamassel zu bringen, aber was war mit nächstem Jahr? Wo sollten sie das Geld hernehmen, um eine Reithalle zu bauen, in der er im Winter die Pferde anderer Leute trainieren konnte? Die Aasgeier kreisten schon über ihnen, und Troy Strange war der räuberischste von allen, wartete nur darauf, sich über ihre Überreste herzumachen.

Nats Augen brannten. Dieser verfluchte Hurensohn war der letzte Mensch, dem Nat irgendetwas verkaufen wollte. Sein Magen zog sich zusammen und überschlug sich in einer Mischung aus Hass und Furcht.

Eliza wimmerte und zuckte, riss ihn aus seinen Gedanken. Er wünschte, er könnte die Traurigkeit vertreiben, die sie beschlich, ihre Augen verfinsterte und ihre Fröhlichkeit auslöschte.

Es würde Zeit brauchen. Das Einzige, von dem er vermutete, dass sie es nicht hatten.

Das Tempo ihrer Atmung veränderte sich, Anspannung breitete sich in ihren Muskeln aus, und sie fing an, sich unter der Decke zu winden und zu zucken, als ob sie im Schlaf davonrennen würde.

Nat beugte sich über sie, strich ihr die Haare aus dem Gesicht. „Eliza, wach auf, Baby."

Grüne Augen öffneten sich, groß und verängstigt, aber sobald sie ihn erkannte, entspannte sie sich. Erkenntnis breitete sich auf ihren Zügen aus und vertrieb die Überreste des Schlafs. Tränen stiegen ihr in die Augen. Sie streckte die Hand aus und berührte seine Wange.

„Das mit deiner Mutter tut mir so leid."

Tränen liefen ihr über die Wangen, tropften auf das Kissen. Nat blickte ihr in die Augen, auch wenn er nicht wollte. Mit einem rauen Finger folgte er einer Träne, wischte sie weg. Manche Dinge waren zu wichtig, um ihnen aus dem Weg zu gehen. Nickend ließ er die Trauer durch seine Gedanken gleiten und akzeptierte den Schmerz.

Eliza versuchte, ihn anzulächeln, aber ihre Lippen zitterten zu sehr. Er konnte die Emotionen nicht entschlüsseln, die in den Tiefen ihrer Augen schimmerten, aber er erinnerte sich daran, dass Mitleid ein schlechter Ersatz für Liebe war.

Jetzt war nicht der Zeitpunkt, um das zu klären.

Eliza richtete den Oberkörper auf. Presste ihre Lippen in einer zärtlichen Liebkosung auf seine. Die Zeit lief langsamer, während sie die Berührung in die Länge zog, bis sie erfüllt von Verlangen war. Nat genoss das Gefühl ihrer Lippen an seinen. Schmeckte jeden Kuss und ließ sie seine Traurigkeit spüren.

Langsam zog er sie aus. Sank in die Kissen, als sie sich auf ihn legte. Ließ sie seine Schmerzen lindern und mit ihren Küssen und ihrer unermesslichen Zärtlichkeit seinen Kummer vertreiben. Vergessen breitete sich mit einer Intensität in ihm aus, die grell hinter seinen Lidern brannte. Er klammerte sich an die Leidenschaft, ignorierte den Tod, der im Hintergrund schwebte wie eine immerwährende Begleitmusik. Er wollte nichts spüren, außer Elizas Atem auf seinem Körper, ihre Berührungen auf seiner Haut. Schmerz und Kummer konnten warten.

Kapitel Siebzehn

IM PRIVATJET, 16. APRIL

„**D**eLattio ist entkommen?" Furcht stieg in Marsh auf, während er im schmalen Gang des Jets auf und ab ging.

Vor einer halben Stunde hatte er sich noch großartig gefühlt, hellwach und aufgeweckt nach nur ein paar Stunden Schlaf. Die Vorfreude, Elizabeth und Josephine zu finden, war durch seine Nervenbahnen geschossen wie Elektrizität. Jetzt ging seine gute Laune in einer Flutwelle der Angst unter.

„Irgendjemand hat die Agenten vergiftet, die ihn bewacht haben – Bob Butler und Peter Wade." Dancer verzog das Gesicht, tippte auf seinem Laptop herum. Marsh kannte die beiden Agenten nicht persönlich, aber sein Magen krampfte sich dennoch zusammen. Das FBI war eine große Familie.

„Natriumcyanid. DeLattios Anwalt wurde mit einem Kopfschuss aus einer 9-Milimeter-Waffe gefunden."

„Himmel." Marsh stopfte die Hände in die Taschen, alarmiert über diese Entwicklung. „Und Ron Moody hat Stone Creek, Montana gesagt?"

Ein Sheriff aus einer Kleinstadt in Montana hatte eine Anfrage an die AFIS geschickt und um die Identifizierung von

Fingerabdrücken gebeten, die sich als Elizabeths herausgestellt hatten.

„Genau." Steve Dancer zeigte auf eine GPS-Karte auf seinem Computer. „Hat mir den üblichen Quatsch erzählt, aber das ist der Ort, den er genannt hat. Und es passt zu Josephines Route. Sie ist auf dem Highway 15 in Richtung Norden unterwegs. Wenn wir direkt nach Kalispell fliegen, können wir sie in Empfang nehmen, wenn sie ankommt."

Marsh dachte darüber nach, und die Idee gefiel ihm. Liebend gern würde er den Ausdruck auf ihrem Gesicht sehen. Er gab dem Piloten Anweisungen, die Route zu ändern. Noch immer unruhig, lief er weiter im Gang auf und ab, überprüfte ihren Plan auf Schwachstellen.

„Wie finden wir Elizabeth, wenn wir in dieser Stadt sind?" Marsh griff sich einen Apfel aus der Obstschale, dachte über die Wirkung von Cyanid nach, und überlegte es sich anders.

„Der örtliche Sheriff ist ein Typ namens Talbot. Ich denke, wir sollten zuerst ihn kontaktieren, herausfinden, was er weiß." Dancer lehnte sich in seinen Ledersessel zurück, streckte die Arme über dem Kopf aus und gähnte.

„Was, wenn sie schon abgehauen ist?" Marsh war unruhig. Es sah Elizabeth nicht ähnlich, so lange an einem Ort zu bleiben, vor allem nicht, wenn sie dem örtlichen Sheriff über den Weg gelaufen war.

„Wir verfolgen Josephine weiterhin." Dancer nickte auf den roten Punkt, der sich über den Bildschirm bewegte. „Früher oder später werden sich die beiden treffen."

Und er würde darauf vorbereitet sein ... *wetten?*

Marsh betete, dass es bald sein würde.

Als ob es nicht schon schlimm genug wäre, dass DeLattio auf freiem Fuß war, hatte Marsh auch noch einen Anruf von FBI-Direktor Lovine bekommen, der ihn informiert hatte, dass Peter Uri seinem Überwachungsteam entwischt war. Dieses Timing gefiel Marsh überhaupt nicht. Er glaubte nicht an Zufälle. Der

Auftragskiller schien noch vor Marsh DeLattios Aufenthaltsorte zu kennen. Oder vielleicht hatte Uri auch ganz andere Absichten.

Das FBI musste eine undichte Stelle haben, aber niemand hatte sie bisher aufgespürt. Das hieß, die Chancen, dass Peter Uri genau wie sie ebenfalls auf dem Weg nach Stone Creek, Montana unterwegs war, standen gut. Marsh schälte eine Banane und aß sie freudlos.

Er hatte mit einer anderen Frau als Köder eine Falle gelegt, eine Frau, die möglicherweise mit seinem Kind schwanger war, hatte aber nicht damit gerechnet, dass gleich zwei Jäger losgeschickt würden. Er warf die Bananenschale in den Müll und setzte sich wieder hin, wollte versuchen, noch etwas Schlaf zu bekommen. Elizabeth zu finden, bevor jemand anderes ihm zuvorkam, war der beste Ausgang, auf den sie hoffen konnten. Auch wenn dieser Bastard Andrew DeLattio auf freiem Fuß war, war das noch immer das Beste, was sie tun konnten.

&a.

Nichts hatte sich verändert. Das Farmhaus stand noch. Die Erde drehte sich noch immer um ihre eigene Achse, und die Mafia wollte sie noch immer umbringen. Aber *sie* hatte sich verändert. Sie hatte sich unvorstellbar verändert.

Elizabeth lag nackt ausgestreckt auf dem Bett, atmete schwer. Die weiche Wolle der Decke kitzelte ihre Haut, ließ sie zittern, ebenso wie der Schweiß auf ihrer Haut, der langsam kalt wurde. Nat lag neben ihr, das Gesicht in der Matratze vergraben, regungslos.

Langsam kehrte ihr Herz zu seinem normalen Rhythmus zurück, und sie hob den Kopf, legte ihre Wange auf die warmen Muskeln in Nats breitem Rücken, schmeckte die salzige Feuchte seiner Haut.

„Nochmal?", brummte Nats Stimme durch die Kissen. „Schon wieder?"

Sie lachte und küsste die flache Kuhle zwischen seinen Schulterblättern. „Ich bin so K.O., ich könnte mich nicht mal bewegen, wenn es ein Erdbeben gäbe."

Mit der Fingerspitze wanderte sie seine Wirbelsäule hinunter, über jede knochige Spitze, bewunderte die Stärke des Mannes, ausgeglichen von seiner Zärtlichkeit. Sie genoss die Freiheit, seinen Körper erkunden zu können – diese breiten Schultern, seine langen, muskulösen Glieder. Seine Haut war weich unter ihrer Fingerkuppe, ließ sie kribbeln vor Verlangen.

Sie hatte nicht mehr viel Zeit. Sie wollte sie nicht verschwenden.

Sie hatte ihn zum Lachen gebracht, hatte versucht, ihn vergessen zu lassen, hatte ihn getröstet. Dann, als sie sicher in seine Arme geschlungen dagelegen hatte, hatte er ihr erzählt, wie tapfer Rose um ihr Leben gekämpft hatte, und wie schwer es gewesen war, endlich zuzugeben, dass sie tot war.

Daran konnte Eliza sich erinnern. An den Schmerz, zurückgelassen zu werden, daran, wie es war, als ihr gesagt worden war, dass ihre Eltern tot waren. Sie war verängstigt und einsam gewesen, bis ihre Tante sie zu sich geholt hatte. Und dann war sie im Internat verängstigt und einsam gewesen.

„Rose hat mir erzählt, dass sie sterben würde", sagte Elizabeth leise. Nat hob den Kopf aus der Matratze und starrte sie an.

„Im Ernst?", fragte er. Eine zweifelnde Note schwang in seiner rauen Stimme mit.

Elizabeth beobachtete, wie das schummrige Licht über seinen Rücken fiel, und wich seinem Blick aus. „Sie wollte, dass es dir gut geht. Wollte, dass ich ihr verspreche, dir nicht wehzutun."

„Was hast du ihr gesagt?" Seine blauen Augen wichen nicht von ihrem Gesicht.

Ihr Mund wurde trocken, als Elizabeth sich zwang, ihm in die Augen zu schauen. „Dass wir nicht immer tun können, was wir gerne tun möchten."

Nat drehte sich auf den Rücken, zog Elizabeth an sich, sodass ihr Kopf auf seiner Brust zu liegen kam. Sie versuchte, sich aus der Umarmung zu ziehen, aber er hielt sie ohne Anstrengung fest.

„Wie kommt es, dass du zum FBI gegangen bist?" Er blickte forschend in ihre Augen, als ob er dort nach Geheimnissen suchen würde.

„Marshall Hayes, ein Freund von mir." Mit einem Seufzer entspannte sie sich. „Ich kenne ihn seit Jahren." Die Einzelheiten waren mittlerweile egal. „Er hat mich rekrutiert, als ich noch zu naiv war, um es besser zu wissen."

Sie erinnerte sich daran, wie einfach es ihr vorgekommen war. „Wir hatten im Laufe der Jahre eine Menge Spaß, haben jede Menge Betrüger erwischt."

Bei einem Team aus drei Agenten, die verdeckt und nur mit wenig Verstärkung von oben gearbeitet hatten, hatten sie keine Zeit für die übliche FBI-Bürokratie gehabt. Sie hatten die Kriminellen nicht selbst verhaftet, hatten nur Informationen gesammelt und die Agenten aus dem Außendienst hinzugerufen, wenn eine Verhaftung anstand. Ein einfacher Job, meistens zumindest.

„Warum bist du Agentin geworden?" Nat strich mit seinem Zeigefinger über ihre Wange, und ein Schauder flatterte durch ihren Körper, bis hinunter in ihre Zehenspitzen.

Sie zuckte mit den Schultern, spielte gedankenverloren mit den drahtigen Haaren auf seiner Brust.

„Ich weiß gar nicht so genau ... Ich schätze, ich war noch ganz darin gefangen, meine Eltern verloren zu haben." Sie blickte zu Nat auf, berührte seine Hand. „Ich trage da oben noch jede Menge Ballast mit mir herum." Sie tippte sich an den Kopf. „Ich wollte anderen Menschen helfen, wollte etwas verändern, und eins meiner Spezialgebiete war die Kunst." Sie musste darüber lachen, wie albern das alles klang. „Als Marsh mir die Gelegenheit anbot, Teil seines Teams zu werden, kam mir das wie die perfekte Lösung vor. Und ich war auch gut. Hatte das Gefühl, endlich was zu tun, was von Bedeutung war."

Sie schaute in seine dunklen Augen, sog den Kontrast

zwischen seinen blonden Wimpern und seiner goldenen Haut in sich auf. Sie konnte ihn hart und stark unter sich spüren, die festen Muskeln, Sehnen und Knochen, die seinen Körper bildeten. Hitze strömte von ihm aus wie von einem Heizofen, und sie wollte sich für immer so an ihn erinnern.

„Ich habe mich dort wohlgefühlt, bis ich angefangen habe, mit der Einheit gegen das organisierte Verbrechen zusammenzuarbeiten."

Ein Frösteln legte sich über ihre Haut, und sie zog sich die Decke um die Schultern. Nat beobachtete sie, wortlos und ernst.

Verbitterung wallte in ihr auf wie Gift. „Die Einheit gegen das organisierte Verbrechen konnte es gar nicht glauben, als sie herausfanden, dass ich Undercoveragentin bin und Andrew DeLattio mit mir ausgehen wollte. Sie haben ein zweites Treffen zwischen uns eingefädelt, und bei der Gelegenheit bin ich auf seine Bitte nach einem Date eingegangen." Die Bastarde hatten Himmel und Hölle in Bewegung gesetzt, um sie und DeLattio zusammenzubringen.

Sie lag vollkommen still da, als ob eine einzige Bewegung ihre Selbstbeherrschung zerschellen lassen würde, und fuhr fort. „Anfangs war er sehr höflich, ein richtiger Gentleman." Sie wollte sich nicht daran erinnern, wie er weniger höflich und drängender geworden war. Nötigender.

„Ich habe Wanzen an Orten angebracht, zu denen die anderen Agenten keinen Zugang hatten." Sie tippte sich mit dem Finger auf die Brust. „Ich habe ein paar Vorfälle miterlebt und habe der Einheit gegen das organisierte Verbrechen dabei geholfen, zu entwirren, wer für wen arbeitete." Sie senkte die Augen, erwiderte Nats Blick. „Aber ich bin nervös geworden und abgehauen."

„Du wolltest nicht mit ihm schlafen." Es war eine Feststellung, keine Frage.

Sie nickte und ließ ihre Augen zu seinen Lippen wandern, platzierte zur Sicherheit einen schnellen Kuss auf seinen Mund. „Die anderen Agenten haben mich angefleht und mir gedroht, aber ich habe DeLattio nicht mehr getroffen und bin zu meiner eigenen Einheit zurückgekehrt."

Sie zog sich die Decke um die Schultern und setzte sich auf. „Ich schätze, ich war ziemlich stolz auf mich." Ihre Finger krallten sich in die Decke. „Und dann ist er auf der Weihnachtsfeier des Museums aufgetaucht, hat mir was in den Drink getan und mich rausgetragen, hat allen erzählt, ich wäre betrunken und müsste nach Hause." Ihre Stimme zitterte vor Schmerzen und Wut. „Er hat mich in meine Wohnung gebracht, mich ans Bett gefesselt und mich windelweich geprügelt und dann ..."

Nat legte ihr die Hand auf die Schulter, berührte sie so behutsam, als ob er befürchtete, sie würde zerbrechen.

„Du musst es mir nicht erzählen, wenn du nicht willst." Sein Blick war voller Mitgefühl und Wut. Die Wut konnte sie gut nachvollziehen.

„Du hast es verdient, alles zu wissen." Elizabeth ließ die Decke von ihren Schultern hängen, streckte die Arme vor sich aus. „An den Übergriff kann ich mich so gut wie gar nicht erinnern. Aber das Schlimmste für mich war, als die anderen Agenten mich ans Bett gefesselt gefunden haben." Ihre Stimme brach. „Die ursprüngliche Überwachungseinheit hatte ihre Arbeit eingestellt, als ich mich nicht mehr mit DeLattio getroffen habe, aber die Einheit gegen das organisierte Verbrechen hatte meine Handtasche noch immer verkabelt. Sie haben jeden meiner Schreie aufgenommen, haben aufgenommen, wie ich ihn anflehte und um Hilfe rief. Und das haben sie benutzt. Damit haben sie ihn gezwungen, als Kronzeuge aufzutreten und seine Partner zu verraten. Kannst du dir das vorstellen?"

Elizabeth konnte in Nats Augen sehen, dass er es sich nur allzu gut vorstellen konnte.

Sie wandte den Blick nicht ab. „Ich war zwei Tage im Krankenhaus, bevor meine Freundin Josie mich da rausgeholt hat." Gott, ohne Josie wäre sie völlig verloren gewesen. „Als die Blutergüsse in meinem Gesicht genug verblasst waren, habe ich sie unter Make-up versteckt und bin zurück zur Arbeit gegangen."

Sie ignorierte den Schmerz in seinen Augen. Es war eine Reflexion ihres eigenen Leids, und sie wollte, dass das endlich aufhörte.

„Ich habe viele Fehler gemacht, Nat. Ich habe die Ratschläge ignoriert, die mir gegeben wurden. Habe Therapie abgelehnt. Habe der Einheit gegen das organisierte Verbrechen verboten, Marsh oder meinen anderen Kollegen zu verraten, was passiert war." Tränen traten ihr in die Augen. „Es war mir zu peinlich, sie das wissen zu lassen."

Nat legte seinen Arm um sie, gab ihr wortlos Kraft.

„Ich bin wochenlang wie ein Zombie herumgelaufen, völlig verschreckt, total verängstigt, er könnte zurückkommen. Ich habe kaum geschlafen oder gegessen und überall eine geladene Waffe mit mir herumgetragen." Sie lachte, als er skeptisch die Augenbrauen hochzog. „Noch schlimmer, als ich mich jetzt aufführe."

Elizabeth fuhr sich mit der Hand durch die Haare, strich sie sich aus dem Gesicht. „Dann, eines Tages, habe ich gekündigt – habe Marsh hängen lassen und bin abgehauen. Wie ein Feigling."

Tränen hingen an ihren Wimpern, aber sie wischte sie fort. „Ich hatte so lange solche Angst ..." Sie wusste nicht mehr, was sie sagen sollte, aber Nat legte ihr einfach behutsam zwei Finger auf die Lippen.

„Du hast getan, was du tun musstest." Er schlang sie in eine enge Umarmung, küsste ihre Wange. „Was hast du nun vor?" Seine Direktheit ließ sie stutzen.

Sie wich seinem Blick aus und machte ein Geständnis.

„Seit damals habe ich jeden Tag darüber fantasiert, Andrew Mario DeLattio umzubringen." Sie schloss die Augen, verbarg die Emotionen, die möglicherweise die Pläne verraten würden, die sie geschmiedet hatte. Er würde es nicht einmal ansatzweise verstehen. „Ich muss hier verschwinden, bevor ich euch alle in Gefahr bringe."

Nat lehnte seine Stirn an ihre. „Hör mir zu, Eliza. Das ist egal. Nichts aus der Vergangenheit ist wichtig." Er nahm ihre Hände in seine. „Es ist mir egal, wer hinter dir her ist. Es ist mir egal, was du getan hast. Wir werden das schon schaffen."

Sie starrte ihn an. Traurigkeit überdeckte das, was Freude hätte sein sollen. Es war nicht die Vergangenheit, die ihr Sorgen bereitete.

„Ich will, dass du bleibst." Nats Augen brannten wild und hell im schummrigen Licht, und er hielt sie weiterhin fest. „Bitte bleib."

Die Worte schreckten sie auf wie ein unachtsames Stolpern vom Bordstein. Sie blickte zu ihm auf, ein flüchtiger Blick, der die Wahrheit in seiner Intensität erkannte. In der ungeschützten Verletzlichkeit in seinem Blick. Kummer und Hoffnungslosigkeit ließen die Euphorie, endlich Liebe gefunden zu haben, zerplatzen. Er war alles, was sie jemals gewollt hatte. Gut und ehrlich. Stark und mutig. Integrität, gepaart mit einem angeborenen Ehrgefühl.

Wieder liefen ihr die Tränen über das Gesicht. Sie wollte ihn nicht verlassen, aber sie musste es tun. Sie wischte sich die Tränen von den Wangen, zog sich die Decke enger um die Schultern.

Ihre Welt brach um sie herum zusammen. Es geschah so schnell, dass sie es nicht mehr aufhalten konnte, die Risse nicht mehr länger mit Lügen kitten konnte. Jeder Tag, den sie länger auf dieser Ranch verbrachte, würde Nat und seiner Familie größeres Unheil bescheren.

Er hatte ihr gesagt, sie würde nur für Ärger sorgen, und er hatte recht gehabt.

Ich liebe dich, wisperte durch ihre Gedanken, aber sie brachte es nicht über die Lippen. Wenn sie es aussprach, würde sie nicht gehen können. Es war ihm egal, was sie getan hatte? *Tja*, es *sollte* ihm aber nicht egal sein. Sie befand sich jenseits aller Erlösung. Nicht, dass das einen Unterschied machte. Sie würde ihn nicht weiter in Gefahr bringen.

Der Geruch von Sex erfüllte die Luft, erinnerte sie an den

Bund, den sie geschmiedet hatten, aber die Worte kamen dennoch aus ihrem Mund.

„Ich kann nicht bleiben. Ich fahre morgen." Sie hatte es ihm nicht sagen wollen – hatte sich einfach davonschleichen wollen wie ein Dieb in der Nacht.

„Was?" Er riss den Kopf zurück, als ob er gebissen worden wäre. „Was hast du gesagt?"

Elizabeth senkte den Kopf. „Ich fahre. Morgen nach der Auktion."

Nat sprang vom Bett, ging im Zimmer auf und ab. Er fuhr sich mit der Hand durch die flachsblonden Haare, so aufgewühlt, dass er regelrecht zitterte. „Meine Mutter ist heute *gestorben* und du kannst nicht einmal ein paar Tage abwarten?"

Elizabeth blieb stumm. Nichts, was sie sagen könnte, würde es einfacher machen. Sie würde es nur noch schlimmer machen.

Sein Zorn machte ihr keine Angst. Sie hatte ihren Mut wiedergefunden, der sie so lange verlassen hatte – hatte ihn dank Nat wiedergefunden. Jetzt starrte er sie an, sein Mund eine schmale, harte Linie. „Du hast mir nicht alles erzählt."

Nein, das hatte sie nicht.

Nat stand am Fußende des Bettes, war sich seiner Nacktheit nicht bewusst, hatte die Arme vor der Brust verschränkt. Er senkte das Kinn, ließ seine Augen schmal werden und starrte finster auf sie hinunter.

„Du könntest aber hierbleiben, oder? Niemand weiß, dass du hier bist."

Der Gedanke war so verlockend ... und machte die Gründe umso klarer, weshalb sie gehen musste. Sie wollte unbedingt bleiben. Wollte so, so gern bleiben.

Sie schüttelte den Kopf. „Talbot weiß es. Ich habe ihm eine falsche Adresse genannt. Ich muss verschwinden."

„Warum?"

Sie konnte sehen, wie Nats Gedanken rasten, wie er versuchte, alle Puzzlestücke zusammenzufügen, versuchte, die Probleme zu lösen, vor denen sie davonrannte, aber er hatte nicht alle Fakten.

„Warum?", verlangte er noch einmal zu wissen, diesmal lauter.

Sie antwortete nicht, starrte nur auf ihre Finger, die sie über der Decke gespreizt hatte. Der Ring, den ihr ihre Mutter an ihrem siebten Geburtstag geschenkt hatte, funkelte an ihrem kleinen Finger.

„Glaubst du, die Mafia findet dich hier?", fragte Nat.

Elizabeth nickte, biss sich auf die Unterlippe, um das Bedürfnis abzuwehren, zu bleiben.

Mit hastigen, ruckartigen Bewegungen fing Nat an, sich anzuziehen, knöpfte seine Jeans zu, zog ein T-Shirt über.

Das war der Abschied, wurde ihr plötzlich bewusst. Nat stand an der Bettkante, blickte zu ihr hinunter. Elizabeth hob den Kopf und erwiderte seinen stürmischen Blick.

„So muss es nicht sein, Eliza", sagte er leise.

„Doch." Elizabeth machte den Rücken gerade. „Muss es."

Nat stieß einen leisen Fluch aus und ging aus dem Zimmer, zog mit einem schnellen Klicken die Tür hinter sich ins Schloss, und es klang wie der letzte Nagel, der in ihren Sarg geschlagen wurde.

Eine bittere Brise schwebte durch die Luft und legte eine Gänsehaut über ihren Körper. Nats Duft hing noch immer im Kissen, und sie presste es an sich, versuchte, sich diesen Geruch einzuprägen, aber sie wusste, dass er verblassen würde. Mit der Zeit verblasste alles.

RABIAT SCHALTETE NAT IN DEN DRITTEN GANG, dann in den zweiten, fuhr den steilen Abhang zum unteren Flusstal hinunter. Der Motor heulte protestierend auf, aber der Truck verlangsamte sich ein wenig. Der alte Ford rüttelte rhythmisch zu Dwight

Yokum und Sheryl Crow, die *Baby Don't Go* sangen, und Nats Zähne schmerzten.

Jedes Mal, wenn er durch eine Spurrille fuhr, schien sein Gehirn in seinem Schädel herumzuhüpfen, und er klammerte sich am Lenkrad fest, versuchte, die Fahrt zu überstehen. Er war froh, dass er sich aufs Fahren konzentrieren musste und nicht viel nachdenken konnte. Gegen acht Uhr morgens war Sas nach Hause gekommen, untröstlich und erschöpft, ihre Augen rot und geschwollen vom Weinen.

Sie riss sich zusammen, aber es fiel ihr schwer. Ryan lag bewusstlos in der Schlafbaracke. Cal und Ezra hatten jeder einen Becher Kaffee in den Händen gehalten, waren schweigsam und benommen gewesen, als Nat losgefahren war. Er hatte ihre Hilfe abgelehnt und sich allein zur Auktion aufgemacht.

Rose hätte es so gewollt.

Über den Waldweg zu fahren war nur geringfügig schneller als über die Landstraße. Diese Straße war kaum mehr als eine Traktorspur, wenn man ehrlich war, zwei Spurrillen in der nackten Erde, umringt von Wildnis. Aber Nat wollte diesen Weg nehmen – womöglich war es das letzte Mal, dass er das Recht dazu hatte.

Er wusste nicht, ob Eliza noch da sein würde, wenn er zurückkam. Sein Magen brannte, wenn er an sie dachte, also trat er diese Gedanken noch entschiedener nieder als das lausige Bremspedal des Trucks. Er wollte ihr helfen, aber sie ließ es nicht zu. Sie war unmöglich.

Er fuhr zu schnell, rutschte in ein Schlagloch und schaffte es beinahe nicht mehr, das Lenkrad rechtzeitig herumzureißen, um nicht im Graben zu landen. Mit eisernem Griff umklammerte er das Plastik des Lenkrads und ermahnte sich, sich auf den Weg zu konzentrieren. Er erreichte den kühlen, schattigen Wald und rollte das Fenster hinunter, um frische Luft ins stickige Auto zu lassen.

Dieses Land taugte nicht für die Viehwirtschaft und kostete

sie einen Haufen Steuern. Es war egal, wie schön es hier war, Sentimentalität beglich keine Rechnungen.

Das Licht im Wald war klar und hell, und eine sanfte Brise wehte Schatten über das üppige Gras. Glockenblumen und Margeriten bedeckten den Boden, sprossen am Rand des Wegs empor wie bunte Wimpel.

Nat atmete tief ein, roch die frische Luft, schmeckte die Essenz des Lebens, wo die Natur den Frühling voll auskostete. Vögel sangen in den Bäumen, und er hörte das zögernde Surren frisch geschlüpfter Insekten.

In diesen Wäldern hatte er seine Jungfräulichkeit verloren, in diesem Truck, genau genommen. Seine Finger zogen sich um das Lenkrad zusammen. Er und Adele Black, zwei Sechzehnjährige, mit Köpfen voller Hormonen und Neugier. Adele war ein zierliches kleines Ding gewesen, und er war damals auch um einiges schmächtiger gewesen. Er konnte sich nicht vorstellen, jetzt noch mit einer Frau im Truck zu schlafen. Die Vorstellung, wie Eliza sich nackt auf den weinroten Polstern räkelte, brachte sein Herz zum Hämmern und sein Blut zum Kochen.

Verdammt. Er musste irgendwie damit klarkommen. Die Frau verließ ihn.

Er kam an dem alten Gatter an, das zu einer Weide am unteren Ende des Anwesens führte. Die Koppel war der perfekte Ort, um ein malerisches Traumhaus zu bauen, wenn man das nötige Kleingeld dazu hatte. Nat hoffte nur, dass jemand anderes als Troy Strange dieses Kleingeld hatte.

Er wappnete sich, warf einen Blick zum Ende der Weide, zum Tor, das hinaus auf die Landstraße führte und wo die Autos parkten. Er entdeckte Troy Strange, tief in ein Gespräch mit ihrem örtlichen Banker verwickelt. Nat parkte seinen Truck neben dem Tor, stieg aus und sprang über das Gatter.

So sehr er Strange auch verachtete, er schluckte seinen Zorn hinunter.

Marlena lungerte an ihrem Mercedes herum, trug ein enges

Oberteil, einen winzigen Rock und hochhackige Schuhe, sah in etwa so unauffällig aus wie eine Nutte im Kindergarten. Sie erblickte ihn und grinste.

Nat entdeckte Molly Adams, eine weitere ehemalige Freundin aus der High-School, die auf dem Kotflügel eines kleinen Hondas saß. Sie war drall und hübsch und führte einen altmodischen Saloon, der die Touristen anlockte. Sie lächelte ihm zu, winkte mit einem halb aufgegessenen Apfel in seine Richtung. Offensichtlich hatte sie noch nicht von Rose gehört, aber es war auch noch früh. Er fühlte sich elend. Er nickte Molly zu, ging aber nicht zu ihr, war nicht in Stimmung für höfliche Floskeln und Belanglosigkeiten.

Mehrere Typen, die wie Notare aussahen, klammerten sich an ihre Handys wie an Ersatzpersönlichkeiten, und Nat erkannte auch einige von Sarahs Kollegen aus dem Krankenhaus. Hölzern lächelte er einem Paar zu, das er vor einem Jahr auf irgendeiner Hochzeit kennengelernt hatte. Er hoffte, sein Lächeln sah nicht so bitter aus, wie er sich fühlte.

Nat ging hinüber zum Auktionator, Rich Willard, einem kleinen, stämmigen Mann, der auf einem hölzernen Podest stand. Rich war ein guter Freund von Nats Dad gewesen, ein Mann, den zu kennen es in einer Krise lohnte. Sein Bauch hing ihm über den Gürtel, und ein Krümel von seinem Frühstück klebte noch an seinem Schnurrbart.

Nat hatte ihn immer gemocht.

„Mein Beileid zum Tod Ihrer Mutter, mein Junge", sagte Rich leise. „Wir können das auch an einem anderen Tag machen, wenn Ihnen das lieber ist."

Nat ließ den Blick über die Menschenmenge schweifen. Auf keinen Fall wollte er das hier wiederholen. Niemals.

„Nein. Heute." Nat räusperte sich. „Ich weiß es zu schätzen, dass Sie das für uns tun."

„Nicht der Rede wert. Bin ja froh, wenn ich helfen kann." Rich schaute auf seine Armbanduhr. „Sind Sie bereit?"

Das Mitgefühl in Richs Augen ließ Nat das Gesicht verziehen. Das hier war nicht einfach für ihn, aber nie im Leben würde er vor Troy Strange Schwäche zeigen.

„Bringen wir es hinter uns", meinte Nat.

„Wenn es hilft, ich habe Atty da unten sitzen, und wir sind bereit, wenigstens den Mindestpreis zu zahlen." Rich warf einen Blick auf die Anwesenden, suchte in der Menge nach seiner zierlichen Frau.

Nat schluckte. Als er sprach, war seine Stimme gerührt. „Das müssen Sie nicht tun, Sir."

„Aber hallo, wir würden dieses Land liebend gern besitzen, Nat." Rich senkte verschwörerisch die Stimme. „Sie wissen doch, wie die Frauen sind, mein Junge, wenn sie sich einmal was in den Kopf gesetzt haben." Rich lachte auf, ein lustiges, dröhnendes Lachen, das so erzwungen war wie Nats Lächeln. „Wenn sie über die Stränge schlagen sollte, tue ich einfach so, als ob ich sie nicht sehen würde."

Nat trat ein paar Meter zur Seite, um aus dem Hintergrund die Auktion zu verfolgen. Marlena beäugte ihn, und er hoffte, sie würde nicht noch mehr Ärger machen. Er hatte einfach nicht die emotionale Energie, sich heute mit ihr herumzuschlagen. Troy schlang den Arm um die Taille seiner Frau und zog sie an sich. Nat hoffte nur, er würde sie nicht mehr loslassen.

Rich begann mit einem kurzen Überblick über das Land und was sich alles darauf befand. Der Bach mit dem kleinen Wasserfall, Fischfangrechte, Jagdrechte. Knapp drei Hektar ausgewachsener Wald, hauptsächlich Kiefern, Zitterpappeln und eine kleine Anzahl Zedern. Dazu ein guter Hektar Weideland. Jedes von Richs Worten stach Nat einen Dolch ins Herz. Die Gebote begannen bei zweihunderttausend Dollar.

Nat sah zu, wie die kleineren Fische die Einsätze erhöhten, langsam, aber unaufhaltsam, bis das Gebot an dreihunderttausend Dollar kratzte. Das war die Summe, die er benötigte, um die derzeitigen Schulden zu tilgen. Es war genug, um die Bank zu bezahlen.

Nach und nach blieben die Schmalspurbieter auf der Strecke, und die ernsthaften Mitstreiter liefen auf.

Nat versuchte, die Auktion leidenschaftslos zu verfolgen. Es ging schließlich nur um ein Stück Land. Aber seine Mutter hatte diesen Wald immer geliebt ... Ein Typ, der wie ein zerknitterter Tourist aussah, bot vierhunderttausend Dollar, was Nat überraschte. Er fragte sich, ob der Kerl nur den Zeh ins Wasser steckte, um seinen Tag ein bisschen aufregender zu gestalten, oder ob es ihm ernst damit war, ein Stück Land in Montana zu besitzen.

Troy Strange setzte einen selbstgefälligen Gesichtsausdruck auf, sah aus wie ein Mann, der ganz genau wusste, dass er jeden hier zweifach überbieten konnte, und erhöhte sein Gebot auf vierhundertfünfzigtausend Dollar, bevor er sich wieder seiner Unterhaltung mit dem Banker widmete.

Gott.

Nat wollte die Fäuste ballen, stopfte sich die Hände aber stattdessen in die Hosentasche. Einer der örtlichen Ärzte erhöhte auf vierhundertsechzigtausend, und Nat begann zu hoffen.

Strange erhöhte erneut, sein Grinsen diesmal etwas angespannter, als ob er genervt davon wäre, dass jemand es wagte, gegen ihn zu bieten. Rich blickte wieder zum Arzt, der allerdings den Kopf schüttelte. Seine Frau flüsterte ihm eindringlich ins Ohr, aber der Arzt schüttelte erneut den Kopf und legte ihr den Arm um die Schulter.

Nat spürte, wie ihm das Herz in der Brust hämmerte.

Nein. Nein. Nein.

Er starrte in Troys hämisch grinsendes Gesicht, knirschte mit den Zähnen und presste die Lippen zusammen.

„Gibt es noch weitere Gebote?", fragte Rich hoffnungsvoll. Er wusste, wie groß die Abneigung der Sullivans gegen ihre texanischen Nachbarn war.

Ein Mann hob die Hand, sprach währenddessen die ganze Zeit über in ein Handy.

Rich neigte höflich fragend den Kopf und der Mann hob entschuldigend die Hand, um sich kurz zu besprechen.

„Aber das ist doch lächerlich ...", war alles, was Nat verstehen konnte.

Ungeduldig verschränkte Nat die Arme vor der Brust und stieß einen schweren Seufzer aus. Er wollte diese Sache hinter sich bringen, wollte herausfinden, ob Eliza ihn schon verlassen hatte – und er wollte seine Mutter beerdigen.

„Eine Million Dollar", rief der Mann mit dem Handy. „Eine Million amerikanische Dollar." Er sah aus, als ob er seine Zunge verschluckt hatte.

Nat wünschte, er könnte die Genugtuung genießen, Stranges Mund auffallen zu sehen, aber sein eigener Mund stand ihm vor Schreck offen.

„Eine Million zum Ersten ..." Rich blickte zu Strange, der mit den Zähnen knirschte und den kleinen Kerl mit dem Handy wutentbrannt anstarrte. „Zum Zweiten ..." Rich wartete eine Sekunde ab. „Verkauft!"

Nats Knie wollten einknicken. Eine Million Dollar? Seine Knie erholten sich langsam, aber seine Ohren klingelten. *Eine Million verfluchte Dollar*. Er wollte laut auflachen, hätte es auch getan, wenn ihm das Herz nicht herausgerissen und sein Stolz mit Füßen getreten worden wäre.

Aber Troy Strange hatte das Land nicht erstanden. Das waren andere gute Neuigkeiten. Nat zwang sich, den sanften Abhang zu seinem Banker hinunterzugehen, der in seinem Sonntagsanzug dastand. „Sie bekommen Ihr Geld, sobald die Verkaufssumme freigegeben ist, Brent." Nat schob sich den Hut in den Nacken und konnte die Genugtuung in seiner Stimme nicht verbergen.

„Offensichtlich weiß ich mehr als Sie, Sullivan." Brent Whittakers Tonfall implizierte ein *wie immer*, das in der Luft hing wie eine rote Flagge.

Nat musterte den Kerl. Der Arsch schaffte es immer, arrogant und herablassend zu klingen, egal, worum es ging. Er war ein Finanzmann, der sich um wenig anderes scherte als um Geld und Macht.

Alles Quatsch.

„Ihr Kredit wurde der Bank abgekauft–"

Nat krallte sich Brents Hemdkragen und zog ihn zu sich. „Wer?"

„Ich weiß es nicht ...", stotterte Brent.

Ungeduldig ließ Nat ihn los. „Lassen Sie den Blödsinn. Wer hat den Kredit gekauft?"

„Vielleicht die gleiche Person, die auch das Land gekauft hat." Whittaker rieb sich den strapazierten Hals und warf einen Blick auf den Kerl, der eine Million Dollar geboten hatte. „Vielleicht hat er vor, Sie rauszuekeln."

Nat war es scheißegal, was der Kerl vorhatte. Mit einer Million Dollar auf dem Konto konnte die Ranch einige Jahre lang überleben. Lange genug, um die Zuchtfarm zum Laufen zu bringen.

Diese Aussicht war es beinahe wert, dafür die Wälder zu verlieren.

„Wie finde ich heraus, wer den Kredit aufgekauft hat?", fragte Nat.

„Ich nehme an, die Person wird sich sehr bald bei Ihnen melden." Whittakers Lippen verzogen sich zu einem gehässigen Grinsen, das zu seinem verkniffenen, selbstherrlichen Gesicht passte, dann drehte er sich um und stiefelte davon.

Arschloch.

Nat ging hinüber zu Rich, der sich mit dem Kerl am Handy besprach. Der Typ streckte die Hand aus und stellte sich vor.

„Freut mich, Mr. Sullivan." Der Mann jonglierte sein Handy, einen Aktenkoffer und eine Handvoll Dokumente. „Mein Name ist Arthur Nugent."

Sein Akzent klang Britisch in Nats Ohren. „Haben Sie vor, hier ein Haus zu bauen, Mr. Nugent?"

Der Mann lachte, klang erschöpft und fingerte an seinem Handy herum. „Nein, nein, Sir. Ich handle im Namen eines Klienten." Nickend deutete er auf das Handy, als ob es eine echte Person wäre. „Ein Klient, der anonym bleiben will, also ist das alles, was ich Ihnen mitteilen kann, fürchte ich."

Mit einem unbehaglichen Gefühl bedankte sich Nat bei Rich und Arthur Nugent, und sie einigten sich darauf, sich am nächsten Vormittag im Büro seines Anwalts zu treffen, um den Vertrag abzuschließen. Er unterschrieb die Papiere und ging zu seinem Truck zurück, konnte das Gefühl des Unbehagens nicht abschütteln, das an ihm nagte.

Nie im Leben würde irgendjemand seine Ranch in die Finger bekommen.

Nie im Leben.

Er sprang über das Tor, stieg in den Truck und setzte zurück, um über den Waldweg nach Hause zu fahren. Plötzlich schwand die Euphorie des Verkaufs. Geld war nur eines seiner vielen Probleme.

Kapitel Achtzehn

Elizabeth nahm das Gewehr vom Kleiderschrank, wo sie es aus Sicherheitsgründen versteckt hatte. Sie lud es, ließ den Hahn halb gespannt und die Kammer leer, dann steckte sie es in das Etui und stellte es neben ihren Rucksack. Im Wohnzimmer packte sie den Rest ihrer Ausrüstung zusammen, stopfte einen Stapel Bargeld, einen Ersatzpass und eine Handvoll Kleidung in die kleine Reisetasche, die sie sich einfach schnappen konnte, wenn sie überstürzt fliehen musste.

Nur für alle Fälle.

Sie versuchte, sich auf ihre Aufgabe zu konzentrieren, nicht auf den stechenden Schmerz, der jedes Mal durch sie hindurchschoss, wenn sie daran dachte, dass sie Nat verlassen musste. Aber ihre Anwesenheit hier auf der Ranch brachte sie alle in Gefahr.

Die Prozesse gegen die Bilottis würden in den kommenden Tagen beginnen. Die Nachrichten ritten noch immer auf ihrem Verschwinden herum, und sie fühlte sich schrecklich bloßgestellt. Nicht, dass sie Juliette Morgan noch ähnlich sah, aber Nat hatte ihre Identität ziemlich schnell herausbekommen, was bedeutete, dass andere das auch konnten.

Nat ...

Elizabeth schluckte, dann zog sie entschlossen den Reißverschluss der Tasche zu. Vielleicht konnte sie ihre Stimme verstellen – diese irische Färbung ausmerzen, die noch immer nachklang? Ein unbehagliches Kribbeln lief ihr den Rücken hinunter. Hatte sie irgendetwas übersehen? Irgendeinen Fehler gemacht, irgendetwas verraten?

DeLattio war hinter ihr her.

Sie wusste es. Sie konnte seine Finger förmlich über ihren Rücken kratzen fühlen.

Sie kontrollierte ihre Glock, dann steckte sie die Pistole in das Schulterholster, das sie über ihrem T-Shirt trug.

Eine dunkelblaue Baseballkappe war tief in ihre Stirn gezogen. Elizabeth griff nach ihrer Sonnenbrille und trug ihre Sachen hinaus zum Jeep. Blue wich ihr nicht von der Seite, versuchte, ins Auto zu springen, schaffte es aber nicht ganz.

„Sorry, Kumpel, aber du kannst nicht mitkommen." Sie streichelte ihm über den Kopf, und ihre Finger verweilten auf seinen samtigen Ohren. Sie schluckte den Kloß in ihrem Hals hinunter. Blickte zu den Bergen in der Ferne. Der Himmel war unerträglich blau. Tief und klar wie Nats Augen. Sie versuchte, die Szenerie in sich aufzusaugen. Wusste, dass sie nie wieder einen Fuß nach Montana setzen würde.

Der Hof war ruhig. Die Rinder waren auf höher liegende Weiden gebracht worden. Fohlen tollten neben ihren Müttern herum. Die Kätzchen jagten im offenen Stalltor Heuhalmen hinterher, und Stealth wieherte in seiner Box.

Es war niemand da, von dem sie sich hätte verabschieden können. Sie waren alle beschäftigt. Genau so, wie sie es geplant hatte.

Die Einsamkeit legte sich drückend auf sie. Es war eine Emotion, mit der sie nur allzu vertraut war. Es war das gebrochene Herz, das neu und fremd war. Sie hob die letzte Tasche ins Auto, schob sie in die Dunkelheit des Kofferraums.

Sie wollte nicht gehen.

Ein Abgrund der Trauer riss in ihr auf, so weit, dass er drohte, sie ganz und gar zu verschlingen. Gefühle, die sie tief in sich vergraben hatte, rauschten an die Oberfläche und überlagerten die Notwendigkeit, abzureisen. Sie ließ sich gegen den Jeep fallen, presste sich die Hand über die Augen und versuchte, nicht zu schluchzen.

Die Sonne fühlte sich warm auf ihrer Haut an. Das harte Metall des Wagens unter ihrer anderen Hand schimmerte dumpf in der Mittagssonne. Vögel zwitscherten und flatterten um die Hütte herum. Der Wind raschelte in einer vertrauten Melodie durch die Bäume. Sie hatte hier ein Zuhause gefunden, eine Familie, die sie lieben konnte. Angst und Rache schienen nur kleinliche Verwandte von solchen Reichtümern zu sein. Aber es war nicht ihre eigene Sicherheit, derentwegen sie wegfuhr, erinnerte sie sich. Sie tat es für die Sullivans. Für Nat. Wenn sie jetzt nicht abreiste, waren sie alle in Gefahr.

Elizabeth drückte sich vom warmen Metall des Jeeps ab und schob ihre Gedanken zur Seite. Trat einen Schritt zurück und schloss den Kofferraum mit einem lauten Schlag, der von den Hügeln widerhallte. Eilig ging sie ein letztes Mal zurück zur Hütte, um nachzuschauen, ob sie auch wirklich nichts vergessen hatte. Blue folgte jedem ihrer Schritte.

MARSHALL HAYES SASS HINTER DANCER IN SHERIFF TALBOTS VERBEULTEM ALTEM CHEVY BLAZER, krallte die Finger nervös in die Nackenstütze.

„Und Sie sagen, Sie haben Elizabeth Reed vor drei Tagen gesprochen?", versicherte sich Marsh bei Talbot.

„Genau, Sir." Der Akzent des Sheriffs war eine träge Melodie, typisch für den Mittleren Westen. „Wusste sofort, dass irgendwas mit ihr nicht stimmte. Scheint so, als hätte ich richtig gelegen, oder?“ Er drehte den Kopf zu Marsh um, verlangte nach einer eindeutigen Antwort.

Der Sheriff wollte wissen, was für eine Verbrecherin ihm da ins Netz gegangen war.

„Wir wissen es wirklich zu schätzen, dass Sie uns zur Ranch fahren, Sheriff.“ Marsh wich der Frage aus. Er musste diesen Kerl auf seiner Seite behalten, durfte dabei aber nicht riskieren, dass irgendetwas an die Presse gelangte.

Ein Lufterfrischer in Tannenbaumform baumelte vom Rückspiegel, und der Sheriff wandte seine Aufmerksamkeit wieder der Straße zu. Elizabeth sollte so clever gewesen sein, die Ranch zu verlassen, nachdem der Sheriff sie befragt hatte. Selbst wenn er nicht misstrauisch geworden wäre, wäre sie verschwunden – *oder?*

Marsh versuchte, sich auf das zu konzentrieren, was der Sheriff sagte. „Wie bitte?“

„Ich habe mich nur gefragt, ob einer der Herren Bundesagenten“ – seine Stimme wies einen Anflug von Missmut auf – „einem hinterwäldlerischen Dorfpolizisten wie mir jemals erklären wird, was hier vor sich geht?“

Marsh lächelte den Mann an. Angepisste Polizisten waren seine Paradedisziplin. „Später, Sheriff. Versprochen.“ Im Rückspiegel fing Marsh Talbots Blick auf. Für einen Augenblick flackerten die Augen des Sheriffs auf, aber dann nickte er, scheinbar zufrieden.

Vorläufig.

Marsh schaute aus der Windschutzscheibe und betrachtete die Landschaft. Die schneebedeckten Gipfel, die tiefen Täler, die riesigen Flächen naturbelassenen Waldes. Das Land strotzte nur so vor Frühling. Helles Grün lag über den Hügeln, und entlang der Straße blühten zahlreiche Wildblumen.

Eine hübsche Gegend.

„Triple H befindet sich hinter der nächsten Anhöhe.“ Der Sheriff deutete mit dem Kinn auf den Hügel, auf den sie zufuhren.

„Wie sind die Besitzer so?", fragte Marsh.

„Die Sullivans?" Der Ausdruck des Sheriffs verfinsterte sich. „Rose Sullivan, die Mutter, ist gestern an einem Herzinfarkt gestorben, also gehe ich davon aus, dass sie nicht gerade wild auf Besuch sind."

„Das hier ist nicht gerade ein nachbarschaftlicher Besuch, Sheriff."

„Richtig." Talbot nickte, warf einen verhaltenen Blick über die Schulter. „Na ja. Nat Sullivan ist ein riesiger Teufelskerl, mit dem ich mich nicht anlegen wollte. Aber er sollte im Augenblick unten bei der Auktion sein. Die Familie verkauft ein Stück Land, unten in der Nähe des Stauweihers." Der Sheriff trommelte mit seinen Wurstfingern aufs Lenkrad. „Es sind gute Leute. Sind seit Generationen hier. Nat hat einen Bruder und eine Schwester, die ebenfalls auf der Ranch wohnen. Sie ist Ärztin unten im Kreiskrankenhaus." Der Sheriff zuckte mit den Schultern. „Ganz normale, rechtschaffene Leute."

Talbot kurbelte sein Fenster hinunter und legte den Arm auf den Fensterrahmen. Richtete den Rückspiegel. „Relativ kleines Anwesen, im Vergleich zu manchen anderen hier in der Gegend. Sie haben Mühe, sich über Wasser zu halten, aber die Sullivans sind stur. Zu stur, um kampflos aufzugeben."

Sie erklommen die Anhöhe, und vor ihnen im Tal breitete sich die Ranch aus. Marsh betrachtete das große, L-förmige Farmhaus im Zentrum des Anwesens. Eine große, offene Scheune dominierte den Hof, und ein langes Gebäude, vermutlich ein Stall, befand sich direkt dahinter. Es gab drei kreisförmige Arenen, und auf sämtlichen Koppeln im Tal standen Pferde verteilt.

„Stellen Sie den Motor aus und lassen Sie den Wagen den Hügel hinunterrollen", bat Marsh. Er entdeckte einen Cowboy, der auf dem gegenüberliegenden Hügel davonritt. Vor den ersten Bäumen standen zwei kleinere Hütten, jenseits der Pferdekoppeln. Ein Jeep und ein roter Explorer parkten neben der Scheune. „Sieht alles so aus, wie es aussehen sollte, Sheriff?"

Talbot starrte Marsh für einen Augenblick an, bevor er die Bedeutung seiner Frage begriff. Er drehte sich wieder nach vorn um und betrachtete mit dem Blick eines Polizisten aufmerksam das Bild vor sich.

Er deutete auf den Cowboy auf der Anhöhe. „Das ist der alte Ezra Jenkins, einer der Rancharbeiter, der zu den Sommerweiden unterwegs ist, so wie es aussieht."

Sein Blick fiel auf die Ranch. „Der Jeep gehört Eliza Reed, oder wie zur Hölle auch immer ihr Name ist. Der Explorer gehört Sarah Sullivan. Ryans Truck kann ich nicht sehen. Könnte allerdings in der alten Scheune stehen." Er deutete auf ein verfallenes Gebäude hinter dem Haupthaus. „Cal Landon, der andere Cowboy, der noch hier arbeitet, hat kein Auto, also könnte er überall sein." Die Augen des Sheriffs leuchteten auf. „Sind Sie seinetwegen hier?"

Marsh schüttelte den Kopf.

Talbot machte ein langes Gesicht.

„Ach so, fast hätte ich es vergessen, es gibt auch noch ein kleines Mädchen", fügte Talbot hinzu.

Marsh und Dancer wechselten einen Blick. *Großartig.* Ein Kind, um das sie sich zu allem Übel auch noch Sorgen machen mussten.

Marsh zog die Glock aus seinem Holster, die bereits eine Kugel in der Kammer hatte. „Ich nähere mich von hinten. Sie und Dancer fahren durch die Einfahrt auf den Hof und schauen sich dort um."

Er sprang aus dem Auto und rannte über einen Schotterweg, kletterte über einen Holzzaun und sprintete zur Seite des Hauses. DeLattio könnte sogar schon wieder fort sein. Das war unwahrscheinlich, aber nicht unmöglich. Schweißperlen traten Marsh auf die Stirn, und er wischte sie mit dem Handrücken ab. Er wollte Elizabeth nicht in den Fängen dieses Mannes wissen. Der Arztbericht war schlimm genug gewesen, und das nächste Mal würde DeLattio nicht aufhören, bis sie tot war.

Das nächste Mal ...

Marsh knirschte mit den Zähnen. *Nicht wenn ich es verhindern kann.* Geduckt rannte er ums Haus herum. Zertrampelte irgendwelche Pflänzchen und riss sich die Hand an einem Rosenbusch auf. Er saugte das Blut von seinem Finger und warf einen Blick durch die Fenster. Konnte niemanden entdecken. Noch tiefer geduckt, rannte er über den ordentlich gemähten Rasen hinter dem Haus. An der Hausecke hielt er kurz inne, ließ seinen Blick über das Anwesen schweifen, bevor er die nächste Hauswand entlangrannte. Der Sheriff und Steve Dancer standen auf der Veranda, klopften an die Haustür.

Dancer hatte die Hand in die Jackentasche gesteckt, in der er seine Pistole versteckt hatte.

Marsh hörte, wie jemand die Tür aufmachte.

„Hey. Sheriff Talbot, schon wieder hier?"

„Entschuldigen Sie die Störung, Ryan. Mein Beileid zum Tod Ihrer Ma." Talbot stemmte die Hände in die Hüften, war eindeutig fertig mit den Formalitäten. „Ist Miss Reed da?"

„Was wollen Sie denn diesmal von ihr?"

Marsh konnte das Stirnrunzeln in der Stimme des jungen Mannes förmlich hören.

„Beantworten Sie meine Frage, Ryan."

Marsh wägte Ryans Zögern ab, wusste mit Sicherheit, dass Elizabeth hier irgendwo in der Nähe war. Dann erstarrte er beim Geräusch eines Bolzens, der eine Patrone in die Waffenkammer lud.

Scheiße.

Er balancierte auf den Fußballen, bereit, augenblicklich in Deckung zu hechten, hielt seine Glock hoch in die Luft. Ohne zu atmen, drehte er sich um und erblickte einen blonden Cowboy, der ihn über den Lauf einer .308 Winchester hinweg grimmig anstarrte.

Erleichtert seufzte Marsh auf. Wenigstens war es kein Gangster, der ihm zuvorgekommen war. Nicht dass der Cowboy besonders freundlich aussah, aber wenigstens hatte er keinen Grund, ihn tot sehen zu wollen.

Marsh musterte den Mann von Kopf bis Fuß, versuchte, das Licht in den blauen Augen des Kerls zu entschlüsseln.

Scharf, kühl, fokussiert.

„Lassen Sie die Waffe fallen und kommen Sie hier rüber, wo ich Sie sehen kann." Die Stimme des Cowboys war tief und gleichmäßig. Ruhig. Nicht schreckhaft.

Gut.

Marsh ließ seine Waffe in den Hof schlittern, in Richtung der parkenden Fahrzeuge. Er legte seine Hände auf den Kopf und trat von der Hauswand zurück.

Die drei Männer auf der Veranda glotzen ihn mit offenen Mündern an. Der Cowboy folgte ihm, hielt sich aber zur Deckung an die Hauswand.

„Himmel, Nat, was zur Hölle machen Sie denn da?" Sheriff Talbot fummelt an seinem Holster herum.

„Ziehen Sie die Waffe, Talbot, und ich puste Sie um und vergrabe Sie so tief, dass nicht mal die Bären Sie finden." Die Aufmerksamkeit des Cowboys wich für keine Sekunde von Marsh. „Die Hände hoch, alle drei, bevor noch jemand etwas tut, was er bereut."

Talbot sah scheinbar gerade, wie seine Karriere das Klo runtergespült wurde, und schnappte nach Luft. „Er ist ein hochrangiger FBI-Agent."

Marsh konnte keinerlei Überraschung auf Nat Sullivans Gesicht erkennen. Na, war *das* nicht interessant? Und er ließ das Gewehr keinen Zentimeter sinken.

„Hände hoch", wiederholte Nat. „Sofort."

Marsh nickte Dancer kaum merklich zu. Dancer hob die Hände über den Kopf. Der Sheriff tat es ihm widerstrebend gleich.

„Was wollen Sie hier?", fragte Nat Marsh.

„Er ist ein verdammter Bundesagent, Nat. Ist doch scheißegal, was er will." Talbots Stimme brach. „Nehmen Sie das Gewehr runter."

„Ist mir egal, ob er der Präsident der Vereinigten Staaten ist, *Sheriff.*" Nats Stimme war hart wie Stahl. „Was zur Hölle schleicht er mit einer gezogenen Waffe auf meinem Anwesen herum?"

Schweigen hing in der Luft. Marsh konnte das Gewicht der Anspannung förmlich spüren, während die anderen Männer ihn anstarrten, auf irgendein Signal warteten.

„Er sucht nach mir."

Marsh warf einen eiligen Blick über die Schulter, und eine Woge der Erleichterung erfasste ihn derart heftig, dass seine Knie beinahe einknickten. Elizabeth trat durch die Stalltür, steckte ihre Glock zurück in ihr Schulterholster. Sie war in Jeans und ein ausgeblichenes Hemd gekleidet, das sie über einem ebenso ausgeblichenen University of Montana-T-Shirt trug.

Sie sah müde und dünn aus. Ihre dunklen Haare waren in einen Pferdeschwanz gebunden und unter einer Baseballkappe versteckt. Ihre Wangenknochen traten markant über ihren einge-fallenen Wangen hervor, und ihre Lippen, normalerweise lächelnd, waren blutleer und hart.

Es war lange her, seit er sie als jemand anderen als die sehr elegante und gut gekleidete Juliette Morgan gesehen hatte. Eliza Reed war eine vollkommen andere Kreatur.

„Elizabeth", stieß er erleichtert hervor.

Dancer flog über den Zaun und rannte auf sie zu. Der Kerl hob sie hoch und wirbelte sie herum. Marsh blieb regungslos stehen, als Dancer Elizabeth in eine stürmische Umarmung zog und sie mitten auf den Mund küsste. Anspannung strömte in mächtigen Wellen von Nat Sullivan aus. Sein Gewehr war noch immer auf Marshs Herz gerichtet.

Ganz große Klasse, Dancer.

„Ich hatte ganz vergessen, wie unfassbar hässlich du eigentlich bist." Dancer zog Elizabeth die Kappe vom Kopf und verwu-schelte ihr die braunen Haare.

Etwas von der Anspannung wich aus ihrem Körper, und ihre Lippen verzogen sich zum Lächeln, an das Marsh sich erinnerte.

„Mensch, Dance, lass mich endlich los." Elizabeth lachte und schob ihn energisch fort. Wischte sich mit dem Handrücken über den Mund. „Wann hast du dich denn das letzte Mal rasiert?"

„Ich dachte, du würdest auf raubeinige Typen stehen." Dancer schlang seinen Arm um Elizabeths Schultern. Zog eine Augenbrauen hoch, als er den großen, wütenden Cowboy anstarrte, dessen Gewehr noch immer auf Marshs Brust zielte.

„NICHT SO RAUBEINIG WIE DU, du Idiot." Elizabeth folgte Dancers Blick und ihr Lächeln entgleiste. „Nat." Sein Name war nur ein Flüstern auf ihren Lippen.

Er sah erschreckend gut aus in den ausgeblichenen Denimklamotten, die das Blau seiner Augen unterstrichen. Elizabeth blinzelte die Vorstellung fort, wie er blutüberströmt dalag.

„Das ist Marshall Hayes, leitender FBI-Special Agent", sie legte ihre Hand auf Dancers Schulter, „und dieser *Trottel* ist Special Agent Steve Dancer. Sie arbeiten beide in der FBI-Einheit für Fälschungen und Kunstwissenschaften."

Für eine Sekunde herrschte Schweigen, und Elizabeth starrte in Nats ruhige Augen. „Marsh ist mein ehemaliger Boss." Elizabeth ignorierte die Entgeisterung von Ryan und Sheriff Talbot, konzentrierte sich stattdessen auf den Mann vor ihr. *Der Mann, dem sie so viel bedeutete, dass er mit seinem Gewehr auf einen ranghohen Bundesagenten zielte.*

Beide Männer bedeuteten ihr etwas. Beide Männer wollten sie beschützen. Nat war so blond, wie Marsh dunkel war, seine Züge härter und schlanker, verglichen mit dem kantigen Kinn des Bostoners. Beide Männer waren groß und fit, aber Nat wies ein zusätzliches Maß an Schultermuskeln auf, die von der harten, körperlichen Arbeit stammten, die er jeden Tag seines Lebens verrichtete. Marshs Anzug stand im krassen Gegensatz zu Nats alten Jeans, aber beide Männer besaßen die natürliche Anmut eines geborenen Anführers.

In der Ferne zogen Sturmwolken auf. Kratzten wie ominöse Vorzeichen über die zackigen Gipfel.

„Du kannst das Gewehr runternehmen, Nat. Marsh ist einer von den Guten", sagte sie sanft.

„Bist du dir sicher, Eliza?", fragte Nat.

Elizabeth ließ Dancer stehen und ging hinüber zu Nat, legte ihm die Hand auf den Arm. Sein Puls schlug warm und stark und *lebendig* unter ihren Fingern. Sie wollte, dass es so blieb. „Ich bin sicher."

Nat suchte in ihren Augen nach einem Anzeichen des Zweifels, konnte aber keinen finden und ließ das Gewehr sinken. Er streckte die Hand aus und nahm ihr Kinn in seine Finger, strich mit dem Daumen über ihre Unterlippe. Elizabeth versank in die Berührung, wollte sich am liebsten in seine Arme werfen, aber sie hielt sich zurück. Es hatte sich nichts geändert. Sie musste noch immer von hier verschwinden. Nat ließ seine Hand fallen. Er schien ihr Zurückweichen zu spüren, und sie sah, wie sein Blick wieder zu Marsh wanderte.

Nat ging hinüber und hob die Waffe ihres Chefs auf, die auf dem Hof lag. Balancierte sie in seiner freien Hand und blies den Dreck weg.

„Hier." Er hielt sie Marsh hin, den Lauf auf den Boden gerichtet.

Die beiden Männer standen ein paar Schritte voneinander entfernt, maßen sich gegenseitig. Elizabeth beobachtete sie, amüsiert und ein bisschen traurig. *Alphamännchen im Wettstreit.* Unter anderen Umständen wären sie womöglich Freunde geworden.

„Will mir vielleicht irgendjemand hier diesen ganzen Mist erklären?", kläffte Sheriff Talbot. Sein träger Tonfall war verschwunden. Ein gereiztes Grummeln hatte seinen Platz eingenommen.

Elizabeth ignorierte ihn und ging auf Marsh zu. Sie kam sich vor wie ein Schulmädchen, das geschwänzt hatte und nun zum Direktor gerufen wurde.

„Hey." Sie wusste nicht, was sie sonst sagen sollte, nach all dem Ärger, den sie verursacht hatte. Nicht, dass er sie hatte aufspüren müssen, aber sie wusste, dass er sich bemüht hatte.

„Selber hey." Marsh zog sie in eine feste Umarmung. Sie konnte spüren, wie Nats Blick über ihren Rücken wanderte. Zornig und angespannt. Nach Antworten verlangend.

„DeLattio ist entkommen", murmelte Marsh in ihr Ohr.

Die Luft rauschte aus ihren Lungen, und ihr Magen zog sich zusammen. Sie zog sich aus Marshs Umarmung, ihr Körper ein steifer Block der Angst.

„Wann?" Ihre Stimme war dünn und schwach. Gott, wie sie es hasste, dass der Kerl so eine Auswirkung auf sie hatte.

„Vorgestern Abend." Marsh steckte seine Pistole zurück in sein Holster.

Elizabeths Augen flackerten zum Waldrand. *Scheiße. Er könnte schon hier sein.* Furcht und Hass bekriegten sich in ihrem Kopf. Übertönten alle anderen Gedanken. Während sie die Augen über die Bäume wandern ließ, hefteten sie sich an Schatten, so dunkel, dass sie sogar Elefanten hätten verbergen können. Sie wich zurück, das Verlangen, zu flüchten, so mächtig wie ein Stoß in den Rücken. Ihre Hand zuckte zu ihrer Glock, die sie gerade erst ins Holster gesteckt hatte. Automatisch löste sie den Riemen und zog die Pistole wieder heraus. Schweiß glänzte auf ihrer Oberlippe. Ihr Herz hämmerte. Sie konnte nichts Boshaftes in den Wäldern spüren. Sie konnte nichts Ungewöhnliches fühlen, aber das hieß nicht, dass er nicht hier war.

„Ich wollte gerade fahren." Sie hatte sich von dem kleinen Hengstfohlen, Red, verabschiedet, als der Sheriff aufgetaucht war. Es war dumm gewesen, noch länger hier zu bleiben.

Dumm. Dumm. Dumm.

Sie würde sie noch alle umbringen.

Nats fragender Blick bohrte sich in sie, aber sie ignorierte ihn. Sie hatte nicht mehr hier sein wollen, wenn er von der Auktion zurückkam, konnte es nicht ertragen, seinen Schmerz zu sehen.

Marsh blickte zwischen ihr und Nat hin und her, die Hände in die Hüften gestemmt. „Also, schnappen wir uns diesen Bastard, oder was?"

Elizabeth schüttelte den Kopf, rieb die Gänsehaut fort, die sich auf ihren Unterarmen ausgebreitet hatte.

„Wir stellen ihm eine Falle. Locken ihn hierher." Marsh musterte sie mit einem schmalen Lächeln, als ob es schon so gut wie erledigt wäre. „Wer weiß, vielleicht kommt der Mistkerl im Kreuzfeuer um."

Ihr Blick schwankte unter Marshs prüfendem Blick, und sie schlug die Augen zu Boden. Das Bedürfnis, DeLattio eine Kugel zwischen die Augen zu treiben, war so heftig wie der körperliche Schmerz in ihrer Brust. Aber das Gesetz verlangte einen Gerichtsprozess, auch wenn sie nichts weiter wollte, als biblische Rache zu üben.

„Nein." Sie biss die Zähne zusammen, ungeduldig über die Verzögerung.

„Du willst also immer weiter vor diesem Arschloch davonrennen?", fragte Marsh.

Elizabeths Augen wurden groß, als sie seinen Tonfall wahrnahm, dann begann ihr Verstand zu arbeiten. Marsh stachelte sie an. Das war eine Technik, die in der Vergangenheit gut funktioniert hatte. „Vor ihm, vor der Mafia, vor so ziemlich jedem, der mir eine Kugel in den Kopf jagen will."

Oder schlimmer noch – jemand anderem.

Marsh suchte Streit, aber dafür hatte sie jetzt keine Zeit. Sie wandte sich ab. Sie musste hier verschwinden. Marsh griff nach ihrem Arm und drehte sie energisch zu sich herum.

„Was bald auch mich einschließen wird, wenn wir diese

verdammte Scheiße nicht bald klären." Sein Brüllen ließ ihre Trommelfelle vibrieren.

Zorn brannte durch sie hindurch. Als ob er irgendein Recht hätte, wütend zu sein.

Ein Lachen ertönte, wurde von den Hügeln und Wäldern zurückgeworfen. Nat schlug sich vor Heiterkeit fast auf die Schenkel. Das Gewehr lag quer über seinen Beinen.

„Was ist so lustig?" Sie zog eine Augenbraue hoch und starrte ihn an.

„Du", erwiderte Nat rundheraus. „Du bist die sturste, dickköpfigste Frau, die ich jemals kennengelernt habe." Er lachte immer weiter, und Elizabeth wusste nicht, ob sie Marsh in die Eier treten oder Nat ohrfeigen wollte.

Ihr Herz hämmerte mit all dem Adrenalin, das durch ihr System schoss. Kampf oder Flucht. Ihr Blick fiel auf Nat, und sie wusste, was sie zu tun hatte. Sie schüttelte Marshs Hand ab und drehte sich zum Jeep um.

„Das war's? Du haust also einfach ab?" Nats Stimme klang gequält.

Sie hielt inne, konnte sich aber nicht zu ihm umdrehen. Die Tränen waren zu nah unter der Oberfläche. Sie krallte die Finger um den Griff ihrer Glock, dass ihre Knöchel weiß hervortraten. „Ich hatte noch nie zuvor etwas zu verlieren, Nat. Mach es mir nicht schwerer, als es ohnehin schon ist."

Sie stieg in den Jeep, und die Tränen verschleierten ihr die Sicht. Sie zog die Tür zu und startete den Motor.

Ein Schlag erschütterte den Geländewagen und rüttelte sie so heftig durch, dass sie sich den Kopf am Fenster stieß. Der Mund fiel ihr auf, als sie sah, wie Marsh mit seiner Glock auf ihren zweiten Hinterreifen zielte und erneut abdrückte.

Er zerschoss auch den zweiten Reifen.

Dieser verfluchte Bastard.

Er machte schon Anstalten, um den Jeep herum zu den Vorderreifen zu gehen. Elizabeth stieß die Tür auf und stieg aus.

„Du – Hör auf!"

Marsh zielte auf den dritten Reifen, seine Augen steinhart. „Bleibst du?"

Angst und Wut bekämpften sich in ihr, und die Wut gewann. „Habe ich denn eine Wahl?" Grimmig starrte sie Marsh an, wünschte sich, sie wäre ihm nie begegnet. Sie steckte ihre Pistole zurück ins Holster und stapfte zum Farmhaus, krampfhaft darauf bedacht, Nat nicht anzuschauen. Das Fundament bebte, als sie die Tür hinter sich zuschlug.

Kapitel Neunzehn

„Also, wie sollen wir dich nennen, du Fuchs?", fragte Ryan. Anzeichen der Trauer und des Katers hatten sich tief in sein Gesicht gezeichnet und seine attraktiven Züge verhärtet. Er saß am Küchentisch, hatte seine Finger um einen Kaffeebecher gekrallt, als ob sie das davon abhalten würde, zu sehr zu zittern.

„Eliza, Elizabeth, was auch immer, ist doch alles das Gleiche." Elizabeth zuckte mit den Schultern und warf Nat, der an der gegenüberliegenden Wand lehnte – ausdruckslos, unergründlich, einen Blick zu. „Meine Eltern haben mich Eliza genannt."

Methodisch begann Nat, sein Gewehr zu überprüfen.

Die Küche war zu voll, aber sie konnte nirgendwohin verschwinden. *Zu viele Leute und nicht genug Luft zum Atmen.* Schwer ließ sie sich neben Ryan auf einen Stuhl fallen, ihre Wut verraucht, und trank einen Schluck von ihrem heißen, süßen Tee.

„Special Agent Elizabeth Claire Paden Ward", meldete sich Marsh zu Wort. „Auch bekannt als Juliette Morgan, ebenfalls bekannt als Eliza Reed." Er setzte die anderen über die wichtigsten Einzelheiten in Kenntnis, aber Elizabeth mochte es nicht, so präsentiert zu werden.

Marsh versuchte, sie daran zu erinnern, wer sie gewesen war

und was sie mit ihrem Leben gemacht hatte, aber sie war nicht länger stolz darauf – der Preis war zu hoch gewesen.

„Ehemaliger Special Agent. Ich habe gekündigt." Sie blickte auf, warf Marsh ein verbittertes Lächeln zu. „Hör zu, ich habe keine Zeit, um mit dir über die Vergangenheit zu diskutieren, Marsh. Wir wissen beide, dass ich hier verschwinden muss."

Marsh schaute auf seinen Laptop, aber sie konnte nicht erkennen, was er darauf verfolgte. Was auch immer es war, es ließ ihn lächeln, und das nervte sie unglaublich. Nichts an dieser Situation war komisch. Dancer sollte eigentlich ihre Reifen wechseln. So wie sie ihn kannte, baute er zuerst seine ganzen Spielzeuge auf.

Sie blickte den Sheriff finster an, der mit einem Kaffeebecher in der Hand an der Spüle lehnte. „Was haben Sie gemacht, Sheriff? Meine Adresse in den nationalen Nachrichten bekannt gegeben?" Wie sich herausgestellt hatte, hatte der Gesetzeshüter nach ihrem ersten Treffen ihre Fingerabdrücke von der Teetasse genommen und sie durch das System gejagt.

Talbot starrte ebenso grimmig zurück, seine goldenen Augen schmal über seiner knubbeligen Nase. „Ich habe Ihre Adresse an niemanden weitergeben, Ma'am, nicht einmal an meine Deputys. Das FBI stand in dem Augenblick auf der Matte, als ich die Identifizierung Ihrer Fingerabdrücke angefordert habe." Er lachte kurz und enttäuscht auf. „Hatte kurz geglaubt, ich hätte einen zweiten Unabomber erwischt."

Nat lud vier Patronen in sein Gewehr, ließ sie geübt ins Magazin gleiten. Drückte die Patronen mit dem Daumen hinunter, legte noch eine fünfte nach und schloss das Magazin.

Elizas Finger klammerten sich fester um ihre Tasse, und sie wandte den Blick ab, bevor er sie beim Starren ertappen konnte. „Und was nun, Marsh? Wenn ich nicht bald hier verschwinde, könnten unschuldige Menschen zu Schaden kommen."

Nat drückte sich von der Wand ab, legte das Gewehr in die Halterung über der Tür. „Du wirst nirgendwo hingehen."

Seine Augen fixierten sie, und für eine Sekunde blieb ihr das

Herz stehen. Warum verstand er nicht, dass er der einzige Mensch war, dessen Leben sie niemals in Gefahr bringen würde? Sie zwang sich, ausdruckslos zu schauen. Kalt.

„Du verstehst nicht—", begann sie.

„Bevormunde mich nicht." Nats Tonfall war hart und knapp. Er richtete sich zu seiner vollen Größe auf und stemmte die Hände auf seinen Ledergürtel. Der warme, zärtliche Nat war verschwunden. Der imposante und zornige Nat nahm nun seinen Platz ein. „Ich verstehe nur zu gut. Irgendein Bastard ist hinter dir her, und du bist zu stur, um dir von irgendjemandem helfen zu lassen."

Nicht länger in der Lage, stillzusitzen, sprang Eliza von ihrem Stuhl auf, musste in Bewegung bleiben, um sich ihre Dämonen vom Leib zu halten. „Die Mafia gibt nicht einfach auf und vergisst, weißt du. Sie bringen jeden um, der sich ihnen in den Weg stellt."

Sie ging in der Küche auf und ab, brauchte mehr Platz, konnte nicht mehr richtig atmen oder klar denken. Das Leben von zu vielen Menschen stand auf dem Spiel, wenn sie noch länger hier blieb ... warum verstanden sie das nicht? „Was ist mit Sarah? Tabitha? Mit *dir*, verdammt noch mal?"

„Tabitha und Sarah können für eine Weile bei Freunden wohnen." Sein Blick war entschlossen, als ob die Entscheidung schon gefällt worden wäre.

„Nein." Elizabeth fuhr sich durch die Haare, krallte ihre steifen Finger in ihren Schädel. „Ich will nicht das Leben anderer Menschen zugrunde richten. Ich werde wegen diesem Monster niemanden in Lebensgefahr bringen."

„Aber du bist bereit, dein eigenes Leben zu ruinieren? Meins?" Nat sprach so leise, dass sie stehenbleiben musste, um ihn zu verstehen. Widerwillig drehte sie sich zu ihm um, war wie hypnotisiert, als er auf sie zutrat. „Unseres?"

Tränen verschleierten ihr den Blick.

Wie konnte er nur glauben, dass sie eine Chance auf eine

gemeinsame Zukunft hatten? Sie war so gut wie tot. Und wenn sie nicht bald hier verschwand, er ebenso.

Nat stand regungslos da, geduldig, wartete auf eine Antwort.

„Verstehst du nicht?" Die Tränen traten über, rollten über ihre Wangen und tropften auf ihr Hemd. „Ich will nicht, dass du stirbst."

Nat schloss die verbleibende Lücke zwischen ihnen, nahm ihr Gesicht in beide Hände und wischte ihre Tränen mit den Daumen ab. Seine Hände waren warm und tröstend. Sie blickte zu ihm auf, wusste, dass ihre Verletzlichkeit bloßgestellt war wie ein offenliegender Nerv.

„Ich hatte nie zuvor etwas zu verlieren", flüsterte sie.

„Wenn du jetzt gehst, hat er gewonnen. Hat dich wieder verletzt. Dir wieder Angst gemacht. Dich wieder geschlagen." Nats Augen waren so dunkel wie der mitternächtliche Himmel. Ein Lächeln legte sich auf seine Lippen, aber er sah verloren aus. „Schau dich um. Hier sind Menschen, die dir helfen wollen, denen du etwas bedeutest. Wirf das nicht alles fort wegen dem, was er dir angetan hat."

Eliza legte ihre Hand auf sein Herz, genoss den kräftigen Schlag unter ihren Fingern. Um Zeit zu gewinnen, fuhr sie mit der Fingerspitze den Umriss eines Perlmuttknopfs an seinem Hemd entlang, dann wanderte ihre Hand weiter, um das warme „V" aus Haut zu berühren, das an seinem Kragen zum Vorschein kam. Sie versuchte, seine Worte auszublenden. Versuchte, ihn mit ihrer Berührung abzulenken.

Er griff nach ihrer Hand und hielt sie fest. „Du kannst nicht für immer davonrennen, Eliza. Ganz egal, wie viel Angst es dir macht, dazubleiben und zu kämpfen. Du hast selbst gesagt, wir können nicht immer tun, was wir tun möchten."

Erschrocken riss sie ihre Hand fort, und ihre Augen flogen zu seinen. Er dachte an seine Mutter, wurde ihr klar. Sein Schmerz war noch frisch und bitter. *Es war nicht fair.* Er sollte sich jetzt nicht um diese Sache kümmern müssen, sollte sich zusätzlich zu seiner eigenen Trauer nicht auch noch mit ihren Problemen herumschlagen müssen.

Nat starrte in ihre Augen und las ihre Gedanken. „Ich werde dich *nicht* gehen lassen." Er hob den Kopf, schaute Ryan an. „Bring Tabitha und Sarah in die Stadt. Cal und Ezra auch."

Cal drückte sich von seiner Position an der Wand ab. „Ich gehe nirgendwo hin."

„Du kannst unmöglich hierbleiben—", begann Elizabeth.

„Ich bin dir etwas schuldig." Dabei wandte Cal den Blick keinen Augenblick vom Sheriff ab. „Ich begleiche meine Schulden."

Talbot versteifte sich. „Sie werden keine Waffe in die Hand nehmen."

Cal lachte höhnisch auf und starrte den Sheriff an. „Ich brauche keine Waffe."

Ryan mischte sich ebenfalls ein, trotz seiner rot unterlaufenen Augen und dem höllisch erschöpften Gesichtsausdruck. „Ich fahre die Mädchen zu Atty Willard, und dann rufe ich Eban Winters an − ein Freund von mir, der bei der Staatspolizei von Montana arbeitet", erklärte er ihr und Marsh. Der Sheriff lachte spöttisch auf, aber Ryan ignorierte ihn. „Er kann weitere Staatspolizisten anweisen, die Augen nach diesem Mafioso offenzuhalten. Vielleicht können sie den Kerl aufhalten, bevor er überhaupt hierher findet. Dann komme ich zurück und helfe ebenfalls."

„Nein." Nat klang klar und bestimmt. „Ich muss wissen, dass Sarah und Tabitha in Sicherheit sind, wirklich in Sicherheit, ganz egal, was passiert."

„Und was ist mit Moms Beerdigung?" Ryan sah nicht aus, als ob er Auto fahren sollte, ganz zu schweigen davon, eine Waffe in der Hand zu halten.

„Das kann ein paar Tage warten." Nat musste das alles genau durchdacht haben. „Rose hätte gewollt, dass wir Eliza helfen."

„Ich bleibe." Sarah stand in der Tür. „Ich will helfen." Tabitha klammerte sich an Sarahs Bein, beobachtete die Erwachsenen mit großen, blauen Augen.

„Nein", erwiderten Nat und Elizabeth gleichzeitig.

„Ihr braucht vielleicht einen Arzt ..."

„Nein." Elizabeth war wild entschlossen. Sie wollte niemanden sonst in Gefahr bringen. Marsh schüttelte den Kopf und stand auf.

Sarah verschränkte die Arme vor der Brust, ignorierte die FBI-Agenten und konzentrierte sich auf ihren Bruder. „Das hier ist mein Haus."

Elizabeth sagte nichts. Sarah hatte recht, und es war Elizabeth, die wegfahren sollte. Aber der Druck von Nats Fingern auf ihrer Schulter hielt sie davon ab, irgendwo hinzugehen, und dann hockte er sich hin und öffnete seine Arme für Tabitha. Das kleine Mädchen beäugte die fremden Männer argwöhnisch, dann ließ sie das Hosenbein ihrer Tante los und rannte zu ihrem Onkel.

Nat hob das Kind hoch in die Luft und drückte ihr einen Kuss auf die Wange. „Hey, Tiger. Willst du dir was im Spielwarenladen aussuchen?"

Tabitha strahlte und griff mit ihren kleinen Fingern nach seinem Ohr. Nat fing ihre Hand ein, hielt sie behutsam in seiner eigenen und küsste die zarten Fingerchen.

„Sie braucht dich", sagte Nat zu seiner Schwester. Er drehte sich zu seinem Bruder um, der entschlossen in seinen Kaffeebecher starrte. „Und du glaubst es vielleicht nicht, aber dich braucht sie auch."

Für einen Augenblick dachte Elizabeth, Ryan würde sich weigern. Er saß regungslos da, seine Schultern steif, sein Mund hart. Dann trank er einen großen Schluck Kaffee und nickte. Schließlich schob er die Tasse fort und ging hinüber zu seiner Tochter, die von Nats Schultern hing. Ryans Hände zitterten, als er nach seinem kleinen Mädchen griff. Ob vom Restalkohol oder irgendeiner anderen, namenlosen Empfindung, konnte Elizabeth nicht sagen.

„Komm her, Kleine. Wir machen einen Ausflug. Ich rufe Eban auf dem Weg an, vielleicht kann er Verstärkung zusammentrommeln." Ryan wandte sich zu Elizabeth um und drückte ihr einen schnellen Kuss auf die Wange, dann machte er auf dem Absatz kehrt und ging davon.

Sarah starrte ihren älteren Bruder aufmüpfig an, der umringt von Fremden in der Küche ihrer verstorbenen Mutter stand. Sie musste die Entschlossenheit in Nats breitbeinigem Stand und dem stur vorgeschobenen Kinn erkannt haben, denn sie seufzte, schüttelte den Kopf und gab sich geschlagen. Sie ging hinüber zu Elizabeth und umarmte sie eilig. Die Geste war so natürlich, so gewandt, so unerwartet, dass Elizabeth gar nicht reagieren konnte, bis Sarah schon die Arme um ihren Bruder geschlungen hatte und ihm einen Kuss gab.

„Ich fahre nur Tabitha wegen. Seid vorsichtig", warnte Sarah mit einer festen Umarmung, bevor sie Ryan in den Flur folgte.

Elizabeth schaute ihr hinterher, hasste sich dafür, in diesem unschuldigen Leben ein solches Chaos angerichtet zu haben. Sie bemerkte die Stille und schaute sich um. Nat, Cal, Marsh und Sheriff Talbot schauten sie alle an.

Angst kroch ihr Rückgrat hinauf und breitet sich in ihrem Mund aus wie Galle. Wie es schien, hatte die arme kleine Waise endlich einen Ort gefunden, den sie ihr Zuhause nennen konnte, und nun musste sie hierbleiben, ob es ihr gefiel oder nicht.

Unbehagen nagte an ihrem Bewusstsein, als sie an den Profikiller dachte, den sie angeheuert hatte. Er war ihr Notfallplan, ihre Garantie, falls DeLattio oder die Mafia sie zuerst erwischten. Die Abmachung war einfach. Sollte DeLattio entkommen, wurde er umgebracht. Sie hoffte nur, Uri erwischte DeLattio, bevor dieser die Ranch erreichte.

STONE CREEK, Montana, 16. April

.   .   .

„WAS ZUR HÖLLE MACHEN WIR HIER?" Charlie rieb sich mit den dicken Fingern den schütteren Schädel.

Andrew duckte sich im Sitz neben ihm, hatte seine lederne Baseballkappe tief in die Stirn gezogen. Der Bund seiner Jeans schnitt in seinen Bauch, und seine Lederjacke war noch ganz steif, so neu war sie. Charlie trug einen schnittigen, grauen Anzug, zog nicht einmal das Jackett aus. Er sah aus wie ein verfluchter Gangster. Selbst dann noch, wenn er in einem Minivan durch Montana kurvte.

So viel zu inkognito.

Charlie hatte schlechte Laune. Er hatte geglaubt, sie würden direkt auf die Cayman Islands fliegen. Der Mann war der Meinung gewesen, dass Andrew Juliette Morgan – oder besser gesagt, Elizabeth Ward – einfach vergessen konnte, aber da hatte er sich geirrt. Andrew hatte einen Kontakt im FBI, der ihn seit Jahren mit Informationen versorgte. Der Agent hatte ihm zugesteckt, dass irgendein Dorfpolizist in Montana die Identifikation von Fingerabdrücken angefordert hatte, und diese Fingerabdrücke gehörten der Frau, die Andrew derart zum Narren gehalten hatte. Also waren sie mit einem kleinen Privatjet in den Westen geflogen, anstatt die Vereinigten Staaten zu verlassen, und nun auf dem Weg in die Stadt, in der sie zuletzt gesehen worden war. Es war Andrew egal, wie lange es dauern würde. Er würde sie finden. Er würde ihr beibringen, dass er seine Versprechen hielt.

Er rieb mit den Händen über seine Oberschenkel und holte durch zusammengepresste Zähne pfeifend Luft.

Elizabeth Ward.

Hübscher Name für eine tote Schlampe.

Eine gertenschlanke Blondine mühte sich mit der Benzinpumpe ab, als sie ihren Mietwagen auftanken wollte. Sie war sexy, und Andrew spielte mit dem Gedanken, hinüberzugehen und ihr zu helfen – sein Schwanz zuckte verdächtig, als sie sich vorbeugte, um den Tankdeckel aufzuheben. Aber irgendjemand könnte ihn womöglich erkennen, und Tankstellen hatten immer Überwachungskameras.

Andrew zuckte zusammen, als Charlies Handy klingelte, und jegliche Gedanken an die Blondine verflüchtigten sich. Charlie presste das Telefon ans Ohr.

Er zog einen Stift hervor und kritzelte umständlich auf der Zeitung herum, die er über dem Lenkrad ausgebreitet hatte. Dann drückte er Andrew das Papier in die Hand, startete den Motor und hielt inne, als auch er die Blondine erblickte. „Na, schau mal einer an."

„Was?", fragte Andrew. Ein breites Grinsen legte sich auf Charlies Lippen, das erste seit langer Zeit. Andrew setzte sich auf, stützte die Hand auf dem Armaturenbrett ab. „*Was?*"

„Erinnerst du dich, wie ich dir erzählt habe, dass irgendeine Braut so getan hat, als wäre sie Juliette Morgan, während die gerade verschwand? Dass wir ihren alten Herrn umgelegt haben, aber sie schon untergetaucht war?"

„Ja." Andrew erinnerte sich, aber er verstand noch immer nicht.

Charlie nickte zur Blondine, die ins Kassenhäuschen ging, um für ihr Benzin zu bezahlen. „Das ist sie. Das ist die Braut."

ELIZABETH WICH NATS BLICK AUS, steckte die Glock in ihren hinteren Hosenbund. Mexikanischer Stil. Bei ihrem Glück würde sie sich vermutlich nur selbst in den Hintern schießen. Die Kevlarweste, die sie unter ihrem Sweatshirt trug, bedeutete, dass sie kein Schulterholster tragen konnte. Dancer hatte ihr eine SIG ausgeliehen, die sie als Zweitwaffe an der Hüfte trug.

So hatte sie das nicht geplant.

Ihr Atem rauschte aus ihr heraus, als ihr bewusst wurde, dass der Bastard möglicherweise nicht einmal auftauchen würde. Wie erbärmlich war das denn, bitte schön? Aber ihr Instinkt sagte ihr etwas anderes. Andrew DeLattio war nicht für seine Geduld oder seine gnädige Art bekannt.

Marsh hatte dem Sheriff befohlen, sich zurückzuhalten. Er hatte die Staatspolizei gebeten, ihm jedes Auftauchen von DeLattio direkt zu melden, den flüchtigen Kriminellen aber nicht aufzuhalten oder zu verhaften. Die Geiselbefreiungseinheit war herbestellt worden und sollte bis zum nächsten Morgen da sein. Elizabeth wünschte, sie könnte sich etwas ausruhen, aber jedes Mal, wenn sie die Augen schloss, sah sie das Gesicht des Mafioso. An Schlaf war nicht zu denken.

Langsam wurde es dunkler. Sturmwolken verhängten die letzten Sonnenstrahlen. Die Küchenuhr tickte im Schweigen, das sich zwischen ihr und Nat ausbreitete, unerträglich laut.

Er beobachtete sie, sagte aber nichts.

Adrenalin toste durch ihre Adern, machte sie nervös und ließ ihre Finger zittern. Sie presste ihre Hände auf den Rand der Spüle, zwang sich, sich zu beruhigen, und atmete zweimal tief ein und aus. Das Herz blieb ihr beinahe stehen, als ihr Handy klingelte.

Sie schaute auf die Nummer auf dem Display und entspannte sich ein wenig, nahm den Anruf an. „Josie?"

„Hast du mich vermisst?" Seine Stimme war pure Boshaftigkeit, giftig und tödlich, durchdrungen von Heimtücke.

Angst lähmte sie, und Übelkeit raubte ihr die Sprache. DeLattios Gesicht blitzte in ihren Gedanken auf, klar und gestochen scharf wie ein Foto. Sie sank gegen die Anrichte, sah, wie Nat sich erhob und zu ihr kam.

Er berührte ihren Arm, eine sanfte Berührung des Rückhalts, und sie stützte sich auf seine Stärke, kämpfte darum, ihre Stimme wiederzufinden und die Panik zu ersticken, die in ihr emporquoll wie Blut aus einer Wunde.

„Wo ist Josie?"

„Du hast mir nie verraten, dass du eine so hübsche Freundin

hast. Ts. Ts." Das Lachen des Bastards verspottete sie, genauso wie vor all den Monaten. „Und sogar eine Blondine. Ich dachte ja, ich würde auf Rothaarige stehen, aber vielleicht doch nicht. Du bist nicht etwa von Natur aus rothaarig, oder ... Elizabeth?"

Sie konnte sich nicht mehr bewegen. Ihre Lippen öffneten sich, und die Worte taumelten ihr in hektischer Panik über die Lippen. „Du willst nicht sie. Du willst mich."

Nats Finger krallten sich um ihren Arm, aber sie ignorierte ihn. DeLattio kicherte bösartig, und Eliza wusste nicht, ob sie es noch länger aushalten konnte.

„Da irrst du dich." Für einen Augenblick hörte sie nichts mehr, außer seinem heiseren Atmen. „Ich will sie."

Er fasste Josephine an. Sie wusste es – konnte fast spüren, wie seine Hand über ihren Körper glitt – und sie wusste, dass es nur ein Wort brauchte, einen Fehltritt, und Josephine würde sterben. Elizabeth biss die Zähne zusammen, um nicht zu betteln, denn betteln funktionierte nicht.

„Aber *dich* will ich mehr."

Starke Arme legten sich um sie, um sie zu halten. Wann hatten ihre Beine den Dienst versagt?

„Wir werden einen Tausch vornehmen. Ich bin gerade auf dem Weg zu dir", fügte DeLattio hinzu. „Nur noch ein paar Minuten. Wenn ich jemand anderen außer dir sehe, bringe ich die Blondine um." Er legte auf, und seine Worte hallten in der Stille nach.

Völlig aus der Bahn geworfen, blickte sie zu Nat auf. Sein Gesicht war finster und verzerrt vor Wut.

„Er hat meine Freundin Josie." Ihre Stimme war brüchig. Sie durfte keine Zeit verschwenden, hatte keine Zeit, zu planen. „Er ist auf dem Weg hierher. Er will sie gegen mich austauschen."

Wie um alles in der Welt hatte er Josie zu fassen gekriegt? Wie lange hielt er sie schon fest? Galle legte sich bitter auf ihre Zunge. Sie würgte sie hinunter und verfluchte einmal mehr den Tag, an dem sie Andrew DeLattio begegnet war.

Mit feuchten Händen und rasendem Herzen wählte sie

Marshs Nummer, brachte ihn auf den neusten Stand und ermahnte ihn, sich nicht zu zeigen. Sie legte auf, bevor er ihr Befehle erteilen konnte. Er war nicht länger ihr Boss.

Nat hob das Gewehr von der Halterung über der Tür und stopfte eine Packung Munition in die Gesäßtasche seiner Jeans, bevor er den Bolzen durchzog. Er hob den Kopf und schaute sie an.

Scheinwerfer fielen über den Hügel hinter dem Haus, erhellten die dunkle Küche, als das Auto auf den Hof einbog. Elizabeth starrte erschrocken auf die Tür. Er war schon hier. Andrew DeLattio war direkt vor dieser Tür. Ihr Kopf drehte sich. Sie schluckte und legte ihre Hand auf den harten Griff der Waffe, die sich in ihren Rücken drückte. Eilig warf sie Nat einen Blick zu.

„Ich muss da raus."

Er trat auf sie zu, berührte ihren Arm. „Das werde ich nicht zulassen."

„Ich muss." Ihre Emotionen drohten, sie zu überwältigen. Sie musste Josie retten. Sie zwang sich, sich aufzurichten und Nat in die Augen zu schauen. „Ich habe sie in diesen Schlamassel hineingezogen. Das hier ist meine Schuld."

Die Anspannung knisterte zwischen ihnen bis zum Zerreißen.

„Du bist nicht Gott, Eliza." Nat ließ seine Hand sinken, und seine blauen Augen blickten trostlos, verzweifelt, aber unendlich entschlossen. „Du bist nicht für die ganze Welt und jeden Menschen darauf verantwortlich. Du musst dich nicht für andere opfern."

Der Van stand wartend im Hof. Elizabeth konnte den Motor leise tuckern hören, wie ein Trommelwirbel, der ihren Tod begleitete. Die Scheinwerfer fielen durch die Fenster ins Haus, blendeten sie selbst hier im Schatten. Sie schauten sich an. Vielleicht zum letzten Mal.

Nats Ausdruck wurde regelrecht zornig, die Züge seines Gesichts starr vor Qualen. „Eliza–"

„Nein." Sie legte ihre Hand auf seine Wange. Drückte ihm einen schnellen Kuss auf seine unnachgiebigen Lippen. Sie wollte nicht, dass es so endete. „Ich weiß, dass ich nicht Gott bin, aber ich bin hierfür verantwortlich, und ich laufe nicht mehr davon." Nicht jetzt, wo sie all das gefunden hatte, wonach sie ihr Leben lang gesucht hatte.

Sie wandte sich um und wappnete sich für das Lebewohl. Sie konnte einen in die Länge gezogenen Abschied nicht ertragen – sie hatte schon bewiesen, dass sie nicht stark genug war, um ihn gehen zu lassen. Sie warf einen letzten Blick über die Schulter, deutete mit dem Kinn auf das Gewehr. „Wie gut bist du wirklich mit diesem Ding?"

„Wenn ich es sehen kann, kann ich es treffen." Seine Augen schimmerten in der Dunkelheit. Mehr sagte er nicht, bettelte nicht, flehte nicht. Stattdessen zog er sich in den Schatten zurück.

„Ich liebe dich." Leise formten ihre Lippen diese Worte, und sie wusste, dass er sie nicht hören konnte, musste sie aber wenigstens einmal laut aussprechen.

Sie gab ihm ein paar Herzschläge Zeit, um auf Position zu gehen, dann zog sie die Haustür auf. Die Luft roch nach Ozon, nach Regen, der auf sie herabströmte, und die Elektrizität knisterte durch die Dämmerung wie ein lebendiges Wesen.

Der Van stand drohend da, und Dampf stieg von seiner Motorhaube auf. Elizabeth stieß die Tür weiter auf und stellte sich sichtbar in den Schein der Autoscheinwerfer. Er könnte sie genau jetzt erschießen, aber sie wettete auf ein eher handfesteres Ende seiner persönlichen Vendetta.

Die hintere Tür des Vans ging auf, und DeLattio stieß Josie vor sich her aus dem Auto, benutzte sie als Schutzschild. Das Auto schützte seinen Rücken. Er hatte die Hand in Josies Haare gekrallt und riss sie an sich.

Elizabeths Haut kribbelte, als sie ihn erblickte. Sein attraktives Gesicht war verfinstert und harsch, sein nasses Haar klebte an seinem Schädel. Der Mann, der sie bis in ihre Träume verfolgte. Ihr ganz persönlicher Albtraum. Ein Lachen gluckerte in ihr empor und trieb ein hysterisches Lächeln auf ihr Gesicht. Er hatte für sie immer ausgesehen wie der Teufel höchstpersönlich. Seiner sperrigen Gestalt nach zu urteilen, trug der verschlagene Hurensohn ebenfalls eine kugelsichere Weste. Sie mussten ihm in den Schädel schießen, um ihn auszuschalten.

Aber DeLattio würde nirgendwohin entkommen, erinnerte sie sich. In diesem Moment zielten mindestens vier Waffen auf ihn, und er würde seinen letzten Kampf nicht gewinnen. Sie selbst würde leben oder umkommen, aber wenigstens würde sie nicht umsonst sterben.

DeLattio hielt Josie eine Pistole unter das Kinn, und Elizabeths Magen überschlug sich. Josies Kopf wurde zurückgerissen, und ihre Augen verrieten eine Mischung aus Entsetzen und Trotz. Sie warf Elizabeth ein entschuldigendes Lächeln zu – als ob es ihre Schuld gewesen wäre, dass sie sich in dieser Situation befanden. Elizabeth versuchte, zurückzulächeln, aber es fühlte sich nur an wie ein verwirrtes Zittern ihrer Lippen.

„So treffen wir uns also wieder", brüllte DeLattio ihr über den Regen hinweg zu.

Elizabeth blendete ihre Ängste aus, blendete seine Arroganz aus und handelte automatisch. Sie stand mit den Händen locker an ihrer Seite da, bereit, sich sofort zu bewegen. „Lass sie gehen."

DeLattio schüttelte den Kopf und grinste. „Ich denke nicht daran. Zuerst kommst du hierher, *Elizabeth*."

Übelkeit rumorte in ihrem Magen, heiß und schmierig. Zu hören, wie er ihren Namen sagte, war so, als ob sie die Kontrolle über ihre Seele der dunklen Seite übergab. Zitternd ignorierte sie die Regentropfen, die auf ihrer Haut brannten, als sie unter dem Dach der Veranda hervortrat. Innerhalb von Sekunden war sie durchnässt, und sie war froh, eine Ausrede für ihr Zittern zu haben. Der Regen lief über ihr Gesicht und machte ihre Kleidung schwer wie Blei.

Josie stolperte und schrie auf. DeLattio riss mit der Faust in ihren Haaren ihren Kopf zurück.

Elizabeth ging weiter, zwang ihren angsterfüllten Körper zu gehorchen. Sie blickte Josie in die Augen, dann wanderte ihr Blick zum Boden rechts von Josie, und sie versuchte, den Gedanken in den Kopf ihrer Freundin zu übertragen.

„Lass sie gehen", sagte sie noch einmal. „Sie hat dir nichts getan."

„Aber du schon, du *Schlampe*. Du hast mich verarscht." Andrew riss Josie noch fester an sich und Josie wimmerte. „Schmeiß die Waffe weg." Er nickte zu Elizabeths Waffe an ihrer Hüfte.

Elizabeth schüttelte den Kopf, aber DeLattio zerrte an Josies Haar, dass sie vor Schmerzen aufschrie. Das Geräusch schnitt Elizabeth ins Herz. Warum hatte sie jemals zugelassen, dass Josie in diesen Schlamassel verwickelt wurde? Sie löste die Schnalle am Holster, zog die Waffe heraus und legte sie vorsichtig auf den Boden.

„Hast du mich vermisst, Elizabeth?", spottete DeLattio. „Musst du an die Nacht denken, in der wir gefickt haben? Als du mich nach mehr angefleht hast?"

Sie hatte ihn angefleht, aufzuhören.

Ihre Augen verrieten ihre Gedanken, und sein Lächeln spiegelte ihre Abscheu wider.

Elizabeth blendete sein Gesicht und seine Worte aus und dachte stattdessen an Nat. Sie musste ihm eine klare Schussbahn ermöglichen, damit er diesen Bastard ausschalten konnte. Sie zwang sich an der Kühlerhaube des Autos vorbei, ging in einem Bogen um DeLattio herum, um hoffentlich irgendjemandem einen sauberen Schuss zu ermöglichen. Elizabeth wollte nicht sterben, aber es sah so aus, als hätte sie keine Wahl. DeLattio beobachtete sie mit fieberhafter Intensität.

Es reicht, du Bastard, lass Josie gehen.

Andrew wollte sie nicht tot sehen. Noch nicht. Nicht, bevor

er seine Rache geübt und eine Wiederholung seiner Vorstellung mit ihr bekommen hatte. Es war seltsam, aber es machte ihr keine Angst mehr. Sie wollte nur, dass es endlich vorbei war. Und sie wollte ihn tot wissen. Langsam kam Elizabeth näher, war nur noch eine Armeslänge von ihm entfernt, war nun sicher Versuchung genug. Sie konnte den Zorn spüren, der von ihm ausströmte, so mächtig, dass sie ihn schmecken konnte.

Der Bastard stieß Josie fort, schubste sie so heftig, dass sie in den Matsch fiel, und stürzte sich auf Elizabeth. Er krallte seine Finger um ihren Hals und drückte zu. Verzweifelt griff sie hinter sich, versuchte, ihre zweite Waffe zu erwischen. Ihre Brust brannte von dem Verlangen nach Sauerstoff, aber sie konnte die Pistole nicht greifen, weil die Weste zu sperrig war. *Versuche es weiter. Lass diesen Hurensohn jetzt nicht gewinnen.*

Er griff nach ihrem Arm, drehte ihn zwischen ihre Schulterblätter hoch und rieb seine Hüften an ihren wie ein Liebhaber. Panik übermannte sie, jede Zelle ihres Körpers wurde steif vor Angst. Sie konnte nicht mehr atmen, konnte keinen Tropfen Luft aufsaugen. Ihre Finger waren taub und nutzlos, ihre Sicht begann, zu verschwimmen. Endlich ließ der Druck auf ihren Hals nach, erlaubte dem winzigsten Atemzug, in ihre Lungen vorzudringen. Das Brennen in ihrem Hals wurde schwächer, und ihr Arm war zwar noch immer schmerzhaft verdreht, wurde aber wenigstens nicht länger aus dem Gelenk gerissen. Die Hand an ihrem Hals strich langsam und ekelerregend über die zarte Haut an ihrem Nacken, dann presste DeLattio die kalte Mündung seiner Beretta gegen ihre Schläfe. Er lächelte. *Perfekte Lippen, perfekte Zähne. Keine Seele.*

Elizabeths Blick flackerte unsicher zu ihrer Freundin, die noch immer im Matsch lag. „Renn ins Haus, Josie."

DeLattio warf einen Blick über die Schulter, als Josie sich aufrappelte.

„Lauf!", drängte Elizabeth sie. Der Mann vor ihr würde einfach nur aus Spaß morden, und das schwache Funkeln in seinen Augen verriet Elizabeth, dass er bereits darüber nachdachte.

Josie stolperte auf das Haus zu – direkt in Nats Schussbahn.

Scheiße.

DeLattios Augen wurden schwarz vor Boshaftigkeit, und er legte seine Finger fester um den Griff der Pistole. Elizabeth spuckte ihm ins Gesicht, zuckte zusammen, als ihr seine wilde Wut entgegenschlug. Für den Bruchteil einer Sekunde schob er die Pistole etwas höher, und sie wusste, dass er sie umbringen würde. Keine Gnadenfrist, keine Wiederholungsvorstellung, kein Tanz.

Sie griff nach seinem Arm, riss die Waffe nach oben und rammte ihm das Knie so heftig in den Schritt, dass er in die Luft flog. Dieser Hurensohn – diesmal hatte er sie nicht betäubt.

Ein Schuss knallte durch die Luft, zertrümmerte die Windschutzscheibe neben ihr.

Elizabeth riss die Beretta aus DeLattios Fingern und warf sie weit fort. Sie hielt noch immer seine Hand, verdrehte seine Finger in einer Parodie der Zuneigung, dann trat sie ihm in die Nieren. Hass erfüllte sie, als sie dabei zusah, wie er zu Boden ging, sich vor Schmerzen krümmte. Mit ihrem Stiefel drehte sie ihn auf den Rücken, setzte sich rittlings auf ihn, und ihre Knie sanken in den nassen Matsch. Ihre Finger legten sich fest um seinen Hals.

Jetzt hatte Elizabeth überhaupt keine Probleme mehr, nach der Waffe in ihrem Hosenbund zu greifen. Sie zog sie hervor und stopfte sie DeLattio in den Mund, der zusammenzuckte, als das Metall gegen seine Zähne schlug.

Die Versuchung, sich ihre Rache zu nehmen, war so stark wie nie zuvor, und der Gedanke an Vergebung war weit entfernt.

Ihre Lippen verzogen sich zu einem Lächeln, das ihre Haut spannte. „Was denkst du, Andrew? Wie gefällt dir das?"

Das Blut wich ihm in einem Schlag aus dem Gesicht, und seine hellen Augen wurden groß, als ihm bewusst wurde, dass er jetzt sterben würde.

Und warum sollte sie ihn nicht umbringen?

Eine undeutliche Bewegung in ihrem Augenwinkel erregte ihre Aufmerksamkeit. Marsh stand da und beobachtete sie.

„Er ist es nicht wert, Elizabeth."

„Nicht?" Keine Sekunde wandte sie den Blick von ihrer Beute ab. Sie wünschte sich seinen Tod so sehr, dass die Vorstellung wie eine Droge durch ihre Adern rauschte. Sie musste nur abdrücken ... sie musste nur abdrücken ... sie musste nur abdrücken, musste nur diesen verfluchten Abzug betätigen.

Missmutig starrte sie auf ihren Finger.

Sie konnte es nicht tun. Warum zur Hölle konnte sie es nicht tun?

Langsam, widerwillig, zog sie die Pistole ein paar Zentimeter zurück. Ihre Hand zitterte, noch während sie sich um den Griff der Pistole klammerte.

Sie konnte den exakten Moment erkennen, als DeLattio klar wurde, dass sie ihn nicht umbringen konnte. Ein animalisches Licht flackerte in seinen Augen auf, und er grinste sie hämisch an, zeigte ihr seine schneeweißen Zähne. „Hure."

Sie feuerte einen Schuss ab, zielte in die Erde, direkt neben seinem Kopf. Der Knall war ohrenbetäubend, aber sie feuerte noch einen zweiten Schuss ab, auf die andere Seite seines Kopfes, hoffte, seine Trommelfelle würden sich in der Mitte treffen und platzen.

Sie rollte von ihm hinunter, ihre eigenen Ohren pfiffen mit einem hohen Piepen, und sie stolperte davon, taumelte, da ihre Beine nicht richtig zu funktionieren schienen. Marsh konnte sich jetzt um diesen Bastard kümmern. Sie wollte ihn nie wieder sehen.

Sie ging auf das Haus zu, atmete flach, was sie irgendwie erdete. Ein Gefühl, das verdächtig an Vergebung erinnerte, schwoll in ihrer Brust an. Nicht für ihn – aber für sich selbst. Nat tauchte vor ihr auf, hell erleuchtet von den Scheinwerfern, kam mit dem Gewehr in der Hand aus dem Haus gerannt, alles, was in ihrer Welt gut und richtig war. Er lächelte, seine herrlichen blauen Augen leuchtend vor Erleichterung, bevor er sie plötzlich erschrocken aufriss, als sein Blick hinter sie wanderte. Sein Mund rief eine Warnung, aber es drang kein Geräusch in ihre Welt vor.

Wie in Zeitlupe fuhr sie herum, und ihr Herz dröhnte so laut in ihren Ohren, dass sie den genauen Augenblick bemerkte, als sie stolperte. Der Aufprall riss sie zu Boden, und ein Schmerz wie tausend Volt schoss durch ihr Bein.

Warum hatte sie ihn nicht nach einer Ersatzwaffe durchsucht? Ein Anfängerfehler, eine Sache, die ihr auf der Akademie immer wieder eingebläut worden war. *Dummer, dummer Fehler.*

Ihre Gedanken wurden schwerfällig, langsam wie Eis.

DeLattio grinste, lag mit schlammverschmiertem Gesicht auf der Erde. Er zielte mit seiner Waffe hinter sie auf Nat, und Elizabeth schrie auf, ihr Herz hämmerte mit gottverdammter Wut, als sie versuchte, ihre eigene Waffe zu heben.

DeLattios Gesicht wurde von einem Hochgeschwindigkeits-projektil pulverisiert, das seinen Schädel beim Einschuss zertrümmerte.

Etwas in ihr wollte jubeln. Etwas in ihr wollte die Arme in die Luft reißen und ein Halleluja anstimmen, aber die Schmerzen waren zu heftig. Weißglühende Blitze der Qualen bohrten sich tief in ihren Körper, vermischt mit Quecksilber, Säure und Gift.

DeLattios zertrümmertes Gesicht war in ihr Gedächtnis gebrannt. Sie wollte ihm nicht in der Hölle begegnen.

Wo war Nat? War er getroffen? Wo war er?

Dann sah sie ihn, den Mann, der ihr alles bedeutete. Der Mann, der ihr das Gefühl gegeben hatte, ganz zu sein, nachdem sie sich ein Leben lang zerbrochen gefühlt hatte. Der Mann, der ihr eine Chance auf Glück geschenkt hatte, obwohl sie zum Kummer verurteilt war.

„Ich liebe dich." Sie hoffte, die Worte kamen heraus. Hoffte, er konnte sie hören, auch wenn ihre Ohren noch immer klingelten, und der Schmerz all ihre Sinne blockierte. Sie versuchte, die

Hand zu heben und über die harte Linie seines Kiefers zu streicheln, wollte den Schmerz auslöschen, der in den Tiefen seiner Augen emporstieg, aber sie konnte ihre Hand nicht mehr richtig bewegen.

Sie wollte ihm dafür danken, dass er sie liebte. Er hatte es nie laut ausgesprochen, aber sie wusste es. Niemand hatte sie jemals so geliebt. Bedauern zerrte an ihr, als Nat zur Seite geschoben wurde und Marsh hinzutrat, um den Blutfluss zu stillen. Es war zu spät. Elizabeth versuchte, ihre Lippen in ein Lächeln zu formen, in eine Geste des Trostes, die ihnen helfen würde, sich zu vergeben – und vielleicht sogar ihr. Dann zog die Dunkelheit herauf. Sie kämpfte dagegen an, bis ihre Augen nicht mehr kämpfen konnten. Ruhe und eine verschwommene Zufriedenheit ließen sie an einen Ort davongleiten, an dem der Schmerz sie nicht länger erreichen konnte.

Kapitel Zwanzig

„**E**liza!", rief Nat, so laut, dass seine Lungen brannten. „Eliza!"

Blut tränkte ihre Hose, verwandelte das Blau ihrer Jeans in Schwarz. Er saß völlig nutzlos da, krallte seine Hände in ihre Schultern, während Marsh seinen Gürtel aus den Schlaufen riss und damit Elizas Oberschenkel abband.

„Haben Sie ein Messer?"

Nat wühlte in seiner Hosentasche herum und zog das Taschenmesser heraus, das er stets mit sich herumtrug. Er war zu spät gewesen, zu langsam, um sie zu retten.

Marsh hielt ihm das Ende des Gürtels hin. „Ziehen Sie das fest."

Benommen zog Nat am Gürtel, sah zu, wie der andere Mann sich hinunterbeugte und mit dem Taschenmesser ein zusätzliches Loch in den Riemen bohrte. Nat versuchte, nicht auf die aufgerissene Haut oder das Schimmern des Knochens zu starren, der sich seinen Weg durch den purpurroten See bahnte. Das harte Leder schnitt in seine Hand, und die Blutung verlangsamte sich etwas. Aber das Blut war *überall*. Auf Händen, Beinen, Armen, dem

Boden. Verteilte sich wie Sirup auf Elizas Kevlarweste, die sie zum Schutz getragen hatte.

Wortlos nahm er das Taschenmesser wieder von Marsh entgegen und steckte es zurück in seine Tasche, löste seinen Griff um den Gürtel etwas. Nat schickte ein stummes Gebet gen Himmel, während er dem schwachen Heben und Senken von Elizas Brust zuschaute, ein instinktives Zucken, als ihre Lungen nach Sauerstoff verlangten.

Sie atmete, aber sehr schwach.

Bitte, Gott, lass sie leben.

Ihr Gesicht war blass, so blass, dass er glaubte, sie würde verschwinden. *Gott.* Er berührte ihre Wange, rieb mit seinem Daumen einen Dreckspritzer weg. Ihre Haut war warm, weich. Seine Finger zitterten, als er die Hand auf ihre Wange legte. Er hatte ihr nie gesagt, dass er sie liebte. Nicht ein einziges Mal hatte er die Worte laut ausgesprochen. Angst hatte ihn zurückgehalten, hatte die Worte in ihm vergraben, und er war ein zu großer Feigling gewesen, um es ihr zu sagen.

„Ich liebe dich, Eliza." Er strich ihr die Haare aus der Stirn und küsste sie. „Stirb mir jetzt nicht weg. Ich liebe dich."

Cal stand hinter ihm, legte ihm tröstend eine Hand auf die Schulter. Die blonde Frau kam angerannt und fiel neben ihnen auf die Knie. Nat wollte sie anbrüllen, dass das alles ihre Schuld sei, aber er wusste es besser. Er warf einen Blick auf die Leiche des Mannes, der Eliza so terrorisiert hatte, und wünschte, er wäre es gewesen, der den Schuss abgefeuert hatte.

Marsh zog sein Handy aus der Tasche, stellte es an und fluchte. „Wie lange dauert es, bis ein Rettungswagen hier ist?" Er stopfte das nutzlose Handy zurück in die Tasche. Starrte auf die Blondine, die schluchzend im Dreck kauerte.

„Zu lange." Warum hatte er Sarah weggeschickt? Kopfschüttelnd beugte Nat sich hinunter, um Eliza hochzuheben.

„Nein." Marsh hielt seinen Arm fest, ignorierte sein wildes

Starren. „Bewegen Sie sie nicht. Wir müssen erst das Bein schienen."

Nat hockte sich wieder hin. Schloss die Augen und drängte die Tränen zurück. „Das kann manchmal eine Stunde dauern." Sie brauchten ein Wunder.

„Fuck." Marsh blickte sich um. Er rannte los und schnappte sich ein paar Latten, die an der Hauswand lehnten. „Ich brauche ein Seil oder Klebeband. Dann ein paar Decken und Ihren Truck ..." Marsh konzentrierte sich auf Cal, als ob ihm klar geworden wäre, dass Nat zu nichts mehr zu gebrauchen war.

Eliza lag im Sterben. Nat wollte sie berühren, wenn es so weit war.

KREISKRANKENHAUS, 17. April

NAT KONNTE WEDER STILLSITZEN NOCH STILLSTEHEN. Furcht scheuchte ihn herum. Wenn er stehen blieb, selbst für wenige Sekunden, begann sein Verstand zusammenzubrechen. Wenn er seine Augen schloss, konnte er nichts sehen als seine Hände, die panisch versuchten, das Blut zu stoppen, das trotz all seiner Bemühungen unaufhörlich aus Elizas Adern quoll.

Die Schwestern und Pfleger ignorierten ihn. Ärzte machten ihre Visiten, behandelten Patienten, retteten Leben. Nat drückte sich von der Wand ab, sank in einen braunen, kantigen Stuhl, legte die Hände auf seine Knie und lehnte sich zurück. Stand wieder auf. Konnte sich nicht entspannen. Konnte den Anblick seiner blutverschmierten Jeans nicht ertragen. Fuhr sich mit der Hand durch die Haare, löste den Dreck, der es verklebte. Frustration und Angst vermischten sich in ihm, ein Cocktail der Verzweiflung. Er ballte die Fäuste, biss die Zähne zusammen. Starrte an die Decke, als ob die grauen Kacheln ihm irgendwie die Antworten geben könnten, für die er betete. Er hatte viel zu viel Zeit in Krankenhäusern verbracht und darauf gewartet, dass die Menschen, die ihm wichtig waren, starben.

Sarah verfolgte Elizas Operation im OP-Saal. Sie versuchten, die Blutung zu stillen und Elizas zertrümmerten Oberschenkel wieder zusammenzuflicken. Er hatte Blut gespendet. *Scheiße*, er spendete immer Blut, aber das schien nie die Menschen zu retten, die er liebte.

Nats Blick fiel an sich hinunter. Er war verdreckt und zerzaust. Verdammt, er musste aussehen wie ein Irrer, aber das Einzige, was ihm im Augenblick wichtig war, war Eliza, die auf dem OP-Tisch um ihr Leben kämpfte. Cal erhob sich von seinem Platz, legte ihm eine Hand auf den Arm, wollte ihm Trost spenden. Nat schüttelt sie ab, konnte den Gedanken an Trost nicht ertragen, wenn ihn doch die Verzweiflung vollkommen ausfüllte. Cal ging zum Fenster, seine Mundwinkel sorgenvoll hinabgezogen.

War es das, was Ryan fühlte? Nat massierte mit dem Daumen die Handfläche seiner anderen Hand. War das der Grund, weshalb Ryan sich in Alkohol und Sex verlor? Plötzlich empfand Nat ein tieferes Verständnis für die Qualen seines jüngeren Bruders. Ezra war ebenfalls hier, wartete wie sie alle auf Neuigkeiten. Nat wusste nicht, wann Eliza aufgehört hatte, ein Gast auf der Ranch zu sein, und stattdessen Teil der Familie geworden war, aber Ezras zerfurchtes altes Gesicht lag in seinen Händen vergraben, während er zusammengesackt in seinem Stuhl saß.

Die FBI-Agenten waren verschwunden, schrieben Berichte und halfen den örtlichen Polizisten dabei, den Tatort zu sichern. Hatten Eliza in der Stunde ihrer Not im Stich gelassen. Wieder einmal. Nats Hände krallten sich ineinander.

Josephine Maxwell war mit den Agenten mitgegangen. Ob freiwillig oder nicht, wusste Nat nicht, aber er war froh, dass sie nicht mit ihm zusammen wartete. Er hasste es, dass Eliza und nicht sie im OP-Saal lag. Darauf war er nicht stolz, aber damit konnte er sich später auseinandersetzen. Im Augenblick würde er sogar einen Handel mit dem Teufel eingehen, wenn es Eliza das Leben rettete. Sein Herz fühlte sich an wie ein Eisblock, sein Kopf wie ein Vulkan kurz vor der Eruption, und alles, was er spüren konnte, war eine Todesahnung.

Wenn Nat nur schneller gewesen wäre, wäre das niemals passiert. Wenn er den Kerl nur kaltblütig erschossen hätte, als er im Schlamm gelegen hatte ...

In der Schwesternstation brach hektische Betriebsamkeit aus, als die Nachtschicht in einem organisierten Chaos herumschwirrte. Eine der Schwestern, die er vorher noch nicht gesehen hatte, kam auf ihn zu. Eine große Afroamerikanerin mit weiten, braunen Augen und kurzgeschorenen Haaren. Freundliche Augen. *Warum also will ich vor ihr davonrennen?* Sie würde ihm sagen, dass Eliza gestorben war. Deshalb.

„Kommen Sie, Mr. Sullivan.“

Er folgte ihr wie ein kleines, gehorsames Kind.

Sie führte ihn durch die Doppeltüren am Ende des Korridors, dann einen glänzend sauberen Flur hinunter, der von Glasfenstern gesäumt war. Nat hasste Krankenhäuser, den Geruch, das Licht, die Betonwände. Die Schwester nahm seine Hand in ihre langen, warmen Finger. Nat schloss die Augen, wollte nicht durch das Fenster schauen.

„Sie lebt, Mr. Sullivan, aber es war knapp.“

Die Überraschung ließ ihn die Augen aufreißen, und er starrte durch das Glasfenster. Eliza lag in Verbände gewickelt und mit einem Gips in einem Bett. Ihre Haut war ganz blass, selbst auf den schneeweißen Laken. Infusionen und Kanülen führten in ihren Körper, und Monitore piepten und surrten mit ihrer schwachen Lebenskraft.

Sie sah totenblass und zerbrechlich aus, *aber sie lebte.*

„Es war ein sauberer Bruch. Die Kugel ist direkt durch den Knochen gegangen, aber die Arterie wurde arg in Mitleidenschaft gezogen. Sie hat viel Blut verloren, und ihr Zustand ist kritisch. Wenn sie die Nacht überlebt ...“

Nat hatte nicht gemerkt, wie er gegen die Scheibe gesackt war, bis ihm die Schwestern sanft auf den Rücken klopfte.

„Sie hat eine Bluttransfusion erhalten, und wir konnten sie stabilisieren, aber sie muss unter ständiger Beobachtung bleiben, bis sie aus dem Gröbsten raus ist–"

„Kann ich bei ihr bleiben?", unterbrach Nat die Schwester. Schwache Funken der Hoffnung begannen, in seiner Brust zu rumoren, und er musste die Frau, die er liebte, berühren.

Die Schwester runzelte die Stirn, und ihre Augen wanderten über seine verdreckte Kleidung. „Naja, normalerweise ist das nur Familienangehörigen gestattet ..."

„Bitte." Nat würde sie auf Händen und Knien anflehen, wenn es sein musste.

„Da Sie Dr. Sullivans Bruder sind, können wir eine Ausnahme machen, schätze ich." Sie musterte ihn von Kopf bis Fuß, kaute auf ihrer rubinroten Unterlippe herum, während sie sein Schicksal abwägte. Niemand würde ihm den Zutritt zu diesem Raum verwehren. Er streckte das Kinn vor und richtete sich zu seiner vollen Größe auf.

Die Schwester schien seine Entschlossenheit zu spüren. „Passen Sie auf, sie ist noch nicht wieder aus der Vollnarkose aufgewacht, und das wird auch noch eine Weile dauern. Sie wird anschließend auch sehr schwach sein." Die Schwester spitzte die Lippen und traf eine Entscheidung. „Kommen Sie mit", befahl sie ihm.

Nat warf einen Blick auf die blasse Gestalt auf dem Bett, auf ihre dunklen Haare, die aufgefächert auf dem weißen Kissen lagen. Widerwillig folgte er der Schwester zu einer Dusche in den Umkleideräumen der Ärzte, und sie händigte ihm ein frisches Paar OP-Kleidung aus.

Zehn Minuten später folgte er der Schwester geschrubbt und erfrischt zurück in den strahlend sauberen Flur. Er ignorierte den Geruch von Desinfektionsmitteln, das matte Quieken der weichen Schwesternsohlen auf den Gängen. Hoffnung begann, durch ihn hindurchzusickern, und er hatte nicht vor, sie wieder entkommen zu lassen.

Durch die Doppeltür trat er in Elizas Zimmer und starrte sie an. Er schluckte angestrengt, trat an die linke Bettseite und blickte auf ihr Gesicht hinunter. Sie war so unfassbar blass, ihre Haut beinahe durchsichtig in dem gedimmten Licht. Auf dem Monitor schlug ihr Herz in gleichmäßigem Rhythmus. Schläuche führten in ihre Arme und ihre Nase. Sie trug ein OP-Hemd, der Stoff bis über ihren Oberschenkel hochgezogen. Ein glänzend weißer Gips umhüllte ihr Bein. Nat streckte die Finger aus, strich ihr eine Haarsträhne hinter das perfekte Ohr. Nahm ihre schlaffe, kalte Hand in seine und setzte sich neben das Bett.

„Bitte stirb mir jetzt nicht, Eliza." Seine Stimme war heiser. Behutsam strich er mit den Fingerspitzen über ihre Schläfe. Und plötzlich war es egal, dass er ihr nichts zu bieten hatte. Es war egal, dass sie hatte gehen wollen. Er verstand nun, warum sie das vorgehabt hatte, und er wünschte zu Gott, er hätte sie gehen lassen.

„Ich liebe dich, Eliza. Bitte stirb nicht."

MARSH STAND ÜBER DEN ÜBERRESTEN VON ANDREW DELATTIO, als der Leichensack zugezogen wurde. Die Kugel war an seiner linken Schläfe in den Schädel eingedrungen, durch die rechte Schläfe wieder ausgetreten und hatte alles dazwischen ausradiert. Marsh empfand weder Trauer noch Reue, nur das kühle Gefühl der Gerechtigkeit, dass dieser Bastard endlich von den Straßen verschwunden war.

Andrew DeLattio konnte niemandem mehr Schaden zufügen.

Charlie Corelli war vom ersten Schuss durch die Windschutzscheibe getötet worden, und seine Leiche war schon unterwegs in die Rechtsmedizin. Dancer hatte anhand der Handys der beiden Toten die Identität eines FBI-Agenten aufgedeckt, der vor etwa einem Jahr von New York nach Quantico versetzt worden war. Dieser Typ hatte DeLattio im Austausch für regelmäßige Zuschüsse für seinen Rentenfond mit Informationen versorgt. Seine Kollegen an der FBI-Akademie in Quantico hatten ihn bereits verhaftet. Marsh stieß einen Seufzer aus, stopfte die Hände in die Tasche und blickte hinauf in den Himmel. Langsam ging die Sonne auf. Rote, rosa und orange Streifen schmolzen ineinander und färbten den immer heller werdenden Himmel ein.

Elizabeth hatte die OP überstanden, und die Ärzte waren optimistisch, dass sie sich vollkommen erholen würde. Aber es war seine Schuld, dass sie überhaupt angeschossen worden war.

Die Kälte des Morgengrauens war ihm unter Jacke und Hemd gekrochen und ließ die Haare auf seiner Brust prickeln. Er rieb sich die Arme, um sie abzuwehren, und starrte hinauf zu Elizabeths Hütte am Waldrand, gegenüber der Pferdeställe. Wer auch immer den Schuss abgefeuert hatte, war ein verflucht guter Schütze gewesen. *Peter Uri. Er musste es gewesen sein.* Niemand sonst hätte das hinbekommen.

Elizabeth war nicht das Ziel des Auftragsmörders gewesen. DeLattio war es gewesen.

Marsh hatte nicht einmal begriffen, dass es noch einen weiteren Schützen gegeben hatte, bis sie am Krankenhaus angekommen waren, und bis dahin war Uri längst über alle Berge gewesen. Elizabeth hatte noch immer um ihr Leben gekämpft.

Marsh behielt seine Emotionen unter Kontrolle, verriet nach außen hin keine Spur von Bestürzung. Josephine Maxwell hatte seinen Verstand vollkommen verkorkst.

Uri hatte seinen Auftrag nur Meter von einer Horde Gesetzeshüter entfernt ausgeführt, und niemand hatte es bemerkt. Marsh ballte die Fäuste. Sein Atem stieg in einer Wolke auf und schwebte davon wie ein Geist. Uri war für seinen Einfallsreichtum, seine Diskretion und seinen Preis bekannt. Befand sich regelmäßig ganz oben auf der Liste der meistgesuchten Personen des FBI, obwohl niemand ein scharfes Bild seines Gesichts oder eine Probe seiner DNA besaß. Das FBI konnte ihn einfach nicht schnappen, und Marsh musste sich langsam fragen, ob es einen Grund dafür gab. Setzte das FBI Uri für seine eigenen Zwecke ein? Uri hatte gewusst, wo DeLattio auftauchen würde, noch bevor DeLattio selbst eine Vermutung gehabt hatte. Wie war das möglich gewesen? Eine undichte Stelle? Oder Insider-Informationen?

Marsh hatte die schreckliche Vermutung, dass er die Antwort auf diese Frage bereits kannte.

Er ließ den Sheriff und die Hilfssheriffs hinter sich, die zusammenstanden und sich laut unterhielten, aufgekratzt von den Ereignissen der letzten Nacht, und schlenderte davon. Marsh ging auf eine der Koppeln zu, wo ein paar kastanienbraune Pferde grasten. Er war nur ein Mann, der nach einer langen Nacht ein bisschen durchatmen wollte. Er zündete sich eine Zigarette an, die er von einem der Deputys geschnorrt hatte, obwohl er schon seit Jahren nicht mehr rauchte, legte den Kopf in den Nacken und blies den Rauch in die Luft. Als ob er keine Sorgen hätte.

Seine Gedanken rasten. Er kletterte auf den Zaun und begann, langsam den Boden neben der großen, offenen Scheune abzusuchen. Seine Füße sanken ins Gras, und der Morgentau durchnässte seine Hosenbeine, drang in seine teuren Schuhe ein. Seine Zehen rollten sich gegen das Gefühl der nassen Socken ein.

Eins der Pferde kam mit erhobenem Kopf herübergetrottet, streckte die Nase nach ihm aus. Marsh streichelte über die samtige Nase, während seine andere Hand über das Holz der Scheune glitt, etwas der abgeblätterten Farbe abrieb. Dann ging er weiter. Das Pferd folgte ihm, neugierig und aufgeschlossen, scheinbar begierig nach menschlicher Gesellschaft.

Der Sheriff hatte die Ermittlungen übernommen, und Marsh hatte keinerlei Bedürfnis, im dazwischenzufunken.

Abgemachte Sache, oder etwa nicht? Wir haben den Bastard erschossen. Oder etwa nicht?

Sheriff Talbot hatte noch nie in seinem Leben von Peter Uri

gehört, und Marsh hatte ihn auch nicht aufgeklärt. Marsh ging an der Scheunenwand entlang, und das Pferd folgte zwei Schritte hinter ihm. Halb vergraben im Dreck, die Strahlen der noch tiefstehenden Sonne reflektierend, fiel ihm das weiche Schimmern von Kupfer ins Auge. Die Kugel, die durch DeLattios Schädel geschossen war.

Marsh lebte sein Leben gemäß allen Regeln des Gesetzes. Die Beweiskette war ein großer Teil dieses Prozesses. Er bückte sich, um seinen Schuh zuzubinden, ließ die Kugel verstohlen in eine Beweistüte gleiten und steckte sie sich in die Tasche. Vielleicht hatte die Mafia Uri angeheuert. Vielleicht hatte DeLattios Quelle im FBI ein doppeltes Spiel getrieben, hatte die Adresse in Stone Creek schneller herausgefunden als Dancer und sie der Bilotti-Familie zugespielt.

Andererseits, vielleicht auch nicht.

Eine Bewegung in seinem Augenwinkel ließ ihn herumfahren, und er erblickte Josephine, die über die Wiese auf ihn zukam, eine zweite Spur durch den Morgentau zog. Marsh fluchte lautlos. Er konnte das nicht gebrauchen. In seiner Jackentasche ballten sich seine Hände zu Fäusten, und die Muskeln um seinen Mund herum spannten sich an.

Gestern Nacht, als Elizabeth ihm am Handy gesagt hatte, dass DeLattio Josephine geschnappt hatte, hatte er sich übergeben müssen. Marsh trug die Schuld daran, dass Josephine entdeckt worden war. Sein Magen hatte gekrampft, bis er leer gewesen war.

Und als DeLattio geschlagen im Matsch und Dreck gelegen hatte, hatte die schiere Erleichterung darüber, dass Josephine in Sicherheit war, all seine Instinkte getrübt und dem Arschloch den Bruchteil der Sekunde geschenkt, in dem er seine Ersatzwaffe hatte ziehen können. Anschließend war alles wie in Zeitlupe passiert, und Elizabeth hätte aufgrund seiner Inkompetenz beinahe ihr Leben verloren.

Seine Augen wurden schmal, als er gegen seine Reaktion auf diese Frau ankämpfte, die ihm mehr Kummer bereitet hatte als tausend gestohlene Mona Lisas. Josephine hatte sich nach der Schießerei und ihrer Entführung weiß Gott nicht an ihn gewendet. Sie hatte ihm einen Blick zugeworfen, der Milch hätte sauer werden lassen können, und hatte sich hinter ihre Eisprinzessinnen-Fassade zurückgezogen.

Er lächelte sie an, aber er fühlte sich innerlich ganz leer.

„Ich wette, du hältst dich für ziemlich clever, dass du es noch vor mir hierhergeschafft hast." Sie trug schwarze Leggings und einen roten Pulli, der bis an ihr Kinn reichte, und ihre Finger hatten sich in einem verworrenen Netz ineinander gekrallt.

„Sicher, ich wache jeden Morgen mit genau diesem Gedanken auf." Er legte ein Funkeln in seinen Blick, das auf einen bestimmten Morgen im Speziellen anspielte.

Sie wandte sich ab, wich seinem Blick aus wie ein Auto, das einen Frontalzusammenstoß vermeiden wollte.

Er provozierte sie weiter, ein Abwehrmechanismus, der so alt war wie die Berge, die hinter ihm aufragten. „Du hättest mir sagen sollen, dass du noch Jungfrau warst, Josephine. Ich hätte mehr Rücksicht auf dich genommen."

Ihr Kopf flog wieder zu ihm herum, ihr Ausdruck voller Verlegenheit und Empörung. „Woher ...? Und was soll das heißen, du hättest *Rücksicht* auf mich genommen?"

„Meinst du, das fällt unter Date Rape?", dachte Marsh laut nach und trat einen Schritt auf sie zu.

„Oh Gott." Sie schluckte. „So hatte ich noch gar nicht darüber nachgedacht."

Er konnte die Reaktion nicht erklären, die ihn überkam, als ihr der Mund auffiel und ihre Wangen blass wurden, aber es bereitete ihm eine seltsame Genugtuung, sie aufgebracht zu sehen. Besser als Gleichgültigkeit. Oder Mitleid.

Dann ging sie in die Defensive. „Es ist ja nicht gerade so, als ob ich dich gezwungen hätte. Du warst hinter mir her wie ein Hund hinter einem Knochen."

„Daran kann ich mich noch vage erinnern – das mit dem

Knochen zumindest." Er grinste sie an, während ihr Zorn überkochte und explodierte.

„Du arroganter Bastard." Ihre Stimme schallte durch den klaren Morgen, und der Sheriff und seine Kollegen drehten sich in ihre Richtung um. Marsh zuckte zusammen, überspielte seinen Gesichtsausdruck, bevor Josephine eine Schwäche darin erkennen konnte.

„Also, verhaftest du mich jetzt?" Sie atmete heftig, und ihre Schultern hoben und senkten sich in kurzen, abgehackten Bewegungen. Sie presste die Handgelenke zusammen, streckte sie ihm entgegen, und Marsh war verflucht nochmal versucht, die Handschellen zuschnappen zu lassen. Er trat einen Schritt auf sie zu, aber sie wich zurück.

Doch nicht so selbstbewusst ... Oder vielleicht hasste sie ihn tatsächlich.

„Du hast recht. Du hast mich nicht gezwungen. Ich wollte mit dir ins Bett, seit ich dich das erste Mal gesehen habe." Er zuckte übertrieben lässig mit den Schultern. „Ich habe genau das bekommen, was ich wollte, also lasse ich es dir dieses Mal durchgehen."

„Dieses Mal?", stotterte sie. Ihre blassblauen Augen funkelten vor Zorn, und sie atmete tief durch. „Mr. Streng-nach-Vorschrift. Das ist genau der Grund, weshalb Elizabeth nicht zu dir gekommen ist, nachdem sie vergewaltigt worden war. Sie wusste, dass du niemals ..." Sie presste die Lippen zusammen, schien sich bewusst zu werden, dass sie zu viel gesagt hatte.

„Ja bitte?" Die Frage kam ihm träge über die Lippen, zäh wie Honig. „Niemals was?" Er ging auf sie zu, bis er sie hätte berühren können, auch wenn er seine Finger ganz entschieden bei sich behielt. Er neigte den Kopf, bis seine Lippen neben ihrem Ohr schwebten. Sie wich keinen Zentimeter zurück, aber ihre Pupillen weiteten sich alarmiert.

Mit leiser Stimme sprach er weiter. „Dass ich niemals mitbekommen hätte, dass Elizabeth einen Profikiller angeheuert hat, um DeLattio umzubringen? Niemals herausgefunden hätte, dass sie DeLattio hierher in den Tod gelockt hat?"

„Sie hat diesen Bastard nicht *hierher* gelockt." Josephines Augen wurden groß, und sie schüttelte den Kopf. „Sie wusste nicht, wo es passieren würde."

Er lachte, ein harsches, verbittertes Geräusch, bei dem sie den Mund auf- und zuklappte wie ein überforderter Fisch. Ihre Überraschung hielt nicht lange an. Der Ausdruck auf ihrem Gesicht wurde stur, so wie vor einigen Tagen, als sie ihn vierundzwanzig Stunden lang angeschwiegen hatte. „Du kannst sowieso nichts beweisen."

„Träum weiter, Kleine." Er tippte ihr spielerisch auf die Nase und marschierte an ihr vorbei, ließ ihren Duft und ihre Schönheit hinter sich zurück. Sicher, er begehrte sie, aber sie würde ihn niemals wollen, und einem solchen Kummer würde er sich nie freiwillig aussetzen. Er drehte sich um, ging ein paar Schritte rückwärts, während er die einzige Frau anschaute, nach der er sich jemals wirklich gesehnt hatte. „Lass mich wissen, falls du schwanger bist."

Alle Farbe wich aus ihrem Gesicht, sogar ihre Lippen wurden schneeweiß.

„Ich möchte es wissen." Er blieb stehen, bis sie nickte, dann wandte er ihr den Rücken zu. Josephine Maxwell war ein Fehler gewesen, den er nicht noch einmal machen wollte. Er sprang über das Gatter, bedeutete Dancer, der den ganzen Austausch von der Veranda aus beobachtete hatte, dass er fahren würde. Marsh musste Elizabeth sehen. Josephine konnte von nun an auf sich selbst aufpassen.

IN EINEM WIRBEL DER EMPFINDUNGEN KAM ELIZABETH ZU SICH, hatte das Gefühl, zu schweben. *War das der Himmel?* Aber der Himmel würde doch sicherlich nicht so stark nach Desinfektionsmitteln und zu heiß gewaschenen Bettlaken riechen?

Musste ein Krankenhaus sein. *Und sie bis zum Rand voll mit Schmerzmitteln.*

Ein stetiges Piepen irritierte sie – bis sie ihr Auge einen Spaltbreit öffnete und begriff, dass es ihr Herzmonitor war. Plötzlich nervte sie das Piepen gar nicht mehr so sehr. Unglaublicherweise lebte sie. Ihr Herz hämmerte, und sein Echo ertönte aus der Maschine. Sie zwang sich, ruhig zu atmen, und entspannte ihre Finger, einen nach dem anderen.

Der Schrecken der letzten Nacht taumelte durch ihre Gedanken wie ein Film im Schnelldurchlauf. Sie hatte geglaubt, sie würde sterben. Sie hatte geglaubt, sie hätte Nat für immer verloren. Aber da war er, schlief tief und fest in einem Stuhl neben ihrem Bett, den Kopf neben ihrem Arm auf der Matratze liegend. Zerknittert und erschöpft. Er hatte seinen Stuhl so nah wie nur irgend möglich ans Bett gezogen. Elizabeth hob die Hand und strich durch seine blonden Haare, die in der Morgensonne glänzten. Unbehaglich rutschte sie hin und her, und tausend Dolche bohrten sich in ihr Bein.

Sie stöhnte leise auf, oder vielleicht war es eher ein Wimmern. Nat fuhr hoch, fiel vor Schreck beinahe vom Stuhl. Schnell hatte er sich wieder gefangen und schenkte ihr das breiteste, strahlendste Lächeln, das sie jemals gesehen hatte.

„Hi", krächzte Elizabeth.

„Selber Hi." Er grinste sie an. Langsam beugte er sich herüber und küsste sie behutsam auf den Mund. „Wie fühlst du dich?"

„Als ob mir irgendein Bastard ins Bein geschossen hätte und ich fast gestorben wäre." Sie bedauerte ihren schwarzen Humor augenblicklich, als sie sah, wie blass er wurde.

„Hey." Sie griff nach seiner Hand und drückte sie mit schwachen Fingern. „Ich bin okay."

Er blickte auf ihre verschränkten Hände und drückte sie. „Du bist so viel besser als *okay*, Eliza."

Emotionen schnürten ihr den Hals zu, und sie blinzelte die Tränen zurück, die fließen wollten. Gute Tränen diesmal.

„Ich muss dich etwas fragen", sagte er, plötzlich ganz ernst.

„Was denn?"

Nat griff nach der Fernbedienung, mit der man das Bett hoch- und runterfahren konnte. Drückte vorsichtig auf den Knopf, der ihre Beine anhob. „Die Schwester hat mir gezeigt, wie es geht. Hat gesagt, dass es dir guttun würde, wenn du wach bist." Er schaute aus dem Fenster ihres Zimmers auf den Flur und das Schwesternzimmer, verstohlen und schuldbewusst. „Ich sollte ihnen Bescheid sagen, wenn du aufwachst ..." Er zuckte mit den Schultern und drückte noch einmal auf den Knopf.

Elizabeth konnte fühlen, wie der Gips an den Nähten zog, nicht unangenehm, nur ein seltsames, losgelöstes Gefühl, das eigentlich schmerzhaft hätte sein sollen. Ihre Augen fielen auf ihren Gips. Große Blockbuchstaben standen in einer vertikalen Linie, sodass sie sie lesen konnte.

Heirate mich?

Sie grinste. „Ich?"

Nat stieß völlig außer sich einen lauten Seufzer aus. „Ja, du. Wer denn sonst?"

„Ich ..." Sie blinzelte, biss sich auf die Unterlippe, wusste nicht, was sie sagen sollte. Sie starrte auf die weiße Baumwolldecke, strich sie mit der Hand glatt, schluckte. „Ich habe dir nicht alles erzählt–"

„Ist egal."

„Ich habe das Land gekauft."

„Das hatte ich mir schon gedacht. Und den Kredit?" Fragend zog er eine Augenbraue hoch und sah alles andere als verärgert aus.

Sie nickte. „Ich habe das Geld."

„Gut. Wurde auch Zeit, dass diese Familie endlich mal ein bisschen Glück hat." Er lächelte auf sie hinunter, sah aus wie ein

Mann, dem es völlig egal war, was für Ausreden sie noch parat hatte.

„Und ich habe schlimme Dinge getan."

Nat setzte sich hin, nahm ihre Hand in seine und drückte ihre Finger.

„Eliza. Ich liebe dich. Du hast die Hölle hinter dir. Wir alle haben Dinge getan, die uns leidtun."

Sie war so stolz auf sich gewesen, DeLattio nicht das Hirn weggeblasen zu haben, aber sie war sich nicht sicher, wer ihn letzten Endes umgebracht hatte. Ihr Auftragskiller? *Vielleicht.*

Konnte sie sich selbst dafür verzeihen? Sie dachte an Josie und Nat, und wie DeLattio ihre Welt mit seiner Boshaftigkeit besudelt hatte. Ja, sie konnte damit leben. Nat und Josie hatten beide überlebt, also konnte auch sie wunderbar damit leben.

Sie öffnete den Mund, um etwas zu sagen, aber Nat legte ihr einen Finger auf die Lippen. „Erinnerst du dich daran, wie ich dir gesagt habe, dass es mir egal ist, was du getan hast oder wovor du davonrennst? Das meine ich auch so. Ich liebe dich. Ich will dich heiraten."

„Bist du dir sicher?"

Nat warf den Kopf in den Nacken und lachte so laut auf, dass sogar die Schwestern im nächsten Raum ihn hörten. Aufgeregt kamen sie hereingestürmt, um nachzuschauen, ob alles mit ihr in Ordnung war.

„Ja", sagte Elizabeth und spähte über die Köpfe der Schwestern, die Nat aus dem Zimmer scheuchten, damit sie ihre Arbeit verrichten konnten.

„Ja!", rief sie ihm noch einmal hinterher.

Epilog

Drei Tage später starb Juliette Morgan. Das Gesicht der rothaarigen Frau tauchte einen Tag lang in jeder Nachrichtensendung auf, im Tod untrennbar mit Andrew DeLattio verbunden.

Elizabeth hatte die Berichte leidenschaftslos verfolgt. Sie trauerte ihrer Vergangenheit nicht nach.

Marsh hatte sie besucht, hatte ihr wortlos die verdächtigen Überreste einer Kugel zugesteckt. Sie wusste genau, wie viel ihn das gekostet hatte, diese einfache Handlung. Die Kugel hätte möglicherweise zu ihr zurückverfolgt werden können, oder vielleicht auch nicht. Sie wusste es nicht mit Sicherheit, und sie hoffte, sie würde es niemals herausfinden. Sie hatte ihm einen Kuss auf die Wange gedrückt und ihn zurück nach Boston geschickt. Dann hatte sie die Kugel in den Müll geworfen.

Sie würde nie zurückgehen.

Josie war auf der Ranch geblieben, sah müder und gestresster aus, als Elizabeth sie jemals gesehen hatte. Josie schwor, dass DeLattio sie nicht angefasst hatte, bis auf ein schnelles Herumfummeln, aber Elizabeth wusste, dass ihr irgendetwas aufs Gemüt drückte. Elizabeth entschied, für sie beide Therapieplätze zu organisieren. Es war höchste Zeit.

Die Ärzte hatten ihr gesagt, dass sie noch eine Weile hier festsitzen würde, möglicherweise tagelang. Sie setzten nach und nach die Schmerzmittel ab und zwangen sie, jede Stunde ein paar Schritte zu gehen. Nat blieb stundenlang bei ihr, las, brachte sie zum Lachen und gab in Gedanken ihr ganzes Geld aus. Sie konnte sich nicht erinnern, ihr Vermögen jemals so genossen zu haben, und zählte sich in mehr als nur in Dollarbeträgen reich beschenkt.

Das Leben war schön. Nat war großartig.

Das Leben war großartig.

Durch das Fenster ihres Zimmers erblickte sie auf dem Flur Sarah, die Tabitha auf dem Arm hatte. Cal, Ryan, Ezra und Josie folgten ihr mit Blumensträußen, Pralinen, Frisch-verheiratet-Ballons und einer Flasche Champagner.

Sie drängten sich ins Zimmer, laut und chaotisch. Ryan stieß Nats Füße vom Bett, riss ihn aus seinem Nachmittagsschläfchen. Nat versetzte ihm einen wohlwollenden Hieb in den Magen, schnappte sich seine Nichte und drückte sie fest. Tabitha riss sich los, krabbelte neben Elizabeth aufs Bett und begann, mit der Fernbedienung durch die Kanäle zu schalten.

Freudentränen stiegen Elizabeth in die Augen, als sie ihre neue Familie beobachtete, wie sie den goldglänzenden Ring an ihrem Finger bewunderten.

Nat beugte sich über sie und küsste sie zärtlich auf den Mund, wisperte, „Ich liebe dich", in ihr Ohr.

Besser konnte das Leben nicht werden.

Vielen Dank, dass du Nat und Elizas Geschichte gelesen hast. Um herauszufinden, wie es mit Marsh und Josie weitergeht, kannst du des nächsten Buchs dieser Reihe lesen ...

Ihr letzter Ausweg - Her Last Chance

Vor achtzehn Jahren fand der Serientäter, bekannt als Blade Hunter, ein erstes Opfer in den Straßen von New York City. Jetzt ist er zurück, um sein Werk zu vollenden.

Als Kind wurde Josephine Maxwell überfallen und dem Tod überlassen. Sie lernte auf die harte Tour, dass das Leben ein ständiger Kampf ums Überleben ist. Sie kann es sich nicht erlauben, Zeit damit zu verschwenden, sich nach einem Mann zu sehnen, den sie nicht haben kann. Denn jetzt ist der Mörder zurückgekehrt, und die einzige Person, die sie retten kann, ist der FBI-Agent, den sie vor sechs Monaten getäuscht und verraten hat.

Special Agent-in-Charge Marshall Hayes hat es sich zur Lebensaufgabe gemacht, auf der Seite von Recht und Ordnung zu kämpfen, auch wenn ihn das die einzige Frau gekostet hat, die er je geliebt hat. Die Rückkehr eines Serienmörders liefert ihm den nötigen Vorwand, um sich wieder in ihr Leben zu drängen. Doch um den Mörder zu fassen und Josies Leben zu retten, muss er alle Regeln brechen und sogar riskieren, sein Herz erneut zu verlieren.

Ihr Risiko – Her Risk To Take (Novelle)

Sie ist alles, was er nicht verdient hat. Doch als die Gefahr zuschlägt, hat er alles zu verlieren.

Die Notaufnahmeärztin Sarah Sullivan hat ein Problem. Und dieses Problem schläft etwa hundert Meter entfernt in einem Wohnwagen. An Heiligabend bietet sie Cal Landon ihr Herz an –

doch er weist sie zurück. Doch selbst während er sich zurückzieht, weigert sich Sarah, ihn aufzugeben, da sie sich ein Leben ohne ihn nicht vorstellen kann.

Durch die Arbeit in der sauberen, frostigen Luft der Ranch kann Cal Landon seine Vergangenheit hinter sich lassen – fast. Außerhalb der Ranch lässt ihn niemand vergessen, dass er ein Ex-Häftling ist. Nachdem die Sullivans endlich wieder auf die Beine gekommen sind, sollte er weiterziehen – weit weg von der Versuchung namens Sarah.

Eine Frau, die jeden seiner Gedanken verfolgt. Eine Frau, die viel zu gut für jemanden wie ihn ist. Eine Frau, für die er sein Leben geben würde, sollte sie in einer gefährlichen Geiselnahme gefangen sein...

Dies ist eine Novelle mit zwanzigtausend Wörtern, die als kurze Fortsetzung von IHR ZUFLUCHTSORT geschrieben wurde.

Auf meiner Website findest du alle deutschen Übersetzungen meiner Bücher: www.toniandersonauthor.com/german

Melde dich für meinen deutschsprachigen Newsletter an und erhalte zwei kostenlose, exklusive „Kalte Gerechtigkeit"-Kurzgeschichten sowie Informationen darüber, wann meine nächste deutsche Übersetzung verfügbar ist.

Danksagungen

Ihr Zufluchtsort ist das allererste Buch, das ich jemals geschrieben habe. Ursprünglich wurde es 2006 von Triskelion Publishing veröffentlicht, die leider bankrottgegangen sind. 2009 wurde es von den wundervollen Herausgebern bei The Wild Rose Press veröffentlicht. Nachdem ich allerdings im April 2013 mit *The Killing Game* meine ersten Versuche in der Selbstveröffentlichung unternommen habe, habe ich mich nun entschieden, *Ihr Zufluchtsort* zusammen mit den daran anschließenden Romanen *Ihr letzter Ausweg* (Marsh und Josies Geschichte) und *Ihr Risiko* (Cal und Sarahs Geschichte) im Eigenverlag zu veröffentlichen.

Ich hoffe, Ihnen gefallen diese Geschichten.

Ich möchte meiner Lektorin Ally Robertson für ihre wundervolle Arbeit und ihre Hilfe bei der Verbesserung der ursprünglichen Manuskripte danken. Außerdem geht mein Dank an Elaini Caruso, die die Versionen von 2021 korrekturgelesen hat.

Wie immer möchte ich mich bei meiner Kritikpartnerin Kathy Altman bedanken, meine persönliche Fokusgruppe und mein Fels in der Brandung.

Mein größter Dank geht an meinen Mann und meine Kinder, die sich jeden Tag mit den Komplikationen meines Autorinnendaseins herumschlagen müssen. Und an meine Leser/innen, die meine Träume wahr gemacht haben!

Danke auch an mein Team für deutsche Übersetzungen: Martin Wick, Stef Mills und meine wunderbare Beta-Leserin Antje. Tausend Dank auch an meine Assistentin, Jill Glass für ihre wunderbare Organisation!

Über den Autor

Toni Anderson schreibt düstere, heiße, romantische Thriller über das FBI-Milieu und ist *New York Times* und *USA Today*-Bestsellerautorin. Ihre Bücher haben viele Auszeichnungen gewonnen, darunter den Daphne du Maurier Award for Excellence in Mystery and Suspense, den Readers' Choice Award, den Book Buyers' Best Award, den Golden Quill Award, den National Excellence in Romance Fiction Award sowie den National Excellence in Story Telling (NEST) Wettbewerb. Sowohl im Vivian Wettbewerb als auch für den RITA Award der Romance Writers of America stand sie in der Endauswahl. Ihre Bücher wurden mehr als zwei Millionen Mal heruntergeladen.

Vor allem bekannt durch ihre „*KALTE GERECHTIGKEIT*"-Reihe, ist es vielleicht nicht überraschend, dass Toni in einem der extremsten Klimas der Welt lebt − in Manitoba, Kanada. Als ehemalige Meeresbiologin vermisst Toni das Meer, aber zum Glück kann sie zur Recherche für ihre Bücher viel reisen. Im Januar 2016 besuchte sie die Zentrale des FBI in Washington, D.C. und nahm an einer Führung durch die Weltweite Kommando- und Kommunikationszentrale des FBI (SIOC) teil. Sie hofft, aufgrund ihrer Google-Suchen nicht verhaftet zu werden.

Auf meiner Website findest du alle deutschen Übersetzungen meiner Bücher: toniandersonauthor.com/german

Melde dich für meinen deutschsprachigen Newsletter an und

erhalte zwei kostenlose, exklusive „*Kalte Gerechtigkeit*"-
Kurzgeschichten sowie Informationen darüber, wann meine
nächste deutsche Übersetzung verfügbar ist.

Toni liebt es, von Lesern zu hören:
E-Mail: toni@toniandersonauthor.com
Website: www.toniandersonauthor.com/german
Lerne Toni online kennen:

facebook.com/ToniAndersonDeutscheBucher
instagram.com/toni_anderson_author